Synchronicity

Editorial Bambú
es un sello de Editorial Casals, SA

© 2019, Víctor Panicello, por el texto
© 2019, Editorial Casals, SA, por esta edición
Casp, 79 – 08013 Barcelona
Tel.: 902 107 007
editorialbambu.com
bambulector.com

Ilustración de la cubierta: Estudi Miquel Puig
Diseño de la colección: Estudi Miquel Puig

Primera edición: septiembre de 2019
ISBN: 978-84-8343-586-1
Depósito legal: B-18361-2019
Printed in Spain
Impreso en Anzos, SL
Fuenlabrada (Madrid)

SYN CHRO NI CITY

VÍCTOR PANICELLO

EDITORIAL

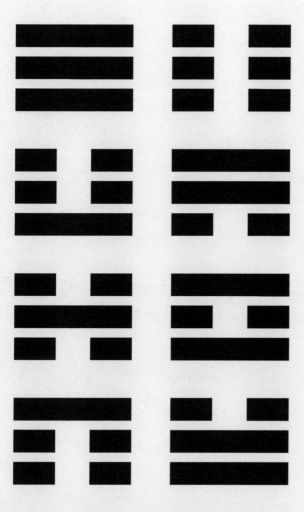

«El mayor enemigo del conocimiento no es la ignorancia, es la ilusión del conocimiento.»

Stephen Hawking

Prólogo

El movimiento fue decidido, sin temblores en la mano que pudieran delatar dudas. Sochi hizo avanzar el caballo directo hacia su objetivo, sujetándolo con suavidad pero con firmeza, como le habían enseñado. Tal vez un ojo experto notara algo de precipitación en su lenguaje corporal, pero era disculpable; después de todo, llevaba en esa persecución casi desde el inicio de la batalla, y ahora, por fin, lo tenía a su alcance... estaba preparado para cazarlo y darle muerte. Su adversario parecía algo distraído, como si no se hubiera dado cuenta de que estaban a punto de infligirle un duro castigo por el flanco izquierdo de sus defensas. Era la prueba de que había conseguido situarse en la posición adecuada sin levantar sospechas.

A pesar de su inexperiencia en estos combates, estaba convencido de que lo estaba haciendo bien. Había sufrido algunas pérdidas en sus filas, pero no muy graves, ya que las unidades más importantes de su ejército seguían en pie. Sin duda, la responsabilidad de planear, ejecutar y mandar sobre las propias tropas era una pesada carga, pero también comportaba satisfacciones si se alcanzaba el éxito.

Observó con extrañeza que muchos de los ojeadores que contemplaban el enfrentamiento desde la distancia mostraban cierta indiferencia ante la que él creía que era una jugada maestra, pues estaba a punto de cobrarse una suculenta pieza. Eso le provocó alguna duda, de manera que, para asegurarse de que nada iba mal, echó un rápido vistazo a todo el campo de batalla antes de lanzar su fulminante ataque. De momento, todo parecía en orden y controlado. Por el centro nadie sacaba una clara ventaja, ya que ambos adversarios estaban en una posición equilibrada, sin espacios claros por donde penetrar y hacer daño. Por la derecha de sus propias defensas había algunos agujeros que debía vigilar, pero para eso tenía apostadas a sus mejores piezas en ese flanco y confiaba en mantener el control de la posición.

Así pues, todo parecía dispuesto para dar el golpe que podría inclinar la balanza hacia la victoria. Una gota de sudor se deslizó por su cuero cabelludo, deteniéndose a la altura de la nuca. Nadie se dio cuenta.

Finalmente, el potente caballo, negro como el carbón, se elevó sobre su víctima y la sorprendió sin que pudiera hacer nada para escapar. Una leve sonrisa se dibujó en su cara mientras miraba de reojo a su adversario.

Tras un elegante pero contundente toque, la torre enemiga, blanca como el marfil, cayó, produciendo un sonido ligero pero que a él le sonó a gloria... la gloria que espera a los vencedores.

—Eso no es correcto —le susurró Kayla en su oído derecho.

Un perfume suave se mezcló con el olor natural de su piel y el resultado fue explosivo, casi como ese ataque despiadado. Trató de concentrarse en las palabras y no en los olores, ya que ella le estaba diciendo algo...

—Derribar las piezas del adversario se considera una conducta poco deportiva. De hecho, no deben tocarse más que lo justo para apartarlas del tablero con suavidad y depositarlas fuera.

—¡¿En serio?! —le respondió sorprendido.

Ella le gustaba, y por eso se había dejado convencer para aprender a jugar al ajedrez, aunque eso lo convirtiera en un tipo todavía más raro de lo que ya era.

—Sí, esto no es como lo que ves todos los días en las pantallas. Aquí los competidores respetan las reglas.

—También en los deportes se respetan... las no reglas. ¡Ja! ¡Ja! ¡Ja!

Enseguida se dio cuenta de que estaba riéndose solo, así que decidió callarse. Sin embargo, lo que había dicho era cierto, todo el mundo creía que en las competiciones no había reglas, pero eso no era así. Había algunas fijas, aunque cambiaran a voluntad de los jueces en el caso del fútbol de contacto y en algunos de los otros deportes secundarios.

—¿Estás por el juego o no? —le recriminó Kayla de nuevo.

Era su décima partida abierta desde que decidió dejarse convencer para ir por las tardes a ese local semiclandestino donde los cerebritos habían montado una especie de club de ajedrez. No estaba prohibido jugar, pero tampoco era algo aplaudido socialmente, así que estaba algo inseguro, ya que trabajaba en el Centro de Instrucción y Rendimiento y le pagaba directamente CIMA. Si se enteraban de que dedicaba su poco tiempo libre a ese tipo de actividades, cosa que seguro que pasaría, tal vez decidieran bajarlo de nivel. Eso implicaría perder algunos de los pocos privilegios que tenía ese trabajo aburrido que llevaba haciendo los últimos cinco años. Y lo peor era que incluso podían dejarlo sin ir como asistente a los campeonatos mundiales de fútbol de contacto que se llevarían a cabo dentro de algunas semanas a más de ocho mil kilómetros de allí, nada menos que en territorio del Imperio. Después de todo, él solo era un ayudante de nivel 4, aunque tenía acceso a los deportistas y eso era algo por lo que muchos chicos de su edad casi matarían. ¿Llevar una toalla limpia a uno de sus ídolos? ¡Buf!, a veces incluso ni él mismo se lo creía.

Tenía que ir con mucho cuidado; no iba a echarlo todo a perder por ese perfume de Kayla, así que esa misma mañana había decidido que o se lanzaba ya a por ella o sería mejor que dejara de jugársela.

–¡Jaque!

La voz odiosa que acababa de escuchar era la de su adversaria, una chica enclenque y de pelo cobrizo que daba la mano como si le diera asco tener contacto con otros seres humanos, lo que probablemente fuera cierto.

–¡¿Qué?! –preguntó Sochi en voz demasiado alta.

No debería haber dicho nada, ya que eso provocó que los que estaban por allí cerca se giraran a contemplar la situación, con lo que empezó a sospechar que estaba a punto de ser humillado en público.

–¡Jaque! –repitió la chica sosa sin inmutarse, casi como si le costara pronunciar cualquier palabra.

Miró desesperado el tablero tratando de adivinar qué había podido pasar. Efectivamente, la reina blanca amenazaba a su rey con parsimonia, casi como si estuviera cansada de repetir esa jugada una y mil veces.

—Es una variante avanzada del jaque Chipenhood —le aclaró Kayla en voz baja—. Estás muerto.

—¿Y qué demonios es eso? —le preguntó mientras trataba de buscar una salida.

El rey negro, hasta hacía un momento orgulloso y brillante, se encontraba ahora atrapado por su propio ejército, asfixiado por la defensa que él mismo había montado acumulando piezas a su alrededor, pero sin dejarle espacio para poder maniobrar.

—Estás muerto —le repitió ella al ver que alzaba la mano como para mover alguna pieza—. Será mejor que lo aceptes.

Y así lo hizo; era mejor acabar cuanto antes y así verse libre de esa mirada de pez de su adversaria. Con resignación, dio un ligero toque a su propia pieza y el majestuoso rey negro cayó, produciendo un sonido suave al golpear el tablero.

El sonido de la derrota.

—¿Qué ha pasado? —preguntó en cuanto se apartaron un poco del grupo que ahora se disponía a contemplar otro enfrentamiento.

—Has cometido muchos errores de principiante —sentenció Kayla mientras le sonreía de esa manera que provocaba que cierto cosquilleo vibrase en la piel de sus brazos.

Estaba a punto de preguntar cuáles, ya que a él le había parecido que la partida estaba bien planteada. No hizo falta que lo hiciera.

–Siempre pasa igual con los novatos, os concentráis solo en determinados aspectos de la partida, en zonas concretas o solo en algunas piezas, y olvidáis que este es un juego de estrategia global, donde todo sucede al mismo tiempo y todo está relacionado.

Estaba a punto de protestar cuando ella siguió hablando y destrozando lo que, poco antes, él suponía una brillante táctica de combate.

–Te has obsesionado con esa torre desde que ella la ha sacado y ya no has visto nada más. Ha sido tan evidente que pretendías cazarla que tu contrincante no ha tenido más que ir enseñándotela mientras maniobraba disimuladamente con la reina y el alfil hasta situarse en posición de hacerte un mate ya clásico en ajedrez. Cuando ha estado preparada, te ha dejado creer que su torre ya era tuya para que le abrieras el camino con ese caballo y tú has caído como un novato.

–No lo he visto venir –dijo con la mirada baja.

–Claro que no –le respondió ella mientras le ponía la mano en el hombro, lo que le provocó un ligero estremecimiento.

Cuando levantó la vista, vio que le sonreía con esa dulzura que tantos estragos causaba entre los del pabellón. Ella era preciosa: alta y con el esbelto cuerpo propio de las bailarinas, especialidad que practicaba para poder mantener un trabajo de *cheerleader* del equipo local, el puesto que le habían designado desde que acabó de cursar los estudios básicos regulares.

–Justo por eso eres un novato –sentenció de nuevo, pero sin que pareciera una acusación–. Y, además, pareces nervioso y bloqueado. Caminemos un poco a ver si te relajas.

Pasearon un rato por los alrededores del edificio bajo donde tenía su sede el club de los ajedrecistas. Se trataba de un antiguo almacén donde se guardaban vehículos de mantenimiento de la ciudad y que ahora pertenecía a CIMA, como casi todo lo demás. Tenía más de cincuenta años y se construyó poco tiempo antes de la gran crisis, por lo que todavía conservaba ese aire un poco frívolo de cuando el dinero fluía sin problemas. Era una construcción alargada y estrecha de dos pisos que había quedado empequeñecida por dos grandes moles de hormigón liso y sin adornos que la rodeaban. Esos dos bloques servían de oficinas para la logística del barrio oeste, y se veía claramente que se construyeron cuando ya todo empezó a ir mal. No tenían ventanas, ni adornos, ni ningún detalle superficial, con sus apartamentos de poco más de cincuenta metros cuadrados que poco después se dividirían en dos de veinticinco e incluso en tres todavía más pequeños.

En la planta baja del pequeño pabellón todavía había algunas máquinas de mantenimiento, ya sin uso, y un par de camiones de recogida de residuos que también dejaron de funcionar hacía mucho tiempo. En la planta superior había dos partes claramente diferenciadas. La de delante estaba ocupada por unos informáticos que parecían vivir allí porque trabajaban sin parar, y la parte de atrás daba a una ventana que solo se abría para contemplar una gris y lisa pared. Allí era donde estaba el pequeño local en el que se jugaba al ajedrez veinticuatro horas al día todos los días... salvo los que eran de obligada asistencia a las competiciones deportivas.

—Tienes que dejar de pensar tanto. Debes dejar que tu mente busque nuevas opciones de jugadas sin que esté permanentemente pendiente de las reglas del juego. Eso, claro, si es que quieres llegar a ser un buen ajedrecista. No se trata solo de mover piezas, ni siquiera se trata de ganar o de perder, se trata de comprender, de... intuir.

Por un instante, Kayla lo miró a los ojos con intensidad, tratando de adivinar si había entendido esa palabra.

Porque esa era *la palabra*, o, por lo menos, ella lo creía así.

Sin embargo, él no pareció darse cuenta de nada, simplemente la miraba, entendiendo que su entusiasmo se debía a que hablaba de ajedrez, algo muy especial para ella. A menudo pensaba que ojalá lo mirara a él como lo hacía con cualquiera de los peones antes de empezar la partida.

–Ya entiendo –le respondió, por decir algo.

Kayla lo miró con algo parecido al desprecio.

–No, no tienes ni idea de lo que te estoy hablando.

–Vale, ni idea.

–Intuición..., ya sabes, algo como cuando te plantas delante de un cruce de carreteras y, de alguna manera, *sabes* cuál es la correcta. O como cuando adivinas quién va a ganar un juego –le dijo, esperando que la siguiera en su razonamiento.

Él captó que se había producido un cambio en la conversación y que, por alguna razón, ahora ya no se trataba solo de ajedrez, pero no tenía ni idea de qué estaban hablando realmente. Por eso trató de hacerse el gracioso, como defensa ante una situación confusa.

–Ya entiendo, como ese cruce de la avenida principal que te lleva a la rotonda esa enorme donde nadie sabe quién debe entrar primero..., ¿no?

Ella parecía ahora la confusa.

–¿Qué rotonda? ¿De qué me estás hablando?

Sochi se dio cuenta de que la cosa no iba por donde esperaba y decidió que lo mejor era guardar silencio y poner cara de idiota, algo que, en ese momento, no le costaba mucho hacer.

–¡Me refiero al ajedrez... a la vida... a todo! A esa sensación de que uno de los caminos es el bueno y el otro no. No sabes la razón de esa idea que se te mete en la cabeza, no tienes más datos para tomar una decisión racional... simplemente, lo sabes.

El silencio se alargó unos segundos, y por ese motivo él creyó oportuno volver a hablar, aun sospechando que no debía hacerlo.

–Ya entiendo... dos caminos. Pero... ¿eso qué tiene que ver con el ajedrez?

–Todo, lo tiene que ver todo.

Se dio cuenta de que ella levantaba la cabeza ligeramente, mirando hacia el espacio reservado a los maestros, a los cien mejores en ajedrez de esa zona metropolitana. Fue solo un instante y no supo cuál era el motivo; tal vez quería impresionar a alguien de allí dentro.

–Vale... eh... lo intentaré –le respondió, aunque no muy convencido.

–Trata de alejarte de aquí –insistió ella volviendo a mirarlo a los ojos.

Él la miraba también, sin saber qué creer.

–Trata de salir del tablero, de las normas, de la partida –insistió–. Olvida este sitio y esta ciudad, deja que tu mente decida sin condiciones.

–Ehhh... de acuerdo.

—No mires las piezas –insistía ella–. No las mires directamente; mejor deja que tu vista vague hasta que todo se difumine y tengas una visión periférica, algo muy abierto y general.

—Una especie de imagen total –le dijo sin saber muy bien qué estaba diciendo.

Ella se detuvo de repente y se puso frente a él. Sus ojos eran casi violetas cuando les llegaba la luz de la tarde reflejada en los edificios de cristal del margen del río.

—¿Me estás tomando el pelo?

Estuvo a punto de confesarle que sí, pero se contuvo a tiempo. En temas relacionados con el ajedrez, ni ella ni ninguno de los cerebritos que jugaban allí a diario parecían tener el más mínimo sentido del humor.

—No, para nada. Solo digo que es como ver todo el juego claro sin saber si en realidad las cosas van a desarrollarse así.

Su mirada se endureció al principio, pues sospechaba que le estaba diciendo lo que ella quería oír. En realidad, era así, ya que esa frase la había leído en un manual que pudo descargarse de la red, con el permiso oportuno al tratarse de un tema catalogado. Finalmente, ella pareció tragárselo y esos mismos ojos dejaron de mirarlo fijamente, con lo que la tensión se aflojó.

—Sí, es justo eso, como una imagen fija que evoluciona. Tal vez ahora no seas capaz de verlo así; de hecho, seguramente jamás consigas hacerlo. Solo los escogidos son capaces de observar así el juego.

—¿Tú...? –le preguntó Sochi para saber si ella pertenecía a esa categoría.

—No, no soy de las que abren nuevos caminos. Yo soy de las que estudian una y mil veces todas las posibles variantes, de manera que cuando me encuentro en el tablero, no intuyo, solo anticipo soluciones que ya conozco. Y ahora, deja de querer parecer un chico interesante y vamos a jugar, a ver si es cierto eso que dices.

Las siguientes rondas de partidas fueron parecidas. Él se esforzaba en tratar de contemplar todas las opciones posibles mientras encadenaba derrota tras derrota.

Algunas eran simplemente derrotas.

Otras eran derrotas humillantes.

–Sigues calculando tus opciones y no sabes tanto como para tener muchas. En realidad, no sabes nada de este juego –le susurraba Kayla con insistencia cada vez que su rey golpeaba el tablero.

Al final de la tarde estaban por dejarlo cuando sucedió algo que cambiaría su vida para siempre.

Y la vida de muchos otros.

La partida era contra una chica a quien había visto alguna vez rondando por los tableros, jugando sin compasión contra novatos como él y también contra otros más expertos. Era muy alta, casi la más alta de todo el grupo, y su aspecto desastrado y con el pelo rapado al cero la convertía en un ejemplar extraño. Sus duras facciones se correspondían con su modo de jugar, sin contemplaciones y siempre al ataque, dispuesta a machacar, uno tras otro, a todos los que no estaban a su nivel, que no eran muchos.

Se notaba que disfrutaba haciendo daño, sobre todo por los flancos, matando piezas aquí y allá, acorralando otras hasta que se quedaban sin opciones, desmontando cualquier tipo de estrategia que los rivales le planteaban. Y lo hacía sin detenerse casi ni a pensar, siempre avanzando, intercambiando las figuras sin miedo y sin dudas.

En ese momento, le estaba haciendo lo mismo a él, cercarlo y atacarlo sin piedad.

Ya habían intercambiado dos alfiles, algunos peones y un caballo, y todo indicaba que ella acabaría con la partida en unas pocas jugadas. Todo el mundo que miraba el tablero sospechaba que su ataque principal iba a venir por la derecha, ya que parecía la zona más débil.

Kayla se acercó y lo miró desde detrás de la chica, sin decirle nada, pues estaba prohibido hablar con los jugadores durante la partida. Antes de empezar sí que le había dado un consejo, solo uno.

—Su fortaleza es también su debilidad, como acostumbra a pasar con casi todos los jugadores. No pienses, solo aléjate del camino y observa los cruces. Debes decidir sin pensar.

Él se tomó un momento para reflexionar antes de la siguiente jugada, pues era evidente que la partida se acercaba a ese instante en que un solo movimiento marcaría definitivamente el desenlace.

Se detuvo y observó el tablero. No una pieza ni una jugada en concreto; solo el tablero, las sesenta y cuatro casillas enteras, algunas ocupadas por piezas y otras a la espera de estarlo.

Trató de relajarse mentalmente y empezó a darse cuenta de que algo sucedía en su cabeza. A medida que perdía de vista las posibles estrategias planteadas en los manuales, sentía algo que le mostraba por dónde debía actuar, como si el conocimiento acumulado hubiera estado obstaculizando la entrada en acción de otra cualidad.

Era como una especie de imagen que aparecía y desaparecía casi de forma instantánea.

La chica lo miraba con contrariedad, sin entender qué había provocado que se detuviera justo cuando ya estaba a punto de caer en sus garras.

Él no se movió. Estuvo mirando el tablero un buen rato, pues las partidas de ese nivel tenían un buen margen de tiempo entre jugadas.

Respiró profundamente.

Por fin, consiguió alejarse de allí, de ese tablero, de la sala, del edificio, de la ciudad donde había nacido y donde seguramente acabaría sus días.

Esa imagen que buscaba volvió, y, por un instante, pudo ver la partida entera, desde el principio hasta el final, como si ya la hubiera jugado antes.

Comprendió.

Fue solo un segundo, pero algo se formuló en su cabeza, una especie de presentimiento, una convicción, una... intuición, y fue cuando entendió por primera vez lo que significaba esa palabra.

Cada pieza, cada casilla dejó de tener sentido de forma individual y vio las relaciones entre ellas como un todo global, y entonces supo lo que tenía que hacer.

Lo supo, aunque no podía explicar cómo.

Ni siquiera fue consciente de cuánto había durado aquella especie de trance, seguramente solo unos segundos, ya que nadie parecía haberse dado cuenta. Sin embargo, a él le había parecido mucho rato, y, cuando regresó a la sala y a la partida, sintió que las cosas habían cambiado.

Kayla lo miró con curiosidad e, inmediatamente, levantó la vista hacia donde los cien se entrenaban. Buscaba a alguien tras la vitrina de cristal que separaba a los aficionados de los maestros.

Mientras tanto, Sochi movió su mano con decisión hacia uno de los alfiles que parecía perdido en una esquina y lo hizo avanzar en diagonal hasta la mitad del tablero, en una posición extraña, como si iniciara una incursión suicida entre las tropas contrarias. Ninguno de los presentes podía saberlo, pero, en ese momento, esa casilla concreta donde lo depositó aparecía iluminada en su cerebro como si la enfocara una potente luz blanca.

Su adversaria pareció sorprendida de que él no hubiera centrado su atención en el flanco, por donde ella trataba de penetrar con una maniobra agresiva. Estuvo un buen rato tratando de adivinar qué pretendía su adversario con esa maniobra que parecía absurda. Al final, no cambió nada y siguió jugando como hasta entonces.

Entonces él supo que había ganado.

También lo supo el chico que miraba desde detrás de la vitrina con sus profundos ojos negros como las piezas del tablero. Había visto a Kayla buscarlo con la mirada.

Tal vez si en ese momento alguien les hubiera explicado a ambos lo que sucedería por culpa de ese instante de *revelación*, habrían evitado que la partida acabara como lo hizo.

Las vidas del jugador, de su amiga y del observador habrían sido muy distintas. Y las de muchos de los deportistas que iban a luchar en los campeonatos mundiales de fútbol de contacto.

Mientras movía las piezas, Sochi no fue consciente de todo lo que pasaba a su alrededor. Solo obedecía a su instinto, algo que habría de seguir haciendo durante mucho tiempo después de proclamar un jaque mate espectacular.

Cuando eso ocurrió, el alfil que lo había desencadenado yacía abandonado en una esquina de la mesa, víctima de ese ataque algo suicida que sorprendió a casi todos los presentes.

Reposaba tranquilo, orgulloso de la misión cumplida.

Ni él ni ninguna de las otras piezas sabían que acababan de encender el mecanismo que iba a cambiarlo todo.

Capítulo 1

–No te muevas de aquí hasta que yo venga a buscarte –le dijo Zoltan en un tono que no dejaba lugar a discusiones.

Sochi dudó unos segundos sobre qué hacer mientras veía cómo el chico que se suponía debía responsabilizarse de él en ese siniestro lugar desaparecía por uno de los laterales del pabellón sin darle más explicaciones.

Algo confuso y asustado, fue a apoyarse en lo que parecía ser una pared y cayó al suelo al otro lado mientras sonaba una alarma que apenas duró unos segundos.

–Tú, idiota –le dijo un chico vestido con una chaqueta naranja–. ¿No ves que es una pared virtual?

Los avances en virtualidad eran tan espectaculares que, a menudo, resultaba realmente difícil saber cuándo se estaba frente a objetos o construcciones reales y cuándo no. Lo mismo pasaba con las representaciones humanas. Para identificarlos, era obligatorio que los ayudantes virtuales llevaran un pequeño código de barras en la frente, única manera de distinguirlos de las personas. También los habían dotado de una voz algo metálica para que la gente se sintiera más segura. Aun así, se sabía que CIMA tenía copias sin distinciones trabajando en sectores clave y protegiendo sus intereses.

–¿Qué haces aquí parado? –le preguntó el mismo chico–. Eres uno de los voluntarios, ¿no?

–Ehhh. Sí, supongo –respondió Sochi algo nervioso.

–¿Lo eres o no? –le repitió con brusquedad.

No tuvo tiempo ni de responder.

–Sígueme.

–Pero yo... no... Me han dicho que no me moviera de aquí –protestó Sochi tratando de buscar a Zoltan con la mirada.

–¡Que me sigas!

–Pero Zoltan dijo...

–Pues sí que empezamos bien. Ven conmigo y ya me lo contarás por el camino. O eso o te vas a la calle de una patada en el culo, y no precisamente virtual.

–Vale, vale.

Con cierta prevención siguió al chico por un pasaje sin adorno alguno, con las paredes de hormigón desnudas. Al fondo, el pasillo se bifurcó en varias direcciones y fueron a parar a una habitación también sin decoraciones donde el chico lo agrupó con otros siete voluntarios de más o menos su edad, pero mucho más atléticos que él. Se notaba enseguida que eran deportistas.

–No te muevas de este grupo y ve con ellos cuando os lo digan.

–Yo... Zoltan... –repitió balbuciendo.

–Cada día nos mandan gente más cortita –protestó el ayudante mientras desaparecía por la misma puerta de entrada.

Los del grupo lo miraron con curiosidad, pero nadie dijo nada. Tras una breve espera, los hicieron seguir a una chica con idéntica chaqueta naranja y caminaron un buen rato por las entrañas del pabellón. Esta vez, en el largo pasillo había una gran cantidad de puertas a ambos lados, la mayoría de ellas cerradas. Las que estaban abiertas eran simplemente habitaciones blancas sin mueble alguno. En algunas de ellas, grupos de jóvenes como el suyo esperaban acontecimientos.

Después de caminar un buen rato, pues el pabellón era inmenso, la chica los hizo pasar a una habitación igual que las que acababan de ver y cerró la puerta cuando entró el último de ellos.

No había nada allí dentro, solo paredes de un blanco tan inmaculado que enseguida uno se daba cuenta de que no eran reales. Allí tampoco habló nadie durante unos minutos; se limitaban a pasear arriba y abajo o a esperar en cuclillas como hizo el propio Sochi. Al final, una chica con cresta amarilla, alta y musculosa, decidió ser la primera en decir algo:

–¿Alguien sabe de qué narices va esto?

Esa pregunta pareció activarlos a todos, y pronto empezó una acalorada discusión donde cada uno aportaba su opinión. En poco rato quedaron claras varias cosas: que todos ellos eran o habían sido hasta hacía poco deportistas de buen nivel, que ninguno tenía ni idea de lo que les podía esperar y que todos habían sido llevados hasta allí un poco engañados.

Sochi enseguida se dio cuenta de que no cuadraba para nada con ese grupo y lamentó no haberse resistido más a ser arrastrado con ellos como le había dicho Zoltan.

Apareció un ayudante virtual y les trajo unos pequeños recipientes con un líquido algo espeso.

–Son estimulantes para las pruebas. Tómenselo.

Sochi iba a coger uno de los recipientes cuando el ayudante lo detuvo.

–Este es el suyo –le dijo dándole uno que llevaba separado en su otra mano, e hizo lo mismo con otros dos componentes del grupo.

Sochi miró el recipiente que le tendían, exactamente igual que los otros, y lo cogió. Todos lo bebieron hasta apurar el contenido, incluido Sochi. Tenía una textura repugnante, pero el sabor no estaba mal, con cierto recuerdo a las naranjas artificiales que tomaban algunas mañanas con el desayuno.

Pasados unos minutos, una voz que provenía de más allá de la pared pronunció un nombre claramente audible para todos.

–Adeline Mathieu.

Resultó ser el nombre de la chica de la cresta, que miró a los demás con miedo en los ojos antes de contestar.

–Soy... yo.

–Atraviesa la pared por favor.

Por unos instantes pareció no saber qué hacer, hasta que un chico tan musculoso que parecía un muñeco le dijo:

–La pared es virtual, pasa al otro lado.

Ella sonrió, y toda aquella agresividad que mostrara hasta el momento de oír su nombre desapareció del todo. Se acercó lentamente a la pared y la palpó con una mano algo temblorosa. La pared no desapareció, pero la mano penetró sin problema alguno. Finalmente, ella la atravesó con paso suave y felino y la perdieron de vista.

–Menuda tontería –dijo otro de los chicos, que destacaba por estar muy moreno, como si se pasara la vida al aire libre.

Sochi, que permanecía mudo a la espera de acontecimientos, pensó que tal vez participaba en las carreras salvajes que habían sido prohibidas hacía poco debido a su brutalidad.

La hora siguiente fue monótona y aburrida. Cada quince minutos aproximadamente la voz pronunciaba un nombre y alguno de sus compañeros de reclusión provisional desaparecía tras la pared. Con el paso del tiempo, las conversaciones se fueron acallando y los pocos que fueron quedando permanecían sentados en cojines que habían aparecido en el suelo o caminaban lentamente en círculo como roedores atrapados en un laberinto.

Solo una vez le preguntaron por el deporte que practicaba, a lo que Sochi no supo qué responder y solo se le ocurrió decir:

—Soy bueno en el ajedrez.

Algunos se rieron y otros simplemente se reafirmaron en la opinión que ya tenían sobre aquel chico enclenque que parecía salir de otro mundo.

Nadie volvió a dirigirle la palabra.

Cuando solo quedaban dos chicas y él, la voz pronunció su nombre.

—Sochi Roumegerb.

—Menudo apellido tienes —dijo una de sus compañeras, haciendo reír a la otra.

Sochi sonrió tímidamente y se acercó a la pared. A pesar de que había visto al resto de sus compañeros atravesarla sin dificultades, dudó cuando estaba cerca. Con precaución, estiró una mano hasta contactar con el muro blanco y atravesarlo sin más sensaciones que alguna cosquillita en la piel del brazo.

–¡Venga, hombre! –dijo la que se había reído de su apellido–. Cuanto más tardes, más tiempo estaremos nosotras aquí encerradas.

–Bueno, ya voy, solo...

–¡Venga!

Sin pensárselo dos veces, Sochi atravesó limpiamente la pared, esperando toparse con alguien al otro lado que le dijera qué debía hacer. En lugar de eso, se encontró en otro largo pasillo, también de un blanco inmaculado que enseguida atribuyó a su naturaleza virtual. Miró hacia un lado y hacia el otro sin saber qué dirección tomar.

–Siga la línea azul –dijo la misma voz, que parecía impaciente, como si esa indecisión hubiera causado algo de irritación en la máquina que transmitía las instrucciones.

Miró hacia el suelo y vio que una gruesa línea azul aparecía y se deslizaba suavemente hacia el lado derecho. Se quedó fascinado mirándola y la línea se detuvo como esperando a que él la siguiera. Efectivamente, era así, ya que en cuanto empezó a andar la línea siguió adelante, acomodándose a su ritmo y avanzando hacia una puerta que Sochi hubiera jurado que no estaba allí segundos antes. En cuanto llegó, la línea desapareció como engullida nuevamente por la superficie.

–Vamos, pase sin miedo, hombre –le dijo un clon virtual que parecía bastante antiguo, ya que se apreciaba visiblemente que no era real.

Sochi entró y se sentó frente a una pantalla en algo parecido a una silla. El clon se trasladó allí inmediatamente, **29** pasando a un formato bidimensional, donde se le notaba mucho más cómodo.

–Veamos, señor Roumegerb. ¿Sabe por qué está usted aquí?

–Yo... bueno, Kayla me dijo que...

–¿Quién es Kayla? –le cortó la imagen.

–Una amiga mía.

Como vio que no pensaba continuar, la pantalla lo apremió. Parecía algo impaciente, como si realmente tuviera muchas cosas pendientes de hacer esa mañana.

–¿Y...?

–Una amiga mía y de Zoltan.

–¿Se refiere usted a nuestro colaborador?

–Sí, bueno, supongo.

–De acuerdo, vino con su amiga y con Zoltan.

–En realidad, no. Vine con Kayla y aquí me encontré con Zoltan, que por cierto me dijo que no me moviera, pero entonces tropecé y un chico con una chaqueta naranja me metió en este grupo, y yo creo que no...

–¡Guarde silencio! –le ordenó la imagen con tono imperativo.

–Pero es que yo no...

–¡Guarde silencio!

Sochi así lo hizo y la pantalla se apagó.

Poco después apareció una chica vestida totalmente de blanco y le pidió que la acompañara. Pasaron por diversas salas que cambiaban de configuración conforme ellos iban atravesándolas hasta que llegaron a una muy grande y la chica le indicó que se detuviera en un pequeño círculo rojo que destacaba en el suelo. Ella se acercó a una pared en la que apareció un compartimento y sacó de allí una especie de membrana que le puso en la sien izquierda.

–Ahora mire al frente y siga las instrucciones.

–Ehhh, sí, vale, gracias –respondió Sochi tratando de parecer atento ante aquella ayudante.

Pero ella ni siquiera lo volvió a mirar, simplemente desapareció engullida por otra de aquellas paredes virtuales. Al frente apareció una especie de cuadrado, situado a poco más de diez metros, y una voz le explicó lo que iba a suceder a continuación.

–Esta es una prueba de reflejos. Le lanzaremos pelotas de diversas medidas y consistencias a determinada velocidad y usted deberá apartarse lo antes que pueda sin que lleguen a golpearle. Está usted entrenado para ello, de manera que empezaremos por el nivel cuatro, correspondiente a deportista medio. ¿Alguna pregunta?

Sochi se asustó tanto que salió del círculo. La voz de la pantalla sonó por toda la sala.

–Vuelva al círculo por favor. No salga de él en ninguna circunstancia mientras se realiza la prueba.

–No, pero es que yo no soy deportista y...

–Vuelva al círculo, por favor.

–Pero es que...

–Vuelva al círculo, por favor.

–¿No sabe decir otra cosa o qué?

Con precaución y sin dejar de mirar al cuadrado que ahora parecía claramente metálico, Sochi entró en el círculo, no sin intentar de nuevo que alguien lo escuchara.

–Están en un error, yo no soy como los otros.

–¡Guarde silencio!

Lo hizo, aunque eso no disminuyó su preocupación.

Oyó un sonido como de un cierre deslizándose para liberar algo; un clic que, a decir verdad, no sonaba nada amenazador. Sin embargo, Sochi no podía dejar de temblar mientras miraba fijamente al cuadrado.

Obsesivamente.

Justo en ese momento, pensó en la cara angulosa y dura de Zoltan el tiempo justo para maldecirlo.

Después creyó ver algo que se movía a gran velocidad en su dirección y, sin saber muy bien cómo lo hizo, se apartó justo un segundo antes de que el objeto esférico lo golpeara. Mientras trataba de salir de su asombro ante aquella velocidad de movimientos a la que no estaba acostumbrado, *sintió* cómo se aproximaba otro objeto a mayor velocidad y también consiguió esquivarlo.

Sonrió.

No sabía qué estaba sucediéndole, pero se sentía muy bien.

Estuvo así un rato, esquivando pelotas que cada vez iban más rápido.

Finalmente, justo cuando acababa de apartarse a su derecha, sintió que algo se aproximaba nuevamente a gran velocidad.

Trató de girarse.

No vio nada más.

Solo cómo se le venía encima la oscuridad.

El impacto lo dejó en un estado de semiinconsciencia en el que no sentía nada del exterior, aunque, de alguna manera, intuía que estaban trasladando su cuerpo a alguna parte. Por alguna razón, se le apareció el rostro del doctor Bormand, el hombre que los había recibido esa mañana, y volvió a rememorar una parte del discurso que les había soltado pocas horas antes.

–Permítanme que me presente: mi nombre es doctor Bormand, y así quiero que se dirijan a mí porque he pasado buena parte de mi vida dedicado a investigar la mejora del rendimiento del cuerpo humano. A pesar de lo que decían los antiguos griegos, nuestro cuerpo no es un templo, es una máquina, y, como tal, necesita que la hagamos evolucionar, que forcemos su motor para ver dónde están sus límites, y, créanme... todavía no hemos llegado a descubrirlos del todo.

Hablaba desde una ancha tarima junto a una de las paredes del enorme pabellón. Allí se llevaban a cabo las presentaciones y otros actos de la Escuela Oficial de Mejora del Rendimiento donde Kayla lo había llevado esa mañana. Era evidente que al doctor le encantaba que todo el mundo estuviera pendiente de él, especialmente los voluntarios, a los que en privado todos llamaban *cobayas*.

–Como director de esta institución, les doy mi más sincera bienvenida. Ustedes están aquí como voluntarios de esa cruzada que emprendimos hace tiempo para mejorar a nuestra raza y hacerla más perfecta, más fuerte y dominante. Todos ustedes saben que durante un largo tiempo oscuro estuvimos a punto de ser barridos de la faz de la Tierra por guiarnos por la codicia y la inmoralidad. Pues bien, eso se acabó; ahora estamos en otro momento, en otra era, me atrevería a decir...

Hizo una nueva pausa dramática para mirar a los aspirantes fijamente, casi uno por uno, a pesar de que había más de treinta en esta hornada. Sochi trataba de prestar atención, aunque sentía miedo de lo que pudiera pasarle a continuación. Desde ese estado letárgico en que se encontraba, Sochi podía incluso recordar esa sensación mientras seguía rememorando el discurso de unas horas antes.

–Esa falta de ética, esa voracidad por el dinero fácil fue la que nos llevó a primeros de este mismo siglo a poner por primera vez nuestro sistema en serio peligro. La crisis de principios del siglo veintiuno fue un primer aviso serio de lo que se avecinaba. Usureros disfrazados de banqueros llevaron a miles de familias a la ruina, dejándolas sin nada, ni siquiera una casa donde guarecerse y, aunque se logró remontar esa situación, nada les impidió prepararse de nuevo para dar el gran golpe que casi acaba con nuestra civilización. Ustedes no habían nacido cuando los especuladores trataron de burlar de nuevo a la sociedad con sus locos planes expansivos utilizando las llamadas criptomonedas.

La aparición de monedas virtuales al margen de toda realidad productiva fue solo el preludio de lo que vino después, como bien sabía Sochi.

–Esos locos crearon un mercado especulativo que los volvió inmensamente ricos pero que acabó arruinando al mundo entero, con el apoyo de gobiernos corruptos dirigidos por políticos incapaces. Fuimos nosotros, las corporaciones como CIMA, los que conseguimos echarlos y recobramos el control a pesar de los muchos sacrificios que eso conllevó. Nosotros fuimos y seguimos siendo los garantes de un mundo en paz y próspero. Ahora, cuando estamos a punto de entrar en el nuevo año de 2070 todo sigue en orden. Y el deporte surge como símbolo de justicia y de oportunidades, representando los valores de CIMA: esfuerzo, equipo, constancia, lucha... Por eso, sé que muchos de vosotros estáis ansiosos por aceptar una parte de sacrificio personal para un bien supremo y común. Habéis sido escogidos para estudiar algunas mejoras que acabaremos aplicando a los deportistas de élite y por eso os envidio.

Sochi seguía en ese estado inconsciente que le permitía observar casi desde fuera lo que su mente elaboraba. No tenía sensaciones físicas, solo algún reflejo de dolor, pero muy lejano, como si no fuera con él. Perdió la imagen de Bormand, pero no de esos recuerdos recientes en los que estaba convencido de que aquel hombre les mentía.

También rememoró *flashes* de un documento audiovisual que vieron después del discurso sobre la versión oficial de su propia historia reciente. Allí se explicaba cómo las grandes corporaciones, que habían ido aglutinando un enorme poder económico a lo largo de las décadas, decidieron tomar el control de las finanzas mundiales cuando se produjo la gran catástrofe financiera cerca del año 2055. Su mente rememoraba imágenes del mensaje sobre cómo esas mismas corporaciones apartaron a los políticos de los gobiernos y se constituyeron en únicas autoridades civiles, repartiéndose las riquezas, los territorios y también las poblaciones hasta llegar a los grandes acuerdos que acabaron con la gran alianza llamada CIMA, que acabó tomando también el poder militar y decidió dirigir el mundo como habían dirigido antes las empresas que la constituían.

Lo que no explicaba ese documento era cómo ese mundo que habían creado fomentaba al máximo la competitividad entre ciudadanos, donde estabas con los vencedores o eras un vencido, donde se eliminaron las políticas sociales y sanitarias, donde no existía nada público y, aunque dejaron de pagarse impuestos, la gente empezó a pagar por todo: uso de carreteras, sanidad, educación, vivienda, tiempo libre...

Y, en medio de esa niebla llena de imágenes y voces, Sochi creyó distinguir una voz real que se imponía a los recuerdos, aunque le costaba procesar lo que decía. Creyó reconocer a la persona, pero apenas entendió de qué hablaba.

–¡Eh, eh!, quietecito, doctor. Este es un amigo mío y me lo voy a llevar a que le vea un médico de verdad.

Otra voz, totalmente desconocida, intervino:

–Pero yo soy médico, ¿no? –dijo con cierta dificultad para hablar.

–Solo a veces, amigo, solo a veces, cuando deja de tomar esas drogas sintéticas que tanto le gustan.

Esta vez estuvo seguro de que era Zoltan el que hablaba. Notaba que recuperaba el control de la realidad y pudo sentir que alguien movía su cuerpo, como si lo trasladaran flotando.

Reconoció enseguida la voz de Kayla cuando la oyó.

–¿Por qué te lo llevas? ¿No es médico ese hombre?

–Lo era, antes de volverse un adicto. Prefiero que lo vea uno que esté sereno.

Se desconectó de nuevo, como si el cable que lo unía con la realidad externa se hubiera desencajado otra vez.

Pasado un rato, no sabía cuánto, volvió a oír voces.

–Le he hecho un reconocimiento completo con el escáner portátil y creo que solo ha sido el golpe, así que despertará en unos minutos. Os dejo solos, que tengo un traumatismo muy serio con una de las cobayas de hoy. Parece ser que no *intuyó* que algo le caía encima y le dio en plena cabeza.

–Sí, gracias, doctor.

Escuchó una puerta que se deslizaba y sintió un enorme dolor. La conexión con la realidad volvía a estar activa, pero no podía moverse todavía. Escuchó de nuevo la voz de Kayla.

–Te dije que no era un buen candidato.

–Al contrario –respondió Zoltan desde algún lugar de la habitación.

Su voz le llegaba como a trompicones, como si Zoltan se estuviera moviendo mientras hablaba.

–¿Fue esto lo que le pasó a Nola?

Se hizo un silencio espeso que Sochi no estaba en condiciones de interpretar. Finalmente, la voz de Zoltan lo rompió.

–Nola está bien, solo que no puedo explicarte nada, ya sabes.

–Sí, claro, debo creerte y ya está. Cuando apareciste la primera vez en mi vida, ya imaginé que me traerías problemas.

–¿Ah, sí? ¿Y entonces por qué decidiste colaborar conmigo?

La larga pausa que siguió fue suficiente como para que Sochi entendiera los motivos. Kayla estaba enamorada de ese chico. Debería haberlo supuesto la primera vez que ella le habló de él. Tenía ese tono especial en su voz, el de una persona que siente algo profundo por otro, como le sucedía a él mismo con ella.

–Lo hice por... tengo mis propias razones.

–¿La rabia? –intervino Zoltan, que volvía a estar en movimiento.

Sochi ya estaba consciente del todo; lo sabía por el intenso dolor que ahora ya podía localizar en su cuerpo, concretamente en su cabeza, allí donde recibió el impacto de eso que no pudo ni llegar a ver. Sin embargo, decidió no hacerlo notar; prefería escuchar por si averiguaba alguna de las razones que lo habían llevado a esa abrupta y extraña ruptura en la monotonía de su vida.

–¿Rabia? ¿Por qué iba a sentir rabia? –se defendió Kayla, aunque sin demasiada convicción.

Cuando uno está inmóvil, pendiente solo de lo que se escucha, se perciben matices que normalmente se pierden. Por eso Sochi supo que Zoltan había acertado.

–Rabia por cómo te ha ido todo hasta ahora.

–Tú no sabes nada de mí.

–Te equivocas. Sé muchas cosas de ti, Kayla. Sé que a los ocho años, cuando el comité de selección decidió por ti, como hacen con todos, cuál sería tu futuro, sentiste esa rabia por primera vez. Sé que a ti te gustaba estudiar, te gustaban las matemáticas y los juegos de estrategia y que por eso te metiste en el ajedrez. Sé que, a pesar de que no querías, te esforzaste como deportista para ser mejor atleta, mejor corredora, mejor saltadora, para llegar a ser una estrella en los deportes atléticos y satisfacer a tus padres para que pudieran tener una casa pagada, un buen salario, nuevos amigos, un círculo social, fiestas...

–Yo no lo decidí, pero no podía hacer otra cosa que esforzarme.

–Sí, y lo hiciste bien, y por eso cuando tus padres descubrieron lo del ajedrez, pactaste con ellos doblar los entrenamientos deportivos para poder seguir practicándolo. Esa fue la segunda vez que sentiste una gran rabia.

–Parece que lo sabes todo.

–No todo. Pero sí sé que tenías la esperanza de poder competir en los juegos atléticos y que, cuando los suspendieron y decidieron que serías una animadora, la rabia pasó a formar parte de ti de forma permanente.

Sochi estaba del todo despierto y dudó en si debía intervenir para defender a Kayla. Recordaba perfectamente cómo los juegos atléticos habían ido perdiendo interés en detrimento del fútbol de contacto, que todo lo acaparaba. Para colmo, decidieron suspenderlos indefinidamente cuando aquel chico holandés sufrió un ataque al corazón en pleno campeonato. Su rostro, azul por la falta de oxígeno, llenó las pantallas de los hogares, de los trabajos, de los ascensores, de los centros comerciales de todo el mundo.

La gente lo vio y giró la cara –hubieran apagado las pantallas si ello fuera posible– y en pocos días los deportes atléticos fueron suprimidos. Kayla tuvo suerte de que la recolocaran como *cheerleader*.

Lo que había explicado Zoltan le hizo pensar en su propia selección, también a los ocho años, como era obligatorio. En su caso, apenas fue una formalidad y el comité de selección, después de someterlo a pruebas físicas y de estrés, no necesitó más de un par de días para determinar que toda su vida se dedicaría a tareas auxiliares. Tuvo suerte y demostró ser espabilado en el club de su distrito, de manera que lo destinaron a dar apoyo a deportistas de alto nivel.

–Eres un... –intervino Kayla sin acabar la frase.

–No te enfades conmigo, Kayla, no soy yo quien te hizo todo eso.

Sochi decidió que era el momento de despertar del todo.

–¿Qué ha pasado...? –dijo tratando de incorporarse con dificultad en una especie de cama flotante que servía también de medio de transporte.

Estaban en una sala igual que las otras, totalmente blanca y sin mobiliario alguno. Kayla se acercó inmediatamente, con cara de preocupación.

–¿Estás bien? –le dijo poniéndole una mano en la frente.

–Sí... creo que sí –respondió Sochi tratando de retener esa sensación de contacto.

–Te dio de lleno. No pudiste esquivar una de las pelotas. Cada vez van más rápidas y también son más duras. Creo que esta no la viste venir –le explicó Zoltan con una media sonrisa extraña.

–No sé qué sucedió. Estaba moviéndome rápido y... ya no recuerdo nada más.

–Lo siento, no debió pasar nada de esto. Pero te dije que no te movieras de donde nos vimos –le dijo Zoltan con un tono que parecía realmente sincero.

–Eso, encima será culpa mía. ¡Menuda cara!

–¿Qué hacías con ese grupo? –quiso saber Kayla.

–¡Yo que sé! Nada, solo me limité a seguir las instrucciones que me daban y luego aquella chica con uniforme me llevó a un círculo rojo y entonces apareció algo en la pared del fondo y oí ese ruido, como un clic...

–Te lanzaron una bola a gran velocidad para ver si eras capaz de intuir su movimiento y apartarte a tiempo.

–¡Lo hice! ¡Y no solo una! Fue algo raro... Yo no soy muy hábil físicamente hablando, a veces incluso me doy con un poste en plena calle.

Kayla le sonrió.

–Lo hiciste muy bien.

–Tal vez, pero eso no tiene nada que ver con el ajedrez, ¿no?

Se hizo el silencio y, cuando Kayla iba a responder, un asistente virtual apareció en la habitación. Sochi no lo vio entrar; era como si se hubiera materializado allí mismo.

–Las personas no autorizadas deben abandonar las instalaciones –dijo con esa voz algo metálica.

–Tienes que irte –le dijo Zoltan a Kayla.

–No –intervino Sochi demasiado rápido.

—No puedo hacer nada —se disculpó Kayla—. Nos veremos pronto, vendré a verte.

Todavía tuvo tiempo de mirar fijamente a Zoltan y lanzarle una advertencia:

—No quiero que sea como Nola, ¿lo entiendes?

—No te preocupes —le respondió Zoltan—. Podrás venir a verlo muy pronto.

Cuando se quedaron a solas, Sochi se incorporó definitivamente, aunque todavía sentía algo de mareo y un fuerte dolor en la zona del impacto.

—¿Quién es Nola? —preguntó en cuanto estuvo del todo estable.

Zoltan se levantó y volvió a pasear; debía ser una costumbre cuando hablaba.

—Déjame que te cuente algunas cosas antes de llegar a Nola. Solo un pequeño contexto y después abordaremos la razón por la que estás aquí hoy con ese dolor de cabeza.

—Sí, estaría bien.

—Trabajo para CIMA, aunque eso ya debes suponerlo.

—Sí, más o menos.

—Bueno, no hace falta entrar en detalles, pero mi labor tiene que ver con la mejora del rendimiento; eso es lo que hacemos aquí.

—¿Para el fútbol de contacto?

—Sí, claro.

Todo se movía alrededor de ese deporte que había ido eliminando a todos los demás.

—Esas pruebas como las que tú pasaste las hacemos por la intuición. Estamos investigando en ese campo, y los voluntarios...

–¿La intuición? ¿Qué tipo de intuición? –lo interrumpió Sochi, que aún trataba de despertarse del todo.

–Justo ahí está el problema. Normalmente tratamos de encontrar un tipo de intuición evidente, la que tienen muchos deportistas de alto nivel, que hace que, de alguna manera, se anticipen físicamente a lo que va a suceder. Si te fijas bien en los partidos... Ves los partidos, ¿no?

–¿Tengo otra opción?

–No, supongo que no.

Sochi se puso en pie de golpe, y todo se puso a dar vueltas, por lo que estuvo a punto de volver a caer en la litera.

–Eh, amigo, calma –le dijo Zoltan, sujetándolo.

–No soy tu amigo –le respondió, dejando que le echara una mano para levantarse del todo.

Mientras trataba de recuperar el equilibrio, se fijó en la sala y en cómo parecía como si las cosas fueran cambiando de forma imperceptiblemente, como si la sala se fuera acomodando a las necesidades que mostraban los que se encontraban en ella. Por eso, cuando Zoltan fue a sentarse cerca de él, apareció como de la nada una silla que parecía haber estado siempre ahí.

Sochi arrugó la frente y Zoltan se dio cuenta.

–¿Lo has notado? –le preguntó.

–¿El qué?

–Cómo cambia la sala. La mayoría de la gente no se da cuenta. Esta programación es hipersensible a los movimientos humanos y anticipa las necesidades sin que nos demos cuenta.

Sochi echó un vistazo general a la sala. No se veía nada extraño, y, sin embargo...

–Lo intuyes, ¿verdad? No lo sabes, pero lo intuyes.

–Bueno, no sé. En realidad, es solo como un presentimiento. No lo veo, pero lo siento... ¡Buf! Me estoy explicando fatal.

Zoltan sonrió por primera vez. Cuando lo hacía, sus facciones se suavizaban mucho y sus ojos se aclaraban un poco. Era una persona magnética, de esas que te engancha sin saber el motivo, como pensó que le debía de haber pasado a Kayla, y lo odió instantáneamente por eso. Llevaba el oscuro pelo corto despeinado. Aparentemente parecía un chico majo, hasta que uno lo miraba a los ojos. Eran negros como la noche más oscura. Naturalmente, podían ser lentillas de duración limitada como las que llevaba casi todo el mundo, pero algo le hizo pensar que no era así. Vestía una camiseta ancha y algo desajustada, que parecía cambiar de color según le diera la luz, algo bastante habitual en la ropa juvenil. Era alto, más que la mayoría, y de complexión delgada pero fibrosa, y Sochi intuyó enseguida que hacía deporte o había hecho deporte. La sensación que causaba era de intimidación.

Esa sonrisa lo hacía más humano, más cercano.

–No, qué va. Acabas de definir un tipo de intuición sobre el que apenas sabemos nada. La intuición pura, la llamamos por aquí, aunque no nos hacen mucho caso. Es otro tipo diferente a la de tipo físico, más... profunda.

–No entiendo nada de lo que me dices. De hecho, no entiendo qué hago yo aquí.

–Ven, siéntate.

Zoltan lo acompañó hasta un pequeño sillón que *estaba* ahí sin que al parecer nadie lo hubiera puesto.

Cuando ambos estuvieron cara a cara, Zoltan se revolvió el pelo, en un gesto que debía hacer sin darse cuenta y que explicaba por qué lo llevaba siempre desordenado.

–Vamos a ver si te lo explico. CIMA lleva muchos años investigando cómo mejorar el rendimiento de los deportistas, ya lo sabes.

Sochi movió la cabeza afirmativamente: eso lo sabía todo el mundo. Igual que todo el mundo sabía que su objetivo final era que la gente se dejara todo su dinero en comprar cosas relacionadas con sus ídolos y con las apuestas.

–Bien, el caso es que llevan bastante tiempo diseñando programas de desarrollo para los deportistas de élite. Investigan en muchos campos a la vez, en cómo desarrollar la capacidad muscular, en ampliar los límites del cansancio, en acortar los períodos de recuperación, en velocidad, elasticidad...

En cuanto dijo esa palabra, a Sochi le vino a la cabeza la imagen de Kayla. Trató de concentrarse en escuchar.

–En todos esos campos, utilizan deportistas de primer nivel para averiguar los mecanismos que los hacen especiales y poder así hacerlos todavía mejores, más fuertes, más rápidos, más flexibles... Hace un par de años empezamos un programa para entender cómo funciona la intuición no perceptible y...

–Cuando dices *empezamos*, ¿te refieres a que tú formas parte de todo esto, como me has dicho?

Zoltan lo miró durante unos segundos como si quisiera decirle algo que no podía. Sus ojos habían vuelto a oscurecerse y también a hacerse más duros.

–En cierto modo –respondió con la clara voluntad de no ir más allá.

Sin embargo, Sochi no pensaba rendirse tan fácilmente. Tenía curiosidad y algo le decía que Zoltan ocultaba mucho más de lo que mostraba.

¿Intuición?

–¿Qué quieres decir con eso?

Hizo una pausa y al final pareció decidir que podía explicar algo más.

–Yo era deportista en un equipo de fútbol de contacto...

–¿Cuál?

–Eso no importa, en uno de los buenos, ¿vale?

Sochi captó que era mejor no seguir interrogándolo.

–De acuerdo.

–Bien, el caso es que tuve que dejarlo y me propusieron participar en este programa y... aquí estoy, hablando contigo en una sala movediza.

–¡Ja! ¡Ja! ¡Eso es genial! ¡Una sala movediza! –dijo soltando una sonora carcajada.

–Está bien, escúchame que enseguida acabo.

–Vale, perdona, son los nervios –se disculpó Sochi.

–No va a pasarte nada malo, lo de antes ha sido un error. Tú posees otro tipo de intuición, ya te lo he dicho. Uno de los programas principales que se desarrollan aquí tiene que ver con la intuición física, como la capacidad de los deportistas de prever los movimientos de sus contrarios para poder anticiparse y sacar ventaja.

–Como los defensas que adivinan el regate antes de que el delantero lo haga.

–Sí, exacto. Todo gira en torno a eso, a mejorar la capacidad de prever los movimientos y así anticiparse.

–Lo entiendo, aunque me parece un poco extraño, pero con estos de CIMA nunca se sabe.

Zoltan levantó su mano para hacerlo callar antes de que dijera algo de lo que pudiera arrepentirse. A CIMA no le gustaban mucho las críticas.

–Te das cuenta de que estás en una instalación de CIMA, ¿verdad?

Sochi se sonrojó y no dijo nada. A veces debería pensar un poco antes de hablar; su padre se lo decía constantemente.

–Bueno, pues a grandes rasgos ya te he hecho un resumen del programa.

–Sí –respondió Sochi mientras miraba las paredes como tratando de adivinar cuánta gente había escuchado ese comentario peligroso–. Pero todavía no me has contado qué hago yo aquí. Es más que evidente que no soy uno de esos deportistas de los que hablas.

–No, eso seguro –dijo Zoltan con una media sonrisa–. Pero, como te he dicho, hay otra parte del programa más experimental. No tratamos tanto con la intuición física sino con otro tipo de intuición, más profunda o más pura, por decirlo de alguna manera.

Sochi levantó las manos haciendo un gesto sarcástico.

–¡Ohhh! Ahora está todo mucho más claro.

–Mira, no tengo muchas ganas de bromas...

–Ni yo, te lo aseguro –lo cortó Sochi–. Al fin y al cabo, es a mí a quien le ha dado una maldita pelota en plena cara. Kayla me trajo por algo del ajedrez, así que no entiendo nada.

–Déjame que te explique algo. Aquí definen la intuición como la capacidad de relacionar un fragmento de la realidad con otro que se ha experimentado previamente. Esa experimentación anterior es la clave, porque significa que simplemente aprendes a anticiparte a algo que ya conoces.

–Como un regate...

–Sí, veo que eres listo. Si somos capaces de entrenar eso, los deportistas podrán anticiparse a lo que vaya a hacer su contrario a partir de una pequeña señal, que puede ser la inclinación del cuerpo, un gesto en la cara, cualquier cosa. Una pista no perceptible nos pondrá en alerta inconsciente de cuál va a ser su siguiente movimiento y seremos capaces de anticiparnos.

–Lo entiendo, pero ¿eso es posible?

–En buena parte, los entrenamientos ya intentan hacer eso a base de estudiar a los rivales, pero es algo todavía consciente, y los procesos conscientes son demasiado lentos para aplicarlos a algo tan rápido como una competición deportiva.

–Sí, vale, pero no es mi caso.

–Claro que no. Lo que trato de explicarte es que la razón por la que estás aquí es diferente de la de los otros chicos. Por eso no quería que fueras con ellos, porque no se trata de hacerte pruebas físicas que seguro que no pasarás.

–Hombre, tampoco es eso.

–No, ni una, te lo aseguro. Yo las he hecho y todavía no entiendo cómo aguantaste con los lanzamientos del nivel medio. Tendrías que haber quedado fuera de combate a la primera bola.

–Entonces, ¿por qué me trajo Kayla aquí?

–Yo se lo pedí.

–¿Por qué?

–Porque moviste ese alfil.

Sochi lo miró unos segundos para saber si le estaba tomando el pelo. Decidió que no era así. Zoltan no parecía muy dado a bromear; siempre parecía enfadado con todo el mundo.

–¿Y? –quiso saber.

–Tú no sabes mucho de ajedrez, ¿verdad?

–No mucho.

–Te apuntaste porque así podías estar cerca de Kayla...

No era una pregunta, así que prefirió no responder, aunque el color de sus mejillas lo hizo por él.

–Kayla es buena jugadora, muy buena, y no sé si lo sabes, pero yo formo parte del grupo de los cien mejores.

No lo dijo para presumir; era solo un hecho que había que tener en cuenta.

–Me lo dijo.

–Y tú, que no tienes ni idea y que además estabas jugando como un novato, de repente hiciste un movimiento nada ortodoxo. No podías saber que esa estrategia de ataque era brillante y totalmente nueva. ¿Sabes a qué me refiero?

–Ni idea.

–Claro que no, pero lo hiciste. Utilizaste tu intuición para innovar, y eso significa cambiar la realidad.

–Si tú lo dices...

Se hizo un silencio breve que Sochi aprovechó para preguntarle algo que le rondaba la mente desde que Kayla se marchó.

–¿Puedo hacerte una pregunta?

–Claro.

–¿De qué conoces a Kayla? ¿Quién es Nola?

Zoltan se levantó de nuevo y caminó por la sala unos segundos antes de responder.

–Eso son dos preguntas, pero trataré de responderlas. Conocí a Kayla en el club de ajedrez. Ella no pasa desapercibida, ya sabes...

Sochi no dijo nada, pero entendió perfectamente la referencia.

–Un día me acerqué y le expliqué lo mismo que te he dicho a ti ahora sobre buscar nuevos talentos para CIMA y le ofrecí colaborar a cambio de algunos privilegios. Aunque se mostró reticente, al final se prestó a hacerlo.

Sochi no sabía si Zoltan era consciente de lo que ella sentía por él, aunque sospechaba que sí y que además lo utilizaba para obtener sus propósitos. Claro que... Kayla había hecho más o menos lo mismo con él.

–Lleva un tiempo proporcionándome información sobre gente que puede ser candidata a esas otras pruebas que tú tenías que hacer, más relacionadas con la intuición pura. Me ha presentado a algunos candidatos, no muchos y casi ninguno realmente bueno, de manera que solo uno de ellos llegó hasta donde tú estás ahora.

–¿Nola?

–Sí, era una vecina suya muy especial, capaz de ganar dinero en las apuestas sin tener ni idea de deportes. Ni siquiera sabía los nombres de la mayoría de los equipos, pero apostaba por intuición... y ganaba muchas veces, más de las que la probabilidad prevé.

–Hablas de ella en pasado...

Zoltan lo miró a los ojos y continuó hablando como si no hubiera escuchado el comentario.

–Kayla la acompañó un día aquí e hizo las pruebas. Nos ha servido de mucha ayuda.

–¿Dónde está ahora? –le preguntó Sochi al ver que no seguía hablando.

–Sigue su proceso, eso es todo.

Se dio cuenta de que no iba a sacarle nada más, de manera que decidió centrarse en su propio futuro.

–¿Y yo?

–Tú eres alguien muy especial, creo, como lo era Nola, aunque tienes algo que ella no tenía.

–¿Ah, sí?

–Sí. Tienes la cualidad de ver dónde hay nuevos caminos. Lo hiciste con el ajedrez, y eso que intentabas aún sin saberlo, amigo mío, tiene un nombre.

–¿En serio?

–Sí. Un nombre algo extraño, pero de contenido muy potente.

–¿Cuál?

–Pronto lo sabrás.

La conversación terminó allí, pues Zoltan dijo que tenía que irse, pero que volvería en un rato.

Ya solo, Sochi trató de rememorar ese loco día que había comenzado muy temprano, cuando quedó con Kayla y juntos tomaron el transporte colectivo hacia la zona norte. En las calles apenas había tráfico, ya que solo los ricos y los cargos oficiales disponían de vehículos privados que, además, circulaban por circuitos cerrados. El enorme vehículo de diez vagones flotaba sobre el suelo, lo que les permitía desplazarse a gran velocidad.

Contemplaron en silencio el paisaje de esa ciudad que antes de que todo cambiara se llamaba Barcelona, un sitio bonito que el crecimiento descontrolado y la huida de los barrios por culpa de la gran crisis habían desfigurado. En aquella congregación urbana vivían actualmente más de diez millones de habitantes, aunque en realidad ya hacía tiempo que nadie sabía cuánta gente realmente habitaba la superciudad. Salvo en la zona centro, donde todo el mundo estaba censado, una gran parte de la población se movía entre las sombras, ocupando pisos y bloques sin control alguno. En los barrios apartados apenas existía mantenimiento o planificación. Allí los edificios eran viejos, feos y mucho más altos, de más de ochenta pisos en muchos casos, todos iguales, sin prácticamente ventanas. Los que vivían allí estaban al límite de pasar a la marginación, y eso se notaba en cuanto pisabas la calle.

Llegaron a la parada final y salieron bajo una débil llovizna que manchaba los edificios y las ropas debido a que el agua se mezclaba con la alta contaminación del aire. Pronto dejaron atrás los primeros edificios que, de alguna manera, escondían la devastación que se ocultaba tras ellos. Enormes bloques de apartamentos se extendían uno tras otro sin fin, de forma paralela a un mar que aparecía sucio y cubierto de espuma. La parte del puerto que lindaba con el centro había sido limpiada a fondo mediante ingeniería biológica, de manera que conservaba su color azul, pero unas millas mar adentro todo era diferente y el azul era gris, o incluso negro. Los grandes cruceros que llegaban a la metrópolis lo hacían siguiendo un recorrido obligatorio que se mantenía limpio, de manera que casi nadie se daba cuenta de la realidad.

Todo eso parecía ahora formar parte de un sueño, algo que le estaba pasando a otra persona y no a él. Y todo porque hacía unas semanas, en el pabellón donde trabajaba, unos chicos quisieron apostar a ver quién era el más rápido esquivando lanzamientos virtuales. La apuesta se abrió enseguida a todo el que quisiera participar y muchos de los trabajadores lo hicieron, incluido Sochi, ya que participar en apuestas estaba bien visto por CIMA.

El tablón virtual que se había encendido en el pabellón marcaba las cantidades para cada participante. Más del noventa por ciento apostaba por un chico que era una estrella alemana del fútbol, aunque hubo algunos que lo hicieron por otros chicos. Solo una persona apostó por una de las chicas, una futbolista italiana de segundo nivel que llevaba largas colas en su cabello y era extremadamente delgada y frágil.

Ese único apostante no concurrente era Sochi.

La chica ganó contra todo pronóstico, y Kayla, que ese día estaba allí ensayando, decidió que ese chico rubio, de ojos marrones y algo acuosos que enmarcaban una cara redonda y afable era un candidato para probar el ajedrez, de acuerdo con los parámetros establecidos en su acuerdo con Zoltan.

Sochi nunca hubiera imaginado que esa apuesta le llevaría a donde ahora se encontraba, pendiente de saber cuál era la palabra que definía lo que se suponía que él había hecho. Zoltan le había dicho que pronto lo sabría, de manera que no podía hacer nada por el momento. Estaba realmente asustado, así que, fuera lo que fuera, esperaba que no tardara mucho en aparecer.

CH'IEN

Es un trigrama luminoso que simboliza el Cielo visto como estructura cambiante, creadora y dinámica. Se le vincula con la fuerza, el poder, la voluntad, la autoridad y la iniciativa. A veces es propicio y otras desfavorable. Se le atribuye constancia, persistencia, vigor y fuerza imparable una vez puesto en marcha.

REINA EN EL SUR

Lo único que persiste es el cambio.

Capítulo 2

La presión sobre sus músculos se estaba volviendo insoportable, pero ella no pensaba quejarse, no estaba dispuesta a que la cambiaran en el calentamiento previo al partido, el primero que jugaba en bastante tiempo. Los entrenadores la tenían catalogada como conflictiva, ya que acostumbraba a responder de forma poco respetuosa cuando consideraba que algo no era justo. Tampoco aguantaba en silencio que el maltrato, al que todo el mundo se había acostumbrado en la Academia, sobrepasara incluso los pocos límites que existían allí.

Era una de las veteranas; ya llevaba más de tres años compitiendo al máximo nivel y por eso algunos de los novatos que no aguantaban el ritmo o que sufrían con los abusos físicos o psicológicos que se sucedían a diario la iban a buscar para pedirle consejo o que intercediera por ellos. Había conseguido llegar a los veinte años de edad muy cerca del coeficiente de máximo rendimiento (CMR), y no iba a echarlo a perder por su carácter o por hacer de madre de otros. En realidad, su edad biológica era de diecisiete años, pero a partir de los ocho años, después de la selección, las edades se asignaban según el «coeficiente de competición» (CC), una referencia que controlaba CIMA y que se asignaba en función de las capacidades físicas de las personas. Era la única edad legal válida y se cambiaba en función de las lesiones, las incapacidades o la pérdida de entrenamientos. Tener una edad u otra era muy importante a nivel social, pues te permitía acceder a mejores prestaciones sanitarias, a más derechos sociales de diversión, a entradas para acontecimientos importantes o incluso a ascensos en el trabajo de tus familiares. Por eso todo el mundo trataba de ganar años manteniéndose en forma, ganando puntos asistiendo a los campeonatos o participando en las apuestas.

Llevaba dos o tres semanas entrenando más horas que nadie, muy por encima de lo que se le pedía oficialmente. Cuando acababan los entrenamientos físicos diarios, ella se quedaba una hora más haciendo flexiones o apretando los dientes en los esprints, uno de sus puntos débiles, aunque lo compensaba con una gran resistencia a los encontronazos. Desde que se decidió que los chicos y las chicas jugarían en los mismos equipos, muchas de ellas sufrían golpes exagerados que solo pretendían dejar claro quiénes eran los más fuertes.

Pero con ella no podían... o al menos no siempre.

–¡Vamos, chicos! ¡Aguantad un poco más!

Gritos, siempre gritos. Los entrenadores se comunicaban así, como si el gritar les confiriera más autoridad.

–¡Venga, Astrid, que solo he metido presión al siete!

Ella lo miró con la furia que siempre le salía con el cabreo, cuando la provocaban.

—Así me gusta, que me mires con odio. Hoy estamos aquí para odiar a esos malditos eslavos que se creen mejores que nosotros. A quién le importa su estúpida mafia que malcría a los jugadores. Son violentos, pero también se vuelven lentos. Pero en este partido, les vamos a demostrar que somos mejores y que si nos retan a repartir golpes, acabarán volviendo con el culo rojo a su miserable territorio.

«Desgraciado», pensó, y estuvo a punto de gritarlo, pero se contuvo a tiempo. A pesar de que como deportistas eran constantemente sometidos a insultos y a menosprecios, si se dirigían de igual modo a los entrenadores podían sufrir una expulsión inmediata de la Academia. Y eso significaba desaparecer del mundo como deportista y, con suerte, que te asignaran un trabajo no demasiado indigno para el resto de tu vida. Salvo si una era una superestrella, ya que entonces podías insultar al entrenador y a cualquiera que te viniera en gana. Podías hacer lo que quisieras, ir donde quisieras y abusar de quien quisieras. Las superestrellas tenían campo libre, claro que, antes o después, dejaban de serlo y entonces las dejaban caer como un pañuelo usado.

Ella no era una superestrella, solo una buena deportista que se partía los cuernos para mantenerse entre la élite.

—¡Cinco segundos más! ¡No me digáis que no podéis aguantar cinco asquerosos segundos más!

Astrid apretó los dientes y contó hasta cinco, aunque sabía de sobra que cuando decían cinco segundos querían decir diez o veinte, o lo que se le antojara al ayudante de turno dependiendo de si había desayunado bien o no ese día.

Estaban calentando los músculos de las piernas, ya que solo faltaban diez minutos para el partido. Como siempre hacían, utilizaron una máquina de presión que obligaba a los músculos a contraerse y relajarse a gran velocidad para que cuando los futbolistas empezaran a correr de verdad ya estuvieran en el punto óptimo de rendimiento, aunque era un procedimiento muy doloroso. No importaba lo que costara; en ese nivel, todo tenía que ver con el rendimiento.

Astrid llevaba tanto tiempo soportando esa tortura y muchas otras que había aprendido a desconectar mentalmente cuando su cuerpo le mandaba claras señales de que estaba forzándolo demasiado. En esos momentos, vaciaba su mente y pensaba en el mar, en esos días cuando de pequeña sus padres la llevaron de viaje al Imperio, ya que su padre era un técnico reputado en telecomunicaciones y CIMA lo premió con unas vacaciones de una semana recorriendo las costas más turísticas de lo que antiguamente fue Vietnam. Eso era cuando CIMA y el Imperio no se odiaban como ahora. Fue el viaje de su vida; pasaron muchas horas en aquel mar transparente buceando y mirando cómo los peces de colores se perseguían o se escondían en los corales.

Por eso, cuando empezaba el dolor, ella se sumergía mentalmente en aquel mar y esperaba a que todo pasase. Lo hacía cuando los obligaban a correr durante horas solo para ver hasta donde eran capaces de resistir, o cuando los metían en agua helada porque eso aceleraba la recuperación muscular, o si tenía que dormir en un habitáculo cerrado que disminuía los niveles de oxígeno para que se desarrollaran más sus pulmones.

–¡Ya!

Y exhaló un suspiro saliendo del fondo del mar coralino.

Estaban a punto de salir al campo y solo entonces el entrenador principal, al que apenas veían salvo en los partidos, entró en el vestuario mixto a darles las últimas instrucciones.

Era una persona repulsiva a la que todos llamaba *entrenador*, pues ni siquiera sabían su nombre real.

Allí los nombres no importaban.

Ni las personas.

–Bueno, llegó el momento. Para algunos de vosotros, queridos y queridas, será el último partido. Incluso para unos pocos será el primero y el último a la vez... ¿y sabéis por qué?

Nadie respondió por miedo y porque nunca se sabía si era parte de su retórica habitual o realmente esperaba una respuesta. Era mejor no precipitarse.

–¿Lo sabes tú? –dijo dirigiendo su dedo como una lanza hacia Logan, un chico del sur que hacía solo unos meses que se había incorporado al equipo como portero.

No dijo nada.

–¿No? Bueno. ¿Y tú?, mi querida Astrid *malaleche*.

A veces la llamaban así para cabrearla y porque realmente siempre parecía estar de mal humor. Evidentemente ella no respondió.

–¿Nadie? –dijo poniendo cara de sorprendido.

Dejó pasar unos tensos segundos y continuó con su discurso.

–De acuerdo, pues os lo explicaré. Algunos no meterán la pierna por miedo a una lesión, o puede que no persigan a su rival porque sientan cansancio. Cuando se permitan los golpes, tal vez alguno se asuste y decida no pelear o puede ser que hoy los jueces decidan dar unos minutos de alegría a la audiencia y supriman toda norma y entonces algunos o algunas no den la talla. Esa es la razón por la que, para unos cuantos, este será el último partido, porque a todos esos los expulsaré antes de que acaben de vestirse. Así que, si no queréis ser de esos que mañana empiecen un nuevo trabajo cargando basura o reciclando el agua, salid a comeros a esos racistas eslavos y no dejéis que ninguno de ellos olvide este día.

Nadie dijo nada, y eso fue un error. Siempre se exigían gritos de entusiasmo, real o fingido; no importaba.

–¡¿Qué os pasa?! –intervino uno de los ayudantes–. ¡¿Acaso no queréis salir a jugar?! ¡¿Dónde está vuestro valor?!

Y Astrid gritó, tan fuerte como pudo. Puso cara de una fiereza que no sentía y gritó para que pareciera dispuesta a salir y matar a uno de sus contrincantes, o, mejor dicho, enemigos. Todos gritaron hasta que el entrenador principal levantó las manos para hacerlos callar.

–Bueno, eso está mejor, aunque viendo lo que os ha costado, estoy seguro de que esos locos os van a comer vivos. En fin, hoy los médicos van a tener trabajo con vosotros –finalizó el entrenador antes de salir del vestuario.

–Prestad atención. Como sé que tenéis poco cerebro, repasemos como siempre las normas antes de salir –intervino el segundo ayudante.

Antes de cada partido se repetía el mismo ritual de señalar las normas más importantes que podían ir cambiando en función de las audiencias. Si estas bajaban, los jueces marcaban nuevas normas que iban desde permitir el juego con las manos o el juego más duro de lo habitual, no señalando la mayoría de las faltas, hasta el temido período NONOR-MAS, que se señalaba con una enorme luz roja intermitente en todo el estadio y que implicaba que se permitía todo tipo de violencia durante un tiempo determinado.

–Vale, atontados... y, oh, perdón, atontados y atontadas, no sea que alguna de nuestras flores se vaya a molestar... –insistió.

El que hablaba era Carlsson, el segundo ayudante y especialista en estar al día de los constantes cambios reglamentarios que imponía CIMA en función de los análisis de audiencias. Una de sus funciones parecía ser la de resultar odioso para la mayoría de los miembros del equipo, especialmente para las chicas. La propia Astrid le había tenido que parar los pies firmemente en un par de ocasiones, por lo que siempre que podía se metía con ella.

–A ver si sois capaces de retener algo de lo que os voy a explicar –dijo mirándola precisamente a ella para que todo el mundo lo entendiera.

Hubo algún barullo en el pasillo que atrajo la atención de los quince componentes del equipo que estaban listos para salir a competir.

–Ehhh, vale, prestad atención, niños, que luego hacéis el ridículo en el campo. Bien, se supone que ya conocéis las normas básicas del juego y también que los cambios de reglas se notifican a los jugadores en función de las luces del estadio, que parpadean unos segundos con el cambio de color para que todo el mundo lo entienda. Dejadme que os recuerde que si parpadean en amarillo quiere decir que se permiten los cambios continuos en cada equipo, o sea que debéis mirar a la banda por si os pedimos que vengáis. Si en cambio parpadean en naranja quiere decir que se permiten las faltas más fuertes durante el tiempo que decidan los jueces. No seáis idiotas y aprovechad la ocasión para soltar alguna patada, sobre todo al delantero centro ese ruso que será vuestra pesadilla en todo el partido. Recordad que los jueces marcan el final de cada permiso con tres pitidos, o sea que podéis repartir leña hasta el último de los pitidos. No quiero ingenuos que paren al segundo pitido y que pierdan la ocasión de cargarse a uno de esos eslavos. También sabéis que a veces los de arriba son muy creativos y que pueden inventarse un cambio de reglas nuevo. En ese caso avisan por los altavoces, o sea que estad atentos si eso ocurre. Por último, si el partido se alarga o desde arriba piensan que es el momento, se dará paso a las luces rojas y entonces... bueno, ya sabéis que en ese momento toda regla queda eliminada. Podéis coger el balón con las manos, golpear a los contrarios, meteros todos en la portería, en fin, ya hemos practicado muchas de esas jugadas en los entrenamientos, pero lo más importante...

–Lo más importante... –lo interrumpió el entrenador principal, que había vuelto a entrar en el vestuario sin que nadie se diera cuenta– ... es que tenéis la obligación de defender vuestros colores como os hemos enseñado. Sois unos privilegiados, pero eso no tiene por qué ser siempre así. No me importa que sangréis o que os lesionéis, no me importa que alguno acabe en el hospital, ni que sufra una conmoción cerebral por recibir un par de golpes del contrario. Quiero que saquéis vuestra rabia, vuestro odio: eso es lo que yo y los millones de espectadores esperamos ver. Y si alguno de vosotros, niños mimados, no lo hace, me encargaré personalmente de que sea enviado al distrito más alejado de la maldita ciudad más lejana en la isla más fea del mundo. Puedo hacerlo y ya lo he hecho antes, o sea que nada de lloros ni de «voy a ayudar a mi compañero porque le han dado dos golpes y está sangrando». Marcar gol y evitar que os lo marquen, eso es lo único que cuenta ahora en vuestra vida. ¿Está claro?

–¡Sí!

–Y recordad –tomó el relevo Carlsson– que si las luces rojas vuelven a parpadear es que se ha acabado el período NONORMAS; en este caso no hay pitidos. Antes de que se apague la última intermitencia debéis volver al juego limpio y...

–Pero no olvidéis... –lo cortó nuevamente el entrenador–, que quiero que Einar y Ondina se luzcan, o sea que debéis protegerlos e intentar que sean ellos quienes marquen los goles. No me importa cómo lo hagáis, hemos ensayado miles de jugadas para lograrlo, o sea que si no lo hacéis consideraré que me estáis tomando el pelo y actuaré en consecuencia. Ambos son una pareja predilecta para CIMA y ya sabéis todos lo que eso significa.

Hubo una pausa porque nadie sabía si ya habían acabado con la charla y las instrucciones.

–¡Venga! ¡Al campo a partiros la cara por el NEC!

Astrid se ajustó las largas medias, asegurándose de que las protecciones en sus piernas estaban bien fijadas. De eso podía depender que volviera caminando del campo o lo hiciera en silla de ruedas, como le sucedió a una compañera del equipo justo en el último partido. En cuanto enfocaron el túnel de salida, le llegó el sonido familiar del público gritando, esperando su ración de violencia y de emociones fuertes. Odiaba ese sonido.

Los estadios nuevos estaban pensados para más de doscientas mil personas, aunque este, debido al clima extremo de la zona, era algo más pequeño y, naturalmente, cubierto y climatizado. Allí debían caber unas ciento veinte o ciento treinta mil personas, nunca lo había preguntado.

Al saltar al campo, el público pareció enloquecer. Aunque jugaban en casa, un buen número de seguidores eslavos habían acompañado a su equipo hasta allí. La gente disfrutaba mucho con las retransmisiones que se iniciaban tres o cuatro horas antes del partido y CIMA acabó facilitando los desplazamientos de seguidores violentos para que hubiera algo de jaleo, ya que eso siempre aumentaba el interés por las horas previas. Miles de ellos andaban por las zonas permitidas del centro buscando pelea, bebiendo o rompiendo cosas. Sin embargo, a pesar de las apariencias, todo estaba medido y controlado. Había muchas normas acerca de qué podían romper o a quién podían enfrentarse físicamente, y si alguno se pasaba de rosca lo lamentaba el resto de su vida. Los eslavos eran la afición más difícil de controlar, e incluso una vez arrasaron sin permiso una sede de distrito de CIMA.

Hubo cientos de detenidos y muchos de ellos fueron deportados al territorio africano que estaba bajo tutela compartida entre las grandes corporaciones. Eso equivalía a decir que, en realidad, allí no había gobierno, ya que las empresas se limitaban a extraer cuantos minerales útiles detectaban y a dejar que la población se las apañara como quisiera. Era una especie de zona muerta en ese mundo hipercontrolado.

Cuando los jugadores de ambos equipos saltaron a la hierba sintética, aquello pareció estallar. Ciudadanos normalmente ejemplares se comportaban allí como auténticos energúmenos, insultando a todo el mundo e incluso peleándose entre ellos o con la afición contraria. Enseguida que el partido parecía ralentizarse, reclamaban que entraran de inmediato las normas especiales que permitían más violencia. En realidad, nunca parecían cansarse de esa explosión salvaje que los jueces, bajo las órdenes de los programadores que medían las audiencias en tiempo real, administraban con calma, para que siempre se quedaran con algo de ganas de mayores medidas de choque.

Los de NEC se colocaron rápidamente en sus posiciones, incluida Astrid, que alternaba el puesto de extremo puro por su capacidad de desborde o de defensa de choque por su resistencia a los golpes y su ferocidad cuando convenía. NEC era uno de los equipos favoritos de la competición mundial, la más importante y donde se movían unas descomunales cifras de dinero en las apuestas obligatorias. Había otras ligas menores, cientos de ellas en los diferentes territorios, pero solo esta era la élite de las competiciones, la que todo el mundo seguía a lo largo del año.

Inga, su compañera de banda, se acercó y le dio unos golpecitos en el hombro para animarla.

–Venga, Astrid, cómetelos vivos.

A ella no le hacía ninguna gracia que hiciera eso, pero el entrenador decía que en público debían dar muestras de camaradería, a pesar de que en privado muchos de los jugadores se odiaban.

–Sí, vale, ocúpate de tu trabajo y déjame en paz.

Astrid no tenía amigos en el equipo, no era conveniente ni estaba bien visto en aquel ambiente donde solo existía una competitividad salvaje. Si un compañero se lesionaba, eso implicaba una oportunidad para otro, que no dejaba de alegrarse.

Además, hoy tenía un mal presentimiento. Ya habían jugado varias veces contra los eslavos, que en realidad se llamaban Eslavia, y siempre acababan con algunos períodos de NONORMAS porque eran unos animales y eso encantaba al público. Los anuncios del partido que salían en todos los medios caseros y en todos los edificios públicos de CIMA ya daban algunas pistas:

VIKINGOS contra ESLAVOS
Sangre sobre el campo

No hacía falta ser muy inteligente para saber lo que se esperaba de ellos y Astrid era muy consciente de eso, ya que llevaba tiempo jugando a ese nivel.

Los jueces dieron la señal y el partido empezó con ambos equipos luchando dentro de las normas para intentar ganar. Astrid tenía como misión dar apoyo en el extremo a las jugadas que se iniciaban en el poblado centro del campo e intentar meter buenos centros para que alguno de los cuatro delanteros, especialmente Einar, remataran e intentaran batir al portero eslavo, un chico tan rubio que casi parecía de pelo blanco y que medía por los menos dos metros. Estaba especialmente pendiente también de los pases en profundidad que le lanzaba Ondina, una descendiente de los antiguos noruegos que poblaron los hielos árticos, con una zurda tan fina que era capaz de lanzar la pelota a cuarenta metros y que botara sobre un círculo de menos de dos palmos de ancho. Ellos dos eran las estrellas, recién fichados por el equipo

65

CIMA, y todo el resto del equipo trabajaba para que fueran ensalzados por el mismo público que poco después se lanzaría como loco a comprar camisetas, cepillos de dientes, vino o cualquier otra cosa donde saliera su cara o su nombre.

El equipo eslavo se empleaba con dureza, y muy poco importaba a los chicos hacer entradas fuertes a las chicas. Ella trataba de esquivar las más bruscas y aguantar las que no podía evitar.

Pasaron quince minutos sin ocasiones de gol, ya que el equipo de NEC era famoso por su buena defensa de cinco chicos y una chica colocados escalonadamente, muy fuertes y muy rápidos, de manera que desbarataban cualquier intento de los eslavos de crear peligro. Estos funcionaban más por fuerza bruta que por calidad, y eso los mantenía en los puestos bajos de la clasificación. En realidad, su única oportunidad era esperar a que las reglas cambiasen.

Y eso sucedió antes de lo que esperaban. Cuando llevaban cerca de los veinte minutos, los jueces lanzaron por los grandes altavoces una señal acústica que implicaba que debían escuchar. El juego no se detenía, de manera que los jugadores intentaban enterarse de qué iba aquello a la vez que seguían regateando y corriendo.

–¡Sin porteros! –fue lo único que se escuchó mientras volvía a sonar la misma señal acústica.

No era una regla que hicieran servir a menudo, pero era potestad de los jueces decidir en directo el cambio de normas, de manera que ambos porteros se retiraron de inmediato detrás de sus porterías.

Ondina fue la más rápida en reaccionar, ya que era famosa por su agilidad mental, y lanzó un pase largo justo donde Astrid corría la banda. Ella esprintó con todas sus fuerzas pensando que no llegaría, pero sus potentes piernas consiguieron arañar ese impulso que necesitaba y llegó justo antes de que la pelota desbordara la línea de fondo, con el tiempo justo para centrar al punto de penalti sin saber si había allí alguien de su equipo. Einar lo vio y se lanzó a por la pelota, y aunque no impactó como quería, el hecho de no tener portero hizo que la pelota entrara suavemente y que, inmediatamente, sonara la potente bocina que indicaba el gol. Automáticamente, unos grandes fuegos artificiales virtuales iluminaron el cielo y el público enloqueció todavía más. Podían verse desde varias decenas de kilómetros a la redonda, con lo que incluso los habitantes periféricos podían seguir el resultado del partido.

Astrid se golpeó contra las vallas, pero pudo aguantar el dolor. El defensa que la había estado persiguiendo en la jugada aprovechó para escupirle en la cara. Mientras tanto, en el área eslava se montó una tangana muy celebrada por los asistentes cuando un defensa golpeó a Einar mientras trataba de levantarse. Dos jugadores locales y dos eslavos fueron expulsados temporalmente.

Las audiencias subieron tres puntos.

A partir de ahí, el partido tomó el camino que los jugadores visitantes y buena parte de los espectadores esperaban: la violencia. En pocos minutos, las luces del estadio empezaron a parpadear en color naranja, lo que significaba que se permitían los contactos y golpes de forma mucho más fuerte que en el reglamento normal. Ahora eran trece contra trece, lo que en un campo tan grande como aquel los obligaba a correr más y a llegar más justos a los balones divididos. En esos momentos era cuando se producían los encontronazos más salvajes. Los eslavos entraban con los duros tacos de las botas por delante, hechos de metacrilato endurecido, y causaban cortes o lesiones a sus adversarios. En menos de diez minutos, el juego se detuvo cuatro veces para que entraran los vehículos autónomos de asistencia y retiraran a toda prisa a los heridos, que eran reemplazados inmediatamente. Cada equipo se presentaba en los partidos con treinta jugadores, e incluso, en casos de alta violencia, podían hacerse cambios indefinidos llamando a más jugadores que siempre esperaban en las instalaciones.

Astrid recibió un par de golpes cuando el delantero a quien cubría en labores defensivas trató de desbordarla sin éxito debido a su rapidez de reflejos, una de sus mejores cualidades.

—Maldita asquerosa, en cuanto pueda voy a dejarte una brecha en esa cara bonita que hará que me recuerdes para siempre. ¡Ja! ¡Ja! ¡Ja!

La amenaza era fácil de entender a pesar del fuerte acento del inglés básico que hablaba aquel delantero corpulento al que le faltaba una oreja. Era el único idioma oficial en los partidos y uno de los cuatro que se permitían en el mundo, junto con el chino, el ibérico y el ruso.

En una de las internadas de Astrid en ataque, no lo vio venir, pues estaba concentrada en los movimientos de desmarque de Einar. Cuando sintió que algo se acercaba a gran velocidad por su espalda, fue demasiado tarde. Le dio justo tiempo a saltar y recibir el impacto en el aire. Si la hubiera cogido con los pies en el suelo, le habría partido la pierna.

El golpe la mandó fuera del campo, por lo que el juego ni se detuvo. Astrid quedó conmocionada y tardó unos segundos en recordar dónde estaba. Miró hacia su banquillo, esperando que alguno de los asistentes se acercara a preguntar por su estado, pero lo único que vio fue que el segundo entrenador mandaba calentar a una chica con la que normalmente competía por una plaza en el equipo. Mareada y con náuseas, se levantó y reingresó en el partido antes de que la sustituyeran. Casi pudo adivinar el gesto de rabia de su suplente al ver que se recuperaba.

–¿Estás bien, cariño? –le dijo con sarcasmo el eslavo que la había golpeado–. Pues espera a que entremos en NONORMAS.

A pesar de la reducción de reglas, los eslavos no lograban empatar el partido, que llegó al descanso con el marcador en 1-0.

Ese descanso duraba apenas cinco minutos, mientras los dispensadores automáticos suministraban comida y bebida al público del estadio sin que tuvieran que moverse de sus asientos. Se trataba de mantener la atención y de que consumieran. Las apuestas, que se realizaban sin pausa a lo largo del partido, llegaban en el descanso a su punto culminante, pues era cuando aparecían las mejores ofertas.

Se apostaba por todo, no solo por el resultado final:

Primera lesión

Lesión más grave

Goles totales

Faltas graves

Minuto en que aparecían las NONORMAS

Y así hasta en doscientos apartados que podían llegar a ser más en función de cómo iba el encuentro. Las apuestas se hacían descontando la cantidad del salario de CIMA y, si se ganaba, se pagaba virtualmente en ese mismo salario.

Luego estaba la gran apuesta final, donde todo valía el doble, y que se hacía durante el «minuto mágico», el primero en el que se decretara NONORMAS.

Empezaron la segunda parte y se volvió a jugar con el reglamento habitual. Los eslavos consiguieron empatar gracias a un penalti largo que se decretó a pesar de las airadas protestas el banquillo de NEC, así como del público del estadio, que rugía de indignación y lo mostraba pateando el suelo y lanzando objetos virtuales que, evidentemente, no llegaban a la pista. Lo hacían así porque CIMA había descubierto que lanzar objetos a los jugadores o a los jueces era una gran motivación para los espectadores que acudían al estadio. Entre el catálogo de cosas que podían escoger previo pago, estaban piedras, botellas, barras de hierro, bengalas o incluso seres vivos como perritos, patos o cerdos. Cuando el partido se tensaba por algún motivo, era espectacular observar todo lo que llegaba a salir disparado desde la grada. Se hacía mediante un botón que los espectadores tenían integrado en su localidad, y la realidad virtual hacía que realmente pareciera que salía volando el objeto o animal escogido, hasta que se desvanecía en cuanto *impactaba* virtualmente en su objetivo. Ni los jugadores ni los jueces se daban cuenta de nada y solo podían adivinar lo que sucedía por los gritos entusiastas de la grada.

Cuando solo faltaban cinco minutos para el final, el resultado era de empate a dos goles y todo parecía estancado. Los partidos se habían ido acortando para que no llegaran a resultar aburridos, y ahora duraban 30 minutos por parte. Los espectadores, especialmente los de las pantallas, necesitaban cada vez más estímulos y más cortos para prestar su atención y ser conducidos a las apuestas deportivas, que era el auténtico motor de la economía mundial. Cada año se movían cifras de billones de CIMARS, nombre que recibían las criptomonedas oficiales en el territorio bajo su dominio. Sin embargo, nadie sabía cuántos exactamente, ya que todavía circulaban miles de millones de las antiguas monedas de dólares, yuanes o euros, aunque solo se utilizaban en la economía no oficial.

Fue entonces cuando Astrid supo qué iba a pasar. Sintió el cambio de color a rojo en los enormes faros del estadio una décima de segundo antes de que realmente cambiaran. Se preparó porque ya sabía lo que iba a suceder.

Su primera mirada fue para el chico eslavo que la había golpeado anteriormente. Ahora que iban a entrar en vigor las NONORMAS, seguro que iría a por ella. Pues bien, iba a tenerle reservada una sorpresa. Antes de salir al campo, se había metido en la media una barra de plástico flexible que a veces utilizaba en los entrenamientos para defenderse cuando practicaban agresiones o entradas sin control. Durante todo el partido esa barra la había estado molestando, e incluso le había provocado una llaga a la altura de la rodilla, pero había valido la pena aguantar las molestias para cuando llegara ese momento.

El estadio rugió, pues era lo que todos esperaban, la auténtica razón por la que iban a ver ese juego, para estar presentes cuando se convirtiese en una lucha sin cuartel. Las apuestas incorporaron todo tipo de lesiones, brazos rotos, piernas fracturadas, conmociones... Cualquiera podía jugarse su dinero esperando adivinar cuánto daño se provocarían los jugadores entre sí.

Astrid vio que el chico se acercaba sin disimulos a su posición y no se lo pensó. Con un rápido gesto sacó su barra y se fue a por él.

–Eh... ¿Qué vienes a buscar? ¿Quieres que te dé...? –le dijo el chico algo sorprendido al verla acercarse con decisión.

Ella le golpeó la cara con fuerza y repitió el gesto en los hombros, el pecho y los genitales. El chico no sabía qué parte cubrirse ante la lluvia de golpes que le caían encima. Los espectadores aumentaban sus gritos mientras el chico caía al suelo retorciéndose de dolor. Los enormes marcadores repetían cada golpe a cámara lenta.

–¡Astrid!

Oyó el gritó y adivinó lo que iba a suceder. Su agresión descontrolada había atraído la atención de los compañeros del chico caído y eso había provocado que se abriera un hueco en su medio campo. Inga la advertía del peligro mientras le señalaba la pelota que se movía cerca de sus inmediaciones. Por un instante, nadie parecía prestar demasiada atención al juego mientras la hierba artificial se teñía de rojo por la sangre que manaba del labio partido y la ceja abierta de su adversario. Pensó en huir, porque si los compañeros del herido la atrapaban corría el riesgo de sufrir una dura agresión. Sin embargo, no podía dejar de aprovechar la ocasión de recuperar el balón y tratar de atacar la portería contraria.

–¡Pásasela a Einar! –le gritó de nuevo Inga antes de ser golpeada por una chica de pelo rojo que la cazó por la espalda dándole una patada a la altura de los omóplatos.

Sin tiempo para preocuparse por el estado de su compañera, Astrid corrió hacia el balón, esquivando a la chica del pelo rojo que trataba de lanzarle un golpe con el puño cerrado.

Por el rabillo del ojo vio que Einar iniciaba un movimiento para cortar la defensa y le lanzó la pelota al mismo tiempo que corría detrás de él aprovechando el pasillo abierto.

Los eslavos se dieron cuenta de la maniobra y trataron de cerrar el paso a Einar, pero este era un auténtico prodigio de fuerza y coordinación y fue esquivando o golpeando a sus contrarios hasta que se encontró cerca del área rival. Sin embargo, los defensas se habían reorganizado y se plantaron en dos grupos, cerrándole el paso.

–¡Maniobra de Tylan! –tuvo tiempo de gritar Einar antes de desmarcarse hacia la banda izquierda y pasarle la pelota a Astrid, que había seguido su carrera.

Ese movimiento, que habían practicado cientos de veces en los entrenamientos, servía para intentar abrir defensas cerradas. Astrid pensó que no iba a servir allí, con medio equipo tirado sobre el césped y cuatro defensas pendientes sobre todo de Einar. Sin embargo, emprendió su parte y trató de internarse en el área frontalmente para atraer a los defensas y poder después devolver la pelota a Einar para que pudiera rematar a puerta.

Oyó que los eslavos se gritaban algo en ese idioma extraño e incomprensible en el que hablaban y se dio cuenta de que conocían esa jugada. En lugar de ir hacia ella, tres de los defensas se fueron a seguir a Einar, dejándola a ella en un uno contra uno, sabiendo que no intentaría acabar la jugada en contra de lo que le había indicado la estrella de su equipo.

Astrid levantó la mirada y vio que, si intentaba devolverle el pase a Einar, aquellos malnacidos lo interceptarían y nada de todo aquello habría servido. También se dio cuenta de que las luces rojas volvían a encenderse:

Un *flash* rojo... cuando volviera a verlo dos veces más, el tiempo de NONORMAS habría acabado. Por lo visto, los programadores habían decidido acortar el tiempo sin reglas ante la brutalidad de los eslavos.

Dos *flashes*... Einar seguía muy marcado, tenía que decidirse.

Y lo hizo.

Con una finta de su cuerpo marcó que iba a hacer el pase que todo el mundo esperaba hacia Einar. Su defensor se movió ligeramente a la derecha para tratar de interceptarlo. Ella aprovechó la pequeña ventaja y con el codo impactó en su cuello con violencia, con lo que lo desestabilizó lo suficiente como para poder cambiar de dirección, aprovechando también ese apoyo brusco, e irse con la pelota hacia la izquierda.

Todo el mundo lo vio... en el campo, en el mismo estadio, en los cientos de miles de hogares, lugares de trabajo, centros comerciales, gimnasios, saunas, escuelas, cabañas refugios, centros militares, salas de masaje, comercios, casas ocupadas, transportes colectivos, aviones, playas vacacionales, congresos virtuales, academias de entrenamiento, complejos científicos, cárceles, centros de internamiento, hogares para huérfanos, edificios gubernamentales, talleres de ingeniería o mecánica, fábricas de reciclaje, centros de especulación, nuevas construcciones, paneles en carreteras y ciudades, zoológicos, museos virtuales, residencias oficiales, subsuelos de las ciudades, embajadas...

Todos contuvieron la respiración ante aquella fantástica maniobra que nadie esperaba. De repente, Astrid se plantó sola frente al portero y no dudó; ya no podía hacerlo, aunque supo enseguida que eso iba a jugar en su contra al final. Pero, qué importaba, era su momento de gloria.

Tal vez eso la salvaría.

Vio que el portero alto de pelo blanco ponía cara de sorpresa y enseguida de una enorme rabia. Ambos sabían lo que se jugaban en aquellos segundos. El que fallara iba a ser duramente castigado por su entrenador y, quizás, apartado definitivamente del equipo y expulsado del deporte de élite.

Vio que ese miedo iba a ser su aliado en ese instante y lo miró a los ojos. El chico sacaba fuego porque sabía que iba a perder, de manera que, en lugar de intentar abortar la jugada, decidió ir a hacerle daño. Perdió de vista la pelota para decidir dónde iba a golpearla a ella y entonces Astrid supo que iba a marcar.

–¡Maldita...!

Vio venir su pierna a ras de suelo y supo que no iba a poder evitar el golpe si quería meter el gol. Esperó hasta el último instante y entonces picó suavemente el balón de neoplástico, que se elevó lo suficiente para salvar los intentos del chico de atraparlo en el aire. Astrid no vio entrar el balón en la portería, pues el impacto de la pierna del portero la lanzó casi un metro hacia atrás. Sintió el dolor en su tobillo al mismo tiempo que el rugido del público y, entonces, se dio cuenta de dos cosas a la vez.

Había marcado un gol decisivo.

Le habían dañado gravemente el tobillo.

A pesar de la importancia del gol, nadie de su equipo se acercó a felicitarla, pues todos sabían que había actuado por su cuenta, desobedeciendo las órdenes del entrenador y haciendo quedar mal a la estrella, que seguía sin entender cómo podía ser que le hubiesen robado su momento de triunfo.

Trató de no gritar por el dolor, pero enseguida se vio que la lesión podía ser grave y el vehículo autónomo entró en el campo, y, mientras la subía encima mediante aire comprimido, le inyectó una dosis de calmantes de efecto inmediato que consiguieron rebajar los pinchazos que sentía en esa zona.

Los aplausos llegaron a sus oídos cuando dejó de estar colapsada por el sufrimiento físico. Fue algo apoteósico y también tan inesperado que aquellos que apostaron en el último segundo a su favor ganaron una auténtica fortuna.

–Estás acabada –le dijo Carlsson cuando el vehículo la depositó cerca del banquillo, en la zona para lesionados.

El entrenador, sonriente, pero con los ojos ardientes de rabia, se acercó y le dio una palmada en la espalda. Sin embargo, Astrid supo enseguida que no iba a perdonarle haberse saltado sus instrucciones.

Con el partido acabado, los de NEC habían conseguido un triunfo que los situaba muy cerca de tener privilegios en el sorteo que se efectuaría en pocas semanas para las series clasificatorias del cercano campeonato mundial.

La mayoría del equipo entró en el vestuario gritando y felicitándose. Einar ni siquiera la miró.

La llevaron a la zona de curas, donde los muchos lesionados esperaban a ser atendidos por el equipo médico en un centro mucho mejor equipado que los hospitales del extrarradio de la ciudad.

–Bueno, bueno, Astrid, has hecho un gol de esos que se recuerdan durante tiempo. Las pantallas de todo el mundo lo están repitiendo una y otra vez y seguirán haciéndolo durante el día de hoy, esta semana y quizás algo más... y ya estará –le dijo el entrenador, que había llegado a la zona a los diez minutos de acabar el partido y había pasado uno por uno para ver cómo estaban de maltrechos los de su equipo.

A ella la dejó para el final.

—Porque tú tal vez no lo sepas, pero lo que has hecho hoy pronto será olvidado. La gente quiere emociones nuevas cada vez más rápido. Ya nada se saborea, todo se consume rápidamente y se caga para dejar sitio a algo nuevo que también acaba cagándose y dejándose pudrir.

Astrid lo miraba sin pestañear, tratando de no mostrar que los calmantes empezaban a perder su eficacia. Sin embargo, el entrenador, muy acostumbrado a interpretar las señales de dolor que los deportistas trataban de ocultar para que no los cambiaran o los dejaran fuera de una convocatoria, se dio cuenta enseguida. Se acercó a su tobillo hinchado y lo cogió con suavidad.

—Vaya, vaya. No tiene muy buena pinta, pero creo que no está fracturado... o quizás sí.

El médico que estaba allí al lado y que acababa de hacer un diagnóstico a través de la imagen de su tobillo en la pantalla, intervino.

—No lo está, solo es un golpe muy fuerte. Podrá volver a jugar en un par de semanas.

El entrenador lo miró con tal furia que el médico decidió retirarse a atender a otro futbolista del equipo que estaba tumbado en una cama de aire con un fuerte golpe en la cabeza que le provocaba mareos continuos.

—Bueno, qué suerte, ¿no? —le dijo en cuanto la miró de nuevo.

Seguía manteniendo su tobillo en la enorme mano y empezó a apretarlo.

Astrid aguantó el dolor sin mostrar nada en su cara, aunque una gota de sudor comenzó a bajarle por la frente conforme le apretaba más fuerte en el lugar del impacto.

–Podrás recuperarte en un par de semanas, eso sí, porque lo de jugar... eso será difícil que vuelva a pasar, ¿sabes?

Astrid mantuvo el silencio, para no enfurecerlo más y porque ahora el dolor empezaba a ser realmente fuerte. No dejaba de apretarle en la zona más hinchada.

–Me parece que no has entendido todavía de qué va todo esto, y no será porque no os lo hayamos explicado. Tú juegas en este equipo porque yo lo decido, y lo hago porque eres fuerte y rápida. Pero no eres una estrella, lo sabes, ¿verdad?

Ella suspiró y apretó un poco más los dientes.

–No, no lo eres. Einar lo es y tal vez Ondina llegue a serlo, y esto va de cómo los demás trabajamos para construir estrellas. Ellos, mientras duran, mantienen el negocio en marcha. La gente los adora, quiere grabarse imágenes con ellos, comprar su ropa, oler su sudor, incluso comerían sus deposiciones si les dejáramos.

Hizo una pausa y finalmente soltó bruscamente el tobillo, que golpeó contra la litera. Astrid soltó un gruñido.

–Lo más importante de este mundo, Astrid, querida, no es que metamos goles o que la gente se divierta. Lo importante es que creemos adoración, porque cuando la gente adora a otros renuncia a su propia vida. La mayoría de nosotros tenemos vidas aburridas o simplemente desastrosas... sí, sí, yo me incluyo en eso. ¿O crees que me encanta pasarme los días aquí

encerrado con este grupo de adolescentes que se matarían entre ellos solo por poder salir en la pantalla? Pues bien, querida Astrid, todo el mundo vive la vida de las estrellas, y se gasta el dinero por acercarse a ese sueño. Compran camisetas, productos enlatados, zapatos... lo que sea que lleve la cara del jugador de turno. Tratan de vivir en casas parecidas, peinan a sus hijos como ellos y les ponen el mismo nombre a sus perros. Y apuestan... mucho dinero. Y ganan algo, pero pierden mucho. Y eso es lo que quiere CIMA, estrellas y no jugadoras musculosas que creen que pueden decidir dejar en ridículo a nuestras estrellas y que eso no les traerá consecuencias. Lo entiendes, ¿verdad?

Ella no dijo nada, solo quería que él se fuera y pedir más calmantes.

–Estás fuera del equipo. Mañana no quiero verte más por la Academia.

Cuando se giró para irse, apareció una de sus ayudantes. Era Kalina, una chica que antes había sido miembro del equipo. No era muy buena, pero era preciosa, escultural y muy desarrollada. En apenas dos meses el entrenador la había apartado de los estadios y la había nombrado su ayudante personal. Daba muy buena imagen en las ruedas de prensa y en los reportajes. Vestía siempre con las tonalidades del equipo, aunque ella misma podía hacer cambiar de color su ropa a voluntad mediante un chip que controlaba.

Hoy iba de amarillo casi blanco, lo que resaltaba mucho su larga cabellera negra. Miró a Astrid un segundo y ella le devolvió la mirada. No era mala chica, solo demasiado guapa.

Habló con el entrenador en voz muy baja para que nadie pudiera escuchar la conversación. Fueron apenas diez segundos, suficientes sin embargo para que todo el mundo viera cómo cambiaba la expresión del jefe. Conocían esa mirada furiosa con la que volvió a acercarse a donde Astrid seguía tumbada.

–Tenías que pasarle la pelota a Einar, esa era la jugada ensayada.

–Lo sé –respondió ella por primera vez.

–Pero pensaste que era tu momento, la ocasión de lucirte ante el mundo.

–No, solo me di cuenta de que Einar no podría marcar y yo sí.

–Ah, ¿sí? ¿Y cómo lo supiste?

–Bueno, lo intuí.

El entrenador la miró con desprecio, pero era evidente que no había vuelto atrás solo para decirle eso.

–Bien, pues parece que tu intuición no te falló y que lo que hiciste gustó a mucha gente. Si fuera por mí estarías en la calle hoy mismo, y mañana empezarías a lamentarte en un maldito trabajo donde tu intuición solo te serviría para adivinar qué compañero iba a intentar robarte el salario.

Había rabia en su manera de hablar, y eso hizo pensar a Astrid que tal vez se salvara de ese destino horrible.

–Pero yo no mando, ya lo sabes, yo solo cumplo con mi obligación y obedezco a quien debo obedecer. Y parece que han decidido no echarte por el momento, no de forma definitiva.

Hizo una pausa porque le costaba mucho tener que tragarse su orgullo.

–Evidentemente, no puedes seguir en este equipo, de manera que han decidido hacer un intercambio con otro jugador y que desde este momento tú pases a formar parte de ese grupo de fracasados que se hacen llamar equipo en el sur. Ya sabes, los de Under North, a quien todo el mundo llama Unders. Se mantienen en la liga mundial porque a CIMA le interesa que en esa zona tengan ídolos propios que los animen a consumir y a apostar su dinero. Tu comportamiento te saca de la élite del deporte, ya que, aparte de los del Imperio, los de NEC somos con diferencia los mejores; por eso ganamos campeonatos. Sin embargo, podrás seguir jugando en un equipo con esos del sur. Tal vez incluso nos veamos en los campeonatos mundiales...

Se acercó mucho a ella para que sus palabras no fueran escuchadas por nadie más. Astrid notó su aliento caliente y que olía a menta mientras le hablaba suavemente cerca de su oído.

–Si volvemos a encontrarnos, me encargaré de que sea tu último partido, querida. Recuérdalo.

Se dio la vuelta y se marchó. Astrid, que había estado aguantando la respiración, dejó ir el aire despacio, para que nadie se diera cuenta. Odiaba mostrarse débil de cualquier manera que fuera.

Cuando levantó la cabeza vio que Kalina se acercaba con timidez, como si dudara en hablarle. Le tendió una comunicación en un papel que se destruía pasados unos segundos desde que se leyera y se fue sin decir nada.

Astrid lo leyó y se quedó pensando mientras observaba cómo la degradación instantánea reducía el comunicado a pequeñísimas virutas que cayeron al suelo metálico, que las absorbió automáticamente.

Apenas pudo ver su contenido, pero recordaba lo suficiente.

Debe presentarse en la Metrópolis Mediterránea a las ocho horas de mañana. Desde esa hora tiene prohibida la entrada en los territorios de la North European Corporation salvo con motivo de una competición oficial. La contravención de esta prohibición comportará su detención y una condena de cinco años de reclusión.

Eso implicaba que en menos de diez horas dejaría para siempre su casa y a su familia.

Capítulo 3

*—S*incronicidad, esa es la palabra que buscas, aunque admito que acaba confundiendo a mucha gente. Verás, Loren, el concepto de sincronicidad no tiene nada que ver con el de sincronía, te lo he explicado ya unas cuantas veces. La sincronía es una cosa, la sincronización otra y la sincronicidad es algo muy diferente, casi irreal. Cuando hablamos de sincronía nos referimos al fenómeno que se da cuando dos o más elementos suceden al mismo tiempo, de manera pareja y equilibrada, pero simultáneamente. Piensa en un grupo de música tocando a la vez o en una representación de danza.

La chica movió la cabeza para hacerle saber que eso lo entendía y que era demasiado obvio para ella a pesar de que solo fuera una ayudante de investigación. Pero sabía que su jefe no iba a parar ahí, de manera que decidió dejarlo hablar.

—Vale, pues, por otro lado, sincronización es hacer que coincidan en el tiempo dos o más fenómenos. Es decir, que nos referimos a que dos o más eventos están programados para que ocurran en un momento predefinido de tiempo o lugar.

–¿Por ejemplo? –quiso saber la ayudante, más por molestar que porque no lo entendiera.

–¡Mmmm!, déjame pensar.

Ella sonrió por haberlo cogido en falso; eso no acostumbraba a ocurrir. Sin embargo, algo le decía que se arrepentiría de ello, porque cuando su jefe pretendía que otra persona entendiera algo, no paraba hasta estar del todo seguro de que era así.

–¿Te gusta el cine antiguo? –le preguntó por fin.

–No mucho –respondió ella.

–Bueno, es igual. Seguramente sabrás que antiguamente se rodaban películas de manera muy diferente a como se hace ahora.

No esperaba respuesta, de manera que no se la dio.

–Se grababan primero las imágenes y luego se hacían los diálogos y la música. Finalmente, y a eso iba, se montaba todo junto en preproducción. Bueno, pues hacer coincidir las imágenes con la banda sonora era sincronizar. ¿Me explico?

–Sí, claro.

–Y por fin, llegamos a nuestro gran problema físico. La sincronicidad...

La ayudante pensó que *su gran problema físico* no era la sincronicidad, sino unas caderas que se ensanchaban sin límite y que la llevarían al quirófano de los retoques en poco tiempo. Menos mal que sería cuestión de unos minutos y totalmente indoloro y seguro. Aun así, puso cara de interés, porque sabía que ese tema allí era como algo sagrado... y también fuente de grandes discusiones entre los dos investigadores al mando.

–La sincronicidad, mi querida Loren, es algo que la física cuántica define pero no explica, algo que está más en el campo de la mística que en el de la ciencia, si me permites decirlo. La sincronicidad...

Una puerta se deslizó a sus espaldas y la voz de Elsa, la investigadora sénior, cortó el discurso en ese punto, interrumpiéndolo para ofrecer su propia explicación.

–La sincronicidad, queridísima Loren –intervino– no es nada místico, es real y forma parte de este mundo, igual que la teoría de la nueva relatividad o el teorema de masa crítica. Como dijo en su día el padre de nuestra disciplina...

–De la tuya, querrás decir –la cortó Luis, el investigador máster que compartía proyecto con Elsa... y alguna cosa más.

Ella continuó como si no lo hubiera oído.

–Como dijo Carl Gustav Jung a mediados del siglo veinte, aunque con un fundamento que se ha desarrollado muchísimo desde entonces, la sincronicidad es una correlación existente entre dos fenómenos simultáneos, sin que pueda valorarse una vinculación de causa-efecto.

–Eso es muy básico incluso para ti, ¿no? –le respondió Luis sonriendo.

Elsa se acercó y lo besó en los labios suavemente.

–A ver si esto te hace callar, porque si uno de los dos es aquí el básico, ese eres tú, amor mío. ¿O no eres tú el que se empeña en seguir anclado a la física clásica, cuyos postulados no han cambiado en los últimos cien años?

Luis no dejó de sonreír. Le encantaban esos desafíos constantes con Elsa, quien, además de ser la *hija del jefe* y la directora de proyectos, era su compañera de vida.

–Bueno, seguramente *mi* física viene de tan atrás porque se ha molestado en demostrar *científicamente* sus postulados, cosa que no ocurre con *tu* física, llena de grandes planteamientos todavía por aclarar.

Elsa se dirigió a Loren, la ayudante que ambos compartían unas horas para intentar ponerla de su parte, aunque tenía claro que a ella todo aquello le era indiferente. Estaba allí por el trabajo que le habían asignado, como todo el mundo. Aun así, le dio un par de golpecitos amistosos en la espalda y le dijo:

–Bueno, Loren, ¿qué me dices? ¿Tú también crees que la física cuántica es todavía una especie de leyenda? ¿No es a la física cuántica a la que debemos el desarrollo exponencial de los superconductores, la realidad virtual y la revisión de buena parte de los mandamientos de la física tradicional?

–Yo, lo que ustedes digan; a mí me da lo mismo –respondió la ayudante tratando de desmarcarse de tener que tomar partido.

Desde que trabajaba allí, ese tipo de combates amistosos se desarrollaban cada dos por tres y, aunque a ellos la cosa parecía hacerles mucha gracia, a Loren, en realidad, le traían sin cuidado. Aun así, era consciente de que aquel trabajo temporal en el laboratorio de la Escuela era una buena oportunidad para ganar nivel, de manera que trataba de parecer lo suficientemente interesada.

Sin embargo, no fue eso lo que la salvó de seguir escuchando ese debate permanente que tenían ambos investigadores sobre las opciones reales de aplicar mecanismos de sincronía o sincronicidad a partir de planteamientos cuánticos. Llevaba allí cuatro meses y parecía que el debate era eterno y sin ganador aparente. Menos mal que la relación personal que mantenían sus dos jefes evitaba que se enzarzaran en algo peor que una discusión teórica, porque eso pondría en peligro los proyectos y su trabajo.

La puerta se deslizó de nuevo y la llegada del doctor Bormand acabó con cualquier opción de seguir con el tema. Cuando el director entraba en cualquier sala, las conversaciones desaparecían, incluso allí.

–Hola, papá –lo saludó Elsa con la familiaridad de ser su única hija.

–Doctor Bormand... –intervino mucho más formalmente Luis, muy consciente de que al director esa relación personal con su hija no le era muy satisfactoria.

–Señor director, buenos días –intervino suavemente Loren.

El doctor, a pesar de su baja estatura, llenaba con su presencia cualquier estancia. Era extraño comprobar cómo de una persona así, con clara tendencia a la obesidad, algo calvo, con las mejillas permanentemente sonrosadas, ojos marrones acuosos... había salido alguien como Elsa, de piel blanca casi transparente, delicada y algo fantasmagórica, con su pelo blanco y sus ojos verdes y profundos. También era un contraste interesante verla a ella junto a Luis, alto y muy corpulento, de manos grandes y con mucho pelo por todas partes. Hacían una extraña pareja, un atleta algo pasado de peso y una chica delgada y pálida que parecía su reflejo en negativo.

–¿Cómo va todo, querida? –le dijo a su hija sin mirar a nadie más.

–Bueno, vamos avanzando –respondió Elsa sin acercarse a su padre.

Ya hacía mucho tiempo que habían dejado atrás cualquier muestra de afecto.

–Eso dices siempre –insistió el doctor paseando impaciente.

En el laboratorio se sentía fuera de lugar, y esa sensación no le gustaba. Aquella Escuela era la culminación de toda su vida y debía adaptarse a sus propios gustos, como ocurría con la mayoría de las instalaciones. Sin embargo, él mismo era muy consciente de que su doctorado en ciencias deportivas era más político que científico, de manera que no podía evitar sentir cierta inferioridad ante aquellos cuyas mentes funcionaban a otro nivel.

–Bueno, las cosas en este campo van lentas hasta que, de repente, dan un salto de cien años –intervino Luis, queriendo parecer ocurrente.

El doctor Bormand lo miró con indiferencia, como si fuera parte del mobiliario de última generación de aquella parte del pabellón. Estaba totalmente al tanto de su relación con su hija y eso no mejoraba su opinión sobre el científico. En realidad, esperaba que metiera la pata en cualquier momento para tener una excusa y echarlo de allí.

No soportaba que el cariño que su hija le negaba fuera a parar a esa especie de cerebro con pelo que había nacido muy cerca de allí. Sin embargo, de momento tenía que aguantarse; Luis estaba muy bien considerado por CIMA, ya que había contribuido decisivamente a potenciar las mejoras en campos como la comunicación por satélites de bajo coste, ahorrando con ello mucho dinero a los dirigentes, pues ya no hacía falta lanzarlos más allá de la atmósfera de la Tierra. También eran suyos algunos ensayos sobre velocidad humana y movimientos reflejos. Precisamente por esa investigación lo habían destinado a la Escuela, en la búsqueda de algo tan difícil como revolucionario.

Luis era un investigador brillante, un prodigio en el campo de la física, y lo habían destinado a la Escuela para que hiciera pareja investigadora con Elsa, especializada en física cuántica y en aplicaciones combinativas para el deporte.

Iniciaron su colaboración formando equipo para conseguir avances en campos como la transmisión de eventos deportivos en tiempo real. En realidad, se trataba de conseguir que los partidos del territorio NEC llegaran a la zona del Imperio o de los Estados Globales de América en directo, pero en una hora que no correspondiera a su madrugada, lo que aumentaría de forma exponencial las audiencias y, en consecuencia, las ganancias. Eso, aunque en teoría imposible según los postulados físicos tradicionales, entraba de lleno en los campos de la física cuántica, que ya hacía tiempo que avanzaba en la relativización del tiempo lineal.

Llevaban poco tiempo colaborando cuando surgió el amor entre ellos. La distancia no lo alteró, a pesar de que Elsa estuvo un buen período trabajando con una beca en el Imperio. Ahora volvían a estar juntos para avanzar en los mecanismos intuitivos aplicados a la mejora del rendimiento deportivo. CIMA los había vuelto a reunir porque conseguían buenos resultados y eso era lo único que contaba.

En cuanto a Elsa y su relación con su padre... la desaparición de su madre los había alejado mucho. Bormand sabía los auténticos motivos, pero jamás se los explicaría, como tampoco que la tenía controlada en alguna región del África central. No exactamente un lugar concreto, ya que aquello era zona sin gobierno alguno, pero seguía conociendo sus movimientos.

–¿Cómo ha ido con la última remesa de cobayas? ¿Tenéis ya algún resultado interesante? –siguió preguntando con tono impaciente.

Desde la sala de control del laboratorio les llegaban todo tipo de parámetros de las pruebas a los que eran sometidos los voluntarios. Había algún avance, pero en ciencia nada era rápido, y más si lo que buscabas estaba en la delgada línea que separaba la ciencia de la creencia.

Y la intuición lo estaba.

Justo en medio de esa línea.

De hecho, como bien sabían Luis y Elsa, *esa era la línea.*

–Bueno, tenemos algunos *inputs* esperanzadores... –empezó diciendo Luis.

–No quiero malditos *inputs*, quiero resultados –lo cortó el doctor.

–Venga, papá, ya sabes que esto no va así. Analizamos miles de datos cada día. Algunos nos llevan a dar un paso adelante y muchos otros no nos llevan a ninguna parte. La mayoría son callejones sin salida.

–Eso es lo que dices siempre. Estoy harto de callejones, quiero avenidas, quiero autopistas.

–En este campo no hay autopistas, papá, solo caminos sinuosos.

–¡Maldita sea! –explotó el doctor–. Basta de teorías y basta de palabras. Queremos algo tangible pronto.

–Director, la física tradicional no siempre tiene respuestas... –intervino Luis aun sabiendo que cuando el doctor mostraba su cara oscura era mejor no provocar su ira.

Una ira fácil.

Y peligrosa.

–¡Pues buscad esas respuestas!

Después de ese grito, que no traspasó las paredes virtuales gracias a los filtros de sonido que estas tenían, se hizo un profundo silencio en el laboratorio.

La ayudante Loren trataba de no mover ni un músculo para pasar desapercibida. Allí, todo el mundo sabía que era mejor evitar al doctor Bormand cuando se cabreaba, cosa que pasaba dos o tres veces al día.

En cuanto él salió, el clima recobró su habitual tranquilidad. Allí se trabajaba sin prisas: eran científicos.

–Estoy harto –dijo Luis enseguida que quedaron los tres solos otra vez.

–No le hagas caso, ya sabes cómo es.

–Lo sé, Elsa, lo sé, pero a veces olvido que es tu padre... ¿Seguro que lo es?

Ella sonrió y le dio un cariñoso abrazo para hacerle entender que tampoco era fácil tener a ese hombre como padre. Sin embargo, a pesar de sus diferencias y de todo lo que se contaba de él, no podía dejarlo colgado. Su padre le había pedido que se incorporara al equipo para tratar de conseguir algún avance que justificara el enorme capital en tiempo, medios y dinero que CIMA había invertido en la Escuela de la que era el director. Eso le proporcionaba un puesto en la sociedad del que no estaba dispuesto para nada a renunciar, aunque, conociendo a los de la corporación, si no había resultados pronto, trasladarían el dinero a cualquier otro centro parecido. Era cuestión de competitividad; así funcionaba el mundo.

Bormand había luchado mucho para conseguir su prestigio. Los primeros años se consiguieron avances con facilidad, muchos de ellos espectaculares. Solo cambiando los métodos de entrenamiento y aplicando algunos avances en el campo del rendimiento molecular, los deportistas dieron saltos enormes en su preparación. Sin embargo, a medida que se acercaban al límite de lo que un cuerpo y una mente podían soportar, los avances eran cada vez más lentos y más insignificantes.

Todo el mundo era ahora mucho más rápido, mucho más fuerte y mucho más ágil, tanto física como mentalmente. Las máquinas avanzaban, pero los atletas ya no. Por eso debían cambiar de dirección y el doctor Bormand fue de los primeros en darse cuenta.

Reunió un equipo de proyectos con grandes físicos, entre los cuales estaba Luis, aunque por entonces el doctor ignoraba que ya tenía una relación con su hija, y plantearon trabajar en algo nuevo, en algo que podía cambiar el paradigma de lo puramente deportivo. Estuvieron un tiempo investigando por su cuenta, citando a exatletas para someterlos a pruebas y averiguar si las hipótesis que se plantearon tenían algún sentido.

Costó, pero al final lo lograron.

Y fue Elsa quien dio con la clave casi sin darse cuenta.

Fue ella la primera que planteó que tal vez lo que había que mejorar eran los procesos mentales por los que se adquiría la información del entorno en tiempo real.

Y también fue ella la que explicó a su padre el significado de lo que buscaban.

–La intuición está justo en la línea que divide lo consciente de lo inconsciente –le explicó un día que aceptó cenar con él en uno de los restaurantes de moda de la antigua Gran Barcelona, frente al mar.

Ese día, su padre la miró como lo hacía siempre que ella salía del campo de lo real, de lo palpable. Nunca había entendido qué hacían exactamente los que se dedicaban a abrir nuevos campos en las dinámicas cuánticas.

—Vamos, papá, no te estoy hablando de metafísica ni de magia. Incluso alguien como tú entiende qué es la intuición. ¿No es así?

—Bueno, supongo que soy capaz de intuir cuándo alguien me trata como si fuera idiota.

—No estaba diciendo eso. Es solo que... bueno, tú nunca crees que lo que estudiamos en el centro donde trabajo tenga valor alguno.

—¿Lo tiene? —respondió él levantando una ceja, como hacía siempre que se mostraba sarcástico.

—Lo tiene, y lo tendrá, pero es igual. Lo que te decía era que la intuición es algo muy real y que los deportistas la utilizan mucho. De hecho, por su agilidad mental, seguramente son los individuos que más intuición de movilidad tienen. Son capaces de anticipar el movimiento de sus rivales, ¿no?

—Sí, eso seguro.

—Pues de esa intuición hablo. Hay otros muchos tipos, algunos de ellos fascinantes, como la intuición diferida y...

—Volvamos a esta intuición —la cortó levantando su copa con un vino cultivado en el interior de la antigua república francesa que costaba mucho dinero.

93

—Vale, pues imagina que descubres los mecanismos por los cuales esos deportistas intuyen los movimientos rivales y que consigues, de alguna manera, potenciar esa capacidad. ¿Qué crees que ocurriría si un equipo pudiera mejorar en ese campo?

Esa cena y esa pregunta fueron el motor del gran proyecto que CIMA decidió desarrollar en secreto en la Escuela. El doctor Bormand los convenció y les aseguró grandes resultados, convenciendo a su hija, a pesar de su opinión inicial poco favorable a abandonar la investigación pura, para formar parte del proyecto. Ese compromiso directo de Bormand fue la clave de la inversión, y también su mayor peligro, porque ahora el compromiso del doctor era personal y, en ese campo, cualquier fallo era fatal.

Llevaban meses probando nuevas baterías de test físicos a los que sometían a gran cantidad de *voluntarios*, algunos escogidos al azar y otros después de un seguimiento previo en todo el territorio. Los avances eran esperanzadores, pero poco provechosos, de manera que ya había voces en CIMA que empezaban a cuestionar el proyecto.

Presionaban al doctor y este presionaba al equipo. Luis ya no estaba a gusto allí, pero no era posible escoger otro destino; no contra el doctor Bormand y CIMA.

Elsa, en cambio, se sentía en su terreno tratando de avanzar en un campo nuevo, aunque paralelo al de Luis. Ella estaba mucho más interesada en lo que se escondía detrás de la intuición. En realidad, lo que buscaba era algo que iba mucho más allá de la intuición física que se desarrollaba por aprendizaje de situaciones. Tenía su propio equipo y, aunque tampoco había avanzado mucho, sentía que algo importante estaba a punto de llegar.

Sin embargo, la presión crecía y los apretaba a todos.

–Bueno, Loren, ya puedes salir de tu escondite y hablar –le dijo Elsa a la ayudante, que seguía sin mover una pestaña a pesar de la ausencia del director.

–Yo... lo siento, es que el director... –llegó a decir con algo de temblor en la voz.

–Lo sé, Loren, lo sé –le respondió Elsa para tratar de calmarla.

Era muy consciente del miedo que provocaba su padre en la gente. Era un hombre poderoso, irascible y con nula tolerancia a la frustración. Pero a pesar de su distanciamiento desde la marcha de su madre, se negaba a creer todo lo que oía por ahí sobre él. No podía ni imaginar que fuera ese ser cruel y despiadado que algunos describían. Lo atribuía más bien a que a la gente le gustaba mucho tratar de destruir a los que sobresalían. Lo había visto desde pequeña y lo había experimentado en carne propia cuando empezó a hacerse un nombre como científica.

–¿Qué quiere que haga, doctora Resko?

–Ya sabes que prefiero que me llames Elsa.

–De acuerdo –le respondió, esperando que la mandara a hacer cualquier otra cosa fuera del laboratorio por si volvía el director.

–Ve a ver si alguno de los voluntarios que han llegado hoy presenta características físicas especiales. ¿Recuerdas cuáles eran las que nos interesan?

–Sí, doctora... eh... Elsa. Los que sean muy altos o muy bajos, que tengan una cabeza prominente o los ojos hundidos.

–Sí, y también los de manos grandes.

–Sí, es verdad, disculpe el olvido.

Cuando salió, Luis se volvió hacia Elsa medio sonriendo.

–¿Por qué la envías a perder el tiempo? Esos datos están en las fichas de todos los que reclutamos.

Ella se acercó y le dio un cariñoso beso en los labios.

–¿Te parece esta una razón suficiente?

Luis la abrazó y volvió a besarla, hasta que ambos recordaron que allí todo lo que ocurría era grabado y revisado por CIMA. Naturalmente, ellos estaban enterados de su relación y no parecía que eso les preocupara, pero no estaba demasiado bien visto ese tipo de caricias en el trabajo.

–Me parece una gran razón –le dijo cuando se separaron.

Durante unos segundos, ninguno de los dos dijo nada, se limitaron a mirarse a los ojos. Sin embargo, Elsa vio enseguida esa nube oscura en el fondo de su mirada. Él estaba preocupado por algo, y debía ser importante.

–¿Qué ocurre?

–Nada, Elsa, no es nada. Un poco de cansancio tal vez.

La misma respuesta desde hacía unos cuantos días.

La misma mentira.

–Venga, Luis... –intentó estimularlo.

–No es nada, de verdad.

Iban a seguir con la misma conversación cuando la puerta se abrió y entró Zoltan, quien también sabía de esa relación y no se mostró para nada sorprendido al descubrirlos pegados el uno al otro.

–Hola, Zoltan –lo saludó con simpatía Elsa.

Ambos se caían bien. Así había sido desde el principio, cuando ella se incorporó a la Escuela y Luis se lo presentó. Estaba colaborando con él en el estudio sobre la intuición, ya que, hasta hacía poco, había sido un futbolista de élite que llegó a ser capitán del equipo de NEC. Aunque inició su carrera deportiva en equipos del sur, su fama llevó a los nórdicos a reclamar a CIMA su fichaje para poder competir con el equipo del Imperio, que estaba dominando las competiciones antes del mundial. Estuvo allí hasta que en un partido de entrenamiento lo cazaron cuando ensayaban NONORMAS y le rompieron el tobillo por tres partes. Volvió a su casa y tardó varios meses en recuperarse, pero su rendimiento nunca llegó a ser el mismo y, poco después, lo apartaron del equipo. En consideración a los servicios prestados, desde CIMA le propusieron participar como asesor en ese estudio sobre intuición, cosa que hizo con fingido entusiasmo.

Cuando Elsa se incorporó a la Escuela, enseguida captó que Zoltan era distinto. No solo era un gran deportista, sino un maestro del ajedrez. Poseía una mente analítica asombrosa y, aunque de carácter frío y reservado, decidió que valía la pena incorporarlo a su propio equipo. Luis se negó a dejarlo ir, de manera que ahora colaboraba con ambos.

–¿Has encontrado algo nuevo para mí? –le preguntó Luis aun sabiendo cuál iba a ser la respuesta.

Era muy consciente de que Zoltan dedicaba mucho más tiempo a buscar candidatos para Elsa que para él, pero no quería dejar de recordarle que él era el investigador al mando.

–Me temo que no. Los que han llegado son la típica colección de machitos musculados y con pocas luces. Hay una chica agresiva a la que sí le he echado una ojeada y tal vez, si supera las pruebas, pueda ser una posibilidad interesante, pero poco más por el momento.

–No sé qué demonios pasa que cada vez nos traen más inútiles. Tendremos que repasar las instrucciones que pasamos a los ojeadores o pronto estaremos analizando a los porteros de los edificios para ver si son rápidos abriendo las puertas –se quejó Luis.

–No seas borde –le respondió enseguida Elsa.

–No lo soy. Si en la próxima remesa no encontramos a los adecuados, conozco a alguien que sí que se pondrá borde.

La referencia a su padre no pasó inadvertida para Elsa.

Ni para Zoltan, aunque prefirió no decir nada.

–Te buscaré a alguien interesante –le respondió ella para tratar de calmarlo.

Sabía que estaba sometido a mucha presión y que ella no parecía ayudarlo mucho. Sin embargo, a pesar de que era muy reacio a aceptar que su campo de trabajo fuera relevante, no la criticaba por ello; solo eran peleas de broma.

Lo amaba por eso.

–¿Alguien para mí? –preguntó por fin Elsa para cambiar de pensamientos.

–Tal vez –respondió Zoltan sin cambiar esa expresión neutra que parecía esculpida en su cara.

Sin embargo, Elsa había llegado a conocerlo un poco, si es que eso era posible, y sabía que nunca hablaba si no era significativo.

–Dime algo más –quiso saber.

Zoltan la miró con precaución, algo extraño en él, que acostumbraba a decir lo que pensaba, aunque no fuera correcto u oportuno.

Lo poco que sabía de su vida indicaba que se trataba de una persona solitaria, sin una familia conocida, ya que había sido adoptado por CIMA de muy pequeño. Eso no era algo raro, ya que la corporación lo hacía a menudo cuando detectaba algún caso muy prometedor en edad temprana. Cuando eso sucedía, lo adoptaba legalmente y rompía cualquier vínculo con su familia biológica. Muchos de esos niños habían intentado buscar a sus familias cuando fueron adultos y ninguno lo había conseguido. Zoltan ni siquiera había hecho comentario alguno al respecto.

–Es un chico algo diferente. A primera vista no parece tener nada extraordinario –dijo tratando de no mostrar demasiado interés.

–¿Ajedrez? –quiso saber Elsa.

–Sí, pero nada destacado.

Elsa decidió esperar a que Zoltan quisiera dejar salir sus pensamientos. Había aprendido que no era buena política darle prisas, porque entonces se encerraba en sí mismo y era como una ostra, imposible de abrir.

–En realidad, lo único que hizo fue un movimiento en el tablero que no podía conocer.

–¿Y eso es significativo? –intervino Luis, algo molesto por la situación.

–No lo sé –se limitó a responder Zoltan.

Sin embargo, Elsa sabía que algo importante debía haber observado en ese chico para venir hasta allí y contarlo.

–¿Cómo se llama? –le preguntó.

–Sochi.

–¿Qué tipo de nombre es ese? –dijo Luis con sorna.

–Uno como Zoltan –le respondió.

Elsa trató de no sonreír para no molestar a su pareja.

–¿Dónde está ahora? –quiso saber.

–En una de las enfermerías. Se equivocaron con él y lo **99** mandaron a pasar una prueba de reflejos. Lo dejaron inconsciente al poco rato.

–¡Buf! Menudo deportista –dijo Luis.

–No es un deportista –le respondió Zoltan.

–Vale, vamos a verlo. Creo que será interesante.

–¡Ah! ¡¿Sí?! –intervino Luis–. ¿Y cómo puede saber eso, doctora? ¿Intuición?

Elsa se giró y le hizo un gesto con el pulgar cuyo significado solo ellos dos debían conocer. Ambos sonrieron.

Elsa y Zoltan se dirigieron a la puerta y, cuando ya estaban a punto de salir, Luis llamó a este último.

–¿Podrías esperar un segundo, Zoltan? Quisiera darte algunas instrucciones para que se las pases al equipo de selección. Como he dicho, últimamente solo recibimos malos candidatos.

Zoltan lo miró con recelo. Algo en su manera de moverse, con cierto nerviosismo, lo puso en alerta.

Elsa, en cambio, siguió su camino y, sin volverse, le dijo:

–Te espero en la enfermería, Zoltan. Hablaré con Sochi un rato. ¿En qué sala está?

–En la cuatro.

–Bien, pásate por allí cuando acabes con el físico.

Luis sonrió, mirando cómo se alejaba, y, como le ocurría desde hacía poco más de un año, se sintió afortunado. Cuando volvió a la realidad, se encontró con los ojos negros de Zoltan mirándolo fijamente. Se preguntó si podía ser que aquel chico sospechase algo.

Imposible, no era más que fruto de la tensión.

–Perdona, Zoltan, solo será un momento.

Se acercó a su grabador portátil, que transcribía con absoluta precisión en texto escrito no solo su voz, sino incluso conversaciones que captara en un lugar abarrotado de personas. La última versión podía transcribir más de cincuenta conversaciones simultáneas sin dejarse ni una palabra, ni un solo matiz verbal, fuera cual fuera el idioma.

Zoltan lo observó en silencio mientras el físico se acercaba de forma muy exagerada al minúsculo micrófono de su grabador. Sin duda sabía que eso no era necesario en absoluto, pues el grabador podía recoger la voz a más de cien metros de distancia sin problema alguno. CIMA los utilizaba sin descanso en las calles, los pabellones deportivos, los edificios de trabajo e incluso en las viviendas, aunque a menudo lo negara.

Ni siquiera fue capaz de captar el murmullo que Luis pronunció a menos de dos centímetros del pequeño aparato de forma cilíndrica. En menos de un segundo, de la parte inferior del cilindro emergió una tira de algo parecido al papel, pero que en realidad era plástico degradable. Se utilizaba para tomar notas, pasar encargos o incluso en la hostelería cuando era necesario apuntar alguna comanda que no se grababa bien por sonido. Su mayor utilidad era que se degradaba en pocos minutos y desaparecía, por lo que no contribuía a la desaforada contaminación que cubría el planeta.

Con algo de temblor en la mano, que no pasó desapercibido para Zoltan, le pasó la nota y le dijo:

—Para que no lo olvides, te he apuntado aquí algunos de los requerimientos que necesitamos que tengan los voluntarios la próxima semana. Hazme el favor de hacérselo saber a todos los equipos de ojeadores a ver si son capaces de dar con un candidato digno de ese nombre.

Zoltan ni siquiera miró la nota, pero enseguida supo que algo andaba mal. Era imposible que Luis pensara realmente que a Zoltan podía olvidársele una simple lista de requerimientos. Luis lo sabía, y por eso aquello debía ser cualquier otra cosa que no quería que nadie supiese qué contenía.

–De acuerdo, ¿algo más?

–No, Zoltan, ya puedes ir a perder el tiempo con esa chica tan guapa que antes nos acompañaba y que desperdicia su talento pensando en términos no empíricos.

Zoltan conocía de sus constantes disputas amistosas sobre la utilidad o inutilidad del campo de lo cuántico, así que no se extrañó por ese tipo de comentarios.

–Bien, así lo haré.

Zoltan salió sin decir nada más. Llevaba la nota en su mano, oculta y apretada, y no hizo intención alguna de leerla. Antes de acudir a la enfermería, se acercó a la pizarra virtual y escribió con su dedo algunos requerimientos como si los estuviera copiando de esa anotación que ahora mostraba sin disimulos. Cuando acabó, esperó a que se degradase totalmente en su mano y dejó caer los minúsculos restos al suelo. Esperó hasta que fueron totalmente absorbidos y se dirigió a la enfermería cuatro.

Allí encontró a Sochi de muy buen humor, charlando con Elsa. Sabía por experiencia que esa doctora era experta en hacer sentirse cómodos a los demás. Incluso él estuvo a punto de caer en sus redes de amabilidad e interés al principio.

No lo consiguió.

–Hola, Zoltan, hemos empezado sin ti.

Hizo un gesto con las manos abiertas para mostrarles que no importaba. Era así en realidad.

–Sochi me contaba cómo os conocisteis en el salón de ajedrez.

–Sí –se limitó a contestar.

Trataba de concentrarse en esa conversación, pues sabía que era importante para todos. Sin embargo, no podía olvidar lo que había leído en la nota. No acostumbraba a sorprenderse, pero ahora lo estaba.

–Bueno, yo ya había oído hablar de él... por Kayla –dijo Sochi.

Zoltan lo fulminó con la mirada. No quería meter a nadie más en esto ni mostrar cuáles eran sus contactos de captación.

Sochi se dio cuenta y cambió de tema.

También Elsa se dio cuenta.

–Todo pasó muy rápido... moví ese alfil y entonces Zoltan salió de la urna.

–Más despacio, por favor. No tenemos prisa –le dijo Elsa para tratar de parar el relato.

Sochi decidió volver atrás y contarle de nuevo lo que pasó ese día: las partidas perdidas, la visión periférica, la intuición que tuvo de que debía mover esa pieza concreta aunque no acabara de saber el motivo...

–Espera, espera. Detengámonos un momento en este punto –le dijo Elsa mientras se levantaba y comenzaba a caminar por la sala.

Zoltan sabía que siempre que se concentraba y pensaba hacía eso, moverse en círculos, algo en lo que coincidían.

La sala detectó el patrón de movimiento y amplió su espacio unos metros para que el paseo fuera lo suficientemente cómodo para ella. Tenía almacenados los patrones de movimiento de todos los que trabajaban allí y era capaz de anticiparse a sus necesidades de espacio.

–Dices que tuviste como una necesidad de mover ese alfil en concreto hacia una zona determinada. ¿Puedes ser más específico?

–No –respondió con contundencia Sochi, que empezaba a ponerse nuevamente nervioso–. Yo solo... lo sentí.

Elsa levantó un instante la mirada. Fueron apenas unas décimas de segundo, lo suficiente para encontrarse con los ojos negros de Zoltan.

Así que era eso.

Justo lo que llevaban tiempo buscando. Sensibilidad inconsciente, sabiduría no aprehendida; todo ello implicaba un conocimiento no derivado de la experiencia.

Eso no era intuición, por lo menos no del tipo de la que allí se buscaba. No se trataba de alguien que conocía los movimientos físicos del rival y se anticipaba a ellos mediante una información consciente.

Sochi no podía saber lo que iba a pasar si movía esa pieza concreta del tablero porque no tenía apenas experiencia en el ajedrez.

Eso era otra cosa.

Elsa respiró profundamente tratando de no entusiasmarse. Ya le había ocurrido otras veces pensar que estaba al principio de un camino que luego acababa bruscamente en un precipicio.

El precipicio de la frustración.

Eso había ocurrido con Nola, quien, después de múltiples pruebas, acabó en un callejón sin salida. Lo peor fue que todo ese estrés provocó en aquella chica encantadora ataques de ansiedad de los que todavía estaba recuperándose en una institución de tratamiento mental. Así que tenía que actuar con calma y con tacto para que no volviera a suceder algo parecido.

Estuvo unos minutos más haciendo algunas preguntas a Sochi, que este respondió con rapidez y confianza. No parecía uno de esos vividores que a veces se presentaban allí tratando de hacer ver que eran algo especial solo para conseguir beneficios de algún tipo. Parecía un chico franco, aunque eso ya se veía.

–¿Qué te parecería pasar unos días con nosotros mientras te recuperas del golpe? Es lo mínimo que podemos hacer por ti después del mal rato que has pasado –le dijo para poder hacer las cosas con la serenidad necesaria para todos.

–Ehhh, no... lo siento, pero no puedo. Debo incorporarme al trabajo y...

–No te preocupes por eso, nosotros nos encargamos –le dijo ella sonriendo.

–Pero, yo no...

–No te preocupes, es cosa nuestra.

Sochi miró a Zoltan implorándole ayuda. Sin duda quería salir de allí, quería volver a su mediocre vida en su mediocre puesto de trabajo. Con suerte, tal vez volver a ver a Kayla y tratar de quedar con ella.

Zoltan no desvió la mirada, pero no lo ayudó.

Había visto muchos casos como aquel, y no pensaba ser él el que le dijera que su vida ya no existía. Pasara lo que pasara, ya nada sería igual para Sochi. En el mejor de los casos, cuando acabaran con él, y si resultaba de alguna utilidad, tal vez lo mandaran una temporada lejos de allí, quizás incluso al Imperio. A pesar de las apariencias, las corporaciones siempre colaboraban en aquello que las mantenía unidas –el poder–, de manera que mantenían canales abiertos no del todo oficiales. Uno de ellos permitía mandar personas molestas de un sitio a otro sin dar más explicaciones. En cambio, si no le sacaban nada interesante, seguramente el chico rubio acabaría deambulando perdido por el continente africano. Si se convertían en un estorbo... mejor no pensarlo.

–Bueno... –dijo Sochi finalmente al darse cuenta de que no tenía escapatoria– ... si ustedes se encargan...

–Claro, no te preocupes. Ahora descansa y recupérate. Mañana volveremos a hablar.

Cuando ambos salieron, Elsa se encaró con Zoltan enseguida. Se le notaba la excitación en el brillo de sus profundos ojos color miel.

–¿Crees que él...? –dijo la doctora tratando de no mostrar demasiado entusiasmo.

–No lo sé. Solo era una pieza de ajedrez.

–Sí, claro. Supongo que podría ser una casualidad.

–No haga trampas –le recriminó suavemente Zoltan, sonriendo levemente.

–He dicho casualidad, no causalidad.

–Lo sé.

Siguieron caminado por el pasillo virtual que los conduciría de vuelta al laboratorio. Cuando estaban a punto de llegar, Zoltan dijo que debía hacer una cosa y quedaron en verse más tarde ese mismo día. Tenían que preparar el terreno para trabajar con Sochi sin que eso llamara demasiado la atención.

Zoltan volvió a su zona de trabajo y repasó con algunos de los jefes de equipo las instrucciones que había escrito él mismo. Pasó así un buen rato hasta que decidió ir al servicio. Allí, se lavó la cara y se quedó mirando en el espejo esa imagen de un chico al que apenas reconocía. Enseguida sintió esa sensación perturbadora que lo hacía apartar la mirada cuando encontraba un reflejo de sí mismo.

Sin embargo, no era solo eso lo que lo mantuvo nervioso el resto de la mañana. El recuerdo de una frase escrita en un soporte degradable le provocaba como un escozor en la mente que no le permitía relajarse.

Recordaba cada palabra como si la estuviera leyendo en ese momento:

Tenemos que vernos fuera. Te espero en Raigo sobre las once. Iré con Elsa a la fiesta, debes traerte a una chica. Hablaremos tú y yo. Es importante.

No solo no sabía de qué podía querer hablar Luis con él fuera de la Escuela, sino que tampoco adivinaba cuál era el motivo para hacerlo en un sitio como ese local de moda del centro donde cada noche se hacían fiestas temáticas. Duraban hasta altas horas, lo que obligaba a los asistentes a tomar estimulantes al día siguiente para no caer rendidos en sus trabajos. Sin embargo, todo el mundo quería ir a Raigo.

Todo el mundo menos Zoltan, a quien la vida social no solo no le importaba, sino que la despreciaba.

Y ahora tenía que hacer ver que formaba parte de aquel maldito circo nocturno.

Y encima tenía que buscarse una chica porque solo se admitían parejas.

—¡Espero que sea realmente importante! —dijo.

Una ayudante de tercer nivel se preguntó con quién estaría hablando aquel chico de ojos como la noche más oscura. «Ojalá hablara conmigo», pensó justo antes de volver a su puesto de trabajo en la lavandería de la Escuela.

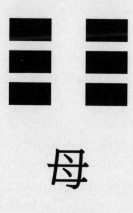

母

K'UN

Se trata de un trigrama poco luminoso y cambiante vinculado a la madre Tierra y genéricamente a la feminidad. Se le atribuyen las cualidades de la abnegación, la comprensión y la generosidad. Muestra cualidades creadoras y de aceptación del fluir de la naturaleza, pero puede resultar duro si no se le acepta.

REINA EN EL NORTE

Solo lo esencial es verdadero.

Capítulo 4

—Venga, Astrid, solo un par de carreras más y podrás descansar por hoy.

—¿Sabes cómo duele esto? —respondió ella sin dejar de correr ni de cojear.

El tobillo seguía bastante hinchado, pero los médicos del equipo habían dicho que podía empezar a hacer carreras, de manera que poco podía hacer ella, salvo quejarse.

En el sur, igual que en NEC, todos trabajaban para mejorar su equipo de referencia, Unders, como los llamaban con cierto desprecio. Los médicos eran de CIMA, evidentemente, y su trabajo consistía básicamente en recuperar a los jugadores lesionados lo antes posible. Si eso incluía hacerlos correr antes de tiempo aguantando el dolor, no era un problema ético.

La ética murió cuando la economía tomó el mando.

Y la economía era CIMA.

Sin embargo, a pesar de la dureza de las condiciones y de que apenas llevaba una semana allí, enseguida se dio cuenta de que existían diferencias con los de NEC. Se llevaba igualmente al límite a los jugadores, pero no se les humillaba o, por lo menos, no innecesariamente. El equipo de entrenadores se mostraba distante, pero no negaba el saludo ni echaba a la gente sin ni siquiera decírselo personalmente. Los compañeros eran, en general, buena gente, aunque la miraban con recelo porque venía de NEC y eso seguramente equivalía a ocupar rápidamente el puesto de alguno o alguna de los miembros del equipo. Todo el mundo sabía que los de NEC eran los mejores; incluso aunque te hubieran echado del equipo, eras una competencia muy dura para los que estaban en Unders.

NEC era el gran equipo mundial, solo comparable a los del Imperio. Ellos, en cambio, siempre quedaban eliminados en las primeras rondas de los campeonatos mundiales.

Las competiciones domésticas eran otra cosa; no se mezclaban territorios, y con ello se mantenía una buena dosis de competitividad entre los equipos de la misma zona. Pero lo que realmente interesaba a la gente eran los enfrentamientos con otros territorios; eso estimulaba la idea de choque contra un enemigo, y las audiencias se disparaban. De esa manera, los partidos de clasificación para uno u otro campeonato eran constantes.

Sin embargo, cuando se acercaban los mundiales, todo era más exagerado todavía. La gente vivía con información constante sobre los jugadores, sobre su vida privada, sus aficiones, sus lesiones. Incluso se sabía qué desayunaban a diario en su preparación, sobre todo las superestrellas. Se lanzaban desafíos, se cruzaban mensajes intimidatorios con otros jugadores... Se estimulaba el odio porque eso era bueno para el consumo del *merchandising* absoluto que rodeaba el mundo del deporte.

Y para las apuestas.

La cercanía del próximo mundial hizo que Astrid, a pesar de las reticencias iniciales, fuera en general bien aceptada, pues enseguida se vio que iba a aumentar el nivel del equipo. La pusieron a trabajar en su lesión con uno de sus mejores recuperadores.

–Cuando llegues al centro, sumerge el tobillo en nitrógeno tratado para que baje la inflamación e inyéctate la medicación que te hemos dado en las horas previstas.

Astrid lo miró con los ojos algo estriados, de una forma que hacía desaparecer prácticamente sus pupilas color océano asiático, como siempre le decía su madre.

–¿Crees que soy una principiante?

De camino al centro donde le habían asignado una vivienda comunitaria que compartía con otros miembros del equipo, se relajó y trató de olvidar el dolor en el tobillo. Hasta que no llegara a la enfermería, no le inyectarían los calmantes, así que trató de disfrutar el trayecto de apenas veinte minutos en el vehículo eléctrico de los deportistas para mirar por la ventana hacia aquella ciudad que iba a ser su casa, por lo menos en los próximos meses. Los deportistas como ella no decidían dónde vivían, así que solo podían aceptar sus destinos lo mejor que podían.

Circulaban por una calle reservada, por lo que era difícil adivinar qué tipo de ambiente reinaba en aquella ciudad, bañada por un mar sucio y negro, que tenía fama de acoger bien a su gente, dentro de las normas que permitía ese mundo duro creado por las corporaciones como CIMA.

Ya en su viaje en transportador aéreo desde las tierras de la antigua Noruega, que apenas duró treinta minutos, pudo contemplar cómo, debajo de la capa de contaminación permanente, el paisaje cambiaba desde las llanuras heladas donde había vivido siempre, pasando por la zona más templada del centro y llegando hasta los territorios casi desérticos del sur. La ciudad de la antigua Gran Barcelona, muy reclamada por turistas y visitantes a principios de siglo, era ahora un espejismo seco y degradado de lo que fue.

El aeropuerto privado para deportistas estaba situado en el límite de la zona centro. Mientras se acercaban a gran velocidad, Astrid pudo contemplar desde el aire cómo la distribución de la ciudad era muy parecida a otras que había ido conociendo gracias a los partidos internacionales. Una zona central más o menos cuidada, pero hiperpoblada, donde se reunía gran parte de la población que disponía de un trabajo normalizado. A su alrededor, como una plaga parasitaria, se agrupaban cientos de miles de viviendas degradadas, sucias y viejas que mantenían al setenta por ciento de la población que no conseguía acercarse al sueño de salir de allí.

–Hemos llegado –le dijo el conductor del vehículo cuando estuvieron en el recinto cerrado del centro.

–Bien, mañana...

–Vendrá alguien a buscarla a las seis –la cortó el conductor, que arrancó su vehículo sin hacer ruido alguno y desapareció tras el muro protector.

Astrid hizo los últimos metros caminando sobre un mullido suelo que evitaba cualquier desgaste físico a los deportistas. Su pequeña vivienda estaba en el segundo piso de aquel complejo donde se alojaban más de trescientos atletas y ocupaba una gran zona reservada en la parte este, cerca del frente marítimo. Allí pasaban la vida entre compañeros y rivales de su propio equipo, compartiendo comidas diseñadas individualmente por los nutricionistas, gimnasio polivalente o piscina dirigida, donde estaban buena parte del tiempo que no pasaban entrenando. También había salas de ocio donde podían ver partidos antiguos o leer libros de rendimiento deportivo. Su único momento de intimidad era por la noche en su vivienda de una habitación modelable según las necesidades o requerimientos del deportista. Naturalmente, tenían prohibidas las salidas nocturnas o de cualquier otro tipo que no fueran actos promocionales.

Saludó con la cabeza a algunos compañeros del equipo y fue directa a su habitación. Por el camino creyó ver a Carlos, una de las superestrellas del equipo de Unders, y se extrañó de verlo en el Centro. Las superestrellas tenían complejos propios cerca del mar donde podían vivir como reyes. Tenían servicio y asistentes personales para cualquier necesidad, e incluso les buscaban chicos o chicas acompañantes adecuados a su imagen para los actos públicos. Grandes jardines rodeaban las residencias y el mar aparecía azul frente a ellas, por lo menos en la franja de algunos cientos de metros, aunque recomendaban no bañarse en él.

—Voy a mi habitación —le dijo al recepcionista en cuanto entró en su edificio.

—Me temo que eso no es posible —le respondió algo abrumado un hombre ya maduro que cumplía servicio esa semana—. Debe ir directa a recuperación.

—Estoy cansada, iré luego.

El hombre empezó a sudar casi de inmediato. En el exterior el calor era normalmente insoportable e incluso los estadios contaban con aire acondicionado a nivel del terreno de juego para evitar desmayos durante los partidos. A veces, cortaban el suministro como parte del espectáculo.

–Lo siento... –balbució–. Tengo su programa y...

Astrid maldijo en ese idioma que compartió con su madre de pequeña, recuerdo de sus antepasados nórdicos, que poblaron durante mucho tiempo tierras inhóspitas y heladas.

–Tiene que ir a recuperación –insistió suavemente el hombre con esa devoción que todo el mundo prestaba a los deportistas de élite.

Una reverencia social que Astrid detestaba, pero que sabía que formaba parte del juego.

Y del negocio.

–Dígale al recuperador que suba el nitrógeno a mi habitación –respondió finalmente con decisión.

–Pero, yo... me dijeron...

Astrid se dio la vuelta sin decir nada más y subió a la plataforma que la llevaría al cuarto piso del Centro. Mientras subía, vio como el recepcionista hablaba por su intercomunicador integrado en el uniforme y supuso que debía ser con el recuperador. No era lo que el hombre se esperaba, pero ella estaba demasiado cansada para seguir obedeciendo todo tipo de instrucciones. Se pasaba la vida así, dentro y fuera del campo. Una vez formabas parte de la élite, tu vida dejaba de pertenecerte, y los de CIMA decidían por ti todos los aspectos de tu vida. Amigos, vivienda, alimentación... incluso las relaciones sentimentales estaban parametrizadas, aunque ella no consintió nunca esa injerencia; prefería mantenerse alejada de los chicos para no tener que esperar la aprobación de su entrenador. Medían su alimentación, su respiración y su gasto muscular. Incluso le habían retirado químicamente la menstruación, como hacían siempre que se acercaban campeonatos. Cualquier matiz personal que pudiera influir en el rendimiento era controlado y, si era necesario, apartado o eliminado. Como las relaciones familiares...

Entró en su habitación y enseguida se dio cuenta de que esa mañana era más amplia de lo habitual, también que estaba mejor iluminada. La inteligencia artificial con la que se construyeron ese tipo de edificios propiciaba que incluso captasen los estados de ánimo y adaptasen los espacios y la luz a las necesidades de sus habitantes.

Algoritmos que controlaban la vida.

Se deshizo de su ropa de entrenamiento y se dio una ducha rápida de agua reciclada. Notó que tenía cierto sabor salado, por lo que supuso que se extraía del mar cercano. Cuando salió, observó su musculoso cuerpo en el espejo en el que se acababa de convertir una de las paredes del baño. Repasó lentamente algunos de los muchos moratones que tenía para ver si cambiaban de color o aceptaban el tratamiento de injertos de plaquetas que se aplicaba casi a diario. Mientras lo hacía, una imperceptible corriente de aire caliente surgió del techo y secó sus cortos cabellos, que tenían la medida estándar que imponía la liga en NEC. Por lo que había visto, aquí algunas de las chicas del equipo lo llevaban algo más largo, seguramente porque en esta zona del mundo las normas eran más laxas. Un tratamiento de queratina reparó sus castigados cabellos anaranjados en unos segundos, mientras que una ráfaga de radiofrecuencias reparaba algunos daños superficiales en su piel.

Observó sus músculos fibrosos y desarrollados y se preguntó cómo sería su cuerpo cuando envejeciera. Sus pechos eran pequeños, lo cual era una ventaja para el juego, aunque siempre los llevaba comprimidos en esa especie de camiseta de plástico que todas utilizaban en los partidos y entrenamientos. Las piernas estaban hiperdesarrolladas, como les sucedía a la mayoría de sus compañeras, algo que se hacía más evidente en un marco que no fuera deportivo. Nunca se había considerado demasiado atractiva, y eso no le preocupaba en absoluto, pues no tenía ni tiempo ni ganas de gastar energías en las relaciones. Lo había intentado y había sido un desastre.

A veces se preguntaba si la dejarían ser madre cuando se retirara. No siempre se lo permitían a exdeportistas.

La puerta del baño se deslizó cuando entró el terapeuta con un depósito de nitrógeno tratado para aplicar frío a su tobillo. Ella se cubrió con una enorme toalla y no se inmutó; llevaba demasiado tiempo compartiendo vestuarios con chicos y entrenadores como para que eso la perturbara.

—Vamos a ver —dijo el terapeuta especializado en articulaciones inferiores.

Le cogió el tobillo con suavidad y le aplicó una dosis alta de ese componente gaseoso que enfriaba la zona afectada en menos de un segundo, reduciendo considerablemente la hinchazón.

El precio de ello era un minuto de dolor a un nivel que solo los deportistas parecían capaces de soportar.

—Lo siento, aquí va —dijo justo antes de aplicar el gas.

Astrid ya conocía esa sensación y estaba preparada. Aun así, se le escapó un ligero sonido gutural cuando el nitrógeno penetró en sus músculos y casi congeló el hueso debilitado.

–Sé que duele... –dijo el terapeuta, que parecía mucho más joven de lo que seguramente era, tratando de ser amable.

–¡Mmmm! –intentó hablar Astrid para decirle que en realidad no tenía ni idea del dolor que eso producía.

Cuando acabaron el tratamiento, Astrid se dejó caer en el lugar donde dormía, sabiendo que la cama aparecería antes de que ella llegara al suelo. Era como una especie de desafío que cada día ponía en marcha contra la instalación, un reto a la inteligencia artificial que ella siempre perdía.

La sensación de dejar, por fin, que su cuerpo se relajara fue casi dolorosa. Se quedó dormida en pocos segundos. Esa tarde tenía entrenamiento de pesas y no le habían permitido ausentarse a pesar de su estado físico. Las cosas eran así.

Durmió.

Durmió.

–Astrid...

–Astrid...

–Vamos, Astrid, despierta. Tienes un mensaje que debes atender.

Era una voz dulce de mujer que, de alguna manera, había conseguido penetrar en el profundo sueño en el que estaba sumergida, sacándola de ese mar de corales que siempre aparecía cuando estaba agotada.

No era su madre la que le hablaba, sino una voz programada con esa función que surgía de la propia cama donde se encontraba durmiendo.

Astrid se despertó odiando esa voz.

–¿Qué demonios pasa ahora? –dijo con voz pastosa.

Un mensaje grabado se puso en marcha. Esta vez era una voz masculina.

–Debes presentarte en la Escuela de Mejora del Rendimiento esta tarde a las diecisiete horas. Un vehículo te recogerá a las 16:45.

–¿Para qué? –preguntó inútilmente, sabiendo que no iba a obtener respuesta alguna.

En primer lugar, porque se trataba de un mensaje grabado y, en segundo, porque allí nadie daba explicaciones, sino órdenes.

En ese momento, pensó que, a pesar del dolor y el cansancio, hubiera preferido el entrenamiento que ir a ese lugar. Seguramente debía ser el mismo tipo de instalación que tenía NEC cerca de donde se alojaban los deportistas. Un centro de experimentación que trataba de exprimir una gota más a esos cuerpos y mentes ya al límite de sus posibilidades. Solo esperaba que no fuesen tan brutales como allí.

Se vistió con ropa ajustable y cómoda por si decidían someterla a alguna prueba física. El tejido se pegaba a la piel y absorbía el sudor, de manera que resultaba de lo más útil si hacía falta ejercitarse, y más si eso se hacía en el exterior en un lugar tan cálido como aquel. Se puso una especie de sudadera antigua por encima. Había sido de su madre, a la que hacía mucho que no veía. Cuando bajó a la recepción eran las 16:44 y un vehículo sin conductor la esperaba en la puerta. En cuanto entró se puso en marcha tan suavemente que casi parecía que siguiera parado.

Una vez más circularon por calles desiertas, ya que esas rutas estaban restringidas incluso a los transportes colectivos. Solo una vez se cruzaron con un extraño vehículo individual que circulaba en dirección contraria y sin tocar el suelo. Astrid lo miró cuando se cruzaron y observó que en su interior una chica muy joven parecía tener dificultades para controlarlo. Miró hacia atrás, pero ya no la vio más.

Llegaron a la Escuela en apenas siete minutos, de manera que el vehículo se detuvo en la puerta, pero no la dejó bajar hasta la hora acordada, las 16:55. Ella se enfadó, pues no soportaba estar encerrada, pero poca cosa pudo hacer, salvo insultar al inexistente conductor.

–¡Maldito idiota! La próxima vez que me dejes encerrada voy a destrozar el asiento.

Se presentó en la recepción y le dijeron que esperara. Aprovechó que allí había una conexión abierta a la red para buscar información sobre aquella instalación. Enseguida recordó que solo podía hacer consultas sobre estamentos oficiales, sobre noticias deportivas o sobre apuestas. Todo el resto estaba vetado desde hacía por lo menos cinco años, cuando las corporaciones más importantes decidieron cerrar el poco flujo informativo que todavía circulaba por lo que anteriormente se había llamado Internet. Desde la gran crisis que provocaron precisamente las locuras virtuales con mercados inexistentes y monedas inventadas sin valor real alguno, se puso veto a la libre circulación de la información.

Encontró enseguida al doctor Bormand, ya que su nombre iba estrechamente ligado a aquellas instalaciones. Había muchas fotos y también muchas declaraciones; se veía que al hombre le gustaba ser el centro de atención. Vio que, más o menos, esa Escuela investigaba en las mismas líneas que las otras, salvo por algo que le llamó la atención. Aunque no estaba muy bien explicado, con ese secretismo muy habitual de todo lo que rodeaba las actuaciones de CIMA, se hablaba repetidamente de investigación vinculada a los mecanismos de la intuición. Nunca había oído que se investigara sobre algo tan difuso, y menos relacionado con el deporte.

–Sí, ya imagino que te parecerá algo extraño que trabajemos sobre la intuición. De hecho, tú estás aquí precisamente por eso.

Astrid dio un respingo al oír esa voz a sus espaldas. Se había dejado caer cerca de la puerta, sabedora de que aparecería un asiento antes de que pudiera caer al suelo, como efectivamente, sucedió. No se dio cuenta de que había quedado de espaldas a unas grandes escaleras que parecían ser la entrada a las instalaciones. Alguien había bajado por allí a las 17:00 en punto y la había sorprendido en su lectura.

Trató de no dejar ver su sobresalto, de manera que tardó un par de segundos en levantar la vista. Cuando lo hizo, se encontró con unos ojos negros que la miraban desde un rostro imperturbable y serio. Lo único que le daba cierto margen de apariencia humana eran unos cabellos desordenados y una camiseta algo más usada de lo que cabía esperar en alguien que trabajara en un sitio así.

–Mi nombre es Zoltan.

Le tendió una mano que Astrid apretó sin entusiasmo. Observó que él la seguía mirando fijamente, algo que la puso ligeramente nerviosa. Para cambiar la situación le preguntó cómo había sabido lo que estaba leyendo.

–Esto es una instalación de CIMA, aquí nada es privado.

Ella se permitió algo parecido a una ligera sonrisa, muy breve.

–Acompáñame, por favor.

Lo siguió de cerca, observando su caminar pausado. Sin embargo, había algo en aquel chico que se intuía salvaje, como si llevara dentro un animal encerrado.

Llegaron al centro de preparación de voluntarios y Zoltan le presentó a Luis. Teniendo en cuenta que se trataba de una jugadora especial recién llegada de NEC, pensaron que estaría bien que asistiera el investigador jefe. También tenía que estar el doctor Bormand, pero a última hora tuvo que acudir a la delegación de CIMA en territorio sur y eso tenía prioridad absoluta.

Agradecieron a Astrid su presencia y que se hubiera prestado a participar en esa investigación. Ella puso cara de no saber de qué le estaban hablando, pero nadie dijo nada. Zoltan fue el primero en darse cuenta.

–No sabías nada de todo esto, ¿verdad?

Ella lo miró como si lo viera allí por primera vez. Empezaba a entender que su traspaso a los Unders llevaba aparejado una especie de castigo por su conducta.

–Tu entrenador en NEC se puso en contacto con nosotros –intervino Luis con la esperanza de aclarar las cosas–. Nos dijo que venías como parte de un intercambio de jugadores y que te habías presentado voluntaria a participar en este trabajo de experimentación.

–Cobarde –fue lo único que dijo ella con los ojos refulgentes de rabia.

Todo el mundo se quedó helado. Allí, en pleno centro neurálgico de CIMA, no era nada corriente que alguien usara ese lenguaje contra un destacado miembro del equipo preferido de la corporación, nada menos que el entrenador principal de NEC.

Zoltan fue el único que rio abiertamente, algo que todavía los dejó a todos más boquiabiertos. Hasta ese momento, nadie lo había visto expresar emoción alguna, y menos todavía esa sonora y profunda carcajada.

Luis trató de reconducir una situación que veía que se le estaba yendo de las manos.

—Bueno, a lo mejor no estabas del todo informada. Si quieres, háblalo con NEC primero.

—No —contestó con su habitual rudeza—. No voy a hablar con nadie. Si he de hacer algo, que sea pronto.

—Bueno, Zoltan te acompañará y...

—Pues vamos.

—Antes debes tomarte esto —dijo Luis tendiéndole un vaso con un líquido espeso.

—No pienso beberme esa porquería —respondió Astrid con cara de asco.

—Debes hacerlo. Es un gel especial que mejora la transmisión de tus datos físicos. Todo el mundo lo toma antes de empezar aquí.

Zoltan lo miró sin expresión alguna. Sabía que no todos tomaban ese gel, solo algunos de forma aleatoria. Al parecer formaba parte de la investigación.

Ella no protestó más y lo engulló de golpe.

Mientras Luis se retiraba, Zoltan la acompañó a uno de los bancos de pruebas de reflejos, justo la máquina de lanzar objetos que había dejado sin conocimiento a Sochi. Mientras caminaban hacia allí por los inmaculados pasillos virtuales del pabellón, ninguno de los dos habló. Sin embargo, Zoltan no permanecía indiferente, como de costumbre. Algo en su interior se agitaba, y él sabía muy bien la razón.

Observó cómo Astrid se preparaba para el ejercicio haciendo estiramientos y calentando sus poderosos músculos. Cuando se quitó una sudadera que parecía muy usada, Zoltan pudo observar que, además de fuerza, poseía una considerable elasticidad. No pudo dejar de mirar los enormes moratones que cubrían brazos y piernas, así como tampoco el vendaje compresivo que llevaba en uno de sus tobillos. A pesar de que ella trataba de disimularlo, cojeaba ostensiblemente.

Cuando empezaron, la estuvo contemplando mientras esquivaba sin problemas todo tipo de objetos que le lanzó la máquina en los niveles iniciales. Eso era fácil para una deportista de élite como ella. Tampoco tuvo problemas con el nivel medio, cosa que le extrañó un poco. Él mismo había hecho pruebas allí y había pasado algunas dificultades a partir del nivel cinco. En cambio, ella se movía con absoluta seguridad, casi como si lo hubiera practicado antes mil veces, Parecía saber por dónde le iban a llegar los objetos. Zoltan lo atribuyó a su preparación.

A partir del nivel ocho, empezó a sudar en serio, pero seguía anticipándose a los impactos, aunque cada vez por un margen más estrecho. Zoltan casi no lograba ni verlos y ella ya se había movido unas décimas de segundo antes de que llegara a su altura a toda velocidad. Era, con diferencia, la mejor que había pasado por esa prueba, y Zoltan supo que era la candidata que buscaban.

Levantó la vista hacia donde estaba colocada una de las cámaras microscópicas que cubrían todos los ángulos de la sala. Sabía que Luis estaría contemplando aquello, y quería hacerle saber que esa era la que buscaban. Si alguien había demostrado poseer una intuición física más que desarrollada, era esa chica de pelo naranja y ojos esmeralda.

Mientras la observaba moverse con fuerza y agilidad manteniendo una concentración total, Zoltan también supo otra cosa: aquella chica era especial, hecha de su misma pasta, y eso lo atraía mucho. Sin embargo, debería ir con mucho cuidado, pues los deportistas de élite no podían relacionarse con cualquiera; primero debían tener el visto bueno de sus entrenadores y, por supuesto, de CIMA. Por suerte no era una superestrella, ya que en ese caso sería imposible. Además, la chica parecía muy aislada, encerrada en sí misma. Le recordaba a él mismo cuando competía por NEC, los mismos que acabaron dejándolo tirado. No podía decírselo a ella, aunque sospechaba que no estaba muy bien considerada allí. Nunca explicaban los cambios de jugadores entre territorios, pero en ese caso parecía más un tema disciplinario que puramente deportivo. Ya lo averiguaría.

La prueba terminó con Astrid totalmente agotada, pero con todos los niveles superados. Era la primera que lo conseguía, de manera que Luis estaba entusiasmado cuando él y Zoltan hablaron en el laboratorio mientras Astrid se recuperaba en otra sala cercana.

–Será estupendo trabajar con ella –decía Luis con fingido entusiasmo.

Desde que le pasara la nota, Zoltan lo observaba con más atención que antes. Una de las cosas que le había proporcionado el ajedrez era la posibilidad de prever situaciones todavía no reales a partir de analizar la realidad presente, de manera que había desarrollado una gran capacidad de observación.

–Sí, supongo. Tal vez así consigas avanzar en lo del chip –dijo Zoltan como si no se diera cuenta de la importancia del comentario.

Luis palideció levemente, pero se recuperó enseguida.

Sin embargo, Zoltan lo había visto.

–¡Oh! ¡Sí, seguro! Todavía falta tiempo para acabar de descubrir los impulsos microeléctricos que hacen funcionar la intuición como elemento de anticipación, pero vamos por buen camino.

Zoltan intentó volver al tema del chip.

–Bueno, pero los prototipos estarán pronto, ¿no?

–Define pronto –le respondió Luis con brusquedad.

Era evidente que no quería seguir hablando del chip, de manera que Zoltan cambió de tema.

Ya habría tiempo para descubrir qué estaba ocurriendo.

Esa misma noche, seguramente.

Comentaron aspectos técnicos de la prueba de Astrid durante un rato, hasta que los avisaron de que la deportista estaba a punto de irse. Salieron a despedirla y Luis aprovechó para decir en una voz tan alta como falsa.

–Bueno, amigo, recuerda que esta noche nos vemos en Raigo.

Zoltan lo miró y entendió lo que estaba haciendo, cubrirse las espaldas por si alguien los veía juntos allí. Si se lo hubiera preguntado directamente en público, sabía perfectamente que Zoltan se hubiera negado a ir, por eso la nota previa.

Hablaron un rato corto con Astrid, que parecía furiosa y muy cansada, de manera que pronto la acompañaron a la salida, donde la esperaba un vehículo para llevarla de vuelta al Centro.

Le agradecieron la participación y la emplazaron a verse en un par de días para retomar las pruebas.

–Espero que estés a gusto con nosotros, Astrid –le dijo Luis con tono amable.

–¿Importa eso?

Nadie supo qué responder, y ella se dirigió hacia el vehículo.

Luis miró a Zoltan y le dijo.

–¡Buf! Menudo carácter. Espero que tu acompañante de esta noche sea algo más tranquila.

–¡Oh, no! –respondió Zoltan, que había olvidado que debía buscar a alguien.

Podía decírselo a Kayla, pero no quería alimentar más su dependencia emocional.

–Te lo dije... ehhh, quiero decir... ya deberías saberlo. En Raigo solo aceptan parejas.

Zoltan iba a protestar cuando levantó la mirada y vio cómo Astrid abría la puerta del vehículo flotante. Una decisión fulminante le pasó por la mente, como cuando debía hacer partidas rápidas de ajedrez que precisaban de decisiones muy ágiles. Le dio una palmada en la espalda a Luis y salió corriendo con una rapidez que sorprendió al investigador.

Llegó a tiempo de ponerse delante del coche justo cuando arrancaba, lo que obligó a activar el mecanismo automático anticolisión que llevaban esos modelos. Abrió la puerta y se metió dentro, donde Astrid lo recibió con un fuerte golpe en el hombro.

–¿Tú eres idiota o qué te pasa? Casi me doy de lleno con el cristal por la frenada. ¡Aquí todo el mundo hace lo que le da la gana!

Zoltan sonrió sin decir nada mientras el vehículo se re-adaptaba al inesperado pasajero y cogía velocidad hacia el destino previsto.

–Perdona, pero quería preguntarte una cosa –dijo Zoltan con una media sonrisa que le resultaba extraña hasta a él mismo.

–Ya, y no podías haber hablado conmigo mediante el co-municador. Este vehículo lo lleva, ¿sabes? Solo tenías que buscarme en la red y preguntarme lo que quisieras sin pro-vocar un accidente.

–Bueno, yo soy así.

–Otro imbécil –le respondió Astrid sin ni siquiera mirarlo.

Zoltan se quedó algo sorprendido con la poca capacidad de empatía de esa chica, pero eso, lejos de desanimarlo, la hacía más atractiva a sus ojos. Estaba harto de la gente pru-dente que siempre hablaba con miedo por si provocaba ma-lestar en los demás. Era evidente que a ella eso le traía del todo sin cuidado.

Otra cosa iba a ser convencerla para que lo acompañara esa noche.

–Bueno, ¿qué tal tu adaptación al equipo?

Astrid siguió contemplando las calles sin decir nada. Ya se había fijado en cómo la miraba ese chico algo misterioso y bastante guapo. Tal vez en otra vida...

Decidió no contestar.

–Creo que en NEC jugabas de extremo puro. ¿Todavía si-gue siendo tan mal bicho ese Carlsson?

Ella lo miró con extrañeza, preguntándose cómo era que conocía esos detalles del equipo. Antes de que pudiera decir nada, él mismo se lo aclaró.

—Yo jugué dos temporadas allí. De alguna manera hice justo el camino contrario al que tú acabas de hacer. Jugaba en Unders y me ficharon de NEC. Estuve allí jugando y ganamos el campeonato, pero me lesioné en un entrenamiento y me dieron la patada, como hacen siempre.

Astrid se quedó con ganas de preguntarle cosas sobre esa etapa, pero, en lugar de eso, abrió la red y buscó noticias deportivas sobre él. Enseguida aparecieron cientos de datos de todo tipo. Buscó algunos vídeos de partidos y los proyectó en el asiento del vehículo que circulaba a buena velocidad por una vía paralela al mar, muy cerca de donde hacía casi ochenta años se celebraron unos juegos olímpicos con el formato de esa época.

Astrid estuvo unos minutos viendo jugar a un Zoltan algo más joven y más fibrado, típico de los deportistas en plena competición. Era rápido y muy agresivo. Jugaba en la zona de creación, aunque más dedicado a la contención de los contrarios que a la combinación. Se lo veía muy concentrado y con una manera de ir al choque algo fuera de control, como si lo mismo le diera salir dañado o no. En uno de los vídeos pudo ver unos minutos de un partido que jugaron contra el Imperio en los que se decretó NONORMAS. Zoltan fue de los que más daño causó a los contrarios, repartiendo golpes con sus codos de manera feroz, causando heridas con los tacos de sus botas o lanzando patadas a la altura de la cara. En una de las situaciones se lo veía derribar a una chica bastante más joven que él y golpearla con los puños de forma repetida y casi mecánica. La paliza que le estaba dando era tan brutal que incluso uno de sus compañeros le dio un empujón para que la dejara en paz, ya que sangraba abundantemente por las orejas.

—Mejor déjalo ya. Como habrás podido ver, todos nos convertimos en animales si nos dan la oportunidad.

Astrid lo miró a los ojos por primera vez. Iba a decir algo cuando sonó en el vehículo la voz algo metálica del conductor a distancia.

—Ha habido un requerimiento para usted. Debe ir a una dirección en la Playa Norte.

—¿Y eso qué quiere decir? —preguntó Astrid, aun sabiendo que no iban a darle ninguna explicación.

Fue Zoltan quien lo hizo.

—Allí viven las superestrellas del equipo, entre otras celebridades y gente muy importante. Seguramente alguno de ellos quiere verte.

—Si casi no los conozco. Solo me suena un tal Carlos; el resto no sé ni cómo se llaman.

Zoltan sonrió nuevamente. No era nada habitual que la gente no lo supiera todo de las superestrellas, ya que aparecían en todos los canales y eran noticia a diario por cualquier estupidez que hicieran, incluso por si cambiaban de dieta o se compraban un avión nuevo. Todavía era más extraño que ella ni siquiera se hubiera preocupado en saber quiénes eran las que jugaban en su propio equipo.

Realmente era una chica especial.

—Me bajaré aquí y ya volveré a la Escuela por mi cuenta.

Zoltan hizo un gesto para incorporarse sabiendo que el vehículo automáticamente se detendría, cosa que, efectivamente, sucedió en un instante. Cuando la puerta se abrió e inició el movimiento para bajar, la mano de Astrid cogió la suya para detenerlo.

—No, por favor. Acompáñame.

Él la miró y descubrió de nuevo en sus ojos las profundidades de ese océano prohibido que debía existir en alguna parte del maldito planeta.

–De acuerdo.

Astrid agradeció que no le pidiera explicaciones. No le gustaba que la hicieran pasar por relaciones sociales que ni buscaba ni deseaba, y menos con esos engreídos que eran igual en todos los equipos.

De camino hacia la zona residencial, Zoltan aprovechó para explicarle a quién iban a ver.

–En tu equipo los dos más famosos son Megan y Carlos, dos delanteros rápidos y muy buenos que se han ido haciendo famosos no solo por su buen juego, sino porque se supone que se enamoraron en el campo y que ahora viven juntos en una supermansión en la playa. Cada día salen en las noticias y, cuando hay partido, la gente los anima y les piden fotografías u objetos personales. Ellos se muestran cariñosos entre ellos e incluso en algún partido han aprovechado un gol para besarse delante de millones de espectadores. Son unos ídolos por aquí.

–¿Y a la gente le gusta esa porquería?

Zoltan rio con ganas, cosa que no le pasaba desde hacía tiempo.

–Eso parece.

Llegaron a la entrada de la zona especial y tuvieron que registrarse mediante análisis de ADN instantáneos para poder acceder, ya que la seguridad era extrema para evitar los intentos de invasión constantes que sufrían por parte de admiradores enloquecidos. El vehículo oscureció sus cristales y no pudieron ver nada hasta que los dejó en un aparcamiento subterráneo donde los esperaba uno de los muchos ayudantes con los que contaba la pareja.

Subieron en un ascensor que los dejó en una sala inmensa con ventanales enormes que reflejaban el mar a pocos metros de distancia. Carlos, un chico alto y delgado, a quien Astrid reconoció como uno de los delanteros del equipo, se acercó sonriente a saludarlos. Zoltan se quedó atrás mientras oía cómo desde las propias paredes se hacían decenas de fotografías de ese momento.

Pronto apareció Megan, una chica morena con los ojos violetas por las lentillas. Ambos vestían de un blanco impoluto y pasaron un rato haciendo de anfitriones perfectos de una Astrid a la que se veía totalmente perdida y fuera de lugar.

Pasados unos minutos, Carlos dijo en voz alta.

—¿Tenemos ya suficiente material para las noticias?

Un ayudante vestido totalmente de rojo apareció de alguna parte.

—Sí, ya podemos montar el reportaje de cómo le dais una fantástica bienvenida a la nueva componente del equipo.

—Vale —respondió Carlos, que, de golpe, había dejado de sonreír y buscó un aparato de estimulación en una repisa disimulada para inyectarse una buena dosis.

—Venga, Carlos, deja ya de meterte tanta porquería. Al final vas a conseguir que nos echen de aquí y te juro que, si eso pasa por tu maldita adicción, te cortaré las piernas y las enterraré en esa asquerosa playa de ahí enfrente —le respondió una Megan que parecía haberse transformado en otra persona.

Astrid, que se había quedado sola en medio de la estancia, miró hacia Zoltan sin saber qué hacer. Este le dijo:

–Creo que esto ya está. Será mejor que nos vayamos.

Sin embargo, Carlos, que parecía haber recuperado el impulso, le dijo que se quedaran.

–Así seréis testigos de esta farsa en la que vivimos cada día.

Megan se sentó con las piernas cruzadas en una especie de mullido sofá de aire y llamó a uno de sus ayudantes.

–Dile a ese vago de Pinto que necesito un masaje. Estoy tan tensa por culpa de las estupideces de este fracasado que, si no me relajo, reventaré.

El ayudante hizo ademán de irse, pero ella lo retuvo con un gesto.

–Y recuérdale que puedo hacer que vuelva a su aburrido trabajo de antes con solo levantar la mano.

Dejó la frase en el aire, pero todo el mundo entendió que se trataba de una innecesaria muestra de poder, de puro despotismo.

–Megan, eres un mal bicho sin duda alguna –le dijo Carlos riendo descontroladamente.

Era evidente que algo en su interior no andaba demasiado bien.

–Mira quién habla –respondió ella sin parecer afectada–. Anoche te cargaste medio restaurante con tu fiesta y además hiciste que despidieran al director y a dos cocineros.

–¡¿En serio?! Solo recuerdo que nos lo pasamos muy bien, pero que la comida no estaba a la altura. Incluso una de las chicas que se colaron acabó quejándose de lo malos que eran los canapés de marisco.

Ambos rieron y entonces Astrid aprovechó para tratar de despedirse.

–Vale, gracias por vuestro recibimiento. Nos vamos ya.

–De acuerdo, cielo. Espero que estés más o menos bien en el equipo –le dijo Megan, mostrándole cierta simpatía.

–Nos vemos en el entrenamiento. Y recuerda que tu trabajo es servirnos buenos pases para que nos podamos lucir –le dijo Carlos metiéndose otra dosis.

Zoltan y ella se dirigieron al ascensor para ir al aparcamiento. No hablaron hasta estar en el vehículo, y fue él quien decidió abordar el tema que lo estaba poniendo nervioso desde que salió de la Escuela. Como no sabía cómo se hacían aquellas cosas, decidió ser directo.

–Esta noche he de ir al Raigo. Es un local de moda donde solo dejan entrar parejas. No voy por gusto, es un tema importante.

Ella lo miró con calma, esperando para saber si aquello la afectaba de alguna manera. Al ver que se había detenido, lo animó a continuar:

–¿Y?

–¿Quieres acompañarme?

Astrid no contestó nada al principio.

–Menuda pareja –dijo finalmente.

–¿Quiénes? ¿Nosotros? Solo era una invitación y...

–No, no... –lo interrumpió ella, sonriendo por primera vez–. No me refería a nosotros, solo que esos dos...

Zoltan sonrió de nuevo.

–No es nada fácil ser una superestrella. Toda esa vida es un cúmulo de falsedades, de reflejos de los deseos que la gente jamás alcanzará. Todo el mundo lo sabe, de manera que viven sus sueños a través de otras personas como esos dos a quienes se obliga a seguir un ritmo de vida que es destructivo.

133

Astrid se dio cuenta de que Zoltan sabía muy bien de qué hablaba y se propuso averiguar alguna cosa más de ese extraño chico, así que siguió escuchándolo.

—A pesar de lo que pueda parecer, ellos viven así porque CIMA quiere que lo hagan. No tienen opciones, ni siquiera para decidir con quién o dónde deben vivir. En realidad se odian, pero a los medios les encanta mostrarlos como una pareja de ganadores, o sea que tienen que aguantarse mutuamente. Cuando su historia se acabe o la gente se aburra, los dejaran tirados y entonces ya veremos qué hacen.

Estuvieron un rato en silencio hasta que Astrid dio instrucciones en voz alta para que el vehículo diera la vuelta en cuanto pudiera y regresara a la residencia de las superestrellas. Zoltan, sorprendido, le preguntó:

—¿Qué estás haciendo?

Astrid no lo miró, sino que permaneció con la vista al frente a pesar de que los cristales seguían ennegrecidos.

—Si tenemos que ir esta noche a ese local que dices, supongo que no podré ir con el uniforme del equipo. Le pediré a esa idiota de Megan un vestido adecuado.

Capítulo 5

—Vamos, papá, no será tan grave.

—No conoces a esa gente, Elsa. Si no conseguimos avances significativos en las próximas dos semanas, cerrarán la investigación y la trasladarán a otra parte.

—¿Estás seguro de eso? —quiso saber Elsa.

—¡Pues claro que estoy seguro! —El doctor Bormand hizo un esfuerzo por calmarse, de manera que antes de continuar respiró profundamente un par de veces.

La entrevista con la delegación del sur de CIMA había resultado ser un desastre o, mejor dicho, un ultimátum. Llevaban mucho tiempo esperando resultados de la investigación sobre la intuición y, aunque algunos avances resultaban muy esperanzadores, ya hacía un tiempo que todo parecía haberse detenido. Aunque el doctor Bormand gozaba de una buena posición en la corporación, fruto de su absoluta falta de escrúpulos en cuanto a experimentación con deportistas, eso no le daba crédito ilimitado.

El mensaje que le habían dado había sido claro: o conseguían algo aplicable a los objetivos de CIMA o pasaban a ser escuela de categoría dos, con lo cual se acababan los fondos casi ilimitados, los privilegios y, en consecuencia, la buena vida de su director.

Ahora trataba de explicárselo a su hija, que parecía más interesada en esas ideas metafísicas que exploraba que en las aplicaciones reales. Era como su madre.

—Sí que estoy seguro —insistió por fin, aunque con un tono mucho más reposado.

—Bueno, tendremos que hablar con Luis para ver qué está sucediendo. Los parámetros son buenos y estamos muy cerca de descubrir cómo estimular los mecanismos intuitivos en la práctica del deporte. Ya sabes que él es un especialista, de manera que deberíamos citarlo y...

—En realidad, quiero que ayudes a Luis. No es que me guste la idea, pero...

—Vamos, papá, no empieces con eso otra vez.

Desde que Luis se convirtió en pareja de Elsa, su padre no había dejado pasar oportunidad alguna para mostrar su desacuerdo. No soportaba pensar que alguien le pusiera las manos encima a su única hija. No iba a permitir que ella lo abandonara como había hecho su madre.

—No es por eso, no se trata de ti y de él...

—¡Ohhh, claro que sí! Siempre ha sido así cuando algún chico se me acercaba. Tú siempre hacías lo posible por alejarlos... pero ya no soy una niña, ¿sabes?

«Sí para mí», pensó el doctor, aunque no lo dijo en voz alta.

—Mira, Elsa, tendrás que confiar en mí. Ya sabes que fui yo el que lo trajo aquí y lo puso al frente de la investigación.

–Sí, lo sé. Pero eso fue antes de que supieras que estaba conmigo.

Efectivamente, eso era cierto, pero los motivos esta vez eran distintos. Había descubierto que Luis estaba boicoteando la investigación; de manera muy sutil, pero estaba casi seguro de que retrasaba los avances de forma consciente. No sabía que incluso él, como investigador al frente, estaba vigilado permanentemente por otros miembros del personal de la Escuela. Bormand funcionaba así: todo el mundo vigilaba a todo el mundo, y los resultados que le presentaron eran indiscutibles. Por alguna razón que todavía no había averiguado, Luis trataba de evitar que el chip estimulador que él mismo había diseñado llegara a ser una realidad.

Mientras averiguaba los motivos, tenía que aislarlo y evitar que causara más retrasos. Pero todo eso no se lo iba a contar a Elsa, pues no estaba nada seguro de hacia dónde se inclinaría su fidelidad.

–Quiero que dejes tus investigaciones sobre esa idea de la sincronía y la intuición.

–La sincronicidad, papá. Hace años que trabajo en eso.

–Sí, vale, pero ahora la prioridad absoluta son los avances en aplicaciones deportivas, y creo que si tú supervisaras el trabajo de Luis iríamos más rápidos.

–¿En serio? Eso es ofensivo para mí y también para él.

–Tengo mis motivos, créeme. De momento no puedo decirte más, pero te pido... te ordeno que dejes eso que haces y supervises a Luis sin decírselo.

–¿Que me lo ordenas? ¿Ahora hablas como mi padre o como el director?

–Como responsable de esta instalación y de todos los que trabajan en ella. CIMA está vigilándonos y no quiero que tú...

–¡Ohh! ¡Vamos! No quieras hacerme ver que te preocupas por mí, no a estas alturas. Ya perdiste tu oportunidad de ser mi padre cuando dejaste que mamá se fuera.

–Yo no dejé...

–Es cierto, no la dejaste ir, más bien la forzaste a hacerlo.

Se hizo un espeso silencio en el laboratorio, solo roto por el ligero zumbido de la ventilación autónoma de esa zona.

–No sabes lo que dices, Elsa, y no voy a entrar de nuevo en eso. Lo que te pido es que supervises a Luis y que, si encuentras algo extraño en su manera de proceder, vengas a decírmelo enseguida. ¿De acuerdo?

–¿Tengo alguna otra opción?

–No, no la tienes –dijo justo antes de darse la vuelta y desaparecer.

Elsa se tomó un par de minutos para calmarse como había aprendido a hacer después de pasar dos años estudiando en un centro del gobierno corporativo que dominaba el Imperio. Muchos llamaban así a todos los territorios de la antigua Asia que se habían agrupado bajo el gobierno de un conglomerado de empresas. Al contrario de lo que ocurría con CIMA, y seguramente por la herencia cultural de tiempos remotos, ese conglomerado no disponía de nombre como tal, ni de logotipo o de imágenes. Nadie sabía exactamente dónde estaba su sede central, porque, en realidad, no disponía de un centro único de poder.

Todo ocurría según sus intereses, pero de forma indirecta: a veces contenida, a veces cruel.

A menudo brutal.

Sin embargo, para Elsa, descubrir las sutilezas de la cultura oriental la salvó de la desesperación que la asoló cuando su madre desapareció. Allí aprendió mucha ciencia, sin duda, pues contaban con algunos de los mejores investigadores del mundo trabajando en unas instalaciones increíblemente modernas y eficaces. Pero la ciencia no lo era todo o, por lo menos, no sin entender que estaba teñida de una filosofía del pensamiento heredada de miles de años atrás.

Fue allí donde, antes de trabajar, todo el mundo practicaba ejercicios espirituales que los conectaban con ese otro mundo que ellos entendían paralelo al suyo.

También allí aprendió que las cosas tienen siempre más de una explicación y que, a menudo, la racional no es la más acertada.

Ni la más verdadera.

Y también allí descubrió la sincronicidad y se enamoró de sus sutilezas metafísicas y de sus aplicaciones totalmente convencionales en la física aplicada. Allí le hablaron a fondo de los experimentos del físico americano John Wheeler, que, en su momento y con medios casi primitivos, descubrió que un mismo fotón podía manifestarse de diversas formas según el espectador que lo observara, como una onda o como una partícula. Fue algo totalmente nuevo en el terreno de la física y puso sobre la mesa la controversia sobre la influencia del observador en la mecánica cuántica. Se llegó a concluir que era como si alguna conexión estuviera informando secretamente al fotón, de manera inconsciente y mediante un *mensaje* que viajaba más rápido que la velocidad de la luz, de la existencia de un observador. Eso era físicamente inconcebible desde la perspectiva de la teoría de la relatividad imperante hasta finales del siglo veinte.

Desde entonces, todo había evolucionado mucho y la mecánica cuántica había servido de base a la mayoría de los grandes avances científicos en nanotecnología, virtualidad y muchos otros campos. Sin embargo, seguían sin comprenderse los mecanismos de la sincronicidad, de aquello que enlaza dos acontecimientos aparentemente independientes pero que se intuyen relacionados sin causa aparente.

Desde entonces, combinó sus estudios de física aplicada con una vertiente más filosófica que en Oriente estaba muy bien considerada. Su regreso a territorio CIMA por expresa petición de su padre, había cerrado la puerta a esa nueva frontera todavía ignota.

Y ahora, su padre le decía que dejara sus avances y se convirtiera en una especie de supervisora secreta de Luis, su pareja, su amor, su vida.

Pensó en Sochi y en cómo ese chico podía ser su última oportunidad de dar un paso adelante en ese conocimiento que la motivaba y la apasionaba. Sintió la necesidad de ir a verlo.

–Hola, Sochi –le dijo nada más entrar en la que había sido habilitada como su habitación mientras permaneciera allí.

De día era como un pequeño laboratorio equipado con todo tipo de visualizadores para controlar su actividad mental mientras Elsa trataba de estimular los centros de rendimiento no consciente de su mente. Cuando lo dejaban descansar, se reconvertía en estancia de ocio, con todo tipo de juegos virtuales y conexión a la red, y por la noche era una habitación relativamente confortable.

Él la saludó con gesto cansado y enseguida le repitió la pregunta que llevaba haciéndole desde el día anterior.

–¿Cuándo podré marcharme?

No le gustaba aquello y, a pesar de que su vida fuera era más bien monótona y poco gratificante, echaba de menos poder tener cierto control, por lo menos en su escaso tiempo libre. También echaba de menos a su familia y a algunos amigos con los que de tanto en tanto salía a tomar algún estimulante o simplemente a charlar y a reír un rato cuando el calor del día remitía.

–No será mucho más, te lo prometo –le dijo Elsa con la misma respuesta que utilizaba desde que empezaron a experimentar.

–Vale –se resignó–. ¿Qué vamos a hacer hoy?

Elsa le conectó los sensores virtuales que recogerían su actividad cerebral y crearían instantáneamente representaciones a escala real de las zonas del cerebro que iban funcionando según los estímulos que recibía a través de los sentidos. Podían ser olores, dolor, sonidos o recuerdos implantados temporalmente en la región prefrontal, donde llegaban fibras provenientes del tálamo y de todas las áreas corticales de ambos hemisferios.

Esa región regía funciones mentales superiores, como el pensamiento abstracto, la previsión, el juicio y otras todavía desconocidas. Elsa estaba convencida de que en algún lugar de esa región se ocultaba la llave que abriría la puerta a una nueva conciencia de la relación entre tiempo y espacio. Pero era una llave muy pequeña y estaba muy escondida.

Pasaron un par de horas tratando de recorrer metódicamente cada rincón de esa zona, estimulando su pensamiento con pruebas de abstracción vinculadas al arte o con pensamientos simultáneos relacionados precisamente con el ajedrez, tal vez con la esperanza de descubrir cuál fue el hecho detonador de esa *imagen* que tuvo Sochi cuando decidió mover un alfil que nadie más hubiera movido.

–¡Maldito alfil! –había repetido Sochi una y mil veces–. Por su culpa he perdido mi libertad.

Elsa era una persona concienzuda y paciente y sabía que los avances, en ciencia, requieren de mucha insistencia. Como le había dicho Shaoran, su mentor en el laboratorio imperial:

–Necesitamos explorar diez mil kilómetros muy despacio para avanzar un centímetro en ciencia. Sin embargo, ese centímetro nos hará dar un salto de mil años como humanidad.

Ese era el tipo de estímulo al que Elsa se aferraba cuando, como era el caso, los fracasos superaban en mucho a los datos esperanzadores.

–No te preocupes, descansa un poco, Sochi. Dentro de un rato haremos una batería de ensayos mentales con unos simuladores virtuales nuevos que son una maravilla.

–No quiero hacer más pruebas, ni quiero responder más preguntas. Estoy harto.

–Cálmate, Sochi... –le dijo Elsa con tono suave pero firme–. Recuerda dónde estamos.

Era una amenaza poco disimulada, pero después de la conversación con su padre no estaba para sutilezas. Tenía que conseguir algún avance significativo o su propio programa también saltaría por los aires junto con el de Luis.

También tenía que pensar en qué iba a hacer para contentar a su padre y no traicionar a Luis.

De momento, solo se le ocurría seguir hacia delante y esperar acontecimientos. Si algo había aprendido en Oriente era que el futuro venía determinado por nuestro estado mental presente más que por nuestras acciones.

Eso también era sincronicidad.

Mientras Elsa repasaba sus notas, Sochi decidió volver a jugar con uno de los simuladores deportivos virtuales más reales y de más éxito en NEC. Se trataba de un pequeño chip que se conectaba en la nuca y que mandaba impulsos eléctricos de baja intensidad al bulbo raquídeo que, a su vez los transmitía de la médula espinal al cerebro. Con unas lentillas de realidad virtual, uno podía ejercer de entrenador o de jugador en un equipo de fútbol de contacto. Se necesitaba bastante habilidad para manejar a los jugadores, pero con el tiempo y la estimulación, el juego era capaz de *entender* lo que el jugador quería transmitir a los jugadores virtuales y hacerlos actuar y moverse a su antojo. Era tan real que podías sentir el esfuerzo, los choques, los gritos e incluso tener ese sentimiento de euforia que provocaba la descarga de endorfinas que el propio juego estimulaba en el cerebro del jugador, lo que lo volvía muy adictivo.

Jugó un par de partidos, en los que perdió contra oponentes mucho más hábiles que él, hasta que Elsa decidió que era momento de volver al trabajo.

–Ahora... –le dijo mientras volvían a conectarlo sensorialmente al banco central de recogida de datos– ... vamos a probar algo un poco diferente. Te dejaremos en un territorio inexplorado mediante simulación sensitiva y veremos cómo te desenvuelves.

–Pero... pero... ¿qué he de hacer? –preguntó Sochi con angustia.

–De eso se trata, Sochi. Este programa no tiene itinerarios establecidos ni soluciones propuestas que debas encontrar. Se trata de un escenario virgen que crea el estimulador a partir de los estímulos que tú produces. No es nada preconcebido, ya que es nuevo en cada ocasión y es irrepetible. Por tanto, no sé qué se supone que debes hacer, nadie lo sabe, ni siquiera el programa que lo ha creado.

Elsa pensó que ojalá hubiera podido llegar a probar aquel programa con Nola; todo hubiera ido más suave y con mucha menos presión.

–Sí, vale –respondió él poco convencido.

No le gustaba lo nuevo y, sin embargo, se sentía dispuesto a afrontarlo. Sentía una confianza en sí mismo que no acostumbraba a mostrar.

–Espera a que sientas que debes hacer algo y hazlo.

–¿Cómo sabré si lo estoy haciendo bien?

–No se trata de bien ni mal. No debes tomarlo en ese sentido. Tú solo actúa como creas que debes hacerlo.

La silla donde se encontraba Sochi le inyectó una pequeña dosis de relajante sin que ni siquiera se diera cuenta de ello.

Sochi cerró los ojos y esperó.

–No cierres los ojos, Sochi –le dijo Elsa suavemente–. Tus lentillas de realidad virtual deben recibir bien las señales del estimulador.

–Vale –respondió tratando de mirarla.

Enseguida se dio cuenta de que ya no estaba en esa habitación con Elsa.

Se encontraba en un desierto, sin nada a su alrededor ni en el horizonte, solamente un mar de dunas de arena blanca que lo rodeaban hasta donde le alcanzaba la vista.

Elsa podía ver lo mismo que él, ya que el programa lo proyectaba en una de las paredes. Había conseguido los permisos para utilizar ese simulador de pensamiento abstracto gracias a los contactos de su padre, y no lo había utilizado hasta entonces con Sochi para poder descartar todas las pruebas anteriores. Era una investigadora concienzuda y esperaba que ese último paso fuera realmente el que le proporcionara algún hilo del que tirar.

Durante un buen rato, no sucedió nada. La representación abstracta del propio Sochi había adquirido forma de serpiente, algo que ella debería investigar por si contenía algún significado valorable. La serpiente virtual se limitó a seguir expuesta al calor del desierto blanco, totalmente inmóvil.

Elsa comenzaba a pensar que Sochi se había bloqueado.

Entonces, se movió.

Lentamente, con el movimiento ondulante que dejaba rastros curvos en la arena, descendió una gran duna y se arrastró por el pequeño valle que habían creado las otras dunas gigantescas. En su avance, dejaba atrás un rastro que el viento, aparecido de repente, borraba conforme avanzaba.

Elsa miraba aquel movimiento hipnótico sin tan siquiera pestañear.

La serpiente siguió avanzando hasta que encontró una salida entre las dunas y ahora su avance era más ágil, como si el suelo liso por el que se movía fuera de cristal o alguna superficie parecida. Al fondo no había nada, ni horizonte ni paisaje alguno, solo un gran vacío. Sin embargo, la serpiente continuó adelante como si supiera cuál era su destino. Cuando llevaban así un par de minutos, Elsa observó que en la superficie lisa aparecían tres líneas horizontales paralelas de color negro y que la serpiente giraba hacia donde habían aparecido esas señales. Sochi seguía tranquilo en su silla sin que pareciera necesario aplicarle más relajantes. Muy poco después aparecieron nuevos símbolos parecidos y hacia ellos se fue dirigiendo cada vez la serpiente. Esta vez el símbolo estaba formado por las mismas tres líneas de antes, pero separadas por el medio, formando seis fragmentos iguales y paralelos tres a tres.

Algo en ese símbolo llamó la atención de Elsa, como si lo hubiera visto en alguna otra parte tiempo atrás.

Enseguida apareció otro símbolo que hizo que la serpiente de Sochi tomara rumbo nordeste. Esta vez, las tres líneas eran algo diferentes, ya que, si bien las dos primeras seguían el mismo patrón de estar separadas por un espacio, la de más abajo volvía a ser una línea continua.

Entonces supo qué era lo que estaba mirando y dijo en voz alta, sin poder reprimirse:

–Es el maldito I Ching.

El sonido de su voz hizo que Sochi perdiera la concentración, y la serpiente se detuvo.

Elsa se maldijo por dentro, aunque guardó silencio y permaneció inmóvil a la espera de que el animal reanudara su marcha. Pasados cinco minutos, era evidente que la conexión mental se había interrumpido y que ya no iba a volver a moverse, con lo que decidió dar por finalizada la experiencia.

Sochi volvió a la realidad de la sala, algo confuso pero tranquilo, seguramente por el efecto del sedante.

–Ehhh, ¿cómo lo he hecho? –preguntó cuando identificó a Elsa.

–Muy bien, Sochi, lo has hecho estupendamente.

Mientras trataba de tranquilizarlo y esperaba a que se recuperara del todo, la mente de Elsa funcionaba a toda velocidad. Había dado en el clavo al adivinar que Sochi solo funcionaba en el sentido adecuado cuando se enfrentaba a situaciones totalmente nuevas, en las que no sabía cuáles eran las normas que había que seguir o lo que se esperaba que hiciera.

Ese desarrollo virtual le había ofrecido un campo totalmente inexplorado y él se había dejado llevar, igual que había hecho al enfrentarse a aquel tablero de ajedrez en el que no sabía cómo debía actuar. Cuando eso sucedía, Sochi creaba una nueva realidad a partir de elementos aparentemente no relacionados entre sí.

¿Sincronicidad? Tal vez.

Pero... ¿qué pintaba allí el I Ching?

Todavía no lo sabía, pero intuía que acababa de encontrar una pista del escondite de esa llave que hacía tanto tiempo que buscaba.

–No me estás escuchando –oyó que le dijo Sochi.

–Sí, sí, perdona.

–Quiero que me expliques lo que ha pasado.

Elsa estaba valorando si era bueno explicarle lo sucedido o si eso iba a condicionar una nueva experiencia cuando su comunicador vibró, indicándole que tenía un mensaje. Pulsó en su muñeca izquierda para autorizar la conexión y escuchó la voz del recepcionista de la Escuela.

–Disculpe, señora, pero hay aquí una chica que dice llamarse Kayla que quiere saber el estado de un tal Sochi. He visto que está asignado a su sección y como no quiere irse... Si quiere pido que la echen en un instante –se disculpó.

Elsa pensó que una interrupción le daría tiempo a reflexionar sobre cómo debía actuar.

–¿Conoces a una chica que se llama Kayla? –le preguntó a Sochi.

Por la manera en que se iluminó su cara, supo que no solo la conocía, sino que seguramente le gustaría conocerla mucho más a fondo. Algunos hombres... los hombres, en general, eran tan transparentes...

–Sí, sí, es una buena amiga. Ella me acompañó hasta aquí... bueno, ella me trajo porque comenzamos con el ajedrez y...

–Ella te enseñó a jugar.

–Lo intentaba.

Justo ahora que aparecía el camino por primera vez, se presentaba esa chica que llevó a Sochi a empezar en el ajedrez, lo que había provocado que ahora estuvieran todos ellos allí.

Acontecimientos simultáneos no relacionados.

¿Casualidad?

No podía ser, no podía pensar que lo fuera. Había aprendido a plantearse las cosas desde una perspectiva diferente. Recordaba perfectamente lo que le dijo Shaoran, su tutor de investigación cuando estuvo en el Imperio.

–Cuando falla la relación causa-efecto, puede ser por una casualidad. Cuando se dan más de dos casualidades, eso es... bueno, no sé cómo lo llamáis allí...

–¿Y aquí?

—Tenemos muchos nombres para eso, pero ninguno científico, así que utilizamos la terminología inglesa. Eso es *synchronicity*.

Así pues, Elsa supo que acababa de dar un paso adelante. Uno más, aunque importante. Sin embargo, no podía pensar con Sochi allí pidiendo poder ver a su amiga.

—¿Puedo verla? —casi imploró Sochi pasándose la mano por su pelo rubio.

—Claro. Espera.

Habló con recepción y les dijo que alguien la acompañara hasta allí. Mientras esperaban que la acreditasen, Elsa le hizo algunas preguntas sobre su relación.

—Somos amigos —respondió Sochi enseguida.

—¿Muy amigos?

La insinuación era evidente, y Sochi la captó, enrojeciendo visiblemente.

Transparentes.

Cuando Kayla llegó, parecía algo asustada, aunque el rostro se le iluminó cuando vio a Sochi. Sin duda, hacían una extraña pareja, aunque quién era ella para clasificar a los demás cuando estaba enamorada de un físico racional y escrupulosamente metódico que renegaba de aquello que a ella le era más preciado.

Los dejó solos, advirtiéndoles que regresaría pasados unos minutos para continuar con el trabajo. Recordaba cómo su padre la había apremiado y no quería que tuvieran problemas por ser permisiva en exceso con su voluntario.

En cuanto se quedaron solos, Kayla le dio un abrazo inesperado a Sochi, que se quedó rígido sin saber qué se suponía que debería hacer en aquella situación.

–¿Cómo estás?

Sochi miró aquellos ojos algo rasgados que ahora eran de color verde oscuro y le dijo:

–Bien, bien. La doctora que has visto antes es muy amable para estar en este sitio.

–¿Te han hecho pruebas? ¿Cuáles?

Se la veía preocupada, algo que a Sochi le hizo querer mostrarse algo más interesante.

–Nada importante.

–No seas idiota, Sochi.

–Vale, vale... –le respondió, recordando enseguida que con aquella chica más valía no jugar a hacerse el duro, porque ella lo era sin duda mucho más.

–¿Estás bien?

–Sí, bueno, más o menos. Después de recuperarme del golpe del primer día, las cosas han ido mejorando. Creo que me confundieron con un deportista...

–Pues hay que ser idiota para equivocarse –sentenció Kayla con una media sonrisa irónica.

Sochi no supo si enfadarse o sonreír. Optó por lo último.

–Supongo que sí. El caso es que ahora solo me someten a pruebas extrañas... más mentales.

–¿Qué andan buscando en tu cabeza?

–No lo sé. Creo que algo relacionado con la intuición o cosas de ese estilo. Ahora mismo hemos acabado una y la doctora ha dicho algo de Chin o un nombre parecido.

–¿Chin? ¿Qué significa eso?

–No tengo ni idea y no pienso preguntarlo. Este lugar tiene algo de siniestro y solo espero que acaben pronto y me dejen salir.

—Yo... lo siento —le dijo Kayla con expresión abatida.

Se sentía responsable de lo que le estaba pasando a aquel chico al que había aprendido a apreciar a pesar de sus tonterías y su devoción exagerada hacia ella. Recordaba perfectamente a Nola y cómo, por su culpa, desapareció sin dejar rastro. Solo esperaba que a él no le pasara lo mismo. Sochi seguía hablando, algo que hacía sin parar cuando estaba nervioso.

—... por ese alfil que moví. Ya te dije que el ajedrez no era lo mío.

—No parece que aquí piensen lo mismo, ¿no?

—Mira, Kayla, sea lo que sea lo que están buscando, te aseguro que no es a un maestro del ajedrez. Es algo más... oscuro.

—¿Qué quieres decir?

Sochi recordaba que ya le habían advertido que todo se grababa en los edificios de CIMA, de manera que prefirió guardar silencio sobre sus impresiones.

—Nada, no me hagas caso.

Kayla vio que él miraba hacia arriba y comprendió.

—Bueno, ya verás como todo esto se acaba pronto. En cuanto salgas podremos volver a practicar tus aperturas, que dejan mucho que desear.

—Mira, Kayla, si de algo estoy seguro ahora es de que no voy a volver a acercarme a un tablero de ajedrez en toda mi vida.

—Bueno, vale —le respondió sonriendo.

Se hizo un instante de silencio que Sochi aprovechó para cambiar de tema y abordar uno que le interesaba mucho más que el ajedrez.

–No sé mucho de ti. Explícame cosas.

Ella lo miró con gesto serio. No era muy dada a hablar de su vida, entre otras cosas porque no estaba muy orgullosa de algunas cosas con las que se había acostumbrado a vivir pero que le resultaba incómodo explicar. Sin embargo, sintió que estaba en deuda con él.

–Ya te conté que a mí me gustaban las matemáticas y que me obligaron a hacer deporte porque tenía un cuerpo que parecía perfecto para ello.

Sochi tragó saliva, pero no dijo nada y trató de no dejar de mirarla a los ojos.

–Intenté los deportes atléticos, pero entonces los suprimieron por la muerte de ese chico y... bueno, también sabes lo de hacer de *cheerleader* y eso.

–¿Ves a tus padres de tanto en tanto?

–A mi madre algunas veces. Mi padre...

Sochi esperó sin decir nada. Era evidente que a aquella chica no le era fácil contar su historia.

–Soy de familia eslava, del centro de Rusia para ser más exactos. Mis abuelos escaparon de allí cuando las cosas se pusieron realmente mal con la segunda crisis. De alguna manera, llegaron aquí y se instalaron, pero mi padre no perdió los contactos con sus amigos y eso fue lo peor que podía haber hecho.

–¿Por qué?

–Porque muchos de ellos estaban o todavía están vinculados con las mafias que dominan todo el territorio eslavo desde... bueno, en realidad creo que casi desde siempre. Le pidieron algunos favores y él accedió porque pagan bien. Lo que ocurre es que, antes o después, te piden que hagas algo que resulta peligroso, ilegal o seguramente las dos cosas a la vez. Y ya no te puedes negar porque te tienen atrapado.

–Tu padre... –dijo Sochi sin atreverse a acabar la frase.

–Mi padre era... o es... no lo sé. Era un imbécil que creía que podía burlar a CIMA y a sus mil ojos. Empezó con pequeños contrabandos y se metió en el tráfico de personas que quieren instalarse aquí porque en la zona eslava se pasa hambre.

–No lo sabía.

–No es nada nuevo. Los de allí somos especialistas en hacernos la vida difícil los unos a los otros y arruinar un territorio lleno de posibilidades y de riquezas. La historia mundial siempre nos saca en el lado equivocado de las fotografías.

–Sí, bueno.

–No los disculpo, aunque yo ya no me siento uno de ellos.

–¿Qué le pasó exactamente a tu padre? –quiso saber Sochi, aunque era consciente de que no debería preguntar aquello.

–Pues lo que acostumbra a ocurrir. Desapareció.

–¿Quieres decir que...?

–¿Si está muerto? Es probable, aunque también podría ser que esté trabajando en algún lugar para esos mafiosos. Nunca lo sabremos ni mi madre ni yo.

–Siento haber preguntado.

Kayla iba a responder cuando se oyeron unos pasos que se acercaban. La puerta falsa se deslizó sin emitir sonido alguno y entró Elsa acompañada de Zoltan.

Kayla sintió que las piernas le fallaban al verlo allí delante. Trató de disimular sus sentimientos acercándose a Sochi y poniéndole un brazo protector por encima de los hombros.

153

Zoltan ni la miró, pero Sochi casi se derritió.

–Bueno, Kayla, gracias por tu visita. Veo que a Sochi le ha sentado muy bien.

Era una broma algo cruel con el chico, pero no pudo resistirse a hacerla.

–Me acompaña Zoltan, al que creo que algunos ya conocéis.

Ambos dijeron que sí con la cabeza.

–Le he pedido que venga porque tengo una sorpresa para vosotros en la que creo que él os puede ayudar.

Había estado pensando en hacer algo especial con Sochi desde que comprobó los avances que el nuevo programa le podía proporcionar. Para que fuera realmente efectivo, necesitaba que *su voluntario* estuviera absolutamente dispuesto a colaborar. Para ello, sería buena opción que pudiera relajarse y entender esa injerencia en su mente como parte de algo importante. Si se asustaba o se angustiaba por el encierro, los resultados podían poner en peligro lo que ella adivinaba que estaba por descubrir.

Sintió que, además de entrar en territorio desconocido, las referencias que había mostrado la mente de Sochi sobre los símbolos del I Ching eran, por sí mismas, piezas de un puzle especial dentro del laberinto en el que andaban investigando. Estaba segura de que aquel chico no conocía nada sobre las implicaciones del I Ching. Tal vez se equivocara, pero era bastante improbable que fuera así.

¿Qué significaba aquello?

Ella no era en absoluto experta en esa filosofía mística de la que el I Ching y sus sistemas de trigramas y hexagramas eran solo una pequeña parte.

Demasiadas preguntas.

Tenía que mantener a Sochi contento y colaborativo, por lo que, después de hablar con Luis y averiguar que esa noche había invitado a Zoltan al Raigo, se le ocurrió una idea que ahora trataba de poner en práctica.

Sochi y Kayla la miraban con cierta expectación, de manera que decidió explicarle su propuesta.

—Esta noche hay una especie de fiesta para investigadores y colaboradores nada menos que en el Raigo. ¿Conocéis el lugar?

—Sí, claro, aunque nunca he podido entrar —respondió Kayla.

Todo el mundo conocía el Raigo, pero solo los deportistas o las personas vinculadas a CIMA podían entrar en esa especie de club privado que imitaba los antiguos clubes de fiesta que en algún momento de la historia hicieron furor en aquella ciudad.

—Bueno, pues he pensado que os podríais venir esta noche con nosotros. Os facilitaré un pase y...

—¿Ir al Raigo? —la interrumpió Sochi—. Conozco a algunos chicos que han ido porque son del equipo y siempre me han dicho que solo se puede ir en pareja.

Por un instante, nadie dijo nada.

Kayla miró por primera vez a Zoltan a los ojos, sintiendo que seguía enamorada.

Elsa sonrió al darse cuenta de lo inocente que era ese chico.

Zoltan permaneció impasible, sin mostrar expresión alguna, aunque por dentro sentía que aquello se complicaba todavía más. No solo iba a tener que buscar el momento para saber en qué andaba metido Luis, sino que debía ser el acompañante de Astrid, cosa que inexplicablemente lo ponía nervioso. Y ahora, además, iba a tener a ese chico y a Kayla dando vueltas a su alrededor. Era muy consciente de lo que Kayla sentía y no estaba muy seguro de cómo reaccionaría al verlo con Astrid.

Demasiadas complicaciones, aunque no podía hacer nada por el momento.

La primera en hablar fue Kayla, que, mirando a Sochi con cariño, le dijo:

—Iremos juntos, tonto.

Sabía que debía andar con cuidado para no darle demasiadas esperanzas, pero tampoco podía hacer gran cosa por el momento. Dejaría que las cosas siguieran su curso y, cuando él saliera de allí, ya le explicaría cuál era la realidad.

A Sochi le brillaron tanto los ojos que a punto estuvo de soltar una lágrima.

—Perfecto. No sé cómo tenéis el tema de vestimenta y demás, porque yo soy bastante desastre en eso —les dijo una Elsa sonriente.

—No hay problema —respondió enseguida Kayla.

Elsa pensó que, con su figura, aunque fuera vestida con un saco estaría deslumbrante.

—Yo no sé si tengo nada apropiado.

—Te buscaremos algo —intervino nuevamente Elsa.

De repente, pareció darse cuenta de la presencia de Zoltan y se volcó hacia él con una sonrisa.

—Zoltan también vendrá esta noche, de manera que he pensado que podríais quedar aquí mismo los cuatro y así os recogería un vehículo de la Escuela para llevaros. ¿Os parece bien?

Todos ellos asintieron.

—Perfecto, será divertido, ya lo veréis. Os dejo, puesto que todavía tengo trabajo. Relajaos y divertíos, nos vemos esta noche.

En cuanto dijo eso, se fue.

Zoltan tomó la palabra antes de que nadie pudiera preguntarle nada.

—Nos vemos en la entrada a las ocho. Yo pasaré a buscarte a ti, Sochi.

—Vale —dijo él con entusiasmo.

Acababa de olvidar el encierro forzado y las implicaciones futuras que pudiera tener su presencia en esas instalaciones algo siniestras.

Solo existía esa noche, el Raigo y Kayla.

Zoltan se fue sin decir nada más y enseguida apareció un ayudante para acompañar a Kayla a la salida.

En todo el trayecto hasta su casa, ella solo pensaba en un número, uno que había dicho Elsa cuando habló de recogerlos en un vehículo de la Escuela.

Cuatro.

Era fácil de contar... Sochi, ella y Zoltan.

Eso implicaba que Zoltan iría con alguna otra chica.

辰男

CHEN

Representa lo suscitativo, lo que inicia el movimiento y estimula la acción. Simboliza el Trueno, rápido y energético causando conmoción. Significa la motivación, la exploración, la experimentación y la apertura de nuevos rumbos, el arrastre y el ímpetu.

REINA EN EL NORDESTE

Lo oculto es siempre nuevo.

Capítulo 6

Raigo había sido un jugador mítico que fue capitán de los Unders durante casi cuatro años, un tiempo realmente insólito teniendo en cuenta la dureza del fútbol de contacto. La mayoría de los jugadores no conseguían pasar de dos temporadas sin caer lesionados por culpa de la violencia desatada en los períodos de NONORMAS, algo que cada vez se hacía más habitual en los partidos, ya que los espectadores tendían a aburrirse solo con el juego en sí mismo.

En realidad, el juego había pasado a convertirse en un preludio de los estallidos de violencia y era eso justamente lo que retenía a la gente frente a las pantallas y desataba sus ganas de hacer apuestas.

A primeros de la década anterior, surgió la figura de Raigo, un delantero de origen modesto que hizo sus primeros pasos en la Academia con apenas siete años, ya que la Comisión vio enseguida que poseía unas dotes extraordinarias para ser una estrella. Ya de mayor, su fuerza y coraje lo catapultaron rápidamente hacia la capitanía del equipo, con el consiguiente apoyo de CIMA, siempre atenta a la aparición de nuevos ídolos. En su caso, poseía además un carisma que conectaba muy bien con las clases más desfavorecidas, que veían en él la culminación de unos sueños que jamás se cumplirían para ellos. Ese fue un plan perfecto de los directivos de la zona sur de CIMA, que diseñaron ese perfil para aumentar la base de los apostantes, ganando con ello cientos de nuevos millones para sus arcas.

Mantuvieron ese engaño hasta que se descubrió que en realidad Raigo vivía a cuerpo de rey en una enorme finca con caballos y todo tipo de lujos en un lugar escondido en las montañas del interior del país. Hasta entonces, en los noticiarios y reportajes, controlados por CIMA, siempre se mostraba a Raigo llevando una vida austera y poco lujosa y donando gran parte de sus ganancias a fines sociales.

El escándalo apartó de las apuestas a muchos de los que se habían gastado parte de sus pobres salarios por seguir a ese chico de mirada melancólica y voz suave. Poco después, cayó gravemente lesionado en un partido contra los Estados Globales de América y tuvo que retirarse.

CIMA premió su fidelidad y las múltiples ganancias proporcionadas permitiéndole abrir un negocio en el centro de la ciudad. Se trataba de un enorme local de cuatro plantas dividido en espacios virtuales y no virtuales, para que cada uno se sintiera a gusto donde prefiriera. Sus fiestas temáticas eran de obligada asistencia para los miles de empleados de CIMA que tenían un nivel por encima del 3, aunque debían esperar a ser invitados. También los deportistas debían asistir en función del número de victorias conseguidas y de su función dentro del equipo. En este caso, era el entrenador el que decidía quién podía y quién no podía ir a las fiestas, que se alargaban hasta bien entrada la madrugada.

Tenía empleados virtuales que, debidamente identificados con su código de barras, servían bebidas o estimulantes especialmente diseñados para cada invitado en función de su historial médico o de sus costumbres sociales.

En el primer piso, la música sonaba con enorme potencia, con grandes espacios dedicados a pistas de baile o a escenarios para coreografías arriesgadas y atrevidas. Aunque la música se adaptaba automáticamente a las preferencias de las personas de mayor nivel de la sala, a veces se desmadraba y aparecían grupos de primeros de siglo o de incluso antes, de finales del siglo veinte.

La segunda planta estaba reservada a un restaurante que podía rediseñar sus espacios en pocos minutos según indicara el propietario marcando alguno de los programas preestablecidos. Los menús eran confeccionados por restaurantes de CIMA, naturalmente, y las dietas de los deportistas se respetaban escrupulosamente, aunque se aplicara el máximo de imaginación en el diseño de los platos. Así, aunque alguien solo pudiera comer proteína sintética, esta podía tomar formas y sabores muy diversos, como pollo, pescado o incluso frutos tropicales.

En la tercera planta, los invitados podían circular por diversos espacios virtuales donde se reproducían desde los antiguos paisajes hawaianos hasta los mares caribeños ya extinguidos. Uno podía pasear por el fondo de una gran pecera o sentir cómo lo tostaba el sol tropical de las islas Galápagos.

Nadie sabía qué pasaba en la cuarta planta, reservada en exclusiva a los miembros más poderosos de CIMA o del resto de las corporaciones mundiales.

Zoltan y Astrid paseaban en silencio por la playa virtual de alguna isla de nombre impronunciable. Habían llegado junto con Kayla y Sochi hacía ya un par de horas. Sochi no había dejado de hablar desde que lo recogieron en la Escuela, rompiendo el incómodo silencio que reinaba en el vehículo por diversas razones.

Zoltan estaba preocupado por lo que pudiera querer decirle Luis. Sonaba a algo ilegal o, como mínimo, encubierto.

Astrid se sentía fuera de lugar con ese vestido brillante que cambiaba de configuración y de color cada pocos minutos. Era lo menos extravagante que tenía Megan en su inacable vestuario. Al principio se mostró tan encantada de poder prestar algo de ropa a Astrid que pasaron más de media hora sacando ropa de los cajones. Megan la tiraba por el suelo mientras una asistenta la recogía, doblaba y volvía a colocar en sus decenas de cajones del vestidor de más de ochenta metros cuadrados. Pretendía vestirla como si fuera una mariposa de colores y a Astrid le costó mucho trabajo y diplomacia, algo de lo que no iba sobrada, convencerla para buscar algo más normal. Finalmente, Megan le envió el vestido escogido al Centro con un equipo de maquilladores y peluqueros a los que acabó echando después de dos horas mareándola. Para colmo, se encontró con la sorpresa de tener que compartir coche con Kayla, cuya belleza era más que evidente, enfundada en un vestido color blanco que mostraba contrastes a contraluz. Enseguida se dio cuenta de que esa chica estaba loca por Zoltan, lo cual aumentó su sensación de desubicación.

Por su parte. Kayla estaba de mal humor. No dejada de preguntarse qué era lo que veía Zoltan en aquella chica musculosa e irritable que no mostraba el menor signo de atención hacia él.

Llegaron al local a las ocho y media y estuvieron un buen rato en la primera planta, mirando cómo Sochi y Kayla bailaban como locos. Kayla estaba realmente deslumbrante y muchos de los presentes la miraban con interés indisimulado. Sochi se lo estaba pasando en grande.

Sobre las nueve y media subieron a cenar a la segunda planta. Allí encontraron a Luis y a Elsa y estuvieron un rato charlando en grupo antes de comer platos exquisitos en una mesa de más de veinte metros de largo, acompañados de deportistas conocidos, presentadores y todo tipo de personas importantes.

Cuando acabaron de cenar, Zoltan trató de acercarse a Luis, pero este lo esquivó. Se lo veía nervioso, de manera que decidió esperar acontecimientos. Ya se acercaría él cuando lo creyera oportuno.

–¿Volvemos abajo? –les preguntó Sochi cuando acabaron de cenar.

Astrid no dijo nada; se limitó a mirar a Zoltan esperando que él decidiera. Evidentemente no pensaba ir a bailar, pero no quería que se le notara demasiado la incomodidad.

–Nosotros vamos a la tercera un rato –dijo Zoltan mirando a Kayla a los ojos.

–Pues nosotros... –respondió ella con demasiada rapidez–. Nosotros vamos a pasarlo realmente bien, ¿verdad, Sochi?

Se separaron y Zoltan le pidió a Astrid que lo acompañara en un paseo tranquilo por el entorno virtual de una isla paradisíaca. Se olía el mar, se escuchaba su sonido al romper contra las rocas, se podía incluso saborear el gusto de la sal impregnado en unas minúsculas gotas que se dejaban caer del techo simulando las que normalmente transportaba la brisa marina.

–¿Qué estamos haciendo aquí? –preguntó Astrid en cuanto se quedaron solos.

–Disfrutar del paisaje. ¿Te parece poco?

–No me tomes por idiota. Sé que tienes algo que hacer y que estás esperando el momento distrayéndome como si fuera tu gato.

–Vaya, qué aspereza la tuya. ¿Siempre eres así?

–Sí. A veces incluso peor.

Zoltan la miró a los ojos y sonrió. Llevaba una capa de maquillaje activo que destacaba sus rasgos o los suavizaba en función de cómo le diera la luz. Su vestido era extraño, no muy apropiado a la fisonomía de Astrid. Sin embargo, no pudo evitar pensar que estaba preciosa.

Y era lista.

Decidió que, en contra de lo que le decía siempre su instinto, era alguien en quien seguramente podía confiar. Sin pararse a reflexionar, decidió contárselo todo.

Le explicó su experiencia como deportista y el fichaje por NEC, cómo lo explotaron y luego lo dejaron tirado y sus funciones en la investigación que estaban llevando a cabo Elsa y Luis en la Escuela. También le dijo que habían ido allí porque él quería confiarle algo.

–¿Por qué me cuentas todo esto?

–No lo sé. A lo mejor me he equivocado y mañana voy a tener encima un gran problema. Podría ser que me despertara en algún lugar de África... o que no me despertara más.

–¡Basta! No quiero saber nada más de tus problemas. Apenas me conoces.

–Es cierto... y, sin embargo...

Como no dijo nada más, ella intervino.

–Sin embargo, ¿qué?

–Que aceptaste venir conmigo esta noche.

–Tenía curiosidad por conocer este local absurdo.

–No mientas; ni siquiera sabías que existía hasta que hemos llegado.

Ella guardó silencio. Odiaba las situaciones comprometidas.

–No te preocupes –intervino Zoltan–. No voy a meterte en problemas.

En ese momento, Luis apareció en la playa caminando solo y se acercó.

Zoltan le dijo a Astrid que lo esperara en la salida, que estaría allí en pocos minutos.

Antes de irse, ella lo miró a los ojos y le dijo:

–Ten cuidado.

Zoltan la vio alejarse y pudo comprobar cómo su cuerpo atlético estaba un poco desproporcionado por el exceso de ejercicio y musculación en el tren inferior. Sus piernas eran anchas y poderosas, demasiado musculadas para el prototipo de cuerpo femenino imperante. A pesar de ello, sintió una punzada en un lugar indeterminado de su estómago.

Decidió dejar las preguntas sobre esa sensación para más adelante. Tenía a Luis a apenas dos metros.

–Ponte esto –le dijo este al acercarse, tendiéndole dos minúsculos audífonos–. Con esto, nuestra conversación no existirá.

Zoltan entendió que se refería a que no sería posible grabar lo que hablaran. Era peligroso, pero Luis era un científico brillante, de manera que decidió fiarse de él.

Enseguida oyó su voz alta y clara a pesar de que apenas le veía mover los labios.

–No te preocupes por CIMA y sus grabaciones. Estos aparatos nos permiten hablar sin emitir apenas sonidos. Cuando me respondas hazlo en voz tan baja como puedas, apenas un pequeño murmullo; yo te oiré perfectamente. Prueba.

–¿Qué hacemos aquí? –dijo Zoltan con un volumen apenas perceptible incluso para él mismo.

–Perfecto, te oigo bien así.

–Vale, pues... ¿qué hacemos aquí?

–Seré directo. Las investigaciones sobre la intuición son una mascarada, un engaño, aunque todavía no sé si de CIMA o directamente de ese malnacido de Bormand.

–Sigue.

–Espera.

Una pareja de futbolistas del equipo Unders pasó por la misma recreación virtual de la playa donde estaban. Paseaban cogidos de la mano mientras detrás de ellos un ayudante filmaba la escena. Sin duda se trataba de otra maniobra de CIMA para aumentar el interés por esas vidas en realidad vacías.

–Tenemos poco rato, así que te explicaré algo y tú decidirás si me ayudas a evitarlo de alguna manera.

–¿Por qué yo? –quiso saber Zoltan.

–No lo sé. Mi intuición me dice que los de CIMA no te trataron bien.

–¿Tu intuición? ¿Es una broma estúpida o algo así?

–Perdona, estoy nervioso. Soy científico, no un maldito espía. Sé lo tuyo porque he visto en la red como fue la historia de tu lesión. La versión oficial es falsa, claro, pero déjame adivinar lo que realmente sucedió.

–Vale, cálmate y continúa.

–La investigación es de Bormand, aunque naturalmente la hace por encargo de CIMA, o eso creo. Sin embargo, no les está explicando la verdad. Les ha contado que no avanzamos con lo de la investigación primaria sobre los mecanismos de la intuición, pero lo cierto es que ya hace un tiempo que los descubrimos. Incluso hemos hecho un prototipo de chip implantable y temporal. Y lo hemos probado en personas...

Zoltan hizo un esfuerzo para no poner cara de asombro.

–Entonces, lo de Astrid esta tarde...

–Bueno, sí, le dimos el chip con ese líquido que bebió. Ella no lo sabe, pero llevaba programado el implante para unos veinte minutos, el tiempo que calculamos que duraría la prueba con un margen de seguridad. Nos fue muy bien para confirmar lo que ya sabíamos, que el propio deportista no es consciente de cómo han mejorado sus capacidades. En realidad, no es extraño, ya que los mecanismos son tan rápidos que uno no se da ni cuenta, como máximo cree que ha tenido un día especialmente bueno. Llevamos meses trabajando con deportistas de todos los niveles y hace un par de semanas encontramos la manera de cerrar la conexión neuronal que necesitábamos gracias a una proteína sintética. Sus procesos son tan vertiginosos que nos dejaron alucinados. Tiene una capacidad de anticiparse a los estímulos que, una vez implantada en los circuitos de percepción, los ayuda a anticiparse a las respuestas, de forma poco consciente pero muy eficaz. Tú has sido deportista de alto rendimiento.

Zoltan afirmó con la cabeza a pesar de no ser una pregunta.

—Imagínate que ganas unas décimas de segundo en tu capacidad para *visionar* por dónde van a intentar regatearte o por dónde el defensa va a entrarte para quitarte el balón. Y no te digo nada si hablamos de los períodos NONORMAS... puedes ver la agresión antes de que suceda.

—Eso sería una ventaja enorme. Si un equipo pudiera manejar eso...

—Bueno, pues ya tenemos un chip desechable que lo consigue. Se absorbe con cualquier líquido y se dirige de forma autoguiada hacia los llamados ganglios basales, que representan a un conjunto de núcleos que participan en la regulación de los movimientos. Se insertan en un circuito que se inicia en la corteza cerebral y cuya salida es a través del tálamo, de vuelta a la corteza cerebral. Es decir, a pesar de estar involucrados con la actividad motora no se conectan directamente con las neuronas motoras espinales...

—Vale, vale... a partir de aquí me pierdo.

—Sí, disculpa, después de años de trabajar con neurocientíficos, uno acaba hablando como ellos.

—Pero tú eres físico, ¿no?

—Sí, pero también estudié neurotecnología aplicada, por eso me reclamó Bormand para dirigir el proyecto.

168   —De acuerdo, y ¿dónde está el problema? ¿Por qué estamos hablando en una playa irreal en lugar de celebrar tu triunfo?

–Porque no estoy seguro de cuáles son los motivos que tiene Bormand para usar el chip, y además sospecho que no va a decir nada a CIMA.

–¿Y qué ganaría ese idiota con no decir nada? Sería su gran triunfo también. Precisamente a él no le cuesta nada apropiarse del trabajo de los demás. Se ha pasado la vida haciéndolo y no parece haberle ido mal.

El paisaje de la playa empezó a difuminarse, señal de que pronto cambiaría, como sucedía en períodos regulares de veinte minutos para que nadie se aburriera.

–No lo sé, pero últimamente se me ha ocurrido algo y tengo que compartirlo por si me sucede cualquier cosa.

–¿Qué va a sucederte? Eres un científico muy conocido y además estás con la hija del famoso doctor Bormand.

–Sí, pero cuando hablamos de tanto dinero, nada es lo suficientemente seguro.

–Sigo sin saber de qué estás hablando.

–Apuestas –dijo finalmente Luis después de bajar tanto el tono que casi resultó inaudible.

–¿Qué pasa con ellas? Son legales y hasta obligatorias.

–Lo sé, pero creo que alguien trata de manipularlas en su beneficio.

–¿Cómo?

Elsa apareció en el extremo de la playa y los saludó con la mano. En pocos segundos iba a unírseles y se habría acabado la conversación.

Luis se dio cuenta y habló muy rápido.

–Imagina que mantienes esta tecnología oculta y que la utilizas en un momento oportuno, por ejemplo, en unos mundiales...

Hizo una pausa para que Zoltan recordara que, en pocas semanas, iba a celebrarse un mundial en el Imperio.

–Cuando llegan los mundiales, las apuestas son globales y eso significa que se multiplican por mil o por más. Las cantidades son tan astronómicas que nadie sabe en realidad cuánto se juega o cuánto se gana.

–Lo sé.

–Pues imagina que coges a un equipo de los que no son nada favoritos...

–Los Unders –intervino Zoltan sabiendo ya lo que iba a explicarle.

–Sí, y en ciertos partidos les das esos implantes que puedes programar para su autodestrucción en el tiempo justo de juego, de manera que sean indetectables después del partido.

–¿Es posible?

–Sí, ya lo hemos probado.

–¿Y son seguros?

–Para los deportistas... bueno, estamos investigándolo, pero... ¿crees que eso le importa a Bormand?

–No, supongo que no. Aunque Astrid...

–Solo lo ha tomado una vez, no pasa nada.

Hicieron una pausa en la conversación y Luis sonrió forzadamente a Elsa, que ya se encontraba a unos pocos pasos de ellos.

–Haz cálculos de cuánto dinero ganaría alguien que controlara los implantes y... hola, cariño.

Zoltan se quitó disimuladamente los auriculares y los depositó en su bolsillo.

–¿Dónde está tu acompañante, Zoltan? La he visto en la cena y estaba radiante.

–Creo que quería irse ya y se ha dirigido a la salida. Allí me espera.

–Estará cansada. Estos deportistas se acuestan tan temprano que apenas ven caer el sol.

–Sí, lo sé.

–Bueno, pues ve a por ella. Por lo menos la acompañarás como un caballero, ¿no?

–Claro –respondió Zoltan con algo parecido a una sonrisa.

Antes de irse, dio las gracias por la invitación y le dijo a Luis que ya hablarían de los aspirantes que habían comentado.

Cuando se marcharon, Elsa estuvo a punto de contarle a Luis el cambio de rumbo que había decidido dar a su investigación. Quería abrir nuevas puertas en la ciencia predictiva, y conocer los mecanismos de la sincronicidad podía ser un buen camino para ello. Si conseguía entender cómo la teoría de las realidades múltiples dejaba de ser teoría, la humanidad iba a entrar en una nueva fase de desarrollo sin las ataduras de las variables tiempo y espacio que, a pesar de que en muchos sectores habían sido ya remodeladas, no dejaban de marcar los límites de lo posible.

Trabajar con la idea de que existen tantas realidades como posibilidades mentales seamos capaces de imaginar, implicaba ser capaz de diseñar el futuro, y no una vez, sino cientos, miles de veces.

Escoger el futuro.

Eso nos convertiría en los verdaderos dueños del universo, porque si se rompen las reglas, si caen los límites, ya no existe un universo, sino universos infinitos a la espera de nuestra elección. Mundos en paz, sin contaminación, sin odios o resentimientos...

Se emocionaba solo de pensarlo.

Pero de momento seguía siendo un sueño.

Miró a Luis y lo vio preocupado. Seguramente su padre lo presionaba mucho con el tema de la intuición aplicada al deporte. Decidió que ya encontraría un mejor momento para hablarle de su sueño.

Del sueño universal.

Vida eterna.

Vidas eternas, en realidad.

–Vamos a bailar un rato –le dijo.

Luis, que seguía mirando el horizonte por donde había desaparecido Zoltan, se dio cuenta de que ya no estaban en una playa sino en lo que parecía configurarse como un vasto y desolado desierto. Qué paisaje más extravagante para dar un paseo. Los de Raigo se pasaban con la originalidad.

Elsa observaba aquel cambio con la boca abierta.

Él la miró y sintió de nuevo todo el amor que los había llevado a decidir compartir sus vidas a pesar de los conflictos, a pesar de su padre, a pesar de que él creía que estaba desperdiciando su talento en esa idea abstracta vinculada a la trascendencia.

Cogió a su pareja de la mano y se dirigieron a la plataforma que, al haber leído la palabra *baile* de los labios de Elsa, ya los esperaba para bajarlos a la primera planta.

Elsa parecía muy pensativa, pero se recuperó en cuanto llegaron abajo. Pronto una música metálica y repetitiva los absorbió.

172 Mientras tanto, Zoltan y Astrid viajaban en un vehículo de CIMA hacia el Centro.

–Siento el rollo de la fiesta, no lo he pedido yo.

–No te preocupes, en el fondo no ha estado tan mal –respondió Astrid mientras trataba de quitarse el maquillaje con una toallita húmeda que le facilitó el propio vehículo.

–Ya, bueno, pero debes estar cansada y no sé si te apetecía salir hasta tarde...

–Bueno, no importa. A veces a los deportistas nos toca hacer este tipo de cosas, tú ya lo sabes.

–Sí, pero, claro... después de todo el ejercicio que has hecho hoy...

Zoltan estaba intentando llegar a alguna parte, de eso Astrid se dio cuenta enseguida.

–¿A qué te refieres?

–Bueno, con las pruebas que has hecho en la Escuela... ¡Si has superado el nivel máximo!

–No lo sabía.

–Pues sí, y la verdad es que me has impresionado. Los lanzamientos eran cada vez más rápidos y más fuertes.

–Habré tenido un buen día.

–¿Y ahora no sientes más cansancio de lo normal?

Astrid dejó de desmaquillarse y se enfrentó directamente a él.

–¿Qué es lo que quieres saber? No sé si te das cuenta, pero eres menos sutil que un elefante.

Zoltan sonrió. Las maneras directas y bruscas de esa chica no solo no lo molestaban, sino que lo atraían. Eso empezó a preocuparlo.

–Nada, solo intentaba ser amable –dijo finalmente.

–Ya.

173

Durante un buen rato, nadie dijo nada. El vehículo avanzaba por las calles desiertas con las luces encendidas por si, a pesar de la prohibición de circular en ese itinerario, se cruzaban con algún peatón despistado. En realidad, podría haber hecho el recorrido totalmente a oscuras, ya que se guiaba por un sistema RTG avanzado, heredero del antiguo GPS, pero mucho más preciso.

–¿Siempre has sido así de borde? –dijo finalmente Zoltan.

Ella lo miró intensamente a los ojos y, por un instante, temió que se lanzara sobre él y lo golpeara. Sin embargo, lo que ocurrió fue que se puso a reír. No de forma descontrolada, pero si lo suficientemente alto como para que una voz surgiera del vehículo sin conductor y preguntara si necesitaba algún tipo de asistencia.

–No, no... –respondió ella recuperando la normalidad.

Zoltan decidió no decir nada, de manera que siguieron escuchando el suave zumbido del motor eléctrico que ronroneaba mientras avanzaban a buena velocidad hasta el Centro. La vida nocturna en la gran ciudad era prácticamente inexistente y, en cualquier caso, nadie deambulaba por las calles si no era estrictamente necesario. No era por inseguridad, pues la zona centro estaba permanentemente vigilada y controlada, sino por aislamiento.

Un progresivo aislamiento social propiciado por CIMA que había conseguido eliminar costumbres muy arraigadas en aquel lugar del sur y relacionadas con el ambiente social en la metrópolis. Con la gran crisis vinieron los problemas –paro, protestas, violencia...– y las calles dejaron de ser un escenario de amistad y ocio para convertirse en simples circuitos para ir a alguna parte.

Todo estaba mucho más controlado, como les gustaba a las corporaciones, que, de esa manera, podían monopolizar el mercado del ocio, el más importante y el que generaba mayores beneficios en ese mundo postecnológico en el que se dedicaban pocas horas al trabajo y muchas a matar el aburrimiento.

Entonces, cuando menos lo esperaba, Astrid le contó su historia.

—Nací en un pueblo de la antigua Noruega llamado Orkanger. Lo recuerdo como un sitio precioso donde siempre hacía frío y donde podíamos salir a veces a navegar en el mar, que era oscuro y daba miedo. El pueblo estaba justo al final de un fiordo... ¿sabes lo que es?

Zoltan negó con la cabeza.

—Bueno, no importa, era el fiordo de Orkdal, donde mi familia había vivido desde hacía siglos.

—Lo buscaré —le dijo él suavemente.

Por un instante, ella lo miró con los ojos enrojecidos, aunque enseguida se giró hacia la ventana.

—No lo hagas, porque no lo encontrarás. En plena recuperación de la crisis de los años cincuenta se decidió... el gobierno comprado por las corporaciones petroleras decidió que era hora de intentar sacar provecho de los recursos naturales que se almacenaban en el subsuelo marino, de manera que vendió la tierra y parte del mar a una empresa que, literalmente, destruyó el pueblo, el mar y todo lo que encontró a su paso. Y todo por unas miserables decenas de miles de barriles de petróleo.

—Lo siento... —se le ocurrió decir a Zoltan.

Ella no respondió. Estaba concentrada en una historia **175** que se desarrolló mucho tiempo atrás, cuando solo era una niña que temía al mar oscuro.

—Más o menos por esa época me evaluaron y decidieron que tenía condiciones para intentar ser una buena deportista. Mi padre es experto en comunicaciones y mi madre veterinaria, y eran felices con sus vidas. Pero nada de eso importó cuando yo empecé a destacar en la escuela de fútbol regional y nos trasladaron forzosamente a la capital de NEC, en el antiguo Berlín. Mi madre se quedó sin trabajo, y menos mal que mi padre pudo reemprender su carrera allí. Yo estaba muy orgullosa entonces de mis logros y, sin embargo...

Zoltan entendía lo que le estaba explicando, porque, de alguna manera, su historia y la de muchos otros eran paralelas. Si destacabas en deporte, eso era lo único que contaba. Buenos ingenieros como el padre de Astrid o buenos mecánicos como su propio padre eran fácilmente sustituibles. Lo que contaba, lo único que contaba, era tratar de conseguir una estrella.

Y ellos, los pocos idiotas que lo conseguían, se esforzaban todavía más en tratar de sobresalir, mientras, sin darse cuenta, en realidad estaban hundiendo cada vez más a sus familiares y a los que más querían. Tal vez no fuera culpa suya, pero la carga la iban a llevar el resto de sus vidas.

—El resto ya deberías conocerlo. Academias, entrenamientos, malos tratos, abusos... tú has pasado por lo mismo, creo.

—Sí.

—Pues no hace falta que siga, ¿no crees?

—No.

—Vaya, parece que ahora el que se ha quedado sin palabras eres tú. Y eso que hace un rato no parabas de preguntar cómo estaba.

—Me preocupaba que estuvieras demasiado cansada. Mañana debes tener entrenamiento, ¿no?

–Claro, a las seis en punto arriba y sin parar motores hasta las cuatro de la tarde. Como todos los malditos días del año.

–Sí.

El vehículo los avisó de que en cinco minutos llegarían al Centro y quiso saber si debía dejar a Zoltan allí o en la Escuela.

–En la Escuela.

Astrid lo miró con un extraño brillo en el fondo de su mirada.

Ninguno de los dos quiso explicitar lo que ambos estaban pensando. Todo era muy complicado con los deportistas. Sus relaciones, del tipo que fueran, debían ser aprobadas por el entrenador principal, al que debían comunicar, a través de sus ayudantes, cualquier posibilidad de intimar con alguien. Cuando había competiciones, ni siquiera se admitían las peticiones.

–¿Quieres que yo...? –dijo ella sin saber muy bien si debía hacerlo.

–No, no vas a explicarle nada al entrenador. No es asunto suyo.

–Ya, pero debo...

–No –la interrumpió de nuevo–. No vas a rebajarte así. Tenemos tiempo, supongo.

Ella sonrió y sus facciones, generalmente duras e imperturbables, mostraron una sonrisa dulce que nadie que la conociera en el campo o en los entrenamientos podría sospechar que fuera capaz de esconder.

–No lo tenemos –le dijo ella finalmente.

–Sí, confía en mí.

–Yo no confío en nadie.

Zoltan se dio cuenta de que ella volvía a encerrarse en ese duro caparazón en el que vivía, siempre a la defensiva.

Dudó.

Era arriesgado e innecesario.

Y, aun así...

Le cogió la mano y ella, en un acto reflejo, se soltó con un rápido movimiento de torsión. Estaba entrenada y tensa, dispuesta a atacar o defenderse.

–Tranquila –le dijo.

Cuando lo intentó por segunda vez, ella dejó la mano muerta. Enseguida notó que Zoltan depositaba algo muy pequeño en su palma y cerró el puño.

Zoltan, de la forma más disimulada que pudo, le indicó que se pusiera esos miniauriculares en los oídos y, cuando lo hizo, empezó a hablar en un murmullo tan bajo que ni siquiera los micrófonos del vehículo fueron capaces de captarlo.

–Si me escuchas lo suficientemente claro, levanta dos dedos de tu mano izquierda.

Sin dejar de mirar por la ventana, Astrid movió su mano más cercana a Zoltan con dos dedos levantados.

–Lo que voy a explicarte es peligroso e ilegal y tiene que ver contigo solo en una pequeña parte, de manera que, si no quieres saber nada más, quítate los auriculares y devuélvemelos con suavidad.

Esperó por si ella decidía hacerlo, pero Astrid no se movió, con la vista fija en el exterior, concentrada en el paisaje urbano que se deslizaba a su paso.

–Bien, escúchame y no me interrumpas ni hagas ningún gesto raro. Si quieres que pare levanta el pulgar de la misma mano que antes.

Cuando estuvo seguro de que ella estaba dispuesta, empezó a contarle lo que le había sucedido en el laboratorio con Luis. Le explicó lo de la investigación sobre la intuición a nivel deportivo, le contó los cientos de deportistas que habían pasado por la Escuela para ayudar a diseñar el chip implantable. También le explicó que eso ya era una realidad y que esa misma tarde ella lo había probado sin ni siquiera saberlo.

—Por eso te estaba preguntando si te sentías cansada o si habías sido consciente de que superaste los niveles sin que pareciera costarte mucho. Para que te hagas una idea, el que más lejos había llegado sin implante cayó golpeado en el nivel siete y tú llegaste al diez como si nada. Yo estaba observándote y no eres consciente de la velocidad a la que te lanzaban ni de cómo de increíblemente rápido te movías para anticiparte a la llegada de cada objeto.

Astrid, que se moría de ganas de preguntar cosas, solo hizo un movimiento con la cabeza que Zoltan interpretó correctamente.

—Si estás preocupada por ese chip, olvídalo. Estaba programado para disolverse en tu sangre pasados veinte minutos desde que lo tomaste. Te lo dieron con esa bebida que tomaste antes de la prueba, no pudiste darte cuenta.

Notó como se crispaban sus manos por la rabia que bullía en su interior. Estaba realmente furiosa por el hecho de que alguien hubiera decidido experimentar con ella sin saber qué efectos negativos podía tener aquello y sin pedir su permiso.

179

—No te preocupes por nada. Luis es un genio y seguro que tomó todas las precauciones para que no fuera maligno para los receptores. Además, tal y como le han pedido que actúe, debe asegurarse de que un mismo individuo puede recibir varias dosis en días consecutivos sin que se resienta su salud. Por eso, en los mundiales...

Al oír mencionar los próximos mundiales, Astrid no pudo evitar reaccionar girándose a mirar a Zoltan, aunque enseguida disimuló, pidiéndole al vehículo que no fuera tan rápido para que no se mareara.

Había rabia en su mirada, mucha incredulidad y aún más preguntas.

Zoltan supuso que ella quería saber el motivo de todo aquello. Tal vez, como deportista altamente competitiva que era, lo primero que pensó era que alguien pretendía hacer trampas en los partidos para favorecer a uno de los equipos. NEC seguro que era el sospechoso número uno.

–No es por el deporte –le dijo Zoltan mientras el vehículo reducía ostensiblemente la marcha.

Estaban llegando al Centro y él tenía que recuperar los auriculares: no quería que ella corriera ningún riesgo.

–Es por las apuestas.

Con un roce de la mano, le indicó que debía devolvérselos, y Astrid lo hizo muy disimuladamente, como si estuviera peinando su pelo corto.

Cuando bajó, apenas tuvo tiempo de despedirse. Él la saludó con la mano discretamente y ella le dijo:

–Nos vemos mañana en la Escuela como hemos quedado. Vendré después del entrenamiento. ¿Pregunto por ti?

Zoltan quiso decirle que no, que no se acercara ni se inmiscuyera, pero no tuvo tiempo. El vehículo tenía sus órdenes, de manera que cerró las puertas y arrancó.

De camino, Zoltan se convenció de que habérselo dicho había sido un gran error. La ponía en peligro a ella y también a él, así como a Luis y a saber a cuánta gente más.

–¡Mierda! –dijo en voz alta.

–No puede utilizar ese tipo de lenguaje en los vehículos de CIMA –dijo una voz impersonal desde algún lugar de la central de control de transportes.

«No tenía que haberla metido en esto», pensó para sí mismo.

Tendría que hacer algo para deshacer ese nudo que acababa de crear.

Capítulo 7

–¡Encontradla! ¡Encontradla!

Los gritos se escucharon en la sala adyacente a la vivienda, donde un equipo de ayudantes virtuales esperaba sin ninguna ansiedad a ser necesitado. Podían pasar en ese estado de reposo inmóvil varias horas, hasta que el programa control detectara que seguramente no eran ya necesarios y desconectara su recreación sólida en tres dimensiones.

Sin embargo, en cuanto oyeron los gritos, uno de ellos se acercó a la vivienda que el doctor Bormand tenía en una de las zonas exclusivas de la ciudad, cerca del mar, aunque no tan cerca como las estrellas.

–¿Ocurre algo, doctor? –interrogó con el tono suave, gama 4, que tenía programado para situaciones de ese tipo.

Había abierto la puerta de la vivienda gracias a los permisos que tenía integrados y que le permitían acceder a cualquier hora.

–¡Fuera de aquí!

El objeto pesado, identificado como vaso con líquido amarillento, que le atravesó el cuerpo virtual fue posteriormente recogido por el equipo de limpieza permanente. El ayudante virtual registró la situación dentro del apartado de CONFLICTOS, con una nota codificada que recogía, una vez más, un tipo de situación en la que el doctor lanzaba cosas a sus ayudantes con el ánimo de agredirlos. Esa información se incorporaría a los demás ayudantes destinados en su vivienda con la siguiente actualización de *software*, que se produciría en menos de dos horas.

Cuando volvió a estar solo, Bormand regresó frente a la gran pantalla de comunicaciones que tenía en la sala principal de su vivienda. En realidad, la vivienda era propiedad de CIMA, como todas las viviendas de su territorio, embargadas de forma masiva cuando la corporación se hizo cargo del gobierno. Pasó primero por la gran cocina y llenó un nuevo vaso con ese licor que le traían especialmente de algún lugar cercano a la antigua Corea. Además de la cocina, la vivienda constaba de dos o cuatro habitaciones, según las necesidades, dos despachos y varios baños, así como un gimnasio al que el doctor ni se acercaba.

Apuró el contenido y volvió a llenarlo con dos dedos. Su máximo era cinco de esas dosis, aunque a partir de la tercera empezaban a causarle un extraño efecto entre desorientador y placentero. Cuando volvió a mirar a la pantalla, sintió el primer aviso de que el licor empezaba a relajar su cuerpo y su mente.

Lo necesitaba.

Acababan de decirle que habían perdido el control sobre su mujer.

–Bueno, vamos a ver si me lo explicáis como si no fuera doctor –dijo Bormand a los dos individuos que normalmente estaban desplazados en la zona centro del continente perdido, muy cerca del territorio de lo que había sido la República Centroafricana.

Uno de ellos, alto y musculoso, que era el jefe del comando de seguimiento encargado de tener controlada a la mujer de Bormand desde que la expulsó, hacía ocho años, titubeó un poco antes de repetir la información. Todo el mundo sabía que el doctor estaba muy bien posicionado en CIMA del sur y eso suponía que tenerlo en contra podía significar un destino definitivo en aquel inframundo en que se había convertido el continente africano desde que las corporaciones renunciaran a gobernarlo y quedara sumido en un total caos donde mandaba la ley del más fuerte.

–Ya sabe que a ella le gusta perderse por los antiguos parques naturales, como ese que llaman Bamingui-Bangoran, que en su día fue una especie de parque protegido. Ya había hecho esa salida muchas veces y siempre hemos tenido a alguien del equipo entre los que la acompañaban. Pero esta vez, algo falló...

–Ya os ha despistado en otras ocasiones en todos estos años. ¿Crees que es tan idiota como para no saber que la tenéis vigilada?

–No, claro que no. Es cierto que otras veces ha jugado a desaparecer, pero siempre hemos podido saber dónde está gracias a su chip identificador, el que le puso usted antes de que saliera para África.

Bormand recordaba perfectamente el implante que él mismo le puso en la oreja izquierda con la excusa de mejorar una audición que ella iba perdiendo por culpa de una enfermedad hereditaria que acabaría dejándola sorda del todo con el paso de los años. Todo ese tiempo tenía información en tiempo real de sus movimientos. La podía seguir desde casa, desde el trabajo o en medio de una fiesta. Era el control total, justo lo que ella odiaba, aunque sospechaba que ella lo sabía.

–¿Qué insinúas? –quiso saber el doctor, aunque, de alguna manera, ya intuía la respuesta.

A pesar de los años pasados, siempre había sabido que algún día ella desaparecería para siempre. Odiaba esa superioridad moral que le permitía dejarse controlar durante ocho largos años y, aun así, tener ambos la certeza de que sería ella la que decidiera cuándo iba a terminar.

–No insinúo nada, doctor. No sabemos lo que ha pasado. Ella subió a un bote de motor para recorrer el río Chari, como había hecho otras veces. Nuestro hombre subió a la barca de suministros que siempre los acompaña y... bueno, tras uno de los muchos meandros que hace el río en la zona más salvaje, en ese parque de Bamingui o como se llame, el bote de suministros se quedó algo atrás porque había aparecido un grupo de hipopótamos que amenazaban con atacarlos. No sé si lo sabe, pero los hipopótamos son muy territoriales y pueden volverse agresivos si...

–¡¿Qué narices me estás contando de los hipopótamos?! –lo cortó gritando nuevamente Bormand.

Instintivamente, volvió la mirada hacia la puerta por si volvía a aparecer el ayudante virtual, pero no lo hizo. Los programadores cada día eran mejores con esos engendros. **185**

–No se enfade, doctor. Llevamos más de un año con seguimiento total y sin ninguna incidencia. Cuando cogimos el relevo del equipo anterior ya nos avisaron de que su mujer tendía a ser escurridiza de tanto en tanto.

–Lo sé –dijo el doctor tratando de calmarse–. Siempre ha sido como una maldita serpiente.

Por un instante, recordó los primeros años de la relación, cuando su manera de ser escurridiza le parecía divertida e imprevisible. Sin embargo, con el paso de los años y, especialmente, con su imparable ascenso dentro de CIMA, ese lado aventurero desapareció por completo y fue sustituido por otro mucho menos agradable. La recordaba casi con lengua bífida cuando no cesaba de criticar sus experimentos con chicos jóvenes para obtener nuevas mejoras de rendimiento. Salieron a la luz sus límites morales casi al mismo tiempo que la falta de ellos en Bormand. La llegada de Elsa calmó las cosas al principio, pero cuando ella volvió a sus anteriores objeciones, Bormand se cansó y la envió una larga temporada con una familia de conocidos en el norte de la antigua África.

Cuando Elsa empezó a preguntar por su madre, decidió que no quería volver a verla y le explicó a su hija que ella los había abandonado.

Contactó con ella y le hizo saber que, si intentaba volver a territorio CIMA o incluso salir del continente, desaparecería nuevamente, esta vez de forma definitiva.

Y ahora...

–Cuando nuestro hombre pudo pasar, encontró el primer bote abandonado en la orilla... No había nadie dentro y faltaba buena parte del equipo. Diría que estaba preparado.

–¡Pues claro que estaba preparado! –volvió a estallar el doctor–. Lo que quiero saber es cómo desapareció el implante.

–No lo sabemos; simplemente, dejamos de recibir la señal. Montamos un equipo de rastreo, pero aquello es como el infierno para encontrar a alguien. La jungla es tan espesa que en algunos sitios no se llega a ver el suelo.

–Me importa muy poco cómo sea el suelo. Lo que quiero es que la encuentren, aunque tengan que arrasar esa maldita selva...

El mercenario africano trató de intervenir.

–No está en la selva. Después de un buen rato, conseguimos encontrar y seguir su rastro hasta el borde del parque, donde empieza el gigantesco desierto. Allí no encontramos nada más, ni huellas ni nada: el viento lo había borrado todo.

–Tal vez los despistó en esa jungla.

–No lo creo.

–No importa, despejen el terreno con máquinas si hace falta.

Su interlocutor sabía que también podía jugar sus propias cartas.

–Bien, informaré a la delegación de CIMA y...

Bormand lo cortó.

–Eso no será necesario... bueno, está bien. De momento mantengan por allí a ese idiota que la perdió y comuníquenme si hay novedades.

Cerró la comunicación con un gesto de la mano. Como la mayoría de aparatos de la casa, había sido preprogramado para funcionar según determinados movimientos del titular de la vivienda.

Apuró el vaso y decidió darse una ducha fría. Eso era lo único que lo calmaba cuando sentía que la cólera se apoderaba de él. Era muy consciente de que no podía desplegar medios de CIMA sin que al final se le volviera en contra. Su posición en esos momentos era delicada y para nada quería llamar la atención de la corporación. Tendría que aguantarse y esperar a que a la serpiente se la tragara el desierto para siempre.

Si todo iba según sus planes, pronto llegaría el momento en que podría arrasar una jungla o todo un continente si quisiera. Además, la perdida África era tierra de nadie, según los acuerdos internacionales de cuando el mundo se repartió entre los verdaderamente poderosos.

Mientras el chorro de agua helada lo mantenía absolutamente inmóvil y limpiaba su ansiedad, una parte de su mente no dejaba de preguntarse qué pretendía aquella loca con su huida. Probablemente no era más que un gesto de rebeldía, una manera de hacerle saber que todavía era ella la que tomaba sus propias decisiones... pero ¿por qué ahora, después de tanto tiempo?

Cuando consiguió, finalmente, relajarse, decidió que ya se ocuparía de eso llegado el momento. Por ahora, sus problemas eran de tal magnitud que esa artimaña solo significaba un porcentaje insignificante del embrollo en el que andaba metido.

Pero alguien había dicho alguna vez que, si uno no se arriesga, no gana.

Y lo que estaba haciendo él era muy, muy arriesgado.

Por un acto reflejo, pidió comunicación con Luis, su auténtica baza secreta. Al final, todo iba a depender de si ese maldito implante era tan efectivo e indetectable como decía el físico con el que ni siquiera su hija sabía que llevaba años trabajando, y así debía quedar.

Mientras su contestador virtual trataba de localizarlo en una fiesta en ese local del centro que todo el mundo quería visitar, Bormand recordó cómo le había salvado el pellejo a Luis en no menos de dos ocasiones. Era un gran investigador y también un buen hombre. Tenía un cerebro brillante y una carrera más que prometedora... pero todo el mundo tiene un punto débil.

El de Bormand era la sed de poder.

El de Luis... que le gustaba demasiado apostar.

Había ganado dinero, pero, sobre todo, había perdido enormes sumas con las apuestas. Parecía mentira que una mente analítica como la suya no supiera que las apuestas estaban concebidas para que todo el mundo perdiera. Podías ganar alguna vez; incluso, con mucha suerte, podías llegar a ganar en más de una ocasión, pero a la larga todo el mundo perdía, sin excepciones. Luis lo sabía, pero aun así jugaba... y perdió. Esta vez se trataba de mucho dinero que había pedido prestado a la mafia eslava, cuyo negocio consistía en esperar a que uno se arruinara, quedarse con todo lo suyo después de darle una paliza y volver a prestarle dinero para empezar de nuevo.

Luis estaba a punto de empezar ese ciclo cuando pidió ayuda a Bormand, al que conocía de otros proyectos en los que había participado. La mejor cualidad del doctor era saber a quién era bueno ayudar para poder reclamar el favor cuando le conviniera. En el caso de Luis, fueron dos veces las que evitó que hicieran una hamburguesa humana con él.

Más adelante, lo llamó para *pedirle* que se uniera a su equipo oficialmente y liderara la investigación en mejora de rendimiento por intuición. Ese mismo día, también le pidió que mantuviera abierto un canal paralelo en esa investigación del que solo lo informaría a él. Si llegaba a descubrir algo que permitiera hacerse inmensamente rico manipulando los resultados de los partidos y, en consecuencia, de las apuestas, quería ser el primero... y el único en saberlo.

Las cosas habían ido muy bien desde entonces, y los lentos avances en la investigación oficial contrastaban con los que se hacían extraoficialmente.

Y ahora ya tenían el chip a punto y unos mundiales a la vista.

Iba a poder arrasar la jungla veinte veces si se le antojaba, porque, cuando todo acabara, nadie en el mundo llegaría a tener tanto dinero como él.

Ni poder.

Habían surgido algunos inconvenientes en las últimas pruebas, pero eso no lo detendría.

Por fin el ayudante virtual lo puso al habla con Luis.

–¿Todavía estás ahí? Te comportas como si no tuviéramos trabajo por hacer –le dijo con tono duro en cuanto conectaron.

Al fondo, aunque muy amortiguado por los filtros de la comunicación, se oía algo de la música que sonaba en el Raigo. Cuando hablaban en público, Bormand siempre era muy consciente de que todas las comunicaciones eran propiedad exclusiva de CIMA y sabía perfectamente que un analizador de una capacidad casi ilimitada recogía aquello que podía ser de interés para la corporación. Además, para las personas que estaban en el *punto de mira,* como era ahora su caso, el seguimiento era exhaustivo.

–Solo estaba pasando mi tiempo libre como me parece –le respondió Luis con brusquedad.

El doctor lo atribuyó al exceso de estimulantes que siempre se consumían en ese tipo de fiestas. Sin embargo, algo en esa respuesta le resultó demasiado desafiante.

Tomó nota mental de ello.

–Vale, espero que todo esté a punto para la fase cuatro, tal como quedamos.

–No, doctor Bormand, no lo está.

«¿Qué demonios estaba haciendo?». Tal como habían quedado, la fase cuatro era una clave para dar luz verde a la posibilidad de realizar ensayos reales en competición. Luis había probado el chip con esa chica deportista del Unders y no había surgido ningún problema. El rendimiento había sido muy bueno y ella ni siquiera se había dado cuenta.

Esa era una de las mejores facetas del plan que habían trazado. Aunque una vez hallados el chip y el circuito cerebral que había que estimular se podía aumentar la potencia y conseguir deportistas casi invencibles, ambos acordaron que era mejor ser sutiles y que nadie se diera cuenta de forma evidente. Si alguien sospechaba, lo podían atribuir a una buena preparación o a la suerte. Una vez acabado el partido, por muchos controles que hubiera, el chip simplemente ya no existiría y nadie podría demostrar nada. Además, solo iban a utilizarlo en los próximos mundiales. Después, ya serían tan ricos que nada de todo eso importaría realmente.

Además, según le había informado Luis, aumentar la potencia podía provocar efectos no controlados en el cerebro de los deportistas, y Luis se mostraba muy escrupuloso con no causarles daño alguno.

Demasiado escrupuloso, a gusto de Bormand.

Todo estaba preparado, de manera que no entendía a qué venía esa resistencia.

–¿Qué ocurre, Luis? –quiso saber.

Trataba de mantener un tono pausado y casi indiferente, de cortesía para los que pudieran llegar a escuchar esa conversación, aunque él contaba con lo último en distorsión de comunicaciones. Naturalmente, como siempre hacía, el doctor tenía un plan alternativo para protegerse.

Si llegaba el momento diría que todo había sido obra de Luis. Acuciado por las deudas y bajo amenaza de los eslavos, había decidido trabajar para ellos para hacer trampas en las apuestas. Incluso tenía localizados permanentemente a los que lo amenazaron por deudas para dirigir a las fuerzas públicas disciplinarias hacia ellos, si era necesario.

Uno no llegaba tan lejos como él sin un plan alternativo.

–¡Todo! ¡Ocurre todo lo que nos temíamos! –respondió con tono claramente alterado.

–No sé de qué estás hablando, Luis. Mejor lo hablamos en la reunión de control a primera hora.

–La chica... –dijo entre ruidos imposibles de identificar.

–¿Qué le pasa? Creo que estaba en plena forma hoy.

–Sí, ella sí. Pero con el tiempo... bueno... no es seguro, pero creo que enfermará.

Bormand respiró profundamente. Aquel imbécil estaba perdiendo el control de la situación y podía ponerlos en peligro si alguien se preguntaba de qué estaban hablando cuando se suponía que todavía no habían llegado a la fase experimental.

Intentó calmarlo.

–Luis, Luis, escúchame. Creo que has tomado demasiados estimulantes esta noche. Eso siempre ocurre en el Raigo, y más si trabajas catorce horas como estás haciendo últimamente. Creo que deberías tomarte mañana el día libre, o por lo menos la mañana. Ven por la tarde y...

La idea era no dejarlo seguir hablando, pero él insistía.

–No es el trabajo. Es el maldito chip: provocará efectos en la zona que estimula y, a la larga, creará un tumor o algo peor.

–Vamos, Luis, eso es solo una teoría. Ya estamos contemplando eso en las sesiones y por eso introduciremos mediciones constantes cuando empecemos a hacer pruebas reales. Tú lo sabes mejor que nadie. ¡Es tu proyecto, hombre!

Sabía que estaba perdiendo los nervios. Tenía que acabar esa conversación.

Luis se resistía.

–¡No me entiende! ¡Ya tenemos resultados y...!

Bormand cortó la comunicación para evitar que el idiota de Luis los metiera en el peor lío de sus vidas. Pensó a toda velocidad; tenía que apartarlo hasta que pudiera hablar con él y hacerlo entrar en razón.

Malditos estimulantes. Seguramente eran de esos que te hacían perder las inhibiciones y por eso estaba hablando demasiado. Era imprescindible que lo sacara de la circulación de inmediato, antes de que alguien le prestara atención.

Pulsó el botón del comunicador que llevaba en el bolsillo para conectar con su hija. Solo esperaba que lo hubiera acompañado esa noche.

Era así.

–Hola, papá. Justo ahora Luis me decía...

–Elsa, escúchame. Creo que Luis ha tomado demasiados estimulantes o lo que sea y está diciendo cosas que no debería decir. Llévatelo a casa.

–Pero, papá... –intentó intervenir.

–¡Llévatelo ahora! Cuando estés en su casa me llamas y mandaré a alguien.

–Vale, vale. Lo llevaré a mi casa.

–¡No! ¡No! Déjalo en su casa.

–Venga, papá, que no tengo quince años.

Bormand se mordió la lengua para no decir lo que pensaba. Imaginarse a su hija viviendo con un hombre lo ponía enfermo. Ya cuando era pequeña trataba de estimular su rechazo a los chicos, aunque fueran todavía niños, lo que había ocasionado no pocas peleas con su madre.

Rita, la bellísima mujer que acabó convertida en un vulgar reptil.

Perdida en un desierto africano.

–¿No puedes...?

–No, papá.

–De acuerdo. Envíame un vídeo instantáneo cuando estés allí.

–Lo haré.

Cuando colgaron, Bormand decidió que podía permitirse el lujo de dormir tres o cuatro horas. Tenía la sensación de que algo se descontrolaba y no conseguía averiguar por dónde podía desmoronarse su gran plan, y eso lo mantenía en vela noches enteras. Sabía mejor que nadie cuáles podían ser las consecuencias si CIMA averiguaba que pretendía estafarlos a todos.

Lo del desierto iba a ser un parque infantil comparado con lo que podía esperarle a él si las cosas se torcían.

Mandó apagar las luces, aunque no quería oscuridad total. Ya la temía de pequeño, seguramente porque su padre lo castigaba horas enteras en un sótano oscuro si no conseguía buenos resultados en los estudios.

–Eres nuestra luz, Patrick –le decía a menudo–. Si nos dejas sin ella, parece justo que tú también la pierdas, ¿no?

En cuanto se acostó, la cama vibró con la velocidad que a él le gustaba y una voz suave de mujer recitó versos en uno de esos idiomas antiguos de los que ya no quedaban vestigios. Era francés, y tenía la cadencia necesaria para acompañarlo hacia un lugar tan confortable como a veces inalcanzable.

El sueño lo venció.

Mientras tanto, Elsa había conseguido arrastrar fuera a Luis, que, en cuanto entraron en el vehículo que los recogió, se sintió agotado de repente y se durmió como un niño. Elsa le acarició el pelo hasta que llegaron a su casa, un pequeño piso de pocos metros en una zona algo apartada del centro. Allí vivían sobre todo trabajadores de CIMA de nivel medio. Luis podría haber reclamado un sitio mejor, pero siempre decía que no necesitaba lujos para vivir. Lo amaba por muchas cosas, y también por eso.

Era una persona generosa y entregada a su trabajo. No tenía apenas tiempo para divertirse ni para salir. Se conocieron en un congreso de física donde los físicos tradicionales y los nuevos físicos cuánticos formaban grupos separados que casi ni se hablaban. Luis no se dejaba convencer, pero siempre estaba dispuesto a aprender, de manera que fue el único que aceptó la invitación que hicieron los cuánticos para una cena de despedida.

Allí se vieron a distancia, se hablaron y poco después se enamoraron de una manera que, como dijo él haciéndola reír, rompió las barreras del espacio y del tiempo.

Cuando llegaron, casi tuvo que arrastrarlo hasta su habitación, donde siguió dormido como si hubiera quedado inconsciente. Por suerte, su traje era adaptable y se reconvirtió en una pieza cómoda que le permitió dormir sin apretones.

Elsa se quedó un rato a su lado. En cuanto se aseguró de que dormía, fue a su despacho y abrió el comunicador externo. Llevaba pensando en hacer ese contacto desde que aparecieron los letreros con símbolos de trigramas en la representación virtual de Sochi.

Los trigramas eran un modo de interpretación del I Ching, como lo eran otros muchos, pero le interesaba este porque precisamente era el que había estudiado en su estancia en el Imperio. Lo hizo gracias a la insistencia de un colega físico con quien se relacionó bien desde el principio en una sociedad que, desde la caída de China como potencia mundial, no aceptaba fácilmente a los occidentales. Seguramente culpaban a los antiguos Estados Unidos de América de peligrosas maniobras especulativas que se hicieron con su moneda virtual y que acabaron con una ruina casi total del milenario país.

Cuando llevaba allí un tiempo, junto con Shaoran, que había sido nombrado su mentor, empezaron a compartir conocimientos. Estaba deseosa de penetrar en algunos de los caminos que existían en Oriente para conectar la realidad con otros caminos no tan racionales. Eso les había permitido liderar algunos avances científicos en la aplicación práctica de las mecánicas cuánticas a realidades palpables y aplicaciones computacionales.

Lo más interesante para ella era comprobar la idea de ser y no ser al mismo tiempo, algo que la mecánica cuántica mantenía en sus postulados y que se adaptaba muy bien a los trabajos con nanotecnología, donde las leyes de la física tradicional no funcionaban igual de bien que en la realidad a nivel superior.

Sin embargo, introducir esos conceptos abstractos en los laboratorios occidentales costaba mucho y, si bien habían aceptado algunos postulados en la manipulación robótica, no lo hacían en ningún otro campo. Shaoran trató de darle otra visión un día que ella trataba de explicar los reparos con los que se encontraba en su trabajo.

–La ciencia se cuestiona la causa de los fenómenos con la intención de controlar y predecir acontecimientos. En su metodología, es esencial construir modelos y abstracciones basadas en generalidades estadísticas. Los casos aislados, los que se salen de la norma, como es el caso de las sincronicidades, son insignificantes a partir de una aproximación estadística; por lo tanto, no son contemplados por la ciencia ni por vuestro sistema de creencias construido bajo la misma lógica e influencia.

Ella le pidió que le mostrara la manera oriental de acercarse a ese fenómeno que todo el mundo conocía pero que nadie sabía de dónde salía ni cómo funcionaba: la correlación de acontecimientos sin relación aparente entre ellos.

–*Synchronicity* –bromeaba Shaoran con su inglés cargado de acento chino.

Y ahora, todo volvía a aparecer en cuanto se había adentrado un poco en la investigación de los fenómenos derivados de la intuición, un concepto muy relacionado con todo ello.

Calculó que, con la diferencia horaria, Shaoran estaría ahora en su puesto de trabajo en el centro de investigación en Pekín, un edificio bautizado con el nombre de Fu Xi, legendario primer emperador y padre fundador de la civilización china. Se contaba que, en la época de su reinado, los hombres convivían con los semidioses y que fue a Fu Xi a quien le fueron revelados los trigramas de manera sobrenatural al verlos escritos sobre el lomo de un animal mitológico descrito como un caballo-dragón que surgió del río Amarillo.

Mitología, leyendas...

¿Casualidad?

–Hola, querida Elsa. Cuánto te echamos de menos –fue lo primero que dijo el investigador chino con su eterna sonrisa en el rostro.

–También yo guardo grandes recuerdos de mi estancia con vosotros, por todo lo que aprendí y por vuestra amabilidad, sobre todo la tuya.

Estuvieron unos minutos comentando algunas anécdotas de esa época. Elsa sabía que, a esa hora de la mañana en el Imperio, todo el mundo trabajaba con gran dedicación y que Shaoran estaba haciendo un esfuerzo con las amabilidades de costumbre. Sin embargo, también sabía que no podían ahorrarse ese paso, formaba parte de sus tradiciones culturales.

En cuanto acabaron con los preliminares, entraron directamente en la cuestión. Elsa le explicó, de manera poco concreta, pues no sabía hasta dónde podía explicar, que estaban haciendo avances en la comprensión de los mecanismos de la intuición inconsciente. Shaoran no dijo nada, pero enseguida supo que sus superiores querrían saber más sobre ese tema después de escuchar las conversaciones, como hacían con cualquier comunicación. En este sentido, poseían un sistema de filtrajes más eficiente que los de CIMA.

—Eso es realmente interesante —fue su único comentario.

Elsa interpretó que no quería seguir hablando públicamente del tema y decidió que era mejor no forzar la situación. Las libertades en la zona del Imperio eran mucho menores que en la zona CIMA, lo cual ya era mucho decir. Tal vez algún día pudieran volver a hablarlo cara a cara, pero no por el momento.

—Cuéntame cosas del I Ching —le dijo directamente Elsa.

Shaoran miró a la cámara fijamente. Sabía que ella intentaba decirle algo, pero no podía preguntárselo directamente.

—Bueno, no es fácil resumir la filosofía de varios miles de años en unos minutos, pero lo intentaré porque te conozco y sé cuál es tu campo de interés en física.

Elsa entendió que él había comprendido su problema. Era un hombre brillante.

—Como ya sabes, el pensamiento oriental funciona de manera diferente al vuestro en cuanto a concepción del mundo. Para nosotros, todos los elementos del universo se encuentran vinculados formando una unidad. La realidad concreta, lo que observamos, se considera como un reflejo de algo superior que lo engloba. El universo es un gran organismo en el que cada elemento que lo compone se encuentra interrelacionado y a la vez es un espejo de otros elementos.

—Sí, disfruté mucho con esa visión global vuestra.

—Lo sé, y nos aportaste un punto de vista muy enriquecedor.

—Vamos, Shaoran, no mientas —dijo ella con una sonrisa.

199

Él guardó un respetuoso silencio y continuó con el tema que les interesaba.

–Según vuestra manera de razonar, todo es lineal: el tiempo, el espacio. En cambio, para nosotros, las cosas suceden de manera circular, de manera que un acontecimiento no es algo singular que llega y se va, sino que está relacionado con otros acontecimientos que pueden ocurrir de manera simultánea o no. Sería, por decirlo así, como si cada elemento poseyera una señal propia con la que también resuenan todos los otros elementos de manera sincrónica. Eso lo hemos podido comprobar, aunque solo a nivel subatómico...

–Sí, de momento –lo cortó Elsa a propósito.

Él sabía muy bien que no habría sido descortés a propósito, sino que trataba de decirle algo. Tal vez... pero no, eso era imposible.

Cuando volvió a hablar su tono había cambiado imperceptiblemente, aunque Elsa lo notó. Shaoran, como muchos de sus conciudadanos, era hombre de pequeños matices.

–Nuestra disciplina... –dijo refiriéndose a la física cuántica avanzada– ... entró de lleno en ese juego ya hace mucho tiempo y, como bien sabes, ha comprobado la participación del observador en la realidad observada a nivel microfísico, pero de esto no se desprende que eso pueda hacerse en nuestra realidad macrofísica. Ambos sabemos que es imposible.

Elsa entendió el mensaje y respondió con rotundidad.

–En eso estamos de acuerdo, Shaoran.

Ambos supieron entonces que deberían encontrar la manera de hablar cara a cara. Los dos mentían y se lo hacían saber a su interlocutor.

–De acuerdo, entonces –dijo Shaoran algo más tranquilo.

–Háblame del I Ching –insistió ella–. Ya sabes que siempre me ha interesado.

Era su manera de hacerle saber que algo pasaba con el I Ching y que estaba relacionado con la sincronicidad de la que acababan de hablar. Ambos sabían muy bien que ella nunca había manifestado curiosidad alguna por ese medio de adivinación que databa de miles de años atrás.

–Sí, lo recuerdo perfectamente –dijo Shaoran para hacerle entender que comprendía la situación–. El I Ching es pura especulación, un oráculo que data de más de treinta siglos atrás y que se recogió en el llamado *Libro de los cambios*. Por decirlo de una manera sencilla, su filosofía básica parte de un postulado claro. Lo único permanente son los cambios.

–Eso suena bien –le dijo Elsa, muy pensativa.

–Bueno, no lo sé, no soy un experto. Según creo, la idea es que el mundo conocido estaría compuesto de alguna esencia de tipo espiritual y esa esencia podría ser intuida... –Hizo una pausa significativa después de esa palabra para que ella lo captara–. ... Y también interpretada, debido a que seguiría unos determinados patrones, pudiendo así predecir el futuro. Estos patrones serían expresados y codificados en las figuras llamadas trigramas.

–¿Qué son los trigramas? Los he visto en documentación, pero no acabo de entender cómo funcionan –dijo Elsa pensando en los símbolos que aparecieron en la recreación virtual de Sochi.

–Como te he dicho, no soy un entendido en este campo, pero por lo que yo sé, es un sistema de expresión del universo desde la concepción del yin y el yang, dos conceptos de nuestra herencia espiritual que representan el bien y el mal que todos los seres vivos tenemos en lucha constante en nuestro interior. Se representan de muchas maneras, pero en el I Ching el yang es una línea continua y el yin una línea quebrada. A partir de esa idea se construyen tres niveles representados en tres líneas. El nivel del Cielo está en la línea superior, el nivel de la Humanidad en la línea media y el nivel de la Tierra en la línea inferior. Existen ocho posibles combinaciones de líneas yin-yang, es decir, ocho trigramas, y a cada una se le otorgan unas características o poderes.

–¿Cómo funcionan?

–Parece ser que al combinar los trigramas en parejas tenemos los sesenta y cuatro hexagramas del I Ching, una especie de microcosmos dentro del Universo y las descripciones simbólicas del continuo cambio universal.

–Vale, pero eso puede predecir el futuro.

Shaoran hizo una pausa significativa para que ella entendiera lo delicado de lo que iba a explicarle a continuación. No iba a decirle nada directamente, de manera que tendría que interpretar sus palabras. Los orientales estaban habituados a expresarse de ese modo.

–No es eso exactamente, mi querida Elsa. Aquí debes aplicar los principios de nuestra disciplina cuántica para tratar de entenderlo. Lo que propone el I Ching es que la consulta condiciona el resultado. Eso no es nada extraño cuando pensamos en términos cuánticos donde ya hace mucho que se postuló que el observador condiciona el experimento. Sin embargo, cuando salimos de los niveles subatómicos tú ya sabes que eso no es posible con el estado actual de nuestra técnica, o sea que no tiene sentido. Todo lo demás son fabulaciones antiguas de la época en que los hombres convivían con los dioses.

Ella esperó por si había algo más que escuchar, pero enseguida se dio cuenta de que Shaoran no iba a seguir con el tema, de manera que decidió no forzarlo y cambió el diálogo por otro mucho más inocuo.

Después de unos minutos de charla más social en la que comentaron los avances internacionales conocidos, que solo eran una pequeña parte de los que los territorios mantenían en secreto, decidieron despedirse con la promesa de volver a contactar en breve.

–Ya sabes que siempre es un placer hablar contigo, Elsa. En mis días libres, cuando visito los cerezos virtuales, a veces te veo reflejada en las flores que se lleva el viento.

Elsa comprendió que le estaba diciendo que trataría de conectar con ella cuando no estuviera en el laboratorio. Sabía que él odiaba la tradición de contemplar la caída de la flor del cerezo, una costumbre importada de tierras japonesas que había pasado a ser un espectáculo de masas en el que se introducían grandes apuestas.

–Para mí también será un placer contemplar ese espectáculo contigo –le respondió para hacerle saber que lo había entendido.

Una serie larga de saludos y deseos protocolarios dio paso a cortar la comunicación.

Elsa se acercó sigilosamente al dormitorio para comprobar que Luis seguía profundamente dormido. Dudó en despertarlo para poder comentar con él lo que le había dicho Shaoran, pero prefirió esperar a la mañana. Se lo veía profundamente cansado esa noche y algo alterado, cosa que atribuía a la presión que ejercía su padre para acabar la investigación.

Se metió en la cama con la cabeza dándole vueltas sin parar. El reloj digital señalaba las tres y media de la mañana. Tenía que intentar dormir...

Pensó en los trigramas y en las palabras de Shaoran.

La consulta condiciona el resultado.

¿Qué trataba de decirle?

¿Cómo se vinculaba esa idea con la sincronicidad que había aparecido con Sochi?

Los trigramas, el desierto en el Raigo...

¿No sería...?

¡Era imposible!

Se levantó, alterada y totalmente despierta.

Encendió la luz con un gesto y fue directa a su despacho, donde empezó a pasear arriba y abajo como un animal enjaulado. El asistente virtual detectó su estado de ánimo mediante el análisis de su gestualidad y le ofreció una infusión relajante que ella rechazó.

Con un dedo extendido se acercó a la pared que siempre mantenía despejada. En cuanto la capa virtual detectó ese gesto, se convirtió en una pizarra donde ella podía escribir con su dedo.

Trató de resumir sus pensamientos.

Estimulación_Intuición = Zoltan + Sochi
I Ching??? Desierto_Raigo???
¿Cómo se relacionan?
¿SYNCHRONICITY?

Todo eso estaba relacionado de alguna manera. Se estaban produciendo acontecimientos simultáneos aparentemente no derivados unos de otros, rompiendo la concepción científica de causa-efecto y, sin embargo, estaba convencida de que, de alguna manera, todos ellos eran fruto de un mismo cambio que acabaría por manifestarse de alguna forma contundente.

La consulta condiciona el resultado.

Eso había dicho Shaoran.

Y esa debía ser la clave.

De alguna manera, algo importante estaba en marcha, podía *presentirlo*.

Tenía poco tiempo para averiguar su papel y cómo iba a condicionar el resultado. Porque si algo había entendido de lo que le dijo Shaoran era que *la consultante* era ella.

Solo cabía esperar cómo iba a condicionar el resultado.

辰女

SUN

Representa la adaptación, la fluidez y la sutileza, así como la capacidad de penetración y de encontrar caminos no tenidos en cuenta en un principio, adaptándose al terreno, al igual que lo hace el viento. Se le atribuyen caracteres de humildad y prudencia, reserva e inercia.

REINA EN EL SUDOESTE

El viento fluye como el agua.

Capítulo 8

La sede central de CIMA no era en realidad un edificio, sino todo un estado de los antiguos Estados Unidos de América, que ahora lideraba el gran continente americano de norte a sur, desde la repartición de los territorios mundiales, bajo la nueva denominación de Estados Globales de América.

Cuando CIMA tomó el control del nuevo mundo, era en realidad un conglomerado de grandes corporaciones occidentales repartidas sobre todo entre Europa y Norteamérica, pero con algunos componentes muy potentes en la antigua Sudamérica, sobre todo en el antiguo Brasil y, en menor medida, en Chile. El resto de los países llevaban arruinados más de diez años, por lo que poco podían aportar a la refundación.

Nadie dudó de que la sede central estaría cerca de la antigua capital, Washington, y de que su tamaño debía ser proporcional a su poder. El antiguo estado de Delaware era conocido por ser un importante paraíso fiscal en el que, antes de la gran crisis, tenían la sede más de 300 000 empresas, la mayoría de las cuales no producía nada ni aportaba nada a la riqueza mundial. Era un territorio de cerca de 6 500 kilómetros cuadrados de pura especulación económica, cuando no, directamente, de blanqueo de capitales provenientes de la droga y de todo tipo de delincuencia.

CIMA optó por dar allí un ejemplo mundial, arrasando literalmente uno de los centros especulativos que habían provocado el derrumbe de la gigantesca economía mundial con pies de barro en apenas un año, dejando a millones de familias en la pobreza y destruyendo centenares de miles de puestos de trabajo y empresas. El primer presidente de CIMA, un hawaiano afable por fuera y duro como el acero por dentro, deportó al millón de habitantes de aquel estado y construyó allí un desproporcionado conglomerado urbanístico de oficinas y viviendas que se constituyeron en el centro de poder del gran continente. Poco después, CIMA acabó por despoblar el resto de la península de Delmarva, cuyos territorios habían pertenecido a los estados de Maryland y de Virginia, y fundó allí el centro de poder de la gran corporación, cuyas redes se extendían también a la antigua Europa.

Unos años más tarde, se produjo la escisión de las corporaciones americanas, que retomaron el control de buena parte del territorio americano bajo el nombre de Estados Globales de América. Sin embargo, CIMA, que consintió esa escisión y se quedó con Europa y algunas partes más de la antigua Oceanía, como Australia, no abandonó su centro de poder en la península americana, sobre todo por razones de inversión, ya que había gastado mucho dinero en construir allí su sede central. A los patriotas americanos eso no les hizo ninguna gracia, e incluso en dos ocasiones intentaron penetrar en la península, siendo rechazados de forma muy contundente.

Para mejorar la seguridad y favorecer el control, CIMA mandó derribar más de mil quinientos puentes que, antes de la crisis, unían la península con el continente. Fue una manera simbólica de borrar definitivamente el pasado.

Enfrente de la costa atlántica de la península se construyeron las viviendas superlujosas de los directivos más importantes, con imponentes vistas a una costa que se mantenía permanentemente limpia hasta las cincuenta millas. Desde allí se tomaban las decisiones que afectaban a millones de habitantes que vivían bajo su control.

Los impresionantes edificios de oficinas y servicios se encontraban unos cuantos kilómetros tierra adentro, pero las reuniones estratégicas siempre se llevaban a cabo cerca de la costa, en alguno de los muchos centros de congresos especialmente diseñados para esa función.

A la entrada de uno de esos edificios, Amrad Joker aspiraba la brisa marítima mientras contemplaba una bellísima puesta de sol. Sabía que la brisa era falsa, generada por gigantescos ventiladores subterráneos que movían el aire y lo dotaban de aroma marino y cierto grado de humedad mezclada con sal. Eso no le quitaba encanto; a su entender, el cerebro humano llevaba mucho tiempo sin evolucionar, lo sabía muy bien como ingeniero de estructuras bioneuronales que era, y era fácil engañarlo.

A pesar de los miles de años transcurridos desde las cavernas, en realidad el cerebro seguía siendo un elemento muy primario, capaz de complejidades de alto nivel si se lo entrenaba bien, pero muy tosco en sus capacidades primarias.

–Señor Joker –lo llamó por su receptor auditivo una de sus ayudantes virtuales.

–Dime, Joana –respondió él suavemente.

No necesitaba alzar la voz para poder comunicarse con el microscópico micrófono, de la misma manera que, al contrario que muchos de sus colegas, tampoco necesitaba tener los minúsculos auriculares puestos. Hacía años que se había hecho implantar quirúrgicamente ambas cosas.

Tampoco necesitaba recordar el nombre de esas representaciones virtuales que le servían de apoyo durante toda la jornada. Había reducido la necesidad de recordar nombres al mínimo, de manera que todas sus ayudantes eran la misma representación y respondían al mismo nombre.

Amrad pertenecía a una larga tradición de personas que compartían dos rasgos: la pasión por la tecnología y por la simplicidad. En el primer caso, eran conocidos todavía como *tekkies*, una etiqueta que surgió a principios de siglo para los fanáticos de la tecnología. También trataba de que la mayoría de las decisiones no importantes dejaran de ocupar lugar en su cerebro. Por eso, al igual que muchos *tekkies*, vestía siempre igual y reducía al mínimo las distracciones innecesarias, como tener ayudantes de diferentes nombres y aspectos.

–Dentro de dos minutos y cuarenta segundos empieza su reunión con los supervisores del área sudeuropea –le dijo suavemente la voz impersonal de su ayudante.

Amrad no respondió, aspiró profundamente un par de bocanadas más de ese aire tratado que parecía puro y consultó el reloj digital que llevaba en su dedo izquierdo, regalo de una compañía en la que CIMA tenía el ochenta por ciento de la propiedad.

–Diles que llegaré unos treinta segundos tarde. Ofréceles un estimulante o lo que deseen.

–Se lo diré, señor Joker.

Mientras la comunicación se cortaba, Amrad inició el regreso a su oficina con una cierta sonrisa en los labios. No dejaba de llamarle la atención que nadie le preguntara por su peculiar apellido. Naturalmente no era el real, nadie hacía negocios con su identidad real, de manera que, cuando comenzó a destacar en ese mundo hipercompetitivo, recordó que su padre era muy aficionado a las películas antiguas, especialmente las de un extraño superhéroe vestido de murciélago que se hacía llamar Batman. Sin embargo, su personaje favorito de esas películas era el malvado Joker.

El autor de esas historias siempre hacía que el Joker fracasara en sus intentos de dominar el mundo. Nunca llegó a pensar que, finalmente, el Joker gobernaría realmente buena parte de él desde unas gigantescas oficinas situadas en una península americana bañada por el Atlántico.

La vida era irónica a menudo.

Cuando entró en una de las múltiples salas de reuniones, pasaban veintiocho segundos de la hora inicialmente señalada para esa reunión. Cada semana recibía personalmente a su red de supervisores desplazada por los dominios de CIMA, especialmente en Oceanía, tierra propicia al descontento y a la baja productividad. También mantenía un control especial sobre la antigua Europa, donde las cosas parecían ir relativamente tranquilas y sin problemas desde hacía tiempo.

Justo eso era lo que lo ponía nervioso. Al contrario de lo que muchos creían, el principal problema de los centros de poder no eran los conflictos, sino la ausencia de ellos. Él mismo acostumbraba a explicarlo en algunas de las ponencias que se hacían dos veces al año con todo el personal de los servicios centrales de CIMA, unas quinientas mil personas solo en la península.

–Los conflictos se controlan, se eliminan o se reconducen. Es justo lo que no sabemos qué está ocurriendo lo que debe preocuparnos.

Se sentó en su silla ergonómica activa, que aprovechaba los minutos que pasaba allí sentado para inyectarle la medicación, someterlo a análisis completos, controlar su espalda y aplicarle tratamientos regenerativos en diferentes partes de la columna. Estuvo un buen rato escuchando sin decir nada. Su equipo de supervisores y todos los que trabajaban directamente para él sabían que no acostumbraba a hablar si no era estrictamente necesario. Como director máster de los proyectos de crecimiento de CIMA, su tiempo era tan valioso que no lo desperdiciaba con respuestas innecesarias o preguntas que ya tenían respuesta en los propios datos.

Ese era su punto fuerte, el análisis de datos.

Todos sabían que tenía una capacidad fuera de lo normal para retener indicadores, analizarlos en un instante y descartarlos si no eran lo suficientemente significativos para tomar decisiones. Todo lo demás sobraba, de manera que nadie acudía a esas reuniones sin una batería de cifras que haría desmayar a cualquier persona de capacidad media.

Pero el Joker no era un hombre de capacidades medias. Su preparación para ese cargo empezó el mismo día de su nacimiento, cuando su madre, una ejecutiva de gestión de datos de una gran multinacional de ingeniería Big Data, decidió que llevaría a su hijo hasta lo más alto. Su infancia fue un sinfín de estrategias de control, memorización e interpretación de todo tipo de referentes: matemáticos, visuales, personales... Nunca fue un niño normal, y no era ahora un directivo normal.

Algo de lo que estaba diciendo el supervisor principal de la zona sudeuropea lo conectó de inmediato a la conversación. Nadie esperaba una intervención tan rápida, y se miraron unos a otros con evidente preocupación mientras trataban de adivinar cuál era el problema que el máster había detectado.

–El doctor Bormand fijó la entrega de los primeros prototipos de chips para la mejora de la intuición en dos semanas. Ahora dice que no cumplirá ese plazo. ¿Por qué?

El delegado que tenía a cargo la supervisión de la Escuela tragó saliva. Pasara lo que pasara, esa llamada de atención significaba un inconveniente para él.

Y tendría consecuencias. Todo el mundo sabía que el Joker funcionaba así. Solo podía tratar de ser riguroso y no esquivar el problema: eso era algo que no se toleraba allí.

–Según nos cuenta en el último informe de ayer, hora local 02:08 de inicio hasta 02:18 de final, las pruebas que han realizado con deportistas de alto nivel, especialmente con una futbolista desplazada de NEC, muestran que los implantes del chip en la corteza cerebral funcionan solo hasta determinado nivel, de manera que la señal que sale a través del tálamo es demasiado débil para aguantar los estímulos de alto nivel motor de un partido real y...

–En una sola frase acaba de mostrar la absoluta falta de respeto que le merecemos los aquí presentes.

El silencio era tan espeso que incluso se podía discernir muy débilmente el zumbido que producían las representaciones virtuales que grababan la reunión y a todos los presentes de forma individual. De esa manera, si hacía falta hacer un escáner gestual de alguno de los presentes, se podía realizar en directo y mostrarle los resultados al director cuando todavía estaba allí todo el mundo.

El delegado aludido no dijo nada, aunque su expresión facial determinó que era muy consciente de que su carrera profesional acababa de descender dos o tres niveles, en el mejor de los casos.

Amrad siguió hablando mientras la silla recomponía uno de sus discos intervertebrales algo gastado. Era molesto, pero él no mostró ningún signo de ello.

–En su informe, si es que se le puede llamar así, presenta elementos tan poco rigurosos como decir que los implantes funcionan solo hasta *determinado nivel* o que la señal es *demasiado débil*. ¿Qué debo entender con eso? ¿Cuál es ese misterioso nivel *determinado* o esa señal *demasiado* débil? Entiendo que nuestro tiempo y, sobre todo, el mío, no le parece lo suficientemente importante como para traernos datos contrastables, y eso...

–Yo... bueno... el doctor Bormand no... –intentó defenderse el delegado, cortando lo que el Joker estaba diciendo.

Era un chico joven, de piel negra y cabellos estirados artificialmente. Enseguida se dio cuenta de que debería haberse limitado a cerrar la boca y encajar el golpe.

–Ya veo que, además, ni siquiera le importa lo que yo tenga que decir. Márchese y no vuelva. Tiene quince minutos para salir de nuestro territorio.

No hizo falta lanzar amenaza alguna, ya venía implícita en la mirada del Joker.

Cuando la reunión acabó, el director hizo llamar a una de sus ayudantes de más confianza. Era una mujer madura, de poco más de cuarenta años, que llevaba toda su vida trabajando para él sin descanso. Jamás había llegado un día tarde, no tenía vacaciones y no dormía más de cuatro horas al día. Evidentemente, no tenía familia ni relaciones sociales. Y, aun así, se sentía a prueba todos los días.

–Quiero que vayas a Europa esta misma tarde, a la Metrópolis Mediterránea en Barcelona. Preséntate en la Escuela que dirige Bormand y pídele todas las referencias y datos sobre la investigación que están llevando a cabo bajo sus órdenes. Creo que el investigador principal es un tal Luis Correa y también participa la hija de Bormand.

Se negaba a llamarle *doctor* a pesar de que al él le encantaba que todo el mundo lo hiciera.

–¿Qué he de buscar? –le preguntó la ayudante, que respondía al nombre de Dominique.

Amrad Joker la miró y casi se podría decir que algo parecido a una sonrisa arrugó la comisura de sus labios, tratados con colágeno modificado genéticamente. Acababa de darse cuenta de que era hora de sustituir a Dominique. Daría instrucciones de que ya no volviera de Europa: le buscarían algo allí.

Salió sin decir nada más.

Cuando llegó al baño, se lavó las manos varias veces, como hacía siempre que tenía una reunión de trabajo. Era su manera de deshacerse de lo anterior para afrontar nuevas decisiones. Se miró en el espejo y contempló allí lo que estaba buscando.

No tenía datos para corroborar sus sospechas, pero, aun así, sabía que Bormand estaba traicionándolos. Lo sabía como si se lo hubieran dicho abiertamente, pero necesitaba comprobarlo.

En apenas cuatro horas, la ayudante Dominique llegaba al aeropuerto privado de la costa cercana a la Metrópolis Mediterránea. Poco después, uno de los vehículos aéreos privados de CIMA la dejaba en el helipuerto que se construyó en el tejado de la Escuela. Hacía ya bastantes años que ningún helicóptero aterrizaba allí, ya que ese tipo de vehículos apenas se utilizaban para algo más que no fueran labores vinculadas a la escasa agricultura natural que todavía persistía en la zona más templada del centro de Europa.

Pocos minutos después de las nueve de la noche, hora local, el doctor Bormand trataba de explicarle a la ayudante del director Joker cuál era en realidad el problema que estaba retrasando la puesta en marcha de la producción del chip autoimplantable. Lo bueno, se dijo, era que Luis le había prometido nuevos resultados en pocos días. Lo malo era que no tenía ni idea de lo que estaba retrasando todo el proceso, y Luis tampoco parecía tenerla.

Tragó saliva mientras la ayudante se limitaba a mirarlo fijamente. Bormand conocía esas tácticas de intimidación muy del estilo de ese loco que se hacía llamar Joker. No iba a dejarse manejar tan fácilmente, de manera que perdió tiempo a propósito preparándose un vivificante oral y ofreciéndole diferentes tipos de nuevos estimulantes a la ayudante, que seguía allí sin decir nada.

Finalmente, tuvo que sentarse y empezar con las explicaciones.

–Bueno, así que la manda el director. Menudo encargo, ¿no?

El silencio dejó claro que no iba a ser fácil ponerse a charlar con aquella persona que apenas parpadeaba. Iba vestida con una especie de mono corporativo con el escudo de CIMA en una de las mangas. A la ayudante le sobraban algunos kilos, por lo que el tejido no se ajustaba a su cuerpo, sino que dejaba algo de margen y cierta voladura.

«Debió de haber sido una chica bonita», pensó Bormand, aunque el exceso de trabajo y el abuso de estimulantes antiestrés habían hecho mella en su piel y en el brillo algo apagado de sus ojos. También su pelo lucía algo desarreglado.

–Bien, vamos al grano –dijo finalmente, viendo que no iba a poder retrasarlo más–. Como bien sabe, el investigador a cargo del proyecto es el señor Luis Correa, un número uno que aceptó venir aquí gracias a mis gestiones con...

–Dentro de dos horas tengo que coger mi avión de vuelta para informar al director. ¿Le importaría dejarse de estupideces y explicarme por qué se ha retrasado la producción del chip?

Bormand tuvo que aguantar la rabia que le subió por el cuello para no saltar y estrangular a aquella maldita subordinada. Lo hubiera hecho personalmente, con placer infinito. Nadie se atrevía a hablarle así a él... pero en lugar de eso, se limitó a apretar los puños hasta clavarse las uñas en la mullida carne y mostrar una sonrisa falsa y forzada.

–No hay razón alguna para mostrarse grosero, creo yo. Llevo veinte años trabajando fielmente para CIMA y mis resultados me avalan. Tengo un doctorado y soy un miembro respetado de la comunidad científica mundial.

La ayudante Dominique sonrió levemente. Si ese idiota seguía explicando sandeces, sacaría su expediente académico y lo leerían juntos, tal vez a micrófono abierto para que todo el mundo allí supiera qué clase de despojo era ese *doctor.* Seguramente todos estarían encantados de saber que apenas tenía estudios primarios y que, si bien había aprendido los fundamentos científicos básicos que le permitían no parecer un inepto total en sitios como aquel, su título de doctor era tan falso como buena parte de su aspecto, retocado con implantes de todo tipo.

—Los datos —se limitó a reclamar.

CIMA mantenía activas a personas como Bormand porque eran fieles, crueles y carecían de cualquier atisbo de dignidad personal. Obedecían e incluso iban más lejos de lo que la propia corporación demandaba. Sin embargo, eran totalmente prescindibles... como ella misma.

—De acuerdo —respondió él tomando asiento tras su enorme mesa del despacho principal—. Lo que sabemos es lo siguiente...

Durante unos minutos, Bormand se limitó a leer las columnas de datos que le había preparado Luis para esa visita. Lo hacía leyéndolos a través de un cristal totalmente transparente, de manera que su interlocutor tal vez creyera que se los sabía de memoria.

No era el caso de Dominique.

Cuando terminó, la ayudante se puso en pie. Bormand le preguntó:

—¿Quiere entrevistar a Luis Correa? Aunque los datos que he elaborado yo mismo son del todo exactos, tal vez él pueda aclararle alguna cuestión accesoria.

«Es tan patético que trate de hacerme creer que él ha realizado ese resumen de situación...», pensó la ayudante.

–No será necesario. Llevaré estos datos a la central y allí serán analizados por expertos que sacarán sus propias conclusiones. Los mantendremos informados si así lo estima conveniente el director.

–De acuerdo –dijo Bormand alegrándose de que se marchara tan pronto.

–Solo una cosa más –intervino Dominique antes de salir–. Si necesitamos alguna aclaración sobre los porcentajes de calibración y la variabilidad derivada... ¿se la planteamos a usted directamente?

Era consciente de que no debía hacer eso, que era innecesario inventarse esa duda de unos datos que ni siquiera existían, pero no pudo evitarlo.

Bormand palideció visiblemente, aunque trató de disimularlo.

–No habrá ningún problema con eso –dijo tratando de no titubear demasiado–. No obstante, si por lo que sea yo estuviera muy liado en ese momento, me ocuparé de que el investigador principal la pueda atender de inmediato.

Dominique cogió el transporte que la esperaba esta vez en la entrada principal de la Escuela y partió hacia el aeropuerto.

O eso creía, ya que antes de llegar le pidieron que grabara un resumen de la reunión para el director. Fue en ese momento cuando supo que no iba a volver a tierras americanas. Suspiró y miró el cielo: estaba negro y cargado de polvo y contaminación.

«Tal vez no sea tan malo vivir aquí», pensó.

Mientras tanto, Bormand había llamado a Luis a su enorme despacho de la segunda planta. Mientras lo esperaba, tomó dos relajantes para tratar de disminuir la ira que crecía en su interior.

¿Cómo se atrevían a humillarlo de esa forma?

¿Cómo le enviaban a una miserable subordinada a ponerlo en ridículo?

Lo pagarían en poco tiempo: en cuanto él consiguiera el maldito chip e hiciera un par de pruebas, estaría preparado para saltar a un nivel donde nadie iba a volver a menospreciarlo nunca más, ni siquiera ese loco maniático de Amrad Joker.

Su plan inicial era pasar desapercibido hasta los mundiales. Presentarían malos resultados de la investigación y seguramente recibirían un apercibimiento por parte de CIMA. Tal vez sufrieran recortes de presupuesto y de programas, pero poco más. En el peor de los casos, Bormand estaba más que dispuesto a sacrificar a Luis y acusarlo de negligencia o de lo que hiciera falta. Solo era cuestión de tiempo que empezaran la competición y las grandes apuestas, y después...

Pero para eso todavía quedaban algunas semanas y las cosas se estaban poniendo difíciles. Esa visita ponía en evidencia que CIMA estaba descontenta, o quizás que empezaba a sospechar. Tenía que tenerlo presente y preparar un plan alternativo.

Sin embargo, lo primero era conseguir que los malditos chips fueran una realidad. Todo lo demás podía arreglarse.

–Vamos, Luis, déjate de excusas y dime la verdad.

Luis había llegado al despacho con aire de culpabilidad.

Era buen investigador, pero no mentía muy bien. Bormand, en cambio, disponía de algunas habilidades muy útiles en su trabajo. Una de ellas era saber leer a las personas y ya hacía tiempo que desconfiaba de Luis. Solo pensar que le ponía las manos encima a su querida hija Elsa...

—¿De qué habla, doctor Bormand? Le he pasado los datos que ha entregado a CIMA y allí verán que no hay nada extraño. Solo es un retraso debido a que no acabamos de encontrar la manera de evitar que la corteza cerebral rechace biológicamente los implantes. No es especialmente grave, pero nos llevará un par de meses arreglarlo, tal vez tres.

—En ese tiempo ya habrán empezado los mundiales.

—Lo sé, lo sé, pero tampoco es preocupante. Se trata de un proyecto de mejora del rendimiento deportivo a largo plazo, ¿no es así?

Bormand supo que Luis, de alguna manera que no alcanzaba a comprender, había adivinado su intención de manipular las apuestas. Por eso estaba retrasando la entrega del chip, para que él no pudiera utilizarlo en los mundiales, que era el momento en el que circulaban enormes sumas de dinero.

¡Maldito traidor!

Trató de respirar hondo, como le había enseñado su hija cuando era pequeña y él se enfadaba con su madre. Sin embargo, tras varias inspiraciones profundas, apenas consiguió no ponerse a gritar a aquel cerdo que le escupía en su propia cara mientras vivía con su propia hija.

—¡No me mientas, Luis! —dijo por fin—. No trates de engañarme o dejaré de cubrirte las espaldas con los eslavos... ¿Los recuerdas? Todavía tengo tu deuda en mi poder y si no te han mandado a alguien para abrirte en canal es porque yo soy quien soy. Solo tengo que hacer una llamada y darles carta blanca y vas a saber lo que es sufrir. Conozco a esos bestias y te aseguro que son capaces de hacer que aguantes muchos días de un dolor infernal sin que ninguno de tus órganos vitales sufra daños excesivos.

Dejó que esa información calara bien hondo en el investigador. Sabía que les tenía pánico a los eslavos, con razón. Nadie en su sano juicio tendría una deuda con ellos.

–No... no puede hacer eso. Me prometió...

–Te prometí que te mantendría a salvo mientras tú no te dedicases a engañarme conscientemente. Estás traicionándome, Luis, lo sé, y eso no me deja muchas opciones.

En realidad, Bormand se estaba tirando un farol, al menos en parte. No tenía ningún dato objetivo para pensar que Luis lo engañaba. Había hecho repasar su trabajo a escondidas por otros investigadores y ninguno había encontrado contradicciones. Sin embargo, él sabía que, en ese tema concreto, Luis era el mejor, y podía ser que hubiera encontrado la manera de maquillar los resultados.

Algo en su interior le decía que esa era la verdad. Luis pareció derrumbarse; el miedo ablanda a la gente muy rápido, da igual si son brillantes investigadores o ayudantes de locos egocéntricos.

–De acuerdo, le he estado mintiendo –dijo en un murmullo.

Bormand se mordió la lengua. Lo que le interesaba era saber el estado real de los chips. El resto, incluida la venganza, podía esperar.

–¿Los chips? –quiso saber.

Luis dudó, pero pareció tomar una decisión final.

–Están operativos desde hace unos días. Los he probado en algún voluntario, incluida esa chica que vino de NEC y funcionan muy bien.

Bormand trató de que el entusiasmo no se le notara en la cara. Era su proyecto, el que iba a llevarlo a lo más alto de la cúspide social, allí donde ni siquiera Amrad Joker podría hacerle daño. Después de todo, ese psicópata solo era un empleado muy bien pagado de CIMA.

Reflexionó unos instantes mientras Luis se retorcía las manos. Seguramente debía estar pensando en lo que esos salvajes eslavos habían prometido hacerle si no les devolvía el dinero con intereses. Estaba en manos de Bormand y ambos lo sabían.

—Esto es lo que vamos a hacer: quiero una prueba definitiva.

—¿Cómo?

—Quiero que los pruebes en un partido real. Necesito saber que en el momento de la verdad no fallarán.

—Pero eso puede hacerlo CIMA —le dijo Luis para que no sospechara que sabía lo de las apuestas.

Bormand dudó, pero solo un segundo.

—A eso me refiero. No voy a entregarles unos chips sin comprobar que funcionan correctamente en cualquier situación. No hay vuelta de hoja: mañana habrá algún partido pendiente... todos los malditos días hay alguno. Ponte en marcha, coge a quien necesites de la Escuela y asegúrate de que controlamos los resultados finales sin que nadie se dé cuenta. Si te encuentras con problemas, diles que hablen directamente conmigo: eso te abrirá muchas puertas.

—Yo... no sé si los efectos secundarios están controlados y...

—¿Tengo cara de que me importe eso?

—Ya, pero...

–No me vengas con estupideces, Luis. Son deportistas y ya saben de qué va todo esto. Además, si no saben que están siendo sometidos a esa prueba, ¿de qué van a quejarse?

–De acuerdo –se rindió finalmente.

Cuando salió del despacho, Bormand trató de localizar a su hija. Tenía que alejarla de aquel imbécil. Cuando todo esto acabara, sería carne picada en manos de los eslavos: él mismo iba a entregárselo igualmente, atado con un lazo. Nadie lo traicionaba sin sufrir las consecuencias.

La llamó a su intercomunicador personal y no respondió. Trató de localizarla a través de sus ayudantes mientras se contemplaba satisfecho en el espejo en que se había convertido la pared de su despacho.

–La investigadora está en este momento con un voluntario. Nos ha pedido que no la interrumpamos mientras dure la prueba. Sin embargo, si usted quiere...

–No es necesario. Que pase a verme cuando salga.

–Así se lo diremos, doctor.

Muy pronto todo el mundo iba a tener que acostumbrarse a llamarlo así.

En ese mismo instante, a no más de un centenar de metros de donde su padre sentía que las cosas volvían a su control, Elsa, en cambio, era cada vez más consciente de lo contrario, al menos en lo relacionado con lo que estaba haciendo ella.

«¿Qué demonios significaba todo aquello?», se preguntó.

Después de la primera sesión con Sochi, sus dudas habían ido en aumento. Más que eso, habían ido apareciendo algunos extraños indicios que, sumados, la dejaban sin respuestas. Y ella era una científica y, en consecuencia, odiaba no tener respuestas.

Tras la conversación con su colega Shaoran, no había vuelto a dormir. Se había pasado la noche tratando de entender cuál era el papel de Sochi en ese extraño montaje sobre la serpiente que aparecía en el desierto, el mismo paisaje que después volvió a aparecer como escenario en Raigo. También aparecía el I Ching, un sistema de adivinación oriental, y ahora sabía que eso vinculaba, de alguna manera que todavía no conocía, la intuición con algunos elementos de la sincronicidad, nada menos que en la propia vida real.

«¿Qué demonios significaba todo aquello?», se preguntó de nuevo. «¿Qué papel tenía Sochi y por qué?».

Demasiadas preguntas para poder dormir. Así que, puestos a no descansar, pensó que trataría de volver a someter a Sochi al simulador avanzado, y en eso estaban desde primera hora de la mañana.

—No sé si estoy muy tranquilo —dijo Sochi cuando estuvo preparado.

—No tienes de qué preocuparte. Tú relájate y deja fluir tu mente.

—De acuerdo —respondió cerrando los ojos.

—Acuérdate de no cerrarlos, como la otra vez.

—¡Oh, sí! Perdona.

Elsa indicó con un gesto que le proporcionaran relajantes en la misma dosis que la anterior ocasión, cosa que hizo su sillón multiactivo sin que él llegara a darse cuenta.

Tras unos segundos en que las imágenes eran confusas en la pantalla, Sochi pareció enfocarse en la misma vivencia de la vez anterior. Allí estaba el desierto, pero no aparecía la serpiente por ningún sitio.

Era el propio Sochi, con su aspecto actual, el que avanzaba por el medio de una enorme duna que parecía ascender hasta el cielo. Caminaba por una especie de senda que debía haber sido formada por los animales con el paso del tiempo, ya que, seguramente, conduciría a una fuente de comida o de cobijo del abrasador calor.

Elsa activó el sonido y percibió el ruido del viento arrastrando la arena.

Sochi parecía saber hacia dónde se encaminaba, y, siguiendo aquella estrecha franja, bajó de la duna para encontrarse con un trozo de madera abandonado en el suelo que parecía llevar allí mucho tiempo. Medio borrado por la erosión, todavía era perfectamente visible otro símbolo del I Ching. Elsa no los conocía lo suficiente como para identificar su significado, pero no tuvo duda alguna de que aquel símbolo extraño era correcto.

De repente, el desierto dejó de ser tan monótono y aparecieron algunos arbustos que lo condujeron a un paraje con algo de sombra que proporcionaban un grupo de diez o veinte palmeras. Tras ellas, de forma inexplicable, se abría una especie de valle verde y frondoso con árboles enormes y mucha vegetación. En medio de ese valle discurría un río caudaloso y en una de las orillas se perfilaba lo que parecía ser una gran barcaza. Sochi se encaminó hacia allí y, conforme se acercaba, la barcaza se perfiló mucho mejor. Era grande, de ocho o diez metros de largo y bastante ancha. Sin duda se trataba de una embarcación muy vieja, pero no parecía abandonada. En uno de sus costados tenía grabado otro símbolo del I Ching, como si fuera el nombre del barco.

Elsa sintió de repente como un escalofrío, aunque no sabía decir de dónde procedía.

Ese barco... le recordaba un sueño que se había repetido hacía unos años. Le preocupó un tiempo, pero después lo olvidó y ya no se había vuelto a repetir.

De repente, el Sochi virtual se detuvo y la imagen empezó a vibrar. Elsa trató de manipular los mandos de enfoque para rectificar ese temblor, pero no consiguió estabilizar mejor la imagen. Era raro, pues ese aparato simulador era lo último en tecnología y poseía un gran motor virtual que permitía manipular de forma muy sensible las imágenes que ofrecía.

Entonces, se dio cuenta.

No era la imagen la que vibraba, sino el Sochi virtual.

Tuvo un presentimiento y se giró hacia el Sochi real, que permanecía junto a ella en la sala.

Temblaba.

Sin ponerse nerviosa, inició el proceso de desconexión. Un aviso de su ayudante virtual la puso más tensa al saber los altos niveles de reconexión neuronal que estaba produciendo el propio Sochi.

Poco a poco, la imagen empezó a difuminarse mientras el proceso de vuelta a la realidad se ajustaba. Sin embargo, el Sochi real no dejaba de temblar.

El primer grito la cogió por sorpresa y dio un salto en su silla ergonómica adaptada.

–¡Mamáááá!

Fue casi un aullido el que dio Sochi, repetido en la realidad virtual con la misma intensidad.

Elsa se asustó y aceleró la desconexión.

Miró la pantalla un segundo para comprobar que la imagen caía al ritmo adecuado. Pronto se apagaría.

El barco se oscurecía y el río parecía perderse en la noche.

Y, en ese momento, la vio.

Una mujer saliendo de la barcaza con algo largo en la mano, como si fuera uno de esos fusiles antiguos que se veían en las películas.

Sochi gritó nuevamente, pero, esta vez, nada concreto, solo un rugido de angustia. Los temblores aumentaron y el ayudante virtual decidió tomar el mando al comprobar que Elsa no estaba haciendo nada y que el voluntario estaba sufriendo una crisis nerviosa. Su vida no peligraba, ya que medían sus constantes vitales desde el inicio de la experimentación, pero, aun así, era evidente que resultaba necesario detener el simulador.

Elsa no estaba haciendo nada porque se había quedado paralizada.

Por una visión virtual.

De una mujer que salía corriendo de una barcaza en medio de una frondosa jungla junto al desierto.

Era su madre.

La imagen se apagó, pero Elsa no se dio ni cuenta.

Era ella.

El ayudante virtual activó una nueva dosis de sedante y Sochi dejó de temblar y de agitarse, quedando sumido en un sueño profundo.

No estaba equivocada, no era un error, ni una visión. Hubiera reconocido a su madre aunque estuviera rodeada de miles de personas.

Era ella.

Había envejecido con el paso del tiempo, pero su rostro no había cambiado apenas.

De repente, recordó los temblores de Sochi y reaccionó. Enseguida se dio cuenta de lo que había sucedido. Menos mal que existían los ayudantes virtuales que no podían quedar impactados al ver la imagen de su madre, desaparecida hacía años, surgiendo del sueño o la visión de un chico rubio y enclenque del que apenas sabía nada.

Y que jamás llegó a conocer a su madre.

Con el impacto de esa visión rebotando todavía en su cabeza, Elsa se obligó a dejar que su parte racional tomara el mando. Llamó a los servicios médicos para que vinieran a buscar a Sochi y lo sometieran a un examen completo. Solo esperaba que su ayudante hubiera desconectado la prueba a tiempo y que la experiencia no le hubiera causado daños físicos o psíquicos.

No debería haberse dejado bloquear de esa manera por una visión virtual..., pero *¡era su madre!* Sochi no la conocía, ni siquiera sabía que existía ni que aspecto tenía y, sin embargo, la había recreado en una visión inducida.

Surgiendo con lo que parecía ser una antigua arma de fuego de una vieja barcaza perdida en algún lugar remoto y no identificado.

¿Cómo no iba a bloquearse?

Cuando se llevaron a Sochi en la litera autotransportable, Elsa trató de serenarse y pensar.

Todo estaba relacionado, de eso no tenía duda alguna. No sabía ni el motivo ni el mecanismo, pero enseguida pensó en lo que le había dicho Shaoran en referencia al modo oriental de pensar en las fronteras del tiempo y del espacio:

–Todos los elementos del universo se encuentran vinculados formando una unidad. Lo que llamamos realidad se considera como un reflejo de algo superior que lo engloba.

Recordaba su sonriente cara cuando lo resumió en una de sus palabras preferidas:

–*Synchronicity*.

Y también recordaba algo más que le dijo:

–Las cosas suceden de manera circular, de manera que un acontecimiento no es algo singular que llega y se va, sino que está relacionado con otros acontecimientos que pueden ocurrir de manera simultánea o no.

Su corazón latía a más de cien pulsaciones a pesar de que estaba inmóvil en una cómoda silla, pero su mente funcionaba con pausa, analizando y descartando posibilidades, fijando certezas y eliminando lo superfluo.

Por eso, a pesar de que estaba bajo un gran impacto emocional, tuvo dos cosas meridianamente claras.

La primera, que su madre estaba viva, en algún lugar boscoso o selvático.

La segunda, que Sochi, de alguna manera, había activado un mecanismo de sincronicidad a nivel real.

¡Había creado una realidad nueva, esa era la verdad! Algo que estaba en el futuro de forma condicionada a lo que sucedía en el presente.

Ambas cosas por igual parecían imposibles y eran, al mismo tiempo, totalmente ciertas y estaban evidentemente relacionadas.

Debía descubrir lo ocurrido en los dos frentes y debía hacerlo rápido, pues intuía que su madre corría algún tipo de peligro.

¡Intuición! ¡Eso es!

Decidió que su plan de acción tenía también dos frentes paralelos pero distintos.

Por lo que se refería a su madre, iba a ir a hablar con su padre de forma inmediata y también contundente.

En cuanto a la sincronicidad, todo había empezado con las pruebas de intuición: para eso había llegado Sochi allí, y algo lo había afectado, y mucho. Hablaría con Luis. En ambos casos, sospechaba que la estaban engañando o, como mínimo, ocultando información.

No iba a dejar que eso continuara así.

Lo uno y lo otro tenían tanta importancia que la asustaba atreverse a dar el paso siguiente.

Lo primero era fundamental a nivel personal.

Lo segundo, a nivel mundial.

Capítulo 9

−Venga, Luis, no te das cuenta; Sochi está creando una realidad paralela, algo que sucederá solo si él actúa de determinada manera.

−Ahora no, Elsa. No estoy para teorías absurdas de universos simultáneos.

−En primer lugar, esto no tiene nada de absurdo −le respondió Elsa tratando de mantener la calma.

Habían mantenido esa misma discusión cientos de veces. Como físicos, ambos compartían los fundamentos de esa rama científica, pero, poco a poco, sus campos de actuación fueron divergiendo. Él se volcó en la física aplicada y ella en física teórica. Él creía en lo que veía y ella en lo que estaba por ver.

Sin embargo, ahora la disputa tenía nombre... y el pelo rubio.

−Y en segundo, lo de los universos simultáneos o paralelos ya fue enunciado por el propio Stephen Hawking a principios de siglo. Y no creo que puedas llamar absurdo al físico más brillante de los últimos cien años.

–De acuerdo, era un físico brillante, eso no te lo niego –respondió Luis, que parecía nervioso e inquieto.

En una situación normal, ella habría dejado pasar el debate, pero aquello no era una situación normal.

No tenía nada de normal.

–Recuerda que ya propuso que en realidad vivimos en un multiverso. Según sus teorías, cuando el universo se expandió se crearon un número infinito de universos, de los que hemos captado sus señales mediante las ondas gravitacionales emitidas por el Big Bang. Por eso...

–¡Oh, venga! No me des lecciones de física, ¿quieres?

Elsa se quedó con la boca abierta ante esa reacción. Luis era una persona amable y muy respetuosa con su trabajo. No estaba de acuerdo con muchas de sus teorías, pero jamás se mostraba despreciativo o condescendiente con ella.

Algo estaba pasando que él no quería contarle.

–De acuerdo, pero no hace falta que me lo digas así –le respondió suavemente, pues no quería aumentar el conflicto.

–Sí, discúlpame. No quería decir eso.

–No importa, Luis. Pero debes decirme qué es lo que te pasa.

–Ahora no puedo, tengo un partido.

–¿Cómo? –preguntó ella extrañada, pues sabía de sobra que él nunca miraba partidos, solo los que eran obligatorios.

–No voy a jugar, solo a verlo –le respondió con una sonrisa forzada.

–Eso ya lo imagino, pero...

–Ahora no, Elsa, por favor. Cuando vuelva del partido hablamos.

–De acuerdo.

Era evidente que hablarían, tanto si quería como si no. Además, también ella llegaba tarde a su cita con Shaoran. Habían quedado en conectarse virtualmente. Era la mejor manera de poder intercambiar información sin ser demasiado controlados. Las corporaciones grababan todo lo que pasaba en esos contactos internacionales, pero normalmente solo se guardaba el audio, a menos que se detectara algún incidente que hiciera necesario mantener todo el formato. Era una cuestión de ahorro de espacio digital, pues había decenas de miles de esas conversaciones a diario.

Salió hacia su casa mientras a Luis lo recogía un vehículo de la Escuela que lo llevó directamente hasta el estadio. Ese día los Unders jugaban contra un equipo bastante peor que ellos, con lo que todo el mundo esperaba una victoria. El campeonato local andaba muy apretado desde el principio y varios equipos llevaban empatados todo el campeonato, que ese año finalizaba antes de lo normal para que los mejores de cada territorio pudieran prepararse para los cercanos campeonatos mundiales. Cualquier tropiezo inesperado podía dejar eliminados a aquellos que lo cometieran.

Las graderías estaban solo medio llenas, ya que el partido no despertaba demasiada expectación. Los Unders eran claramente superiores al equipo de la zona este, y más desde la llegada de Astrid, que se había consolidado claramente como una titular indiscutible. El entrenador no la apreciaba especialmente, ya que no le hacía tanto la pelota como a él le gustaba, pero aquello era mucho más que un deporte, y lo único que contaba era ganar. Si para hacerlo tenía que meter en el campo a esa chica que apenas hablaba y que actuaba a menudo por su cuenta, lo hacía sin ningún problema.

Astrid era dura, rápida y violenta cuando tocaba serlo. Al equipo, alguien así le estaba haciendo mucha falta, pues esa generación era mucho más blanda que la que llegó a quedar segunda en la primera edición de los mundiales. Aquello sí que eran jugadores fuertes.

–¡Vamos, chicos! ¡Apretad los dientes y seguid corriendo a tope! ¡Mirad cómo lo hace Astrid! –los alentó el tercer entrenador, encargado de los últimos minutos de calentamiento intensivo.

A menudo, trataban de enfrentarla con el resto del equipo: era la sutil venganza del entrenador, pero a Astrid le daba igual.

No había venido a hacer amigos.

En ese momento, pensó en Zoltan, que se había empeñado en asistir al partido, pero lo descartó de inmediato. Estaba a punto de salir a jugar, y una de las razones por las que había aguantado tanto tiempo en aquel brutal ambiente era porque se concentraba absolutamente en el juego y en la violencia cuando tocaba.

–Antes de salir quiero que os hidratéis bien, que hoy hace calor –insistió el segundo entrenador, que les había repartido unas botellas con preparado vitamínico y calmantes avanzados por si sufrían golpes o, mejor dicho, para cuando los sufrieran.

Realmente el calor era fuerte y se agradecía tomar esas precauciones. Miró de reojo a sus rivales, que también esperaban en la otra parte del túnel de salida, separados de ellos por un plástico ultrarresistente cuya misión era evitar que las peleas empezaran antes del partido o continuaran después de que finalizase. También ellos estaban bebiendo líquido de su bidón, aunque le llamó la atención que muchos ponían cara de cierta repugnancia mientras su entrenador vigilaba que se lo acabaran.

—A saber qué les habrán puesto ahí dentro —le dijo en voz alta la capitana del equipo, una chica proveniente de la península italiana que repartía juego como nadie.

—Sí —le respondió Astrid sin querer entablar conversación alguna.

—El día que quieran envenenarnos a todos lo tendrán fácil, ¿no crees?

Astrid decidió que era mejor no contestar o aquella charla se alargaría hasta que empezara a correr el balón. Ella necesitaba esos minutos previos para despojarse de sus miedos. No necesitaba hablar con nadie ni expresar sus temores en voz alta. Recordaba perfectamente un episodio vivido cuando era una jugadora mucho más inexperta.

—A veces tengo tanto miedo que casi no puedo ni salir al campo —le había confesado una vez a su entrenador—. Me tiemblan las manos y se me seca la boca. Imagino que alguno de los chicos del equipo contrario la toma conmigo y espera a que se decrete NONORMAS para venir a por mí y golpearme hasta que me rompe la nariz y yo me desmayo del dolor.

—No seas cobarde —le había respondido entonces—. Después de todos los sacrificios que han hecho tus padres para darte esta oportunidad, ahora no te vayas a echar atrás o ya os podéis despedir de ese trabajo que le han dado a tu padre.

Con el tiempo había aprendido a controlar los síntomas, o al menos los visibles, como los temblores. La boca se le seguía secando.

–¡Venga! ¡Acabaos el bidón de una vez! –oyó que gritaban en el otro lado del túnel.

La italiana había desaparecido de su lado al ver que no estaba dispuesta a hablar con ella.

Respiró profundamente.

Una vez, dos.

Poco después, todo empezó a ir mal.

Desde el principio, el partido fue mal para los Unders, a pesar de su teórica superioridad. No llegaban a ningún balón y no acertaban a defender a los cuatro delanteros rivales, que se mostraban imparables, desarbolando la táctica defensiva, que hacía aguas por todas partes.

La mayoría de los chicos y chicas del equipo Este, a quienes todo el mundo llamaba Blacks por su uniforme negro, estaban tácticamente muy mal organizados, y eso había hecho que, a lo largo de la liga local, perdieran casi tantos partidos como habían ganado. Sin embargo, ahora parecían haber aprendido de golpe los fundamentos del regate y la anticipación.

Astrid trataba en vano de desbordar al chico encargado de marcarla, un adolescente todavía a medio formar al que parecía capaz de sobrepasar por cualquier lado. Sin embargo, cada vez que lo encaraba, el chico anticipaba sus movimientos y evitaba que pasara con sus regates. Solo por velocidad podía superarlo sin dificultades, pero entonces siempre aparecía algún compañero que llegaba al balón justo antes de que lo hiciera ella.

La capitana estaba desesperada porque los balones que lanzaba al espacio y que a menudo eran pases perfectos en profundidad para los delanteros, siempre acababan en los pies de los Black, que empezaron a darse cuenta de que ese día les salía todo e iban acechando la portería contraria cada vez con mayor peligro.

El entrenador pidió treinta segundos de tiempo, algo que podía hacer dos veces a lo largo del partido y que acostumbraba a guardarse para momentos claves. Pero hoy ya había tenido que gastar uno cuando apenas llevaban diez minutos jugados.

–¡¿Qué demonios está pasando hoy?! Llegáis tarde a todos los cruces, nadie se desmarca y los pases son interceptados una y otra vez. ¿Queréis perder este partido con esos inútiles? Vamos a ser la vergüenza de la liga si eso pasa, los NEC se van a estar riendo de nosotros hasta el día que empiecen los mundiales, y eso si al final logramos clasificarnos, cosa que dudo si seguimos jugando así.

–No sé qué pasa –intervino la capitana–. Parece como si adivinaran nuestro juego. No entiendo nada.

–Dejaos de excusas y vamos a entrar a por todas. Para empezar, vamos a amagar un pase a la derecha, y tú, Astrid... –dijo dirigiéndose a ella a pocos centímetros de su cara– ... corre como si te persiguiera un asesino en serie. Amaga con ir hacia el centro y te despliegas por la banda buscando el espacio. Cuando ella te dé el pase, vuelve a centrarla de primeras al punto de penalti. ¡De primeras! ¿Está claro?

–Sí –se limitó a responder.

–Vale, salid allí y enseñad a esos patosos cómo se juega a esto de verdad. Si decretan NONORMAS será en el segundo tiempo. Mientras el espectáculo que ofrecéis sea así de lamentable, dejarán que os humillen para que disfruten millones de espectadores de todo el mundo.

El partido siguió avanzando, pero persistía el empate, lo cual, conocida la diferencia de presupuesto y plantilla de ambos equipos, implicaba una derrota simbólica para Unders. Llegaron al descanso, y en el vestuario todo fueron gritos, reproches y malas caras. El entrenador los amenazó con entrenamientos dobles si no conseguían ganar ese partido y planificaron algunas jugadas que, en principio, estaban destinadas para partidos importantes.

Al inicio de la segunda parte, viendo que todo parecía igual, Astrid decidió improvisar y cambió de banda. El defensor que se encontró era fuerte, pero mucho más lento que el del otro lado. Sin embargo, cada vez que le enviaban un pase, la defensa lo neutralizaba como si supiese dónde iba a botar el balón.

—Ahora no parecéis tan buenos —le dijo el defensor con sonrisa maliciosa.

Para colmo, en una jugada absurda, los Black consiguieron adelantarse en el marcador gracias a una falta indirecta cerca del área que no parecía peligrosa por lo lejos que estaba. El portero era de los mejores de la liga, e incluso se había hablado de que los NEC lo ficharían después de los mundiales. Se dispuso el lanzamiento y, de repente, sonó una señal acústica que indicaba juego sin portero. Cuando quisieron reaccionar, el lanzador ya había chutado a puerta, casi como si hubiera adivinado que iba a producirse esa situación. Naturalmente el portero no pudo tocar el balón, que entró suavemente en la red.

El público enloqueció.

Poco después se decretó un mayor nivel de tolerancia a la violencia, aunque no era NONORMAS. Los Unders, mucho más fuertes, pensaron que era su oportunidad. Sin embargo, apenas pudieron repartir patadas, pues sus contrarios las esquivaban aparentemente sin problemas.

Eso hizo que se confiaran, y Astrid aprovechó un pase largo para acercarse a su defensor en la carrera, ofreciéndole la posibilidad de que le diera una patada para tirarla al suelo. Lo hizo, y ella aprovechó justo el instante para saltar y esquivarlo. Recibió el balón, lo controló con el pecho y se plantó sola delante del portero, que, al verla tan cerca, puso cara de asustado.

Astrid supo que iba a marcar cuando amagó hacia la derecha y el portero se inclinó hacia ese lado. Tenía el cuerpo en caída, con lo que Astrid solo tenía que cambiar bruscamente de dirección y se encontraría sola en la línea de gol.

Lo hizo con un movimiento impecable.

Se dispuso a golpear el balón hasta el fondo de la portería.

En ese momento, apareció la mano del portero y se lo arrebató sin ni siquiera cometer falta alguna.

Astrid se quedó de piedra mientras el portero lanzaba el contraataque. ¿Cómo lo había hecho? No había manera de que recuperase a tiempo el equilibrio, a menos que...

Había visto su maniobra o, por lo menos, la había intuido.

¿Cómo? Si ni ella misma sabía lo que iba a hacer hasta apenas un segundo antes de hacerlo. Su movimiento había sido instintivo al ver inclinarse al portero hacia un lado.

Mientras ella trataba de recuperar la posición, la temida señal de las luces rojas decretó período NONORMAS y, antes de que lo viera venir, el portero le clavó los tacos en la espalda. Había saltado justo al oír la bocina y antes de que ella pudiera protegerse.

Cayó al suelo con un dolor muy fuerte en la parte baja de la espalda. Solo podía sentir como si mil agujas que se le clavaran en la carne. Por debajo de la primera capa de dolor agudo, uno más sordo empezaba abrirse paso y ella supo enseguida que era de ese del que debía protegerse porque normalmente indicaba alguna lesión importante. En ese momento agradeció los calmantes ingeridos antes de empezar.

También oyó la risa del portero y cómo le decía a uno de sus defensas:

–¡Hoy les hemos partido la cara!

El defensa reía también y le preguntó:

–¿Cómo te has parado eso?

–No tengo ni idea. De repente supe que iba a fintarme para el otro lado.

–Pues no sé qué pasa hoy, pero me siento mucho más rápido que de costumbre, no sé, más despierto.

–En tu caso, eso es fácil –rio el portero.

Siguieron dando palos unos cuantos segundos todavía mientras Astrid seguía allí tirada retorciéndose. Mientras había NONORMAS no podían atender a ningún jugador.

Una chica de los Black aprovechó que pasaba cerca y le pisó intencionadamente la mano.

–Muérete, Under –le dijo.

Astrid trató de levantarse, pero no pudo. Solo podía esperar.

Cuando las luces dieron por finalizado el período de violencia permitida, los Unders perdían por tres goles y tenían a tres jugadores tendidos en el suelo.

Fue una humillación en toda regla, y menos mal que a ella le inyectaron tantos calmantes que apenas se enteró de nada.

Camino del hospital del campo, su entrenador se le acercó.

–¿Y tú eras la flamante NEC que nos iba a ayudar? ¡Menuda farsante!

Sintió que su transporte le inyectaba una nueva dosis y su vista se nubló.

Pasó un tiempo indefinido hasta que logró volver a centrar su visión. Sentía un gran peso en la espalda y una de sus manos estaba inmovilizada. Entonces recordó el golpe y el pisotón. La rabia le proporcionó una dosis extra de adrenalina y trató de incorporarse. Sintió una mano posarse suavemente en su hombro, invitándola a no moverse.

Era Zoltan, que le sonreía con simpatía.

–Tranquila. Estás hecha una porquería, o sea que mejor estate quieta hasta que te digan.

–Yo... el partido...

–Habéis perdido de tres goles. Ha sido un auténtico espectáculo del que se va a hablar mucho tiempo, te lo aseguro.

–Ellos sabían...

–Lo sé. No te preocupes, todo se aclarará cuando sea el momento. Ahora solo debes descansar. Te han hecho un diagnóstico preliminar y tienes fracturado un dedo de la mano que te pisaron. También tienes golpes por todas partes y tal vez algo de conmoción. Lo que les preocupa es la espalda, por culpa de ese animal que te dio sin que pudieras impedirlo.

–Yo... no lo vi.

–Ya. Se aprovechó de su ventaja.

–¿Qué ventaja?

Zoltan la miró como si quiera decirle algo pero no pudiera. Se limitó a pedirle que se relajara y decirle que ya hablarían cuando fuera el momento.

Mientras estaban allí, se oían claramente los gritos del cercano vestuario de los Black, donde se estaba celebrando el inesperado triunfo como si hubieran ganado algún campeonato. No era de extrañar: para ese equipo mediocre, aquel había sido un triunfo realmente extraordinario.

Poco a poco, los gritos se fueron apagando mientras Zoltan observaba a Astrid, que parecía dormida.

De repente, se escuchó un pequeño barullo fuera y entraron en tromba dos de los entrenadores de los Black. Parecían muy nerviosos y alterados y buscaban a uno de los médicos.

–Alguien tiene que venir. No sabemos qué les está pasando a los chicos. Están todos como desorientados y algunos incluso vomitan.

Zoltan se acercó para entender lo que estaban hablando con el médico mientras este trataba de entender lo que sucedía.

–Estábamos todos contentos, celebrando la victoria...

–Sí, los gritos se oían desde aquí –le interrumpió el médico con una sonrisa de camaradería.

Incluso él estaba harto de ver ganar siempre a los mismos.

–Bueno, pues no sabemos qué pasó, pero de repente uno de los chicos dijo que estaba mareado y apenas llegó al lavabo para vomitar. Inmediatamente dos chicas también dijeron sentirse mal y tuvimos que tumbarlas para que no se desplomaran. En pocos minutos, la mitad de los miembros del equipo se han encontrado fatal y...

–¿Y los entrenadores o el resto de los ayudantes? –preguntó el médico tratando de encontrar un hilo del que empezar a tirar.

–No, nosotros estamos bien. Tiene que venir.

–De acuerdo, vuelvan y traigan aquí a los que se encuentren muy mal o pierdan el conocimiento. Uno de mis ayudantes los acompañará. Haremos sitio por si tenemos que hacer pruebas a alguno de los chicos. Probablemente solo se trate de algo que les ha sentado mal... a lo mejor el vértigo de la victoria.

La broma no hizo efecto alguno en los ayudantes ni en los jugadores de los Unders, que estaban allí muy magullados.

Cuando los ayudantes y el enfermero desaparecieron, todo pareció volver a la calma.

Zoltan ya no estaba.

En apenas unos minutos se trasladó a la Escuela y fue directo al despacho de Luis. Este, al verlo, supo enseguida lo que había ocurrido y ni se molestó en tratar de disimularlo.

–¿Qué ha ocurrido? –preguntó al ver entrar a Zoltan con expresión furiosa–. ¿Algo ha ido mal en el partido?

–¿Qué habéis hecho? –le respondió Zoltan acercándose de forma intimidatoria.

–Vamos, Zoltan, amigo...

–No soy tu amigo, nunca lo he sido y todavía menos ahora.

–Bueno, vale. Déjame tirado cuando vienen los problemas. De eso ya sé mucho: confías en la gente y, cuando llegan las dificultades y acudes a ellos esperando que te echen una mano, simplemente no están o te hacen ver que, en realidad, no erais tan amigos.

Zoltan trató de calmarse al ver que Luis estaba realmente alterado. Por su aspecto, hacía muchas horas que no dormía, manteniéndose seguramente a base de estimulantes. No sabía de qué le estaba hablando, o, al menos, no en concreto. Se apartó y se sentó no muy lejos, dejando que una silla virtual apareciera y lo recogiera en cuanto hizo el gesto adecuado.

Luis también se sentó y nadie dijo nada durante unos segundos.

El silencio trajo algo de paz. Zoltan decidió volver a preguntar.

–¿Qué habéis hecho?

Luis lo miró con profunda tristeza, como si todo aquello lo superara y estuviera realmente atrapado, lo cual, pensó Zoltan, probablemente era cierto. De alguna manera, el doctor Bormand y CIMA estaban detrás de ese embrollo. Siempre era así.

Finalmente, Luis empezó a hablar.

–Hemos hecho una prueba del chip con los del equipo Black...

–Me dijiste que... –lo cortó Zoltan.

Luis hizo un gesto con la mano para hacerlo callar.

–Sé lo que te dije, pero estoy atrapado. Bormand me tiene en sus manos y tuve que contarle que el chip estaba operativo y que lo habíamos probado con éxito con Astrid. Me obligó a planificar una prueba en el primer partido que pudiéramos, de manera que hemos metido el chip en el mismo líquido que bebió Astrid y se lo hemos dado a los de los Black... Entiendo que si estás aquí es que ha funcionado, ¿no?

–Sí, ha funcionado perfectamente. Los Black han ganado por tres a cero y, si no fueran tan malos, seguramente habrían metido quince goles. Ni ellos mismos saben lo que les ha pasado ni cómo llegaban antes a todos los balones o eran capaces de anticiparse a los movimientos de los jugadores contrarios. Te aseguro que ha sido increíble verlos moverse con esa rapidez... bueno, no, en realidad no es que se movieran más rápido, sino que lo hacían con una eficiencia absolutamente imposible. Era como si adivinaran lo que iba a suceder justo antes de que pasara.

Luis puso una especie de sonrisa triste antes de hablar.

–Bueno, eso se llama intuición física deportiva, un término que acabo de inventarme y del que pronto oiremos hablar... o tal vez no. En cualquier caso, me alegro de saber que todo ha funcionado como estaba planeado.

–Ni hablar de eso. En cuanto el partido ha acabado, muchos de los que se metieron el chip en el cuerpo se han encontrado mal.

–¿Cómo de mal? –preguntó Luis, que parecía más deseoso de conocer datos que no preocupado por los futbolistas.

–No lo sé. Vómitos y mareos, creo.

–¿Todos los del equipo?

–No, solo algunos...

–Espera un momento –dijo Luis mientras pedía a uno de sus ayudantes que fuera al estadio a recoger algunas muestras de vómito y los datos médicos que pudiera. También dio instrucciones a otro ayudante de que comprobara discretamente cómo habían funcionado las apuestas en ese partido en concreto.

En cuanto acabó, se topó con la mirada furiosa de Zoltan.

–Cuéntamelo todo –le dijo.

Luis pareció aliviado y en los siguientes minutos estuvo hablando sin descansar. Le contó lo del juego y lo de las deudas, el papel de Bormand, los datos falsos filtrados a CIMA, cómo Bormand había descubierto el engaño y cómo lo había amenazado con ponerlo en manos de los esclavos.

—No tenía opción –dijo finalmente.

—Siempre hay opciones, Luis, siempre. Solo hay que saber si uno es lo bastante fuerte para escoger las que están bien.

—Para ti es fácil decirlo.

Zoltan no respondió; no iba a contarle su historia ni cuántas veces había escogido la opción equivocada.

—¿Qué les pasará a estos chicos o a los que tomen esa porquería de ahora en adelante?

—Realmente no lo sé. Se lo dije a Bormand. Necesitamos más tiempo para experimentar sobre los efectos secundarios y eliminarlos, pero...

—El doctor no quiere esperar. Quiere jugárselo todo en los mundiales.

—Sí.

—La última vez que hablamos de este tema en Raigo me dijiste que los chips no eran peligrosos para los que los tomaban.

—No era cierto –le respondió directamente.

Ya no iba a mentir más, no a Zoltan.

—Explícamelo.

—Bueno, en realidad no sabemos si pueden causar verdaderos daños a largo plazo o solo algunas molestias como esos vómitos o mareos que me has contado hoy.

—Pero tú me dijiste...

—Lo siento, no quería que te preocuparas por esa chica.

—Ella lo tomó y no sintió mareo alguno.

—Bueno, eso puede tener diversas explicaciones. De hecho, medio equipo, según me has contado, no ha notado nada hoy.

—¿Y eso qué significa?

—No lo sabemos, Zoltan. Te mentiría si te dijera lo contrario.

—Ya me has mentido otras veces.

—Solo el otro día y porque estaba muy asustado. Mira, lo cierto es que nos hemos centrado en hacer que el chip funcione y eso ha implicado que los mecanismos de control biomédicos no están afinados. Normalmente, eso se hace en una segunda fase, pero Bormand no me da tiempo para una segunda fase.

—Díselo a CIMA.

—¡¿Estás loco?! —respondió Luis levantándose y paseando por el laboratorio—. ¿Crees realmente que aceptarán sin más que los he estado engañando?

Zoltan no dijo nada. No hacía falta: ambos sabían la respuesta.

—¿Qué sabemos de esos efectos? —le preguntó descartando esa opción.

—Bueno, una vez ingeridos, los chips se mueven en el flujo sanguíneo de forma automática y al final se implantan en la corteza cerebral... supongo que la reacción del organismo ante esa invasión puede provocar esos mareos. Normalmente, eso sería todo.

—¿Normalmente?

Luis titubeó, lo que hizo que Zoltan se impacientara.

—Venga, Luis, suéltalo de una vez.

—En algunos experimentos de hace un tiempo, se trató de implantar chips de comportamiento en una zona parecida del cerebro. Era un programa secreto de CIMA para los delincuentes reincidentes. La idea no era mala y al principio todo fue bien, pero, pasadas unas semanas, la mayoría de los implantados desarrollaron tumores cerebrales. Muchos de ellos murieron en pocos meses.

—No se supo nada de eso.

Luis lo miró con condescendencia.

—Ya te he dicho que era un programa secreto de CIMA.

—¿Tú...? —quiso saber Zoltan.

—Sí, estuve obligado a participar en ese proyecto. Intenté negarme, pero...

—Vale, lo entiendo —sabía muy bien que lo que CIMA quería, lo lograba sin problemas—. Lo que quiero saber es qué probabilidades hay de que una persona que ha tomado una vez ese chip acabe teniendo problemas de ese tipo.

—Te refieres a la chica, ¿verdad?

Luis intentó sonreír con complicidad, pero se topó con una absoluta frialdad en el rostro de Zoltan.

—Bueno, todo depende de si el chip realmente se disuelve bien en el tiempo programado. Las pruebas que hicimos eran bastante prometedoras y...

—No me estás respondiendo —lo cortó secamente.

—No lo sé, realmente no lo sé. Los datos que pudimos obtener indicaban que más de un setenta por ciento de las veces el chip desaparecía al cabo de dos días.

—¿Y el otro treinta por ciento?

—Los últimos datos indicaban que no habían conseguido eliminarlo del todo de la corteza cerebral. Eso no es bueno.

—¿Bormand lo sabía?

—¡Pues claro que lo sabía! Se lo dije una y mil veces. No podemos seguir adelante hasta que no tengamos la absoluta certeza de que el chip es seguro. Pero él no quiso saber nada de más pruebas y nos ordenó continuar el programa tal y como estábamos entonces. En ese momento supe que debía evitar que supiera cuándo era operativo el chip.

–En caso de no disolverse, ¿en cuánto tiempo puede dar problemas?

–Tampoco lo sabemos, Zoltan, te lo juro. Eso era lo que intentábamos averiguar en la fase de seguridad que Bormand eliminó. Tal vez unos días o semanas, quién sabe.

Zoltan iba a decir algo cuando vio a través de la pared traslúcida que alguien se acercaba. Hizo una señal a Luis con la cabeza.

Sabían que seguramente Bormand podía estar grabando la conversación, pero ya era igual. Las cartas estaban sobre la mesa.

La que apareció fue Elsa; parecía agitada y preocupada por algo.

Luis miró a Zoltan e hizo un gesto negativo con la cabeza para darle a entender que ella no sabía nada.

–Hola, Elsa, ¿qué te trae por el sector de la física aplicada? –intentó bromear con naturalidad Luis.

Ella lo miró con gesto serio, sin responder a la provocación que normalmente iniciaba una discusión amistosa entre ellos. Miró a Zoltan y lo saludó con un gesto; no parecía incómoda con su presencia allí.

–¿Podemos hablar un momento? –se limitó a decir.

–Claro –respondió Luis.

–Vamos a la sala de simulaciones, si no os importa.

Como había utilizado el plural, Zoltan le preguntó si eso lo incluía a él.

–Sí, por favor, tú trajiste a Sochi, ¿verdad?

–¿Le ocurre algo? –preguntó preocupado.

–Vamos a la sala –le respondió ella dirigiéndose a la salida del laboratorio.

Hicieron en silencio el breve recorrido hasta la gran sala de simulación virtual, donde Sochi había abierto las puertas a esa nueva perspectiva del tiempo y del espacio. Allí, Elsa les pidió que se sentaran y puso en marcha un aparato que ninguno de los dos conocía y que emitía una leve vibración.

–No os preocupéis. Es un acelerador cognitivo que funciona por radiación aleatoria. Normalmente, lo uso para reprogramar visiones virtuales defectuosas, pero hace un tiempo descubrí que emitía unas vibraciones que eliminaban por completo el funcionamiento de los registros de voz que mi padre tiene en todas las salas, como seguro que ya sabéis. Es cosa de CIMA.

–¿Solo la voz?

–Sí, de manera que comportaos como si estuviéramos hablando con tranquilidad de cualquier experimento relacionado con el desarrollo de la intuición. Si alguien revisa las grabaciones, no debería sospechar que sabemos que no nos pueden oír.

–¿Seguro que funciona? –dijo Luis poniendo expresión de incredulidad.

–Papá, eres un manipulador mentiroso –respondió ella en voz alta sin dejar de sonreír.

Zoltan la miró y supo que podía confiar. Ni siquiera su hija iba a decir eso en voz alta si el doctor podía llegar a oírla.

–¿Qué está pasando, Luis? –dijo ella sin dar opción a preliminares.

Zoltan decidió que, si Luis no hablaba, lo haría él. Se fiaba de Elsa y seguramente iría bien tenerla al tanto de la situación. Algo parecido a un plan comenzaba a tomar forma en su interior.

Sin embargo, no hizo falta que dijera nada. Luis, como si eso lo liberara, se lanzó a explicárselo todo desde el principio, incluidos los detalles, algunos tan técnicos que solo ellos dos los entendían. Elsa se limitaba a mirarlo con rostro serio, pero sin mostrar rechazo, salvo cuando le contó los efectos secundarios del chip.

–Luis... tú...

–No lo sabes todo de mí, cariño.

En ese momento, Zoltan decidió intervenir, y le contó a Elsa lo de las apuestas y la deuda con los eslavos. También le explicó cómo Bormand lo estaba extorsionando y amenazando.

–Maldito chantajista –dijo Elsa.

Por un momento, nadie supo si se dirigía a Luis o a su propio padre.

–Mamá trató de advertirme de que estaba podrido.

Y eso lo aclaró.

En los siguientes minutos, fue Elsa la que los puso al día de lo sucedido con Sochi y sus visiones. Les explicó lo de la serpiente y el desierto, lo del paisaje virtual del Raigo y, aunque dudó unos instantes, acabó contándoles la aparición de una madre que creía desaparecida o muerta.

Cuando acabaron, todos guardaron un largo silencio. Todo aquello los superaba y a la vez los absorbía. Aunque lo de los chips y la sincronicidad de que hablaba Elsa no parecían tener relación alguna, no podía ser una casualidad: ya nadie creía en ellas.

No allí.

Pasado un rato, Zoltan tuvo una premonición y se dirigió a Luis, que permanecía cabizbajo, sin atreverse a mirarlos a los ojos.

–El día que Sochi vino por primera vez, se equivocaron y le hicieron pasar una prueba física, esa en la que lanzan balones y otros objetos a gran velocidad.

–Sí –intervino Elsa–. Lo dejaron sin sentido al cabo de un rato. El pobre no es un portento del deporte.

–Eso fue un error, creo –dijo Luis.

–Sí, fue por error que lo seleccionaran, pero, a pesar de que una mosca es capaz de tumbarlo, aguantó hasta el nivel medio...

–¿Quieres decir...? –lo cortó Elsa, que empezaba a ver por dónde quería ir Zoltan.

–Luis, tú me dijiste que para probar la eficacia del chip estabais repartiéndolos de forma aleatoria a los voluntarios que han ido pasando desde que empezasteis ese estudio.

–Así es –respondió sin saber todavía a qué se estaba refiriendo.

–Debe haber un registro de quiénes lo tomaron y quiénes no.

–Pues claro –respondió Luis casi ofendido.

Entonces se dio cuenta de lo que le estaban diciendo y se levantó de golpe. Acudió a una de las consolas integradas en las paredes y estuvo unos segundos consultando datos mientras Zoltan y Elsa se miraban entre ellos.

Cuando Luis se volvió, tenía una extraña sonrisa en los labios.

–Se lo dimos –dijo por fin.

–Borra ese registro –le dijo Zoltan movido por un presentimiento.

Elsa miró nuevamente a Zoltan antes de hablar.

–Tú lo seleccionaste porque detectaste en él una intuición diferente, ¿no es cierto?

–Sí, fue algo extraño, la verdad. Es un chico de intelecto más bien normalito y fue capaz de ejecutar un brillante movimiento de ajedrez que está solo al alcance de los mejores. Era imposible que lo conociera, tenía que ser ese tipo de intuición que no tiene que ver con la anticipación física.

–Intuición pura –intervino Luis en un susurro.

–No, se trata de otra cosa. No es intuición, aunque está relacionado con ella. Se mueve en los mismos circuitos cerebrales y por eso a menudo se confunde –intervino Elsa excitada ante la perspectiva de lo que estaba sucediendo.

–¿De qué estás hablando? –quiso saber Luis.

–Hablo de precognición, de un conocimiento no adquirido por la experiencia, como es el caso de la intuición que buscáis. Hablo de presentir, de saber y de influir en ese saber.

–Eso es lo que estabas buscando hace tiempo, ¿verdad? –le preguntó sonriente Luis.

–Sí, y creo que lo he encontrado. Ya estaba ahí, pero creo también que la implantación de tu chip provocó un efecto acelerador y puso en marcha ese mecanismo que nadie conoce, aunque sí sus manifestaciones externas.

–¿Estás segura? –quiso saber Luis.

Elsa hizo una pausa; tenía los ojos húmedos de emoción.

–Mi madre está viva. Se esconde en algún lugar remoto, creo que en África. La he visto gracias a Sochi.

–¡Eso es imposible!

–¿Alguien puede explicarme de qué estáis hablando? –preguntó Zoltan extrañado.

Hacía un buen rato que andaba perdido. Elsa lo miró con la misma emoción contenida.

–*Synchronicity* –dijo en un susurro.

Como vio la expresión de Zoltan, añadió:

–Creo que nuestro amigo Sochi es capaz de manipular la realidad.

中男

K'AN

Es el símbolo del Agua en movimiento, fluyendo, pero como elemento peligroso e impredecible, una situación que puede implicar una trampa. Simboliza los momentos críticos en los que pueden aparecer cambios. En general, su presencia tiñe el futuro de aspectos desfavorables o de riesgo.

REINA EN EL OESTE

Lo impredecible es a menudo lo probable.

Capítulo 10

–Hola, Zoltan –dijo Sochi con sincera alegría al verlo entrar.

Llevaba días metido allí y no veía a ninguno de sus amigos desde hacía demasiado.

Los echaba de menos, pero sobre todo extrañaba a Kayla.

Además, no se sentía bien: tenía ligeros mareos y estaba cansado. Por eso, cuando vio que Elsa llegaba acompañada del otro investigador y de Zoltan, su alegría fue evidente para todos.

–Te veo bastante bien para ser un aprendiz de ajedrez –le respondió Zoltan con simpatía.

Elsa le preguntó por su estado y, cuando supo lo de los mareos, habló con Luis en voz baja. Sin explicarle nada, tomaron muestras de sangre y le hicieron algunas pruebas en el cerebro con una proyección a distancia. Enseguida, los dos investigadores dijeron que iban a mirar los resultados.

Zoltan supo que estaban preocupados por esos síntomas, parecidos a los que habían provocado problemas en el equipo de los Black. Sin embargo, prefirió no decir nada. Estaba más pendiente del mensaje que acababa de recibir por su comunicador personal. Astrid estaba algo mejor y la trasladaban a la Escuela para un examen completo, a petición de Luis. De momento no coincidirían, pero en cuanto acabaran, volvería a verla.

Ya no dudaba de cuál era el problema de esa angustia que sentía al pensar en que podían hacerle daño. No era preocupación... bueno, tal vez un poco, pero Astrid era dura como una piedra y había demostrado sobradamente que sabía cuidarse sola. El problema es que se había comprometido con ella de una forma como jamás hasta el momento había hecho con nadie, y eso lo obligaba a tratar de buscar una solución a ese enorme laberinto en el que, sin quererlo ellos, se habían metido. Se sentía totalmente responsable.

Mientras tanto, solo podía cuidar de Sochi.

—Parece que Elsa te trata bien.

—Sí —respondió con una sonrisa—. Es muy amable, pero me gustaría que me explicara qué es lo que estamos haciendo aquí.

Por un momento estuvo a punto de decirle lo que sabía, pero decidió no hacerlo. Muchas de las cosas que Elsa les había explicado hacía pocos minutos se le escapaban, de manera que pensó que era mejor esperar a que ella misma lo hiciera. Recordaba que hizo muchas preguntas para tratar de comprender un fenómeno que fluctuaba entre lo real y la pura especulación. Elsa trató de explicárselo de la manera más simple que pudo.

—No es fácil de comprender porque estamos educados en la linealidad. Las cosas relacionadas ocurren una detrás de la otra y puede que tengan relación, y eso se llama causalidad, o que no la tengan, y eso sería la casualidad. Sin embargo, desde un punto de vista diferente, la física moderna nos propone la posibilidad de que varias cosas estén relacionadas sin aparente causalidad. Eso se ha visto muy a menudo en algunos de los descubrimientos de la ciencia, que se han producido casi por accidente. De hecho, en inglés incluso existe una palabra para designar ese fenómeno.

–¿En serio?

–Sí, es *serendipity*, y se refiere al descubrimiento accidental de fenómenos científicos y que, en cambio, han significado grandes avances en el desarrollo científico. Desde la famosa manzana de Newton hasta la penicilina. Se creía que eso ocurría por casualidad, pero ¿es así realmente?

–Supongo que ahí entra la sincronicidad –dijo Zoltan tratando de seguir concentrado en las explicaciones de Elsa.

–Sí. Te pongo un ejemplo. Estás tratando de investigar un determinado fenómeno científico y, de repente, descubres otra cosa que aparece ante ti por *casualidad*. Tal vez no sea la respuesta que buscabas, pero no puedes darte por satisfecho con la idea de que simplemente pasó.

–Supongo.

–Sin embargo, hasta hace unas décadas, no podías imaginar otra cosa porque la ciencia negaba que pudiera haber relación alguna. Simplemente no encajaba en esa línea de acontecimientos que te explicaba. Pero, entonces, aparecen las teorías cuánticas que proponen y, en parte, demuestran que las cosas no son como parecen. Las líneas rectas del universo desaparecen y todo es circular y está interrelacionado.

–Para, para –la cortó Zoltan para no perderse–. Vuelve al ejemplo. Desde el punto de vista cuántico, ¿cómo se supone que sucedió lo de Newton?

–Lo de Newton y su descubrimiento de la teoría de la gravedad solo es una leyenda. Se sabe que no ocurrió así en realidad –intervino Luis, que no quería parecer un simple oyente.

–Bueno, Luis, ya lo sabemos –le dijo suavemente Elsa–. Olvidemos a Newton.

–Mejor –respondió Luis con una sonrisa.

–De acuerdo. Escucha, Zoltan: volvamos a la *serendipity*... Volvamos a la idea de que estás experimentando y aparece un resultado inesperado. Las teorías cuánticas, ya desde el principio, descubrieron que la observación científica influye decisivamente en el resultado.

–¿La observación o el observador? –apuntó Zoltan enseguida.

–Tienes razón: el observador. Él o ella influyen en lo que observan, de manera que el hecho de observar crea una realidad que es diferente de la que tendríamos si no estuvieran allí observando.

–¿Me estás diciendo que existe más de una realidad?

–Según algunas teorías muy estudiadas, realidades hay infinitas. Se van construyendo según actuamos en la realidad actual, pero eso es otra cuestión. Lo importante es que el fenómeno físico...

–Teórico –la cortó Luis.

–¡No fastidies, Luis! ¡He visto a mi madre! ¡¿Tienes una explicación teórica para eso?! –explotó Elsa.

–No, en realidad no.

–Pues entonces cállate y déjame acabar.

Se estaba poniendo nerviosa, de manera que resumió.

–Mira, no voy a inflarte la cabeza con los miles de debates científicos y filosóficos que la sincronicidad ha generado. Lo que sí te digo es que Sochi, de alguna manera, seguramente condicionado por la estimulación del maldito chip, ha desarrollado la capacidad de influir en la realidad. Todavía no sé cómo ni cuánto puede llegar a hacerlo o qué cambios puede llegar eso a provocar, pero de una cosa estoy segura: si puede cambiar la realidad de alguna manera, puede llegar a ser alguien con un poder muy codiciado.

Desde que oyera esas explicaciones, Zoltan había estado dándole vueltas a la cabeza. No estaba muy seguro de haber entendido todas las complejidades que ese descubrimiento suponía, pero sí sabía una cosa. Si CIMA descubría eso, lo utilizaría de alguna manera para manipularlos a todos. El mundo, ya al borde del colapso, estaría acabado si esos poderes inmensos que representaba CIMA llegaban a poder establecer la realidad. Sería el fin de cualquier posibilidad de cambiar las cosas.

Por eso pensó que iba a cuidar de Sochi y a evitar que nadie le hiciera daño. También por eso decidieron, por sugerencia suya, que era mejor que el propio Sochi no supiera nada de la sincronicidad.

–No sabría decirte muy bien de qué va la investigación de Elsa –mintió Zoltan–. Ya sabes cómo son esos científicos: hablan en un lenguaje totalmente incompresible.

Sochi se lo quedó mirando y Zoltan supo que, de alguna manera, sabía que le estaba mintiendo. No dijo nada, pero enseguida pensó en esa intuición estimulada de la que había hablado con los dos físicos. Decidió cambiar radicalmente de tema.

–¿Has sabido algo más de Kayla? –le preguntó Zoltan por decir algo.

Sabía que estaba colado por ella.

Igual que sabía de quién estaba enamorada ella, lo que lo hizo sentir mal al pensar en cómo la había estado utilizando en su propio beneficio.

–No, pero hoy he pensado mucho en ella.

Iba a decir algo más cuando entró una de las ayudantes virtuales de la recepción. Llevaba un mono de color gris que la distinguía de otros ayudantes parecidos.

–Preguntan por el señor Sochi en recepción.

–Es Kayla –dijo Sochi sin mostrar extrañeza alguna.

Zoltan supo enseguida que era cierto y casi se asustó. «¿Es esto la sincronicidad? ¿Piensas en alguien y entonces aparece?», pensó.

–Acompáñela hasta aquí –le dijo Zoltan.

Sochi no dijo nada, se mantuvo sereno y en silencio mientras llegaba esa *inesperada* visita. Elsa iba a dar saltos de excitación cuando se lo contara.

Al cabo de un corto rato, apareció la misma ayudante llevando detrás de ella a una Kayla bastante diferente. Se había cortado el pelo casi al nivel dos y lucía un nuevo tatuaje temporal en el pómulo izquierdo: tres líneas horizontales paralelas.

Saludó a Zoltan con timidez y enseguida se volvió hacia Sochi. Zoltan comprendió que esa chica había dejado de estar loca por él y que ahora se centraba en Sochi. Seguramente había descubierto que era mejor persona.

Se pusieron a hablar, ignorando totalmente su presencia. Comentaban algo sobre ese tatuaje que se había hecho, como si fuera una especie de código entre ellos dos. Se resistía a dejarlos solos, ya que Elsa le había pedido que no lo hiciera. Sin embargo, solo con mirar sus caras sonrientes, centradas el uno en el otro, supo que allí sobraba.

Salió y enseguida recibió un aviso de la enfermería. Acababa de llegar el transporte sanitario con Astrid: los deportistas eran tratados allí con una tecnología sanitaria mejor que de la que disponía el resto de ciudadanos.

Cuando llegó, Astrid estaba despierta y trataba de incorporarse en contra del consejo de los médicos. Zoltan sonrió: ella era así.

–Venga, deja que te cuiden por una vez en tu vida.

Ella lo vio y trató de sonreír. Un gesto de dolor se lo impidió.

–¿La mano? –preguntó preocupado.

–Lo que duele de verdad es la espalda. A la mano no le pasa nada, me he roto algún dedo más de diez veces en el campo de guerra, porque eso no es un juego a pesar de lo que muchos digan. Es una asquerosa guerra.

–Sí, lo sé.

Ella lo miró serenamente.

–A veces olvido que tú también te dedicabas a esto. ¿Eras realmente bueno?

Ahora era el turno de Zoltan de sonreír.

–Bueno, NEC me fichó... en cambio a ti te echó.

–Porque son unos idiotas.

–De eso no tengo ninguna duda. De todas maneras, cuando te recuperes si quieres puedo enseñarte un par de trucos.

–Seguramente será al revés, pero, en fin...

A pesar de la negativa, Astrid se puso en pie, sujetándose en la mano que Zoltan le tendía para no caerse. Que se dejara ayudar indicaba cómo estaba en realidad.

—Vamos fuera —le dijo en cuanto la cabeza dejó de darle vueltas.

Salieron al pasillo y Zoltan le indicó con un gesto que allí todo el mundo podía escucharlos. Para evitarlo, la condujo a la sala de las vibraciones donde había estado con Elsa y con Luis. En cuanto cerró la puerta y pusieron en marcha las vibraciones, Astrid le preguntó:

—¿Qué ha pasado hoy? Esos mamones no habían jugado tan bien ni en sus sueños más remotos. Seguro que ese chip del que me hablaste tiene algo que ver.

—Siéntate y te lo cuento.

—Me lo cuentas igual, aunque esté de pie.

Y así lo hizo, desde el principio, tratando de explicarle los detalles técnicos que Luis le detalló y también lo que había conseguido entender de la sincronicidad que provocaba Sochi.

Ella no dijo nada hasta que Zoltan acabó.

—Y esto es todo. Así que aquí estamos, tratando de comernos un pastel envenenado sin que sepamos ni siquiera de qué está hecho.

—Lo que dijo Luis de posibles tumores... —quiso saber ella.

—Solo era una posibilidad remota. Precisamente hoy han sacado muestras a Sochi para poder estudiarlo mejor. No te preocupes demasiado.

—¿Por un tumor en el cerebro? ¡Nooo! ¡Qué va! ¿Para qué voy a preocuparme?

Zoltan se dio cuenta de que la estaba tratando con condescendencia.

–Perdona. Sí, es algo muy serio, pero esperemos a ver qué dice Luis. Según él, con el material que tiene de Sochi podría llegar a alguna conclusión hoy mismo.

–¡Pues sí que puedo estar tranquila!

Salieron de la sala y Zoltan decidió volver con Sochi. Primero pensó en acompañar a Astrid de nuevo a la enfermería, pero cuando se lo propuso ella le respondió:

–En serio, deja de tratarme así.

Era una clara advertencia y Zoltan se dio cuenta de que se estaba comportando como un idiota.

«¿Qué me pasa con Astrid? Normalmente, la gente me importa poco», pensó por unos instantes.

La respuesta estaba tan clara que prefirió no verla, de momento.

Llegaron a la sala casi al mismo tiempo que Elsa y Luis. Este último venía muy sonriente y, nada más entrar, no pudo aguantar y dijo:

–Los resultados preliminares son muy buenos. Creo que ya hay un ochenta por ciento de posibilidades de que los síntomas iniciales sean totalmente pasajeros.

En ese momento, se dio cuenta de la presencia de Kayla y de Astrid junto a Sochi y pensó que había metido la pata. Sin embargo, ninguno de los dos dijo nada.

–¿Un ochenta? –preguntó Astrid.

–Bueno, no he tenido tiempo de hacer más pruebas. En un par de días os podré decir algo más exacto.

–Vale –respondió ella acercándose a Luis.

Sin que nadie se lo esperara, le soltó un bofetón que resonó en las paredes de la Escuela. Todos se quedaron tan sorprendidos que no llegaron a decir nada.

—Eso por meterme en el cuerpo una porquería como esa sin mi permiso.

Elsa, que había dado un paso al frente, volvió a su lugar. Miró a Luis y le dijo, muy seria:

—Te lo mereces, cariño.

—Sí, supongo que sí —respondió este sujetándose la cara allí donde lo habían golpeado.

Durante unos instantes, nadie dijo nada. Habían llegado hasta allí, y ahora... ¿qué?

Elsa fue la primera en hablar, aunque tenía claro que no quería poner a nadie más sobre la pista de la sincronicidad. Era algo demasiado grande, demasiado desconocido, demasiado poderoso. Sin embargo, también creía que había llegado el momento de que todos supieran lo mismo, incluidos Sochi y Kayla, de manera que decidió reunirlos con una excusa que sirviera.

—Vamos a ver. Sería conveniente hacer algunas pruebas más, sobre todo de imágenes en alta definición —dijo mientras la miraban extrañados—. Deberíamos hacer una exploración extra a Sochi y ya puestos podríamos echar un vistazo a Astrid, no sea que algo se les haya pasado. De manera que Astrid y Sochi tendríais que acompañarme a la sala de radiodiagnóstico.

—A mí ya me han hecho esas pruebas —la cortó Astrid—. Hoy ya nadie más va a mirarme por dentro, estoy harta.

—Pero sería necesario —insistió Elsa mirando a Zoltan.

—Vamos, será solo un momento —intervino él—. Es la misma sala donde hemos estado hace un rato.

Astrid comprendió y accedió. También Sochi, que se dejaba llevar a cualquier parte sin oponer resistencia. Kayla preguntó dónde debía esperar ella, y Elsa, después de obtener la aprobación de Zoltan, la invitó a acompañar al grupo.

–Seguro que Sochi estará más tranquilo si nos acompañas.

Ella sonrió con cierta malicia y le guiñó un ojo al chico rubio, que se puso rojo.

–De acuerdo, vamos.

Cuando llegaron, pusieron en marcha el acelerador que eliminaba cualquier opción de escuchar sus conversaciones. En pocos minutos, Elsa hizo un resumen de la situación, le contó a Sochi lo del chip que había ingerido la primera vez que entró y también hablaron de los posibles efectos adversos, aunque trataron de no alarmarlo demasiado.

Se hizo un largo silencio.

Entonces, fue Zoltan el que tomó la palabra. Había tomado una decisión y quería compartirla. No iba a permitir que todo eso pasara sin que nadie lo supiera. Estaba harto de manipulaciones, cansado de que la gente poderosa decidiera jugar con la vida de los demás, cansado de que vidas como la de ese chico inofensivo y la de Astrid no tuvieran valor alguno.

Mientras hablaba, trataba de no mostrarse apasionado, evitando gesticular o mostrar cualquier otro signo que alguien que pudiera estar viendo aquella extraña reunión pudiera interpretar en su contra.

Si alguien los estaba mirando, aquello parecía una reunión de trabajo diagnóstica que estaba realizando algunas pruebas de radioimagen a dos de los voluntarios que habían recibido los implantes temporales. Para que quedara más evidente, pusieron a Astrid en una de las máquinas de diagnóstico mientras hablaban, aunque desde allí ella podía participar en la conversación.

Y eso mismo pensaba Bormand cuando fue informado por uno de sus ayudantes no virtuales de esa sobreocupación de la sala de diagnosis por la imagen. Contempló a todo el grupo hablar, sobre todo pendientes de Zoltan y, aunque le resultó algo chocante que todos estuvieran en la misma sala, incluso aquella chica de pelo casi rapado a quien no conocía, la presencia de su hija contribuyó a tranquilizarlo. Seguramente debían estar todos muy preocupados por los posibles efectos secundarios que podían provocar los chips y trataban de encontrar alguna solución.

La gente como ellos era así, capaces de perder el tiempo por cuestiones totalmente secundarias.

¿A quién le importaba un deportista más o menos? En cada partido se producían lesiones de diversos tipos, algunas graves o incluso mortales, sobre todo en territorio eslavo, donde los períodos de NONORMAS eran muy largos y violentos. Y en cuanto al chico rubio... era menos que nada.

Eso le hizo recordar que tenía una conversación pendiente con Rostok, un mafioso ruso que iba a prestarle el dinero suficiente como para que, en plenos mundiales y con los resultados controlados gracias al chip, se hiciera inmensamente rico.

Ya tenía claro que CIMA y, seguramente, el Imperio reaccionarían yendo a por él cuando todo explotara, pero lo tenía todo previsto. Los sicarios de Rostok iban a participar en las apuestas, con lo que ganarían también una fortuna. A cambio, iban a esconderlo y protegerlo durante un tiempo, hasta que todo se calmara y pudiera reaparecer, porque entonces su poder sería tal que nadie podría provocarle problemas. No le hacía mucha gracia pactar con esos salvajes, pero era el precio que tenía que pagar si quería hacerlo de golpe. No había opciones, porque, una vez se destapara todo, los chips pasarían a ser historia o los tendrían todos los equipos, con lo que desaparecía cualquier ventaja que permitiera manipular las apuestas.

Tenía una oportunidad de hacer realidad lo que siempre había soñado: formar parte de la élite. No de la de segunda fila, como ahora sucedía. No de aquellos que podían ser llamados al orden por una ayudante de tercera categoría que le enviaban desde el verdadero centro de poder.

Nada de dar explicaciones a nadie.

La élite eran los que hacían las cosas a su manera, sin preguntar, sin pedir permiso, sin preocuparse por las consecuencias. Los que contaban con gente como él haciendo el trabajo sucio, quedándose con los beneficios. Los que no disponían de una casa, sino propiedades por todo el mundo. Los que no tenían comunicador porque jamás respondían directamente.

Los que podían ordenar una batida por todo el continente africano hasta dar con la maldita serpiente que antes fue su mujer y ocuparse definitivamente de ella.

Élite eran los Amrad Joker de este loco mundo.

Justo en ese momento, recibió un aviso de comunicación visual con Rostok.

«¡Maldito imbécil!», pensó.

No se le ocurría nada mejor que llamarlo públicamente, sabiendo que muy probablemente esa comunicación despertaría el interés de CIMA, siempre atenta a todo lo que venía del Este.

Estuvo tentado de no responder, pero eso todavía resultaría más sospechoso.

«¡Psicópata temerario!», casi gritó.

Respiró y abrió la comunicación; no tenía otro remedio. Tendría que manejar la conversación rápidamente y cerrarla lo antes posible.

Mientras trataba de establecer su estrategia, la imagen de ese enorme hombre calvo y lleno de cicatrices y tatuajes llenó la pantalla integrada en su pared.

–Hola, doctor –le dijo sonriente, como si estuvieran quedando para tomar un estimulante.

–Ehhh, hola, señor... ¿Kostov? –respondió intentando disimular–. Creo que no nos conocemos y...

–Déjate de rollos, Bormand. Si te estás cagando encima porque crees que cualquier imbécil de CIMA puede interceptar esta comunicación, es que no nos conoces todavía. Tenemos el mejor sistema de camuflaje interactivo de comunicaciones. Es tan bueno que lo inventaron científicos de CIMA y nosotros se lo robamos... bueno, no, en realidad robamos a los científicos, que siempre es mejor.

–¿Me estás diciendo...?

–Claro, nadie nos escucha. ¿Crees que soy estúpido?

–Bueno, no... ¿Qué quieres?

–Estamos reuniendo el dinero. Es una gran cantidad la que nos pides, ¿sabes? Pues eso, estábamos contando la pasta cuando de repente me he preguntado si tenías del todo claro que estamos juntos en esto. ¿Es así?

Bormand trató de disimular su rabia. Aquel delincuente mafioso no podía meterse en su vida así. Tenía que entender quién estaba al mando.

–Pues claro, ya te dije que reunieras doce millones de CI-MARS de forma indetectable. ¿Lo habéis hecho?

–¿Con quién crees que estás tratando?

Estaba claro que aquello no iba a ser tan fácil como creía.

De acuerdo, tendría que aguantar cierto grado de humillación hasta que las cosas se regularizaran. Después, cuando multiplicara su dinero por cuatro, o por diez, ya se ocuparía de ese matón.

Mantuvieron una breve conversación para acordar cantidades y modos de entrega. Tenía que tenerlo todo en su poder para cuando se abrieran las primeras apuestas de los mundiales. No podían apostar los doce millones a un partido. Repartirían las cantidades entre partidos muy desigualados donde una victoria inesperada se pagara por lo menos 30 a 1 o más. Para cuando empezaran a sospechar, ya habrían ganado mucho y, si conseguían amañar la final, los beneficios se multiplicarían por cien. Aunque CIMA o el Imperio sospecharan, no iban a detener el mundial.

Cuando cortaron la comunicación, Bormand respiró y se tomó dos dosis de tranquilizantes. A pesar de que estaba seguro de lo que decía Rostok sobre lo indetectable de esa comunicación, no podía evitar preocuparse.

El poder de CIMA era inmenso, ya que gobernaba en los territorios más ricos del planeta, y ese poder no se mantenía dejando que los demás conspiraran sin que uno se enterase. Bormand sabía que, a pesar de todas las precauciones que había tomado en esa estrategia que llevaba mucho tiempo planificando, siempre había una brecha inesperada.

Solo esperaba que por esa brecha no se colara alguien cuya cara se le aparecía de tanto en tanto.

Era la cara inexpresiva y fría de Amrad Joker.

Se preguntó qué estaría haciendo ese loco.

En ese momento, el hombre que marcaba el destino de una buena parte de la población mundial estaba reunido con representantes de altísimo nivel de los Estados Globales de América. Se trataba de una nueva ronda de contactos para intentar recuperar la península de Delmarva, el territorio que CIMA se quedó como propio después de la gran crisis. Los americanos llevaban tiempo intentando recuperarlo a cambio de una participación estratégica de CIMA en sus intereses comerciales e industriales, sobre todo tecnológicos y una enorme suma de dinero, mucho más de lo que en su día invirtieron ellos para acondicionar ese territorio, con lo que el negocio era redondo. La venta de territorio ya había sido aprobada por el consejo mundial de CIMA, así como el traslado a tierras europeas, seguramente ocupando la península de Jutlandia, donde antes se ubicaba Dinamarca y una parte del norte de Alemania. La idea de mantenerse en una península era bien acogida por todo el mundo. Suponía concentrar esfuerzos y mantener el centro de poder en un territorio fácil de defender; nunca se sabía.

Pero Amrad propuso resistirse todavía un poco más. Si los americanos querían recuperar el suelo propio, tendrían que pagar mucho más por él.

Mientras escuchaba con aparente atención a un representante de las corporaciones americanas del Norte, en realidad estaba leyendo los informes que su ayudante Dominique le había enviado después de visitar a Bormand. Las nuevas lentillas que le habían proporcionado permitían leer informes sin que el interlocutor se diera cuenta de nada: este seguiría pensando que estaba concentrado en sus palabras. Era solo un resumen de la situación, ya que él jamás leía nada que no fuera resumido: su tiempo era demasiado valioso. Cuando terminó, parpadeó y el delegado americano volvió a aparecer frente a él.

Mientras lo miraba fijamente, pensó que Dominique se había tomado muy bien su traslado forzoso a Europa. Esa actitud le gustaba; tal vez cuando se mudaran a Europa podría llamarla de nuevo... o mejor no.

Una vez tomada una decisión, jamás se volvía atrás.

Y no iba a empezar por una ayudante ya mayor y algo cansada.

Moviendo sus dedos dentro del bolsillo de su americana, Amrad escribía en su teclado virtual personal integrado. Era una tecnología americana que permitía que el programa se adaptara a determinados movimientos para interpretarlos como palabras. Si se practicaba lo suficiente, cosa que Amrad había hecho, permitía redactar memorandos mientras se estaba en una reunión, aprovechando esos tiempos muertos en los que le dejaba de interesar lo que se estaba diciendo. Mientras el delegado corporativo de los Estados Globales repetía, otra vez, su oferta de participación en sus explotaciones africanas de tungsteno, Amrad acababa de enviar una nota virtual a su ayudante principal para que revisara a fondo la información enviada por Bormand.

Había algo en aquella investigación que lo tenía inquieto, algo poco habitual. Amrad no era un hombre que funcionara por intuiciones, pero tampoco las despreciaba.

Por culpa de no hacer caso a una de esas premoniciones, su único hijo murió, y eso no se olvidaba fácilmente.

Por eso había aceptado la investigación sobre mejora del rendimiento deportivo a través de la intuición propuesta por Bormand. Llevaba años tratando de averiguar los mecanismos que habían avisado a su propio subconsciente de que su hijo no debía ir a ese partido de fútbol tradicional esa mañana concreta de hacía ya más de veinte años. Su racionalidad a ultranza hizo que descartara los avisos, y, cuando estallaron los incidentes entre las aficiones radicales de los dos equipos enfrentados, supo que tenía que haberse parado a escuchar lo que esa voz le estaba diciendo.

Media hora más tarde, le comunicaron que su hijo había sido encontrado muerto cerca del estadio donde se produjeron las peleas. No fue culpa suya: era un seguidor de NEC, pero no un radical. Simplemente los salvajes que aprovechaban los partidos para pelearse con saña lo pillaron en medio. Lo golpearon con una barra de hierro en la cabeza y murió a los pocos minutos.

Eran los peores días de la violencia en los partidos de fútbol, un mal endémico que llevaba arrastrándose décadas sin que nadie hiciera nada. Cuando Amrad se recuperó del dolor que casi lo doblega, decidió que, si querían violencia, de acuerdo, él se la daría.

Le expuso su plan a CIMA, que, en cuanto vio los beneficios que esperaban sacarse de las retransmisiones, lo aceptó sin dudarlo. Reunió a los comités del Imperio, los eslavos y los Estados Globales y acordaron las nuevas normas del fútbol de contacto. Dieron rienda suelta a la violencia dentro del campo para que no se desplazara fuera y el resultado fue todo un éxito.

Las aficiones se peleaban, pero de forma controlada, y, en general, los tumultos no iban más allá, pues ya se habían desfogado a través de los jugadores, que se partían literalmente la cara en el campo.

Amrad insistió también en legalizar las carreras salvajes. Él había sido corredor de maratones y quiso pagar sus culpas con esas carreras donde la gente corría hasta perder el sentido. Fue su expiación y su fortaleza, de manera que participó en dos pruebas, la segunda de las cuales ganó.

La prohibición de ese tipo de carreras no lo afectó demasiado: ya había pagado su culpa. Sin embargo, algunas veces veía las retransmisiones que hacían los eslavos, unos auténticos energúmenos que seguían haciendo ese tipo de carreras de un modo mucho más brutal.

Y hablando de carreras, aunque de otro tipo, ahora se acercaba uno de los momentos estelares de su carrera personal. Había sido él quien planeara los mundiales, el momento cumbre de la competición a nivel global. Allí se enfrentaban todos los territorios, todos los medios, todas las esperanzas, todos los poderes y, sobre todo, todos los odios.

Era la tercera edición e iba a ser la mejor con diferencia.

Los doce equipos que representaban a los cuatro grandes territorios pelearían, literalmente, para conseguir ser los mejores. Cada gran poder corporativo podía presentar tres equipos para los mundiales, ya fueran los líderes de sus ligas locales o quienes ellos quisieran. El Imperio seguro que presentaría a Pekin Beijing, los más fuertes de su territorio. Tal vez también llevarían a los nipones y a algún otro equipo menos fuerte. Su obsesión era ganar su primer mundial, y ese año prometían hacer lo necesario para lograrlo. Los eslavos irían con el equipo ruso, muy buenos jugadores pero algo blandos, justo al contrario que los serbios, duros como la roca y a menudo al borde de la expulsión definitiva por su excesiva violencia. Probablemente los acompañarían los kazajos o los mongoles, siempre peligrosos y muy, muy tramposos.

Por parte de CIMA, ese año su gran equipo, NEC, tenía muchas posibilidades de llevarse su segundo campeonato consecutivo. Eran los mejores porque llevaban dentro la cultura norteuropea de la disciplina y el orden. Entrenaban más que nadie, con la excepción tal vez de los asiáticos, y, al contrario que estos, poseían una clara mentalidad ganadora. Por eso quería resultados en la investigación de Bormand. Era su equipo y el de su hijo y haría lo que fuera para que siguieran siendo los mejores. Si conseguían una ventaja con ese chip prometido, estaba más que dispuesto a utilizarlo.

Allí contaba ganar, no participar.

Como acompañantes de NEC, seguro que irían los Unders, aunque con nulas posibilidades, pero serían buenos comparsas. El tercer equipo estaba por decidir. Tal vez los alemanes pudieran aportar un equipo decente: eran los mejores en el viejo continente.

En cuanto a los americanos, sus equipos eran siempre competitivos, especialmente los del norte en Montana o Minnesota. Sin embargo, a la hora de la verdad, cuando empezaba la lucha sin normas, siempre les faltaba algo. Un poco más de mala leche o de odio, dos herramientas imprescindibles para la lucha y para el triunfo. Seguramente llevarían también a algún equipo de la parte sur del continente, como los brasileños, sin opción alguna, y posiblemente incorporarían ese año alguno de los nuevos equipos solo de minorías. Eran duros y muy rápidos, pero totalmente indisciplinados, con lo que podían llegar a dar alguna sorpresa, pero nunca a ganar un campeonato.

Para ganar se necesitaba algo más que ser buen deportista.

Se necesitaba hambre y disciplina.

Violencia y odio.

Rencor.

–Eso es todo, señor Joker. –Esas palabras lo volvieron a conectar a la realidad.

De momento, tenía que seguir lidiando con esos idiotas que no sabían que estaban negociando algo que ya estaba vendido. Le encantaba ver cómo llegaban a creer que habían manejado bien la situación cuando en realidad acababan de perder varios cientos de millones más en derechos de explotación en el norte de Alaska.

–Sus argumentos son muy sólidos, señor Aldrige... sin embargo, deben entender que CIMA es la propietaria legítima de este territorio, con todos los derechos a seguir aquí por lo menos cincuenta años más.

Vio que eso no decepcionaba a su interlocutor, lo cual indicaba que tenía más dinero para ofrecer. Tal vez, en algún momento, entendería que, a él, lo que realmente le interesaba era adquirir derechos sobre territorios no habitados situados en el Ártico. Allí, desde que buena parte del hielo se había derretido por efectos de los cambios en el clima, habían florecido nuevas colonias habitadas por los americanos. Sin embargo, miles de kilómetros hacia el interior, bajo la enorme masa de hielo, seguía habiendo nuevas tierras que, un año u otro, acabarían aflorando y que necesitarían ser colonizadas.

CIMA era consciente, porque así lo indicaban los estudios que tenían en su poder, de que, en los próximos cincuenta años, emergerían nuevos retos de sobrepoblación. Los centros de las enormes ciudades actuales, algunas de las cuales ya albergaban a más de veinte millones de personas, llegarían al colapso. Necesitaban nuevos lugares para establecer a las élites, y el norte era lo único que quedaba en el planeta. Era una jugada a largo plazo, pero esas eran justo las inversiones que valían la pena.

–Si no quieren nuestro dinero... –intervino uno de los delegados americanos, que parecía ser el más inteligente– ... ¿qué es lo que quieren a cambio de devolvernos lo que es nuestro?

Amrad trató de sonreír, aunque le costaba. Logró hacer un cierto gesto con los labios que nadie supo interpretar.

–Hielo, eso es lo que queremos.

–Eso no debería ser un problema –saltó enseguida el ayudante del primer delegado.

Su acompañante lo fulminó con la mirada, ya que implicaba que estaban dispuestos a la negociación por el Ártico y eso los situaba en una posición de debilidad.

Le encantaba dejar que la gente se hundiera sola.

Cuando acabó la reunión, pasó primero por la sala de reposo, a la que siempre acudía cuando necesitaba limpiar su mente. Una de sus mejores cualidades, la que le había permitido llegar a lo más alto, era precisamente su capacidad de afrontar cada problema como si fuera el único al que debía enfrentarse en su día a día. Cuando se concentraba en algo, todo lo demás desaparecía, y eso lo convertía en un negociador potente y en un gestor imbatible. Muchas personas acumulaban sus problemas, uno encima de otro, y los transportaban encima, de manera que jamás podían dedicar toda su atención a una sola cosa.

Enfocarse era la única manera de resolver cuestiones complejas.

Por eso, tras cada asunto importante, Amrad se tomaba unos minutos y acudía a esa sala totalmente vacía.

Allí dejaba que el termostato fuera bajando la temperatura de forma gradual pero constante.

Al principio sentía frío, pero combatía la sensación y se aletargaba. En esas condiciones, sus únicos pensamientos tenían que ver con la supervivencia, con lo básico.

Entonces se liberaba.

Al volver a la temperatura normal, había dejado atrás sus preocupaciones y estaba preparado para afrontar nuevos retos.

Solo una cosa permanecía en su mente de forma constante desde hacía un tiempo. Se acercaban los mundiales, el momento de mayor homenaje para su hijo muerto.

Nada ni nadie iba a perturbar su desarrollo.

Haría lo necesario para impedir que alguien pusiera en peligro ese acontecimiento que afectaba a los once mil millones de personas que vivían en el planeta.

Mientras Amrad salía de una nueva fase de semicongelación, en una gris ciudad sudeuropea bañada por un mar muy antiguo, ahora muerto, pero por el que habían pasado grandes imperios, alguien estaba dispuesto a poner en jaque al Joker.

Un grupo formado por dos investigadores, un chico rubio con una intuición tan potente que dejaba de ser intuición, una chica eslava que soñó algún día con ser atleta, una deportista de élite con el cuerpo y el espíritu llenos de cicatrices y un exdeportista y maestro del ajedrez habían decidido iniciar un largo viaje.

Largo en distancia y en riesgo.

Corto en tiempo y en repercusiones.

Una posibilidad para abrir la puerta a una nueva realidad.

Un movimiento de cambio, porque, pasara lo que pasara, sus vidas y las de muchos otros no iban a ser iguales nunca más.

Capítulo 11

–Estoy asustada, Sochi. No quiero ir a Rusia.

–No vayas, Kayla. Ya les dije que tú no...

–Pero debo hacerlo –lo cortó Kayla con los ojos enrojecidos.

–No tienes por qué.

–Sí que tengo una razón. Acordamos con los demás que yo iría a Rusia porque todavía tengo lazos allí que pueden ponerme en contacto con lo que buscamos.

–Puede ser, pero tú misma me dijiste que aquello es peligroso, con las mafias llevando el control del territorio y los delincuentes descontrolados por todas partes.

–Sí, por eso tengo miedo, pero no voy a dejar de hacerlo. También Zoltan, Astrid y Elsa corren sus riesgos. En cuanto a ti...

Lo dejó en el aire.

Después de la reunión que tuvieron en la Escuela, habían decidido actuar, no permitir que el doctor Bormand se saliera con la suya manipulando los mundiales para forrarse con las apuestas. Buscaron posibilidades y fue el propio Sochi el que propuso la solución. Ahora se arrepentía, porque eso significaba ponerlos a todos en peligro.

De momento, solo él se libraba, pero si los planes que habían trazado salían bien, también correría peligro, y no poco.

Y él sabía que, tarde o temprano, eso sucedería.

Porque, de alguna manera que no conocía en profundidad, él mismo iba a provocar que pasara. Lo había comentado con Elsa, que al final le había confesado sus sospechas sobre los mecanismos de la sincronicidad que él alteraba.

–No sabemos mucho de las razones ni de los mecanismos. En cambio, sí que hemos ido conociendo los resultados –le dijo Elsa poco después de que acordaran su plan de acción y ella le explicara finalmente lo que había descubierto.

–Pero eso no tiene lógica. ¿Cómo voy yo a provocar el futuro?

–No –le respondió de inmediato–. No se trata de que tú provoques lo que va a pasar; eso sería tener poder sobre los acontecimientos. No los provocas, pero los condicionas. Tu intervención en la realidad abre diversas vías y tus decisiones condicionan lo que va a suceder.

–Pero eso lo hacemos todos de alguna manera, ¿no?

–Sí, es cierto, pero actuamos en el presente sin saber el futuro; hacemos apuestas a ciegas, por así decirlo.

–Un comentario muy oportuno –le dijo Sochi sonriendo.

–Supongo que es así. –Le devolvió la sonrisa, ya que con el paso de los días habían establecido una relación especial–. Sin embargo, lo tuyo es diferente, es como si conociendo el futuro actuases en el presente para llegar a él de la manera que decidas.

–Pero... pero yo no sé cómo hago eso.

–No, claro. Nadie lo sabe... o por lo menos no por el momento. Sin embargo, eso no es tan extraño como pudiera parecerte. Desde tiempos inmemoriales las comunidades humanas se han reunido en torno a los hombres sabios, con dotes para conocer algo del futuro. Estos han tenido diferentes nombres: adivinos, chamanes, brujos, tarotistas... y entre ellos se han escondido siempre timadores y todo tipo de gentuza que solo quería aprovecharse de los demás. Pero eso no quita su existencia y la profunda convicción de que muchos de ellos tenían cierto poder. Llámalo poder o como quieras, pero no era solo que pudieran, de alguna manera, intuir el futuro, sino que lo habían aprendido a condicionar. Cuando los antiguos brujos hacían sus ceremonias para conseguir que llegara la lluvia y esta llegaba... ¿era casualidad? Cuando las brujas predecían la muerte de un rey y eso pasaba, además de quemarlas en la hoguera, algunos ya se preguntaban si era precisamente el augurio el que había provocado el suceso. Está escrito en los libros antiguos.

–¿Crees que soy eso? ¿Un brujo o un chamán?

–¿Por qué no? Tú has encontrado a mi madre y ni siquiera sabías que hace años desapareció.

–Ni siquiera sabía que tenías madre –respondió Sochi sonriendo.

–No, claro. Pero ahora sé que la encontraré en algún lugar perdido en un desierto o en una selva, y ya tengo una cierta idea de dónde puede ser.

–Ah, ¿sí?

–Sí, pero eso es cosa mía.

–Pues lo siento, pero no consigo entenderlo.

—Yo tampoco, pero sé de alguien que podrá ayudarme a comprender lo que está ocurriendo porque nació en una cultura que siempre ha vivido cercana a lo trascendente.

—El Imperio.

Elsa lo miró y le dijo que sí con la cabeza.

—Iré allí con Zoltan. Él tiene sus objetivos y yo los míos.

—Espero que ambos encontréis lo que buscáis.

Esa conversación la habían tenido en privado hacía apenas dos días. Desde entonces, habían pasado muchas cosas. Siguiendo el plan trazado, Astrid había pedido permiso, ya que todavía estaba lesionada, para volver a territorio NEC. A pesar de la prohibición que pesaba sobre ella, decidieron concederle un permiso temporal cuando les explicó que iba a hablar con el entrenador de su exequipo para darle una información muy importante que ampliaría sus opciones de ganar el próximo mundial. CIMA seguía queriendo el título una vez más.

Elsa y Zoltan partieron hacia el Imperio porque Elsa le explicó a su padre que necesitaba alejarse de Luis una temporada. Aunque el doctor dudó, la posibilidad de conseguir que se separara de su actual pareja fue razón suficiente para dejarla marchar. El hecho de que pidiera ir acompañada de Zoltan no supuso un problema; al contrario, por alguna razón que desconocía, Bormand empezaba a sentirse incómodo con ese exjugador que apenas hablaba. Además, si aislaba a Luis, conseguiría que se centrase en su trabajo de producir chips en número suficiente para los próximos mundiales. Y si había menos gente a su alrededor, también él podía actuar más ágilmente para disimular el dinero de los esclavos.

Kayla estaba a punto de partir para cumplir su parte en territorio esclavo. Eso le pesaba mucho a Sochi, que, por otra parte, todavía no sabía cómo iba a poder llevar a cabo lo suyo.

Pero por ahora, lo importante era apoyar a Kayla y no permitir que se fuera con el miedo en la mirada.

—Si me necesitas, llámame y vendré —le dijo con todo el convencimiento que pudo.

Kayla le sonrió y, finalmente, le dio un beso en la mejilla. No estaba muy segura de cuáles eran sus sentimientos ahora que había dejado de estar totalmente hechizada por Zoltan. Sabía que ese chico estaba loco por ella, pero no quería hacerle daño. Era un momento de parada y, aunque Sochi le despertaba simpatía y quizás incluso cariño, eso estaba muy lejos del amor.

Sin embargo, en aquel mundo oscuro y cada vez más controlado, tal vez aquello fuera suficiente. Mucha gente vivía y moría y apenas lograba acercarse a eso.

A la vuelta de su viaje sería el momento de pensar en ello.

—Te mandaré un mensaje cuando llegue —le dijo Kayla dirigiéndose al vehículo colectivo que debía llevarla al aeropuerto.

En apenas dos horas desembarcaría en Moscú, la antigua capital rusa. Allí debería vencer sus miedos y buscar un contacto que la llevara hasta algún entrenador del equipo principal. Cumpliría su parte del plan y después...

Sochi volvió a entrar en la Escuela en cuanto el vehículo desapareció tras la esquina, levantando basura acumulada en aquellas calles poco cuidadas. Mientras subía al laboratorio pensó en ella y en ese beso casi robado. Sabía que ella no estaba enamorada, pero también sabía que quizás, con un amor tan intenso como el que él sentía, podría ser suficiente.

Tal vez.

También pensó en lo valiente que era por atreverse a volver a ese territorio descontrolado y peligroso que ella misma se había adjudicado cuando diseñaron su plan.

Elsa y Zoltan ya habrían llegado a la capital del Imperio. Probablemente Astrid ya estaría en contacto con el entrenador de NEC en las tierras nórdicas. En cambio, él... tenía que encontrar la manera de llegar a los Estados Globales Americanos, pero no tenía ni idea de cómo lograrlo. No tenía familia allí, ni conocía a nadie. Zoltan trató de buscar alguna referencia para que pudiera contactar, pero Elsa no le dejó hacerlo.

–Déjalo –había dicho–. Encontrará la manera.

Pero llevaba horas pensando y no se le había ocurrido nada. Sospechaba que Elsa tenía más fe en él de lo que le correspondería realmente. Después de todo, no era más que un ayudante de nivel medio que se había encontrado metido en esa historia por pura casualidad.

¿Casualidad?

Una palabra que, desde que había hablado con Elsa, tenía ya un significado confuso.

Todo por el maldito movimiento del alfil.

En cuanto entró, vio que Luis estaba grabando en una memoria virtual un montón de archivos y documentación a gran velocidad.

–Kayla ya se ha ido –le dijo en cuanto entró.

–Espero que le vaya bien. Nosotros también nos vamos –le respondió Luis sin sonreír.

–¿Que nos vamos? ¿A dónde? ¿Por qué?

Luis pulsó un par de teclas en su pulsera activa y la velocidad de traspaso de documentos aumentó de forma considerable.

—Vamos a la península de Delmarva, a la sede central de CIMA. Nos han enviado un pase para un transporte rápido que sale en media hora. Estaremos allí a media tarde.

—¿Quiénes?

—Tú, el doctor Bormand y yo.

—¿Yo?

—Sí, el requerimiento especificaba que debías acompañarnos.

—¿De qué va todo esto? —preguntó Sochi, que empezaba a asustarse.

Ni siquiera sabía que CIMA tuviera una sede central, ni qué era esa península o dónde estaba.

—No lo sé. Supongo que está relacionado con la investigación de la intuición.

Luis le hizo un gesto para advertirlo de que los podían estar escuchando. Sochi se mordió la lengua; tenía muchas preguntas, pero no podía hacerlas, no por el momento.

—¿Dónde está la sede de CIMA? —dijo finalmente.

—Ya te lo he dicho: en la península de Delmarva. Ocupa todo el territorio. Yo estuve una vez allí y te aseguro que es impresionante.

Pasaron unos segundos, porque Sochi no se atrevía a preguntar para no parecer demasiado ignorante. Al final, tuvo que hacerlo.

—Vale, ¿dónde está esa península?

Y justo en ese momento, unas décimas de segundo antes de escuchar la respuesta de boca de Luis, supo dónde estaba.

Y se asustó.

En su cerebro rebotaban todavía las palabras de Elsa: «Encontrará la manera».

Y así era.

Ya ni siquiera era necesaria una respuesta. Sabía que, de alguna manera, había hecho lo que se suponía que hacía: cambiar la realidad. En su parte del plan, debía trasladarse a los Estados Globales de América y no tenía ni idea de cómo hacerlo.

Luis respondió finalmente.

–La sede está en América, en los Estados Globales. Tendremos un viaje gratis hasta allí.

–Sí, es toda una casualidad.

Luis lo miró y comprendió. No había pensado en ello hasta ese momento.

–Es verdad, Sochi... Elsa tenía razón.

No pudieron seguir hablando, ya que acababa de entrar el doctor Bormand. Parecía nervioso, como si ese viaje le provocara una gran preocupación.

Y era así.

Hacía apenas unas horas había recibido una comunicación de esa ayudante que unos días atrás había aparecido en su centro para que accediera a verla de forma inmediata.

¡Menuda insolente!

Aunque le hubiera encantado dejarla esperando un buen rato, no quería mostrar ningún tipo de resistencia a los requerimientos de CIMA, de manera que accedió y la hizo pasar a su despacho.

–¿Qué es tan urgente? Estamos en plena fase final de una importante investigación de CIMA y no podemos...

–Lo sé, de eso se trata –lo cortó la ayudante.

–No recuerdo su nombre.

–Dominique, pero eso no importa. Me envía directamente el señor Joker.

Bormand la contempló con interés. Dominique era de las que vestían con cierto estilo a la antigua. Nada de ropa ajustada ni de vestidos que cambiaban según las condiciones climáticas o la luz o cualquier otro factor preprogramado. Llevaba una blusa blanca con algunas incrustaciones de algo parecido al viejo encaje. El pelo estaba recogido en un moño tan apretado que casi estiraba sus facciones, algo redondeadas por un exceso de kilos, que resultaban muy atrayentes para el doctor. Completaban el conjunto unos pantalones anchos de color negro y unos zapatos planos sin ningún adorno más. No llevaba collares, ni pulseras sonoras, ni nada parecido a esos artilugios de autodefensa que llevaban muchas mujeres más jóvenes y que podían emitir fuertes descargas eléctricas si se sentían amenazadas.

En cierto modo, pensó Bormand, era como el retrato en negativo de su mujer. Ella siempre vestía con cierta agresividad: colores vivos, monos ajustados y pelo largo que cambiaba de color según le apetecía.

–¿Le ocurre algo conmigo, doctor? –le preguntó al sentirse incómoda al notar cómo la estaba examinando lentamente.

–Ehhh, no, no. Solo me preguntaba la razón para tener el placer de volverla a ver en tan solo unos días.

–No es una visita de cortesía, doctor. He recibido el encargo de pedirle que se presente en la sede central de CIMA mañana a las once en punto de la mañana. Deberá ir acompañado del responsable de la investigación de la que nos facilitó los datos y también de uno de los voluntarios que hayan pasado alguna de las pruebas de control.

Al oír aquello, Bormand sintió un escalofrío y cualquier interés que le sugiriera aquella mujer desapareció por completo. Estaba convencido de que con los datos que ya habían aportado CIMA tendría suficiente para ver que estaban avanzando en la experimentación, aunque lentamente. Como mucho le darían algo de prisa.

Y ahora...

—De acuerdo, no hay problema —refirió con la mayor indiferencia que pudo—. No hacía falta que le hicieran hacer el viaje solo para decirme eso.

—Ahora vivo en esta ciudad —le respondió Dominique, arrepintiéndose en cuanto acabó de decirlo.

—Bueno, tal vez a mi vuelta tengamos ocasión de vernos más a menudo.

—Lo dudo.

—Nunca debería uno dejar de lado a los que un día puede necesitar.

Dominique entendió a la primera lo que le decía, de manera que decidió no tener a ese hombre como enemigo.

—Bueno, no quería ser brusca. Si hay ocasión, ya veremos.

—Mucho mejor —le dijo el doctor Bormand antes de despedirla.

En cuanto se fue, llamó a Luis y le contó la situación.

—No sé qué quieren, pero seguro que es por el chip. Habrán averiguado que ya es operativo. Nos han descubierto —le respondió con pesimismo evidente.

Bormand también creía que, de alguna manera, lo sabían, pero se negaba a entrar en pánico.

—Calma, hombre. Nada de lloriqueos o estamos perdidos —le respondió—. Lo hablaremos más tarde.

Luis se dio cuenta de que allí no debería haber dicho nada. Bormand lo tranquilizó.

–No te preocupes por eso. Las grabaciones me llegan directamente a mí y yo decido qué se guarda y qué se destruye.

Incluso Bormand ignoraba que CIMA tenía acceso libre y prioritario a cualquier grabación de sonido o imagen en todos sus centros y en la mayoría de los que no lo eran.

–Necesitamos que nos acompañe alguno de los voluntarios que hayan tomado el chip.

–¿Y eso? –preguntó sorprendido Luis.

Sabía que Astrid estaba en camino de los territorios que se habían repartido.

–¡Yo qué sé! Querrán hacerles un control o cosas así –respondió Bormand airado–. Supongo que del chip no queda ni el más pequeño rastro, ¿verdad?

–No –dijo Luis, mintiendo–. Ni rastro.

–¿Qué tal si viene esa deportista nórdica? –preguntó el doctor.

Luis pensaba a toda máquina. Solo quedaba Sochi.

–Creo que tenía un entreno importante o algo así.

–¿No estaba lesionada?

«Estúpido», se dijo a sí mismo Luis.

–Ehhh, bueno, ya sabes cómo son esos deportistas. Creen que si faltan demasiado otro los sustituirá.

–Y seguramente tienen razón. En fin, están todos un poco locos. Será que se han vuelto idiotas después de recibir tantos golpes.

–Seguramente.

–¿Entonces...? –preguntó Bormand con tono impaciente.

–Perdona, no sé lo que estás preguntando.

–La verdad es que cada día me pregunto qué fue lo que vio mi hija en ti. ¿A quién nos llevamos?

—Bueno, está ese chico rubio, Sochi, que todavía está aquí.

—Vale, ese nos servirá. Prepáralo y que venga con nosotros.

—De acuerdo.

—Graba también todos los datos que tengamos sobre él y los experimentos que hayamos hecho, sean tuyos o de mi hija.

Luis se dio cuenta de que acababa de meter la pata hasta el fondo. En las anotaciones de Elsa sobre los experimentos con Sochi se hablaba de la sincronicidad. También existían las grabaciones de las dos experiencias virtuales en las que aparecía la mujer de Bormand.

«No, no, no», se alarmó.

Trataba de pensar a toda prisa, pero Bormand ya había dado orden a sus ayudantes de que reunieran la documentación.

Cuando CIMA los viera, se iba a desatar el infierno.

Tenía que avisar a Elsa de que no volviera por allí hasta que las cosas se aclararan.

En cuanto a Sochi... sabía que llevarlo con ellos en esas condiciones era como meterlo directamente en la boca del lobo, pero ¿qué otra maldita cosa podía hacer?

Prefirió no decirle nada de la realidad de la situación y tratar de comunicarse primero con Elsa o con Zoltan. Allí dentro no era posible; si lo hacía, los pondría en serio peligro. CIMA y el Imperio no eran precisamente amigos, y aunque cooperaban cuando se trataba de explotar alguna nueva zona del fondo del océano, mantenían frías relaciones, cuando no directamente hostiles en muchos otros campos. Eran sobre todo competidores en la ardua tarea de explotar a fondo el planeta y a todos sus habitantes, pero podían llegar a ser enemigos si alguno de ellos se metía demasiado en el terreno del otro. Mientras Elsa se mantuviera allí, estaría a salvo, y aquello era lo más importante por el momento.

En algún momento del viaje encontraría la manera de hacérselo saber.

En cuanto a los demás... no sabía dónde estarían ni Astrid ni Kayla, y, en cuanto a Sochi, haría lo que pudiera por protegerlo, aunque se temía que no sería mucho.

Por lo que a él mismo respectaba... siempre podía buscar la última salida, ese as que se guardaba en la manga sin haberlo querido.

Vinieron a buscarlos en pocos minutos. Eran varios hombres que no tenían ganas de conversación. Altos y con unas gafas de visión virtual que les permitían calcular recorridos, tiempos y todo lo que fuera necesario para cumplir cualquier encargo que CIMA les hiciera.

En cuanto los vio entrar en la Escuela, Bormand supo que debía pensar en alguna escapatoria si quería poder llevar a cabo su plan. Aunque CIMA supiera que los chips estaban activos, no sabía dónde se estaban fabricando. Ni siquiera Luis lo sabía; de eso se había encargado. Solo él tenía esa información, de manera que debía librarse de Luis para evitar que nadie pudiera llegar a replicarlos. En cuanto hiciera eso, solo debía convencerlos de que Luis era el traidor que quería hacerlos creer en unos chips inexistentes y que también pensaba vendérselos al Imperio.

Ya había mezclado entre la documentación que entregaban algunas conversaciones manipuladas que comprometían a Luis. También había pruebas virtuales de que los chips fallaban.

Sobrevivir era eso. No se trataba de ser el más fuerte, sino de no ser el más débil.

En cuanto a ese chico rubio, había permitido que fuera el juguete de su hija en esas ensoñaciones que tenía sobre la posibilidad de modificar la realidad. A su manera, la quería, y por eso la había apartado del proyecto de los chips. Cuando comprobó la orientación que tomaban sus experimentos, la dejó tranquila y ni se preocupó de revisar sus trabajos.

No sabía nada de la serpiente.

Ni del desierto.

Ni de una mujer que supuestamente vivía en una barcaza.

Hicieron en silencio buena parte del vuelo sobre los restos del que antes fuera el mayor océano de la Tierra y hoy solo una sombra de vida rodeada de contaminación y basura. Sochi estaba nervioso, pero le suministraron un calmante sin pedir su aprobación y se quedó dormido buena parte del viaje. El doctor Bormand trató de trabajar, pero le prohibieron el acceso a la red, de manera que pidió varios estimulantes y se entretuvo jugando con una de esas aplicaciones virtuales adictivas que todo el mundo acababa por probar.

En cuanto a Luis, repasó algunos documentos de la investigación bajo la supervisión de dos científicos a quienes no conocía y que iban en el vuelo y después durmió a ratos en un sueño intranquilo y agitado.

Llegaron a la península en poco más de tres horas. Los vuelos directos de CIMA alcanzaban velocidades inimaginables hacía solo unas décadas y habían convertido un planeta que unos cientos de años antes apenas se conocía en un pequeño jardín donde todo estaba al alcance de la mano.

Fueron conducidos directamente a la sede central, pasando por bosques frondosos como ninguno de ellos había visto jamás. Bormand dijo que seguramente era una figuración virtual, pero a Luis le costaba creerlo. No olían ni parecían perfectos como en las representaciones, pero uno nunca sabía. La ciencia virtual había avanzado tanto que resultaba cada vez más difícil distinguir lo real de lo que no lo era.

Y, además, cada vez importaba menos.

Los llevaron a una gran sala casi vacía, con vistas a un océano que se veía de un azul intenso y que desprendía un agradable olor a sal y a agua, a algas y a vida.

–Nunca había visto algo así –dijo Sochi.

–Yo una vez en los mares del Imperio vi ballenas, aunque tampoco podría asegurarte que fueran reales –le respondió Luis.

–Lo eran –dijo una voz penetrante que apareció de algún lugar que no habían visto.

Amrad Joker se presentó con amabilidad a todos los presentes, aunque no les dio la mano. Odiaba ese contacto y lo reducía al mínimo.

Un ayudante claramente virtual les ofreció bebidas o algo de comer. Cuando estuvieron todos sentados, la reunión comenzó.

–Hemos repasado la mayoría de sus archivos y la pregunta está clara: ¿desde cuándo funcionan los chips?

Luis se quedó en silencio; ya lo esperaba. Sochi ni siquiera había acabado de entender muy bien todo aquello. Bormand fue el primero en hablar.

–Los chips son un fraude. Ya le dije que todavía no los teníamos a punto. Soy consciente de que se han cometido algunos errores y de que debería haberlo informado de los intentos de engaño del investigador principal, pero no dije nada porque quería reunir pruebas y porque esperaba que, a pesar de las mentiras, fuera capaz de conseguir los resultados esperados.

Luis tardó unos segundos en darse cuenta de la situación. Aquel desgraciado lo estaba vendiendo.

Intentó protestar.

−¡¿Qué está diciendo?! Yo no...

−Cállese.

El Joker no levantó la voz, pero su orden sonó con tal contundencia que Luis ni siquiera se planteó desobedecer.

Bormand continuó dando su informe falso durante unos minutos. Cuando acabó, le pidieron que saliera de la sala, cosa que hizo encantado.

Sochi empezó a pensar que aquello iba a costarle muy caro. Sabía lo que le habían contado de los chips, así que, de momento, pensó que lo mejor era seguir en silencio; aquel hombre lo intimidaba, y mucho.

−Explíqueme su versión −le dijo Amrad a Luis.

Luis tragó saliva y empezó por donde él conocía. La llamada de Bormand y su incorporación al proyecto. La idea de formular un mecanismo que permitiera a los deportistas adelantar a sus rivales mediante la estimulación de la intuición. La construcción de un prototipo integrado en un chip soluble. Las pruebas y más pruebas, los fracasos y los avances.

Durante casi media hora estuvo explicando algunos detalles técnicos sabiendo perfectamente que un grupo de científicos de CIMA lo estaba escuchando y que examinaría cada detalle con lupa.

Lo que no sabían, porque nadie lo sabía, lo que no había contado ni siquiera a Elsa, era que no podrían encontrar prueba alguna de la existencia de los chips.

No había documentación ni registros, nada que demostrara que esa idea se había convertido en una realidad que habían llegado a implantar en un equipo de la liga en pleno campeonato.

Hacía mucho tiempo que Luis sabía que todo aquello podía acabar mal. No se fiaba de Bormand y todavía menos de CIMA. Sabía lo despiadados que podían llegar a ser y destruyó todos los registros conforme se iban realizando. No quedaba nada, solo la versión de Bormand, que no diría nada más porque quería hacerse inmensamente rico con las apuestas con la ayuda de algunos de sus amigos que ahora estaban repartidos por diversos sitios del planeta, de momento fuera del alcance de gente como el Joker.

Ya sabía que eso implicaba que debía aceptar la versión de Bormand y el castigo que ello implicara, pero lo haría si eso salvaba a Elsa.

Cuando acabó de hablar, Amrad estuvo unos segundos en silencio. Luis sospechaba que debía tener algún sistema nuevo de comunicación por el que su equipo debía estar diciéndole lo que habían encontrado en la documentación.

—Si le hacemos una exploración exhaustiva a él —dijo señalando a un Sochi que se enderezó de golpe en su asiento—, ¿encontraremos pruebas de ese chip fantasma?

—El chip nunca existió realmente. Solo fue una ficción. Tal vez algún día demos con el mecanismo, pero no será ahora.

—¿Encontraremos algo en su organismo?

–No.

Hizo un gesto con la mano y un ayudante de más de dos metros que no tenía nada de virtual apareció en la sala y le pidió a Sochi que lo acompañara.

Luis se despidió con un gesto.

De alguna manera, sabía que iba a ser la última vez que lo vería.

–Entiendo que hemos de dar crédito a lo que nos ha contado ese imbécil.

–¿Se refiere al doctor Bormand? –preguntó sin darse cuenta.

–¿Ha visto algún otro imbécil en esta sala?

Luis se calló y esperó.

–Buscaba dinero, supongo –afirmó Amrad.

–Sí, iba a contactar con los eslavos y a tratar de venderles un prototipo antes de los mundiales –respondió Luis tratando de mantenerse firme.

–Seguramente esos salvajes se hubieran tragado lo del chip. Después lo habrían matado.

–Es posible –respondió Luis con una media sonrisa.

Era la primera vez que surgía esa palabra. No había sido una amenaza, en realidad no hacía falta.

–De acuerdo. Sin embargo, hay algo en toda esta historia que todavía no entiendo. Usted parece un hombre formado y, por lo que sé, tiene una mente privilegiada. Dispone de una buena posición e incluso planea un futuro con la guapa hija del imbécil.

Se estremeció al oír a ese hombre referirse a Elsa.

Tampoco hubo amenaza directa.

Solo era un flujo de información.

–Y aun así llegó a creer que podría engañarnos –continuó imperturbable–. Las personas como usted me decepcionan profundamente. Los idiotas como Bormand, no.

Como no hubo ninguna pregunta, Luis se mantuvo en silencio.

–Y lo cierto es que todavía cree que puede hacerlo.

–No... no entiendo –intervino Luis, desconcertado.

–Claro que sí. No me trate como a un estúpido; yo no lo he hecho porque los hombres que crean ciencia me merecen cierto respeto. En el mundo caótico que dejamos atrás gracias a CIMA, los científicos no eran respetados. Ganaban poco dinero y tenían escasa consideración social. A menudo, debían buscar ellos mismos la manera de financiar sus investigaciones. La población adoraba a personajes sin ningún valor, chusma que apenas era capaz de articular dos frases seguidas y que vivía con lujo, mientras los precursores de los grandes avances, salvo contadas excepciones, apenas conseguían ir tirando. Nosotros cambiamos eso.

Miró a Luis y vio que levantaba una ceja.

El Joker sonrió, pero eso no significaba nada especialmente bueno.

–De acuerdo, se lo admito. Seguimos alimentando el mito de lo absurdo con los deportistas. Parecen dioses, a pesar de que no serían capaces ni de entender lo que hace usted en sus investigaciones. Pero, por lo menos, lo hacemos por dinero. Ganamos enormes fortunas gracias a sus habilidades primitivas y eso nos permite revertirlo en avances científicos que la humanidad ni siquiera podía soñar hace apenas cincuenta años. Hemos conseguido desterrar enfermedades que llegaron a ser prácticamente plagas bíblicas, como el cáncer o el sida. Hemos aumentado la esperanza de vida por encima de los cien años. Ciertamente hemos pagado un alto precio con la contaminación, pero en su momento también nos ocuparemos de eso. Algunas especies de animales se han extinguido, ¿y qué? Los podemos reproducir virtualmente y pronto nadie notará ninguna diferencia.

De repente, pareció cansarse de su propio discurso y se quedó callado. Se levantó y abandonó la sala sin decir nada más.

Pasados unos minutos uno de esos ayudantes de físico impresionante fue a buscarlo y le pidió que lo siguiera.

Lo llevaron a un ascensor y lo dejaron allí solo. Luis no sintió en ningún momento que se moviera ni hacia arriba ni hacia abajo. Sin embargo, cuando las puertas se abrieron, estaba en otro lugar. Allí lo esperaba un ayudante virtual que lo llevó por un largo pasillo que no parecía tener fin.

Caminaban sin moverse, o eso es lo que creyó. Sus sentidos le transmitían informaciones confusas sobre movimiento y avance. Supuso que se trataba de una simulación.

Mientras seguía al ayudante, Luis tuvo plena conciencia de lo que iba a pasarle. Aquel malnacido petulante no se había creído que los chips no existieran o, si lo había hecho, quería comprobar si era cierto.

Conocía el poder de CIMA y sabía por otros científicos colegas que ya hacía tiempo que habían desarrollado algunas combinaciones de drogas sintéticas que resultaban devastadoras para el cerebro humano. Si era necesario, te despojaban del mando central, te licuaban, te exprimían y te sacaban cualquier información, pasada o presente que tuvieras.

Y ahora iban a someterlo a él.

Entonces sabrían de Elsa y de Sochi y de la sincronicidad. Querrían saber más y, de alguna manera, conseguirían atraparlos a ellos y exprimirlos también. Sabrían del plan y encontrarían a Astrid y a Kayla y lo pasarían muy mal. También a Zoltan, al que dejarían convertido en un vegetal.

Y en cuanto a Elsa... no podía permitirlo.

Sabía lo que le tocaba hacer.

Llegaron al final del pasillo y lo dejaron solo en una sala sin ventanas y sin ningún mueble.

Luis pensó en Elsa y en su amor recíproco y en cuántas satisfacciones se habían dado el uno al otro. También en el placer mental proporcionado con sus debates sobre física y filosofía. Él siempre la hacía enrabiar, con su crítica absoluta a conceptos vinculados a otra realidad o a realidades paralelas, como profesaba la escuela cuántica.

Y al final iba a resultar que ella tenía razón.

Tal vez la encontrara algún día en alguna de esas realidades.

Entonces volvería a besarla y a decirle que la quería.

Pero, para eso, uno de los dos debía sobrevivir, y ya hacía un buen rato que estaba claro quién iba a ser. No había tenido una mala vida en general. Tuvo la suerte de poder estudiar porque sus padres insistieron en hacer que esos burócratas que decidían el destino de las personas con apenas ocho años se dieran cuenta del potencial que tenía aquel niño moreno y asustado que trataba de explicarles su visión infantil de la teoría del Big Bang.

También pensó en Sochi. Aquel chico indefenso había llegado a caerle bien, sobre todo porque había resultado decisivo para demostrar lo que Elsa llevaba tanto tiempo investigando de forma teórica.

Gracias en buena parte a su chip.

Él era un experto en traspasar las ideas a aplicaciones reales, como ese chip sobre intuición que dejó de ser una ilusión y ahora era algo tangible.

O como ese chip que le encargó la propia CIMA hacía unos cuantos años para destruir a alguno de los muchos enemigos que se había ido ganando la gran corporación en sus turbios negocios.

Un chip que se le podía inyectar a alguien sin que se diera ni cuenta pero que permanecía inactivo si nadie lo estimulaba a distancia. Podía permanecer así años, incluso décadas y, a una orden electrónica, dejaba diluir en la sangre su carga mortífera. Llevaba acoplada una minúscula dosis de un virus mortal modificado genéticamente para permanecer inactivo si no entraba en contacto con el riego sanguíneo de un ser vivo.

Uno podía trabajar en un entorno infestado de ese virus, creado de forma absolutamente artificial, y no notaría nada. Si no llegaba a su sangre, con una ducha de nitrógeno tratado era suficiente para eliminarlo totalmente.

En cambio, si entraba en una corriente sanguínea, todo cambiaba. Su nivel de desdoblamiento celular se incrementaba a tal velocidad que incluso los microscopios ultrarrápidos tenían dificultades para seguir esa mutación. En menos de sesenta segundos, el individuo al cual poblaba simplemente moría de multihemorragias.

Cuando trabajó con aquel monstruo mutante, Luis se infectó por accidente. No dijo nada a nadie porque el virus

301

estaba protegido y sabía que, si no se activaba la señal, podía vivir toda la vida sin tener problemas. Solo debía tomar precauciones cuando estuviera cerca de una zona con demasiada carga eléctrica, porque era precisamente una descarga de ese tipo la que liberaba la carga mortal... al menos en teoría, ya que nunca estuvo presente cuando se utilizó en seres humanos.

Mientras el Joker hablaba con él, había vuelto a pensar en ello.

Miró hacia arriba, como si quisiera que sus palabras fueran transmitidas por el aire acondicionado y que este las liberara en algún lugar de esa península absurda cargada de vegetación.

Como si esperara que ese mismo aire las empujara por encima del gran océano, casi muerto, pero aun así poderoso e inmenso, cruzando la vieja Europa, cuna de civilizaciones y cementerio de millones de personas y a través de las inhóspitas tierras desérticas asiáticas, ahora yermas. Esperaba que el viento del norte llevara esas palabras hasta los umbrales de la civilización imperial, remontando el legendario río Amarillo o las grandes murallas ya caídas.

Esperaba que el aire la buscara a ella, a Elsa, y las hiciera resonar en sus preciosos oídos para decirle que sí, que tenía razón, que todo era cierto.

Luis miró hacia donde una potente luz iluminaba la sala. Siguió con la vista el recorrido lógico de la toma de corriente que proporcionaba la energía suficiente para hacer brillar esa luz. Comprobó, sin acercarse todavía, que sabía dónde estaba el punto de conexión que llevaba la electricidad a esa parte del complejo.

Entonces se levantó y paseó como si estuviera nervioso por la espera, aunque no lo estaba.

Ya no.

Se acercó a la pared y metió la mano a través de la fibra de carbono fotosensible que cubría las conexiones. Encontró el cable que buscaba.

No estaba protegido, porque nadie pensó que debía estarlo.

Sonó una alarma en alguna parte.

Miró nuevamente hacia arriba y lanzó una palabra.

Una sola.

Para que cruzara el mundo.

–*Synchronicity.*

中女

LI

Simboliza la luz brillante como el Fuego que nos permite ver las cosas y aleja la oscuridad. También representa la luz de la iluminación espiritual y la inteligencia. Simbólicamente implica que lo viejo desaparece en las llamas para dar paso a lo nuevo. Su presencia generalmente conlleva una connotación favorable.

REINA EN EL ESTE

De entre las llamas surge lo inesperado.

Capítulo 12

–No acabo de entender lo que pretendéis con vuestro plan. Todo esto suena un poco...

–¿Absurdo? –completó Elsa, que sabía bien que su colega Shaoran no pronunciaría jamás esa palabra.

–No sé, tal vez. Perdóname.

–No tienes que disculparte. Me presento en tu casa sin avisar y acompañada de alguien a quien ni siquiera conoces. Solo por eso ya deberías haberme echado –le respondió Elsa sabiendo perfectamente que las normas de amabilidad orientales hubieran impedido que lo hiciera aun en el caso de que lo valorara.

–Querida Elsa –repuso él con una sonrisa sincera–. Jamás haría eso con una persona como tú. No solo eres una brillante investigadora, sino que estuviste aquí el tiempo suficiente como para convertirte en parte de mi familia.

Se refería a cuando ella pasó una temporada investigando en el Imperio. Shaoran no permitió que viviera en un hotel y le ofreció su casa. Allí trabó buena amistad con su esposa y con sus dos hijos. También ella sentía que Shaoran era parte de su familia y, precisamente por eso, odiaba meterlo en ese lío. Pero no tenía más opciones; no conocía a mucha gente allí a pesar del tiempo que estuvo. Salvo por parte de su colega y mentor, en general los occidentales no eran demasiado bien acogidos.

–Bueno, de verdad que lo siento –insistió ella.

–No pasa nada, solo que no he entendido la finalidad de todo esto.

Fue entonces cuando Zoltan intervino. Era una falta de cortesía hablar sin ser invitado a ello, pero el tiempo era un factor importante y cuando pensaba en Astrid y en los demás se obligaba a seguir adelante como fuera. Ellos dos estaban corriendo algunos riesgos, pero sus amigos muchos más.

–Disculpa, Shaoran. Perdona que intervenga, pero tal vez yo pueda intentar aclarar tus dudas. Elsa ya te ha contado todo lo que ha sucedido en estos últimos días desde que el doctor Bormand puso en marcha las pruebas con los chips.

–Efectivamente, y he de decir que es realmente sorprendente que hayáis podido conseguir que se mantengan activos solo un tiempo determinado antes de destruirse y que se autoimplanten. Son dos logros de los que podéis estar orgullosos.

–Lo haríamos si no supiéramos para qué los quieren utilizar –intervino Elsa.

–Las malditas apuestas –dijo Shaoran con tristeza–. Veréis, somos un país milenario, con una gran cultura ancestral y también muy aficionado a apostar. Desde tiempos inmemoriales los orientales hemos gastado nuestro dinero en apostar en todo tipo de cosas, y seguimos haciéndolo, de manera que no seré yo quien lo critique, pero esto...

–Supongo que debe de estar en nuestros genes humanos –dijo Elsa con la intención de disculpar esa costumbre tan arraigada allí.

–En unos más que en otros –le dijo sonriendo Shaoran.

Zoltan insistía en ir al grano. Desconocía las maneras orientales de acercarse a los objetivos siempre de forma circular, dando vueltas alrededor, reduciendo la proximidad hasta que finalmente se abordaba el problema.

–Como ya te ha explicado Elsa, todo esto se ha convertido en un enorme fraude que Bormand quiere poner en marcha en los próximos mundiales. Proporcionará chips a algunos equipos menos favoritos y se hará de oro con las apuestas.

–Sí, tiene sentido, a menos que CIMA o el Imperio se den cuenta de ello. ¿Por qué no lo denunciáis?

–No estamos seguros de que CIMA no aproveche para conseguir que sus equipos, sobre todo NEC, tenga ventajas que le permitan ganar el campeonato. Es muy capaz de silenciarlo todo y sacar partido sin que nadie lo sepa.

Shaoran guardó silencio mientras reflexionaba unos instantes. Finalmente, dijo:

–Es posible que, llegado el caso, el Imperio hiciera lo mismo. Esos malditos campeonatos se han convertido en una especie de guerras contemporáneas. Siempre unos contra otros hasta decidir quién es el mejor, el más fuerte.

–Una cultura muy masculina, me temo –dijo Elsa, sonriendo.

–Sí –concedió Shaoran–. Pero parece que no hemos aprendido mucho con el paso de los siglos. Tal vez un día las mujeres hagan las cosas diferentes.

–Tal vez –respondió Elsa–. Aunque llevamos siglos esperando a que eso pase.

–En cualquier caso... –intervino Zoltan, que trataba de centrar el problema– ... la cuestión es que el chip existe y si lo denunciamos es probable que esas corporaciones despiadadas se aprovechen de ello y que nadie se entere nunca. Eso les permitiría seguir manipulando este maldito deporte y hacerlo todavía más violento para aumentar el interés por las apuestas.

–Tienes algo personal en todo esto, ¿verdad? –le preguntó Shaoran mientras les ofrecía un té que Elsa aceptó.

–Eso no importa –respondió Zoltan con brusquedad.

–A mí sí –dijo Shaoran sin perder la calma y sin dejar de servir el té–. Y vosotros habéis venido hasta aquí porque necesitáis mi ayuda. De acuerdo, haré lo que sea oportuno, porque también odio ese violento deporte y que nos manipulen con las apuestas...

Elsa le hizo un gesto para expresar su preocupación por si alguien podía estar escuchándolos.

Shaoran lo entendió y le dijo:

–No te preocupes por eso. No somos occidentales –se limitó a decir.

–¿Qué quieres decir? –preguntó Zoltan.

–Que nuestra cultura nos impide escuchar conversaciones privadas... y además siempre rastreo mi casa cuando se presentan invitados inesperados con secretos tecnológicos inconfesables.

Por un momento nadie dijo nada, hasta que Shaoran sonrió y entendieron que no habría problemas con eso.

–De acuerdo –dijo Zoltan–. Os haré un resumen de mis motivos. Yo jugaba al fútbol de contacto desde que me seleccionaron a los ocho años. Pasé por cuatro o cinco escuelas y fui aprendiendo que este deporte solo es una excusa para vivir de cerca la violencia sin mancharte, una forma de control social que ya ejercían los romanos...

–Y los chinos –lo cortó Shaoran dando un sorbo a su frágil tacita.

–Sí, supongo. En cualquier caso, llegó un momento en que yo era bueno, muy bueno. Fue entonces cuando llegué a creerme que las cosas que hacía eran normales, o, mejor aún, que eran geniales. No solo jugar, eso era lo de menos. Me gustaba la parte violenta, me enganché a los golpes, la sangre, las lesiones...

Hizo una pausa que nadie alteró.

–Soy responsable directo de haber roto decenas de huesos, de haber dejado casi ciega a una chica y de algunas cosas más que prefiero no recordar. Mi nivel de violencia creció con el tiempo y llegaron a tener que controlarme desde mi propio equipo. Mis compañeros me temían y vivía aislado. Sin embargo, desde CIMA me tutelaban y me daban lo que quisiera porque yo aumentaba las audiencias y les hacía ganar mucho dinero. Cuanto más violento era, más disfrutaba la gente y más dinero apostaba. Llegaron a hacerse apuestas para ver cuánto tiempo tardaba en dejar lesionado a un contrario.

–La violencia siempre acaba poseyéndote –dijo Shaoran.

–Sí, fue así. Me llamaron de NEC para ficharme y continué allí, pero algo cambió...

–¿Por algún motivo concreto? –preguntó suavemente Elsa.

–No –mintió Zoltan–. Simplemente me saturé, pero no pude parar, no me dejaron. Yo era su estrella, su motor de ganar dinero, y me exigían que siguiera haciendo daño..., pero ya no podía más. Intenté hablar con ellos, convencerlos para buscar una salida, pero no quisieron escucharme, solo deseaban más y más sangre. Entonces, en un entrenamiento, uno de mis compañeros tenía un mal día y yo lo aproveché para poder irme sin esperar represalias.

Nuevo silencio, más té caliente y aromático.

–Si no iban a dejarme parar, los obligaría a hacerlo. Estuve molestando a ese compañero, mofándome de él, humillándolo, hasta que ya no pudo más. Era un chico pelirrojo que acabó odiándome a pesar de que se suponía que éramos del mismo equipo, pero, como dices, Shaoran, llega un momento en el que la violencia te posee. Me reí en su cara, lo regateé varias veces y lo ridiculicé delante de nuestros compañeros. Cuando llegamos al tiempo en que ensayábamos jugadas en período NONORMAS, él vio su oportunidad de devolverme la jugada. Estaba rabioso y fue a por mí con toda su fuerza y su odio. Yo estaba de espaldas, controlando un balón difícil en mi propio campo. Aun así, lo vi venir, pero no me moví, y el impacto me partió el tobillo por varias partes, así que mis días como deportista de élite estaban acabados.

–¡Ufff! –suspiró Elsa, que repudiaba todo tipo de violencia.

–Se hicieron cargo de mi recuperación, que tardó ocho meses, pero ya sabían que nunca volvería a ser el mismo. Me dejaron tirado en cuanto pudieron. Ni agradecimientos ni nada. Sentí su desprecio por todo aquel que no les resulta útil. Me proporcionaron este trabajo y se olvidaron de mí. No me quejo: pude salir.

–Por suerte para nosotros –dijo Elsa poniéndole una mano en el brazo.

–Sí, también para mí. Pero me propuse firmemente que, si algún día podía, haría lo posible por evitarles esa experiencia a otras personas como yo.

–O como Astrid –sonrió Elsa.

–Sí, ella es como era yo, pero ahora ya está harta, aunque todavía no lo sabe.

Zoltan cogió su taza de té y bebió lentamente. Estaba delicioso.

–De acuerdo –les dijo Shaoran poniéndose en pie.

Siempre lo hacía cuando reflexionaba; sus ayudantes lo sabían y no lo interrumpían si lo encontraban paseando por los pasillos del centro de investigación. Algunas cosas eran comunes a las personas aunque vivieran a miles de kilómetros.

–Esto es lo que vamos a hacer, Zoltan. Te llevaré a ti a conocer al entrenador principal del equipo nacional de Pekín. Hay otros equipos, pero este es el que manda sobre todos los demás. Lo que hagan ellos, los otros lo seguirán. No es muy de fiar porque lo nombran directamente desde el palacio imperial, pero es la única manera de llevar a cabo vuestro plan.

–Gracias –dijo Elsa.

–Sí, será suficiente. Lo demás es cosa mía –intervino Zoltan.

–A cambio –siguió Shaoran sin detenerse–, a cambio quiero que tú, Elsa, colabores conmigo en lo que me insinuaste el otro día. Si no te entendí mal, estás trabajando con la sincronicidad, ¿no es cierto?

–Sí, ya vi que no podías hablar, pero te aseguro que he descubierto cosas que jamás creí que llegaría a ver. Tienes que conocer a Sochi.

–¿Sochi? –le preguntó, extrañado.

–Es una larga historia –intervino Zoltan, que quería acabar de concretar los detalles de su plan.

Él había sido el impulsor de la idea y había comprometido a los demás en una serie de peligrosos viajes por todo el mundo para tratar de desactivar la conspiración de Bormand, y todos habían aceptado sin pensarlo. Astrid había aceptado hacer su parte regresando a un territorio al que tenía prohibido acceder. Había pedido permiso, en teoría para hablar con el entrenador, pero todos sabían que corría peligro. En cuanto a Kayla... regresar a esa zona donde reinaban las mafias suponía de por sí un gran riesgo. Nunca sabías con qué perturbado podías encontrarte; era un territorio sin ley.

Sochi tampoco estaba exento de peligro. Tenía que ir a los Estados Globales, cruzando el gran océano, sin conocer a nadie y sin tener ni idea de cómo acceder a los entrenadores influyentes. Solo esperaba que Luis lo ayudara o que, como decía Elsa, utilizara ese don extraño que parecía tener para forzar la realidad a su favor.

Todos corriendo grandes peligros por su necesidad de acabar con aquel deporte brutal o, por lo menos, asestarle un golpe en su línea de flotación. Si evitaban que Bormand o cualquiera se aprovecharan de las habilidades extraordinarias que confería el chip, todo explotaría por un sitio u otro. Los ciudadanos verían cómo de corrupto estaba ese deporte y, tal vez, solo tal vez, decidieran dejar de prestarle tanta atención. Porque si de algo estaba seguro era de que Bormand o algún otro involucrado acabaría por hacer públicas aquellas trampas, aunque fuera sin querer.

Para evitar que los más poderosos se hicieran todavía más inmensamente ricos, todo el grupo decidió que iría a ver a los entrenadores de los principales equipos que competirían en el mundial y les ofrecerían el chip como si fueran los únicos que lo tuvieran. La sed de ser campeones haría el resto. Los cuatro grandes equipos tomarían el chip y su superioridad sobre los demás equipos sería insultante, lo que daría pie a las primeras sospechas. En cambio, cuando se enfrentaran entre ellos, estarían tan igualados que el juego dejaría de ser atractivo porque todo el mundo se anticiparía a los demás y eso paralizaría cualquier ventaja. Los empates serían eternos y la gente desconectaría, las apuestas perderían sentido... Todo aquello era como un enorme castillo de naipes; pretendían arrancar uno que estaba en la base y, con mucha suerte, esperaban que el resto cayera.

En el peor de los casos, nadie sabría qué demonios había pasado con los chips, nadie sabría que todos habían intentado hacer trampas, pero el fútbol de contacto podía recibir un golpe mortal.

Era su venganza, su manera de intentar devolver cada golpe, cada costilla rota, cada centímetro cúbico de sangre derramada.

Era su expiación.

En esa reunión en la sala de diagnóstico de la Escuela cerraron el pacto, y ahora ya no había forma de volverse atrás. Ahora todos ellos estaban repartidos por el mundo para tratar de acabar con ese sistema degradante y tiránico.

Zoltan se despidió y quedaron en que, por la mañana, Shaoran lo acompañaría a ver al primer entrenador. Utilizarían como excusa que era una antigua gloria del fútbol de

NEC que estaba de visita en el Imperio. Solo necesitaba estar unos minutos a solas con él. Había cargado datos de la velocidad de reacción de Astrid cuando la sometieron a la prueba y, con eso, debería ser suficiente para convencerlo. También llevaba un chip de prueba por si el entrenador desconfiaba. Su duración era de apenas un par de minutos, suficiente para que pudiera ver lo que sucedía si se lo daba a alguno de sus jugadores. Luis les había proporcionado un modelo igual a todos ellos.

Cuando se quedaron a solas, Shaoran le pidió a Elsa que se lo explicara todo sobre sus avances en la teoría cuántica de la realidad influenciable. Ella pidió más té y estuvo casi una hora y media hablando y mostrándole algunos de los datos y grabaciones que había llevado consigo. Shaoran permanecía en silencio, solo interrumpiendo cuando pedía alguna aclaración sobre un dato o una conclusión.

Finalmente, Elsa le mostró las grabaciones virtuales de la experiencia con Sochi. Vieron de nuevo la serpiente y el desierto, el gran río... y a su madre.

Cuando terminaron, Shaoran se sirvió un licor amargo que lo estimuló de golpe.

—Eso es... imposible. Hemos observado algunos fenómenos inexplicables con la física tradicional, pero no a ese nivel, y jamás más allá de las partículas subatómicas.

—Tú sabes lo que eso puede significar, ¿verdad?

—Si fuera cierto...

—Lo es —lo cortó Elsa, que estaba totalmente convencida de ello.

—Puede ser. Precisamente nuestra historia y nuestra filosofía están llenas de referencias a esa capacidad sincrónica que has descubierto. Tenemos miles de años de tradición *adivinatoria* que se manifiesta en cientos de métodos de predicción y de influencia en el futuro. Sin embargo, por alguna razón, a ti se te ha permitido ver el I Ching, y eso es muy significativo.

–¿Por qué? –quiso saber Elsa.

–Porque su aparición no es casual. El I Ching manifiesta que va a ocurrir un gran cambio, un momento en el que algo importante va a dejar de ser como era. Tal vez este loco sistema en el que vivimos.

–¿Crees que es una amenaza real para CIMA o para el Imperio?

–No lo sé. Te contaré lo que sé del I Ching y tú lo valoras.

–Bien.

Shaoran dejó de pasear y se concentró en algún lugar del techo. Era su manera de visualizar lo que explicaba, y a menudo le daba buenos resultados cuando estaba perdido en algún obstáculo teórico.

–Dice la leyenda que fue el mítico emperador chino Fu XI quien vio la existencia de similitudes entre las marcas inscritas en el caparazón de una tortuga a orillas del río Amarillo y las constelaciones del cielo. A partir de dicha observación, creó los ocho trigramas, que rigen las leyes universales, el orden del mundo, los fenómenos de la naturaleza y al ser humano. Cada trigrama está en relación con uno de los ocho puntos cardinales.

–Sí, eso lo leí.

–Lo que mucha gente no sabe es que el I Ching o *Libro de* **315** *las mutaciones o los cambios*, forma parte de los conocidos como cinco libros clásicos, que recogían una serie de doctrinas recopiladas por el propio Confucio y que formaron la base de la cultura china. En cuanto al *Libro de los cambios*, se cree que, correctamente interpretado, describe la situación presente de quien lo consulta y predice el modo en que se resolverá en el futuro si se adopta la posición correcta. Es un libro adivinatorio y también un libro moral y, de alguna manera, también una narración que pretende dar respuesta al origen del universo y de la propia humanidad.

–Una especie de libro del todo –intervino Elsa.

–Sí; como siempre, eres capaz de interpretar mis torpes palabras de forma brillante y eficaz.

–Sigue, por favor.

–En cierto modo el I Ching considera el cambio como la única realidad existente, el ser como una imagen completa de... –se interrumpió al darse cuenta de que se estaba yendo por las ramas, algo bastante fácil en un tema tan extenso–. ... disculpa, creo que tampoco voy a contarte en unos minutos toda la filosofía oriental.

–Imagino que necesitaríamos algo más que unos minutos –le dijo Elsa, sonriendo con cariño.

–Sí, un poco más. Bueno, otra cosa es entenderlo desde el punto de vista estructural –continuó Shaoran, que parecía decidido a abordar los aspectos más prácticos de los trigramas que aparecían en la experiencia virtual de Sochi–. El I Ching contiene un sistema de numeración binario, a la vez geométrico y aritmético, en el que una línea continua representa todos los números impares, y la quebrada, los pares. Los trazos se construyen de abajo a arriba y, por así decirlo, se acerca a la estructura conocida por vosotros en Occidente como el yin y el yang.

–Sí, siempre binario: el yin como parte oscura y el yang como parte clara o beneficiosa.

–Efectivamente, como cielo y tierra, como bien y mal... todo binario, como la mayoría de nuestros sistemas informáticos iniciales.

–De acuerdo, Shaoran. Tenemos los trigramas, el I Ching y la sincronicidad. ¿Cómo se relaciona eso?

–Bueno, hasta que apareció la física cuántica para mostrarnos que el tiempo no es siempre imperturbable, todo eso no tenía más sentido que pura palabrería de adivinos o charlatanes. Sin embargo, cuando experimentamos y descubrimos empíricamente que hay más de un tiempo y más de una realidad, todo cambió.

–¿En qué sentido? –preguntó Elsa.

–Si el futuro no existe porque todavía no hemos llegado a él, nada puede adivinarse ni nada puede influir en él: esa es la base del pensamiento racional occidental.

–En cambio... –lo interrumpió ella sin ni siquiera darse cuenta– ... si el futuro ya ha existido, nuestra conducta puede condicionarlo, e incluso cambiarlo. Podemos entender el tiempo como algo que puede cambiarse.

–Exacto, solo que hasta ahora eso solo era una teoría y además para un universo de partículas subatómicas, pero según tus experimentos, ahora hablamos de otra cosa.

–De nuestra propia realidad física –concluyó Elsa.

–Eso parece.

Se quedaron en silencio un buen rato.

–¿Qué vamos a hacer? –preguntó Elsa.

–No lo sé, lo que sí puedo decirte es lo que no vamos a hacer. No vamos a decir nada de todo esto. Si los poderes que gobiernan el planeta sospechan que existe algo que puede ayudarlos a definir el futuro o incluso a cambiarlo, estaremos todos perdidos.

–¿Crees que lo verán como una amenaza?

–Seguro, porque tal vez ni tú ni tus valientes amigos lo hayáis pensado, pero ¿qué ocurriría si alguien planea un futuro diferente? Un futuro sin CIMA, sin el Imperio, ni ninguna de esas corporaciones que se han apoderado de nuestro mundo. ¿Crees que se sentarán a esperar para ver cómo llega ese futuro?

–Supongo que no.

–No, eso te lo aseguro –dijo Shaoran.

–Siento haberte metido en este lío –le dijo Elsa bajando la mirada.

–No, ya era hora de que alguien dejara de mirar el pasado y nos obligara a todos a mirar hacia delante. Pero por ahora poco podemos hacer hasta que entendamos los mecanismos que nos permitan controlar esa sincronicidad. De momento, solo podemos empezar a cambiar las cosas aquí y ahora y, para eso, tu amigo Zoltan y los demás se han repartido por el mundo: serán buenas piezas en el tablero.

–Es curioso que hables de tablero –le dijo Elsa.

–¿Y eso?

–Porque todo empezó en un tablero de ajedrez. Parece que todo se relaciona ante nuestros ojos y nos lo va mostrando. ¿Todavía tienes dudas de que hemos entrado en una fase de sincronía?

Shaoran se limitó a mover lentamente la cabeza a un lado y a otro.

No tenía dudas.

–Mañana id con cuidado. Zoltan es muy impulsivo –le dijo Elsa.

–También muy frío, me ha parecido.

–Como el hielo.

Al llegar al hotel, Zoltan ya dormía. Elsa envidiaba esa capacidad que tenían muchos deportistas de cerrar los ojos y entrar directamente en fase REM. En cambio, para los científicos era distinto, ya que al cerebro le costaba desconectar de golpe y seguía haciendo elucubraciones y ligando cabos mucho después de que acabara la acción.

Miró el reloj virtual de la pared y se dio cuenta de lo tarde que era, casi las tres de la madrugada. Hablar con Shaoran de sincronicidad era apasionante, y más en ese momento en que había dejado de ser una mera teoría. También era agotador y, además, pese a que con las pocas horas de vuelo apenas se notaba el antiguo efecto *jet lag*, sí que seguía existiendo cierta descoordinación horaria que el cuerpo notaba. Necesitaba dormir.

Tomó una larga ducha y se relajó. Llamaría a Luis para saber cómo les iba en su intento de llegar a los Estados Globales y se iría a dormir. Habían quedado en comunicarse lo menos posible para evitar que nadie cruzara comunicaciones y sacara conclusiones. Sin embargo, necesitaba hablar con él.

Desde que habían estado trabajando juntos cerca de su padre, su relación se había resentido, y ella no quería que jamás olvidara que era el hombre de su vida. Lo quería con locura y disfrutaba de la vida que había soñado a su lado. Las discusiones sobre diferentes aspectos de la física eran un gran estímulo para ella y, en no pocas ocasiones, el elemento que los unía cuando había problemas entre ellos.

Trató de comunicarse varias veces sin obtener ni siquiera señal de conexión. Lo intentó con Sochi, también sin éxito. Abrió el programa localizador y sonrió: Sochi estaba en algún lugar del este de los Estados Globales.

Lo había logrado.

Ese chico cada vez parecía manejar mejor su influencia en el desarrollo de los acontecimientos. Tenía que cruzar el océano y lo había hecho, así de fácil.

Trató de activar el localizador de Luis y también lo situó en los Estados Globales.

«Así que han ido juntos...», reflexionó.

Por pura intuición, hizo lo mismo con el localizador de su padre y comprobó que también estaba en el mismo lugar en América.

Era muy extraño, así que probó a comunicar con él, también sin conseguirlo. No sabía cómo interpretar aquello. Su padre no debería saber nada de lo que ellos intentaban hacer. Zoltan trataría de *vender* el chip allí en el Imperio y lo mismo haría Astrid con el equipo NEC. En cuanto a Kayla, lo suyo era realmente delicado, ya que debía conseguir llegar hasta los rusos. Tenía familia allí, de manera que era la candidata ideal en aquel plan que trazaron en la Escuela. En cuanto a Sochi, debería arreglárselas para llegar hasta el equipo americano. De momento ya estaba en su territorio, o sea que todo parecía ir bien.

Sin embargo, ella notaba que el yin hacía acto de presencia en sus vidas. Algo oscuro se acercaba.

Intentó dormir un poco, ya que, por la mañana, mientras Zoltan fuera con Shaoran a ver al entrenador local, ella intentaría buscar más perfiles sincrónicos en la base de datos del Imperio utilizando el acceso del propio Shaoran. Era algo arriesgado, pero el científico había insistido, ya que, a pesar de lo que decía, tenía un fuerte sentido nacional que lo empujaba a no dejar fuera de aquel gran acontecimiento a sus conciudadanos.

Llegado el momento, todo el mundo debería conocer lo que podía suponer el paso más importante para la humanidad desde el descubrimiento del fuego. Eso tenía que ser patrimonio compartido o no habrían avanzado nada.

Por la mañana, un vehículo oficial en el que viajaba Shaoran pasó por el hotel a buscar a Zoltan.

–Han aceptado recibirte, pero no el primer entrenador –le dijo el científico en cuanto arrancaron.

–Necesito hablar directamente con él. No puedo ir explicando lo del chip a todo el mundo.

–Lo sé –le respondió–. Cuando lleguemos veré qué puedo hacer.

Circularon en silencio buena parte del trayecto. Zoltan miraba por la ventana las calles, que se parecían mucho a las de su ciudad natal, la Gran Barcelona, ahora absorbida y reconvertida en Metrópolis Mediterránea. Sin embargo, las construcciones eran un poco diferentes, con más adornos a pesar de la época austera en que se construyeron, justo después de la gran crisis. Había algunas pequeñas tiendas con artículos tradicionales de Oriente e incluso pasaron por una zona de venta ambulante que la corporación imperial permitía siempre que se limitara a remedios caseros como hierbas o cosas por el estilo.

Los ciudadanos andaban por las calles de esa enorme metrópolis de más de veinte millones de habitantes con la cabeza agachada, como si estuvieran acostumbrados a hacerlo así por el peso de cientos de años de represión por parte de las dictaduras de todo tipo que habían ido sufriendo.

A primera hora, Elsa le había explicado dónde estaban localizados Sochi, Luis y Bormand, pero seguía sin poder comunicarse con ellos. Estuvieron tentados de intentarlo con Kayla y Astrid, pero era correr un riesgo innecesario. Según sus localizadores personales, estaban donde debían estar, en el norte de Europa una y en el centro de la gran Rusia la otra. Todo estaba en el aire y eso lo mantenía nervioso y tenso, de manera que agradeció no tener que mantener una charla protocolaria con Shaoran.

Cuando llegaron a la enorme sede del equipo imperial, Zoltan quedó impresionado por la tecnología que utilizaban y por la dimensión descomunal de todo lo que rodeaba a ese equipo. Los recibió un ayudante que insistió en enseñarles parte de las instalaciones, a lo que no pudieron negarse, ya que se suponía que aquello era una visita de cortesía. Vieron los veinte campos de práctica, los enormes gimnasios equipados con todo tipo de máquinas reales y virtuales, las cuatro piscinas y los dormitorios, que llegaban a alojar a más de doscientos deportistas en períodos como aquel, cercanos a los mundiales.

La actividad era frenética y nadie disimulaba lo duro del régimen que imperaba allí. A pesar del frío y de la lluvia helada que caía, las pistas estaban llenas de chicos y chicas que peleaban por entrar en la selección del equipo y representarlo en los mundiales.

Cuando ya llevaban veinte minutos así, Shaoran pidió ver al entrenador principal. El ayudante dejó de sonreír y les dijo que eso era totalmente imposible.

—No sé si usted es consciente de que soy el director adjunto de la ciudad tecnológica imperial –le dijo Shaoran tratando de parecer convenientemente altivo y despectivo–. Nuestro trabajo allí es muy diverso, pero uno de ellos es encontrar mecanismos que permitan la mejora de nuestros deportistas para que consigan vencer a nuestros adversarios para mayor gloria del Imperio.

—Sí, lo sé, pero... –intentó protestar el ayudante.

Shaoran siguió hablando sin dejarlo continuar.

—Nuestra presencia aquí también tiene que ver con un importante avance que hemos conseguido y estoy seguro de que el entrenador principal querrá conocer los resultados del mismo.

—Seguro que sí, pero hay canales oficiales para eso. Hoy solo teníamos previsto recibir a este jugador y...

—¿Cree que no lo sé? No se trata de una visita oficial, sino de la oportunidad de que el entrenador conozca las posibilidades de un gran avance. Sin embargo, usted está en lo cierto: hay canales oficiales para comunicarlo. Perderemos las próximas dos semanas, que es el tiempo que implica utilizar esos canales. Solo pensaba que con los mundiales tan cerca, avanzar dos semanas podía resultar bueno para los nuestros.

—Bueno, sí, así es.

—¿Entonces?

El ayudante dudaba y Shaoran pensó que era el momento de apretarlo un poco más.

—¿Sabe qué? Mejor lo dejamos. No quisiera meterme en problemas solo porque soy un gran seguidor del equipo. Esperaremos a que todo se haga de forma correcta. Vámonos, Zoltan, creo que la visita ha terminado.

—No, espere.

Zoltan decidió seguirle el juego.

—Gracias por la visita, ha sido un auténtico placer ver estas fantásticas instalaciones. Transmítale mi agradecimiento al entrenador, por favor.

—No, no. Solo es un momento, permítanme.

Ahora sí que cooperaba.

—De acuerdo, como usted diga —dijo Shaoran sonriendo.

El ayudante utilizó su comunicador y habló unos minutos en chino, con lo que Zoltan no entendió nada. Miró a Shaoran en espera de una orientación, pero este seguía inexpresivo, como si esa conversación no fuera con ellos.

Finalmente, el ayudante saludó hacia el comunicador con una breve reverencia, como si realmente tuviera delante al entrenador, y se volvió hacia ellos.

—El entrenador los recibirá unos minutos ahora. Si tienen la amabilidad de seguirme...

Así lo hicieron, caminando por aquellas desmesuradas instalaciones que no tenían comparación con ninguna que Zoltan hubiera visto en ninguna parte. Allí se disponía de todas las ayudas posibles, pero también sabía que los deportistas no solo se hacían con los grandes medios materiales o tecnológicos. Sin esfuerzo y sin talento, de hecho, sin la suma de las dos cosas, no había nadie que sobresaliera por encima de los demás. A menudo, los dirigentes del Imperio olvidaban esa suma y buscaban en el sufrimiento y la disciplina llevados hasta extremos inhumanos lo que no encontraban en la improvisación y el talento.

Llegaron a lo que parecía un gran edificio de oficinas y el ayudante los dejó en uno de los ascensores, que subió con enorme rapidez hasta el piso catorce. Allí, una representación virtual con forma de chica oriental les pidió que la siguieran mientras se deslizaba por un suelo metálico que transmitía las imágenes virtuales en movimiento.

En un despacho de dimensiones descomunales y dotado de cámaras que cubrían todos los campos y los gimnasios, se encontraba el famoso entrenador Zhao Ziyang, descendiente del que fuera primer ministro de la República Popular China en la década de los años ochenta del siglo anterior y también secretario general del Partido Comunista de su país durante tres años. Era un personaje conocido por su astucia deportiva y también por su crueldad sin límites para los que consideraba malos deportistas del Imperio. Llevaba diez años de entrenador principal y bajo sus órdenes habían muerto no menos de quince jugadores castigados después de malos partidos. Naturalmente, eso no era de dominio público, y oficialmente se negaba, pero en los círculos deportivos se sabía que esos datos todavía se quedaban cortos.

Su único objetivo era ganar, al precio que fuera, el próximo mundial que se celebraba en su territorio. A pesar de ser una superpotencia de dimensiones colosales, formada por un entramado empresarial y militar enorme, no habían conseguido ganar ninguno de los tres campeonatos que se habían celebrado hasta el momento. Su enemigo en la lucha por el poder mundial, CIMA, sí que había ganado dos y aspiraba a repetir la hazaña. Conseguir levantar el trofeo en el próximo campeonato era una cuestión de honor para el Imperio, y por eso habían dado plenos poderes al entrenador para hacer lo que fuera necesario.

Por eso, a pesar de la hostilidad inicial, escuchó con creciente interés lo que le contaba Zoltan. Shaoran los había presentado, pero permanecía fuera del despacho, ya que no quería que lo involucraran directamente en esa conspiración. Sabía que estaba comprometido, pero trataría de buscar alguna salida para cuando el Imperio se enterara de todo, porque, si de algo estaba seguro, era de que lo haría.

Siempre lo hacía.

Dentro, Zoltan trataba de hacer ver al entrenador que si el gobierno del Imperio sabía lo de los chips antes del campeonato podía prohibir su uso o verse comprometido si eso salía a la luz.

—En cambio, si mantenemos esto entre nosotros, entre deportistas, nadie podrá decir que estaba al corriente. Si ganan el campeonato, poco le importará al Imperio cómo lo consiguió, ¿no es cierto?

—Es así —respondió el entrenador, que intentaba parecer indiferente, pero cuyos ojos, cada vez más brillantes, lo delataban.

—Mire los datos, entrenador, mírelos y compruebe que no son falsos.

—Los datos pueden ser manipulados.

—Tal vez, pero... ¿cree realmente que yo me presentaría aquí sin algo real en las manos?

—No lo creo. Como tampoco creo que usted piense que yo me tragaré lo que tenga que contarme solo porque usted está enfadado con su equipo porque lo dejaron colgado cuando se lesionó.

Vio un cierto gesto de sorpresa en la cara de Zoltan.

—¡Ohh! ¡Sí! Desde que ayer llegó a nuestro territorio, he tenido tiempo de informarme. No pensará que me creí esa estupidez de que era una visita de cortesía, ¿verdad?

–No, claro que no.

–Bueno, pues vamos a poner de una vez las cartas sobre la mesa o será mejor que salga disparado de estas instalaciones y coja el primer vuelo que despegue de nuestro territorio, sea hacia donde sea.

Zoltan sacó su tarjeta grabadora y se la pasó al entrenador, que la depositó encima de una bandeja electrónica. Esta detectó el contenido y lo reprodujo en la pared principal con enorme nitidez.

Astrid llenó la pared con su rostro tenso y concentrado y Zoltan tuvo que hacer un esfuerzo para no distraerse demasiado.

–¿Qué estamos viendo? –preguntó el entrenador.

–Ella es Astrid, una jugadora...

–Sé perfectamente quién es ella y su historia. Conozco los motivos de su expulsión de NEC y he de decirle que eso me demuestra una vez más que su debilidad los hace batibles. Si ella hubiera desobedecido como lo hizo estando en alguno de mis equipos, nunca más volvería a jugar.

«Eso en el mejor de los casos», pensó Zoltan.

–Bueno, pues ahora que está con los Unders, se le pidió que participara en una sesión experimental para comprobar los efectos del chip del que hemos estado hablando. Ella no sabía que lo había ingerido con un líquido y que ya lo tenía implantado en la corteza cerebral cuando hizo esa prueba.

–Palabras y más palabras.

Zoltan hizo caso omiso, pero advirtió que empezaba a impacientarse.

–Va a realizar la prueba de esquivar objetos.

–Conozco la prueba. ¿Va a mostrarme algo realmente interesante o seguirá haciéndome perder el tiempo?

Sin decir nada, puso en marcha la reproducción en tres dimensiones.

Pudo observar cómo el entrenador miraba los increíblemente rápidos movimientos que hacía Astrid cuando le llegaban los objetos. También se dio cuenta de que miraba insistentemente la velocidad a la que eran lanzados. Incluso Zoltan miraba hipnotizado aquello a pesar de haberlo visto varias veces. No era la rapidez lo que llamaba la atención: un deportista bien entrenado podía llegar a ser increíblemente rápido. Lo que no podía hacer ese deportista era moverse antes de que fuera consciente de por dónde le llegaría el objeto. Y eso era lo que el entrenador estaba viendo y valorando.

Cuando terminaron, estuvo unos segundos sin decir nada, como esperando a que alguien le confirmara que lo que acababa de ver era real. Probablemente eso le estaban explicando por algún minúsculo micrófono. Los ayudantes técnicos habían estado midiendo la velocidad y comprobando si la filmación estaba manipulada o no.

Por la cara del entrenador, era evidente que le habían dicho que eso que parecía imposible era cierto.

–De acuerdo –dijo finalmente mirando fijamente a Zoltan–. Pero eso no significa nada. Si no pruebo yo mismo ese chip milagroso, ni siquiera me plantearé seguir adelante con esto.

–Si NEC se presenta en el campeonato y les gana, usted estará acabado –le dijo Zoltan.

Había llegado el momento de apretar las tuercas a ese malnacido, así que insistió.

–Si alguien filtra que tuvo en sus manos la posibilidad no solo de ganar, sino de humillar al resto de equipos y hacer del Imperio el equipo más maravilloso e increíble del momento y dejó pasar la oportunidad... su problema no será si volverá o no a entrenar. Su problema será si vuelve a respirar.

Vio las gotas de sudor resbalar por la frente del entrenador y supo que lo había conseguido.

Con rostro sonriente, sacó de su bolsillo una pequeña caja azul y la depositó en la mesa, justo enfrente del legendario Zhao Ziyang. Vio el brillo nuevamente en sus ojos y esperó, con paciencia casi oriental, hasta que él alargó su largo brazo y cogió la caja.

–¿Está aquí dentro? –preguntó.

–Sí, es un chip de prueba para que pueda ver de lo que es capaz. Cuando se convenzan de que todo es cierto, podrán reproducirlo. Si deciden no utilizarlo, la próxima vez que sepa de él será en los mundiales, cuando vea cómo les pasan por encima los de NEC.

–Entiendo.

–Lo puede probar con quien quiera, pero al cabo de unos minutos se disolverá.

–¿Qué quiere a cambio? –preguntó el entrenador.

–Ya lo sabe –sonrió Zoltan–. Quiero que humillen a esos cerdos de NEC que destrozaron mi carrera y mi vida.

–Así será.

Los orientales entendían muy bien el concepto de venganza personal. Ese móvil era tan potente en su cultura que le dio Zoltan la cobertura perfecta para que nadie más se preguntara si había algún otro objetivo oculto.

¡Lo había conseguido! Lo que ocurriera a continuación ya no dependía de él, de manera que ahora debía pensar en los demás. Esa misma noche llamaría a Astrid para ver cómo le iba y le daría la gran noticia.

Capítulo 13

—Vamos a ver, Astrid, ¿no entendiste que no queríamos volver a verte por aquí?

—Sí, perfectamente.

—Entonces debes de haber venido porque me echas de menos...

Astrid no dijo nada mientras el entrenador de NEC se le acercaba tanto que podía oler su piel sudada. Sin embargo, sabía que debía mantenerse tranquila; que tratarían de provocarla era algo esperable teniendo en cuenta cómo se marchó de allí.

—Vamos, tú siempre te has mostrado tan dura con todo el mundo... siempre pensé que, en realidad, por dentro eras tierna como un bollo recién hecho —insistió el entrenador.

Le dio unos golpecitos en la espalda mientras ella seguía mirando fijamente al frente. Cuando trató de darle un toque en el cuello, ella lo cogió con fuerza por la muñeca.

El entrenador se apartó y se puso a reír.

–Bueno, bueno, veo que algo has aprendido en este tiempo lejos de nosotros. La Astrid de antes me hubiera golpeado o algo peor, con lo cual yo hubiera podido llamar a mis ayudantes, acusarte de agresión y lograr que te encerraran un tiempo, por lo menos hasta después de los mundiales. Eso estaría bien, eliminaríamos a una buena rival. Sí, en el fondo eres buena jugadora, aunque demasiado indisciplinada para mi gusto.

–Ya ve que de algo me ha servido alejarme de este equipo –respondió desafiándolo con la mirada.

–Es posible, aunque seguirás siendo una jugadora colérica incapaz de entender las necesidades tácticas de un equipo.

–En eso estamos igual.

–¡Ja! ¡Ja! ¡Ja! –rio con ganas el entrenador.

Durante unos segundos nadie dijo nada. Astrid había conseguido acceder al entrenador principal después de que se lo negaran varias veces y tuviera que insistir. Llevaba allí desde el día anterior a primera hora y, antes de contactar, había hecho lo que se esperaba que hiciera, visitar a su familia.

El mismo día de su llegada, aprovechó para visitar a sus padres en la costa oeste de Noruega. Vivían allí desde que abandonaron su pueblo natal de Orkanger. Llevaba un montón de tiempo sin verlos porque, con las concentraciones cuando había cerca un campeonato, a los deportistas se les prohibía tener contacto con sus familias para que solo se centraran en el deporte. Su padre estaba nuevamente de viaje, pero pudo estar unas horas con su madre y la única abuela que le quedaba viva. Las acompañó en una visita veterinaria de su madre y fueron las tres a comprar en el mercado local. Nada demasiado excitante, justo lo que ella necesitaba.

Cuando era más joven sentía que aquel tipo de vida era excesivamente tranquilo para su gran energía vital. Con el tiempo, había entendido que todo tenía su momento y que se acercaba el suyo para respirar un poco. Sin embargo, eso no dependía de ella; los deportistas no podían decidir cuándo se retiraban, eso era cosa de los equipos. Además, si no lo hacían bien hasta el último día, podían acabar trabajando en la ciudad en cualquier ocupación aburrida y mal pagada. Astrid quería volver a su tierra algún día, al frío y al hielo, a los pocos atardeceres en que aparecían todavía las auroras boreales.

–¿Cuándo volverás? –le había preguntado su abuela sin tapujos.

–Déjala estar, no la agobies con esas preguntas, ya sabes que ella no decide –intervino enseguida su madre.

–No importa, mamá, no importa.

–¿Y bien? –insistió su abuela, con la que siempre se había llevado bien.

–No lo sé, espero que pronto. Echo esto de menos.

Su madre la miró de reojo mientras trataba de no salirse de la carretera. En esa zona rural, hacía años que los caminos habían perdido el asfalto por culpa del intenso frío invernal y la falta de mantenimiento.

–Siempre has odiado el campo –le respondió su madre mientras zigzagueaba para evitar algunos baches enormes.

–¿Quién la presiona ahora? –dijo la abuela sonriendo.

Astrid miró por la ventana y no dijo nada. Ciertamente no era el campo lo que echaba de menos, sino la paz, la serenidad de vivir una vida sin violencia.

–Creo que me estoy ablandando demasiado –dijo finalmente.

Por unos segundos ninguna de las tres mujeres dijo nada. Con los mundiales tan cerca, no parecía el mejor momento para revisar su dedicación a ese deporte salvaje. Finalmente, la abuela fue la que afrontó el tema de frente, como hacía normalmente con casi todo.

–Lesiónate.

–¿Cómo? –dijo Astrid, sorprendida.

–Deja que te cacen en uno de esos partidos del mundial y vuelve a casa.

–Eso no es tan fácil –le respondió ella.

–Lo sabemos, cariño –intervino su madre.

El resto del camino nadie más habló, no hacía falta.

Esa misma tarde, Astrid contactó con el equipo NEC e insistió en ver personalmente al entrenador principal, aunque le fue muy difícil que accedieran a ello. Solo cuando les contó que había descubierto una trampa que su actual equipo iba a utilizar en el mundial para poder ganarlos, la dejaron entrevistarse brevemente con él.

Y ahora lo tenía allí delante, aprovechando su posición de poder para tratar de humillarla.

Para contenerse, Astrid trató de centrarse en el plan que habían trazado. Si conseguían que funcionara, tal vez los problemas y las trampas del fútbol de contacto quedarían expuestos y la gente decidiría que ya era suficiente. Tal vez, solo tal vez, con ello conseguirían que se perdiera el interés o, al menos, que a ella la dejaran en paz. Seguramente acabarían echando la culpa a los propios jugadores y harían

333

una limpieza a fondo, con lo que ella podría por fin escapar de allí.

Pensó en ese camino de baches y en el paisaje que se veía a ambos lados. Soñó despierta con pasear por esos atardeceres rojos y escuchar el sonido de una naturaleza todavía bastante viva en esa zona del planeta.

En sus sueños, no estaba sola, pero sabía que ese no era el momento de distraerse con ilusiones o jamás vería nuevamente el cielo enrojecido.

Cuando el entrenador dejó de reír, aceptó escuchar lo que Astrid le traía. Le contó lo que habían pactado con el grupo sobre unos supuestos ensayos secretos que algunos científicos fieles a los Unders estaban llevando a cabo para mejorar el rendimiento del equipo y conseguir una ventaja significativa que les permitiera ganar el campeonato.

–¿Ganar? ¿Esos paletos del sur? No me hagas reír.

Le explicó lo del chip que ayudaba a mejorar la capacidad de anticiparse a los movimientos de los rivales y le mostró las imágenes donde ella misma esquivaba increíblemente todo tipo de objetos.

El entrenador dejó de reír al ver aquello. Sin embargo, su reacción no fue la esperada.

–¿Lo sabe CIMA?

–No –le respondió ella sin pensar.

–¡¿Cómo que no?! CIMA debe saberlo, en especial nuestro más ferviente seguidor, el señor Amrad Joker. Su hijo era un fiel seguidor nuestro y él tiene especial interés en que volvamos a ganar el campeonato. En cuanto se lo contemos derivará ese chip, si es que realmente existe, hacia nosotros. Así ganaremos a los malditos chinos del Imperio, que este año van presumiendo de que nos van a arrasar.

Astrid se quedó tan sorprendida que no supo reaccionar. Cuando quiso darse cuenta, el entrenador estaba intentando comunicar con la península de Delmarva, sede central de CIMA.

Tenía que hacer algo. Si llegaba a contar algo de aquello a CIMA, todos estarían perdidos por su culpa. Vio la cara de Zoltan mirándola con ese gesto de desaprobación que a veces le salía de forma inconsciente.

No podía fallarles, no podía fallarle a él.

–¡Corte la llamada! –gritó.

Él lo hizo y se volvió hacia ella muy lentamente. Sus ojos brillaban con la malicia con que lo hacían cuando planeaba alguna jugada especialmente violenta en un partido.

–¿En qué andas metida?

Astrid no dijo nada; tenía que pensar rápidamente o estaban acabados. Por fortuna, al entrenador le encantaba escuchar su propia voz.

–Vienes aquí y me cuentas esa historia de un chip milagroso que se supone que hará ganar el mundial a quien lo tenga y cuando hago lo que se supone que tengo que hacer, me sueltas un grito que nadie en este territorio se atrevería a darme.

Astrid trató de reaccionar, y lo primero que sintió fue rabia.

«¡Maldita sea, Zoltan, en qué líos me metes!», pensó.

–Los del Imperio también tienen el chip –se le ocurrió decir.

Normalmente, no era buena mintiendo, pero, si se lo proponía, podía llegar a hacerlo mejor que nadie, igual que jugar al fútbol.

–¡¿Qué estás diciendo?!

–Se hicieron con el chip al mismo tiempo que yo. Los del equipo científico que lo desarrollaba tuvieron un enorme fallo de seguridad y conseguí hacerme con un prototipo, pero no fui la única.

Iba hablando mientras trataba de encontrar una salida al laberinto en el que veía que iba metiéndose, pero no tenía muchas más opciones que continuar adelante.

–No sé si conoce a un jugador que estuvo un tiempo con NEC. Se llamaba Zoltan y venía del equipo de Unders –le dijo al entrenador, que, de repente, se había quedado sin palabras.

–Sí, lo recuerdo perfectamente. Era un animal. Rápido, fuerte, buen centrocampista, aunque poco disciplinado, un poco como tú. Pero a él le gustaba la violencia, demasiado. En los períodos de NONORMAS nos iba muy bien porque se desataba y los contrarios lo temían, de manera que a menudo aprovechábamos su agresividad para ganar algunos partidos. Pero poco a poco se le fue la cabeza. Cada vez era más difícil de frenar, e incluso los de nuestro equipo se sentían intimidados por sus ataques feroces. Entonces, llegó ese día...

–¿Qué día? –quiso saber ella.

–¡Mmm! Ya veo que no te lo ha contado. El día que mató a un chico de uno de los equipos locales. No vino a cuento, no sé lo que le pasó, pero cuando conseguimos detenerlo, le había pateado la cabeza tantas veces que entró en coma allí mismo. Pocas horas después murió en el hospital. Se hizo una investigación, pero se borró el partido de las retransmisiones y se siguió adelante. Míralo tú misma.

En la pared opuesta, empezó una breve grabación. Solo se veía a un Zoltan algo más joven y más delgado golpeando con rabia a otro chico en un campo de juego. Este estaba tirado en el suelo y no se defendía. Su boca escupía sangre, pero Zoltan seguía golpeándolo con el pie en la cabeza una y otra vez. Tenía una expresión casi demente...

La grabación se detuvo.

−CIMA no quiso que se hablara mucho del tema. Poco después Zoltan tuvo una grave lesión en un entrenamiento y vimos nuestra oportunidad para librarnos de él.

−Sí, me lo contó −mintió ella.

De alguna manera, había sentido la necesidad de defenderlo, y eso era extraño y a la vez muy revelador. Tendría que pensar en ello... más adelante, cuando saliera de ese aprieto, si es que salía.

−¿Y qué dices que hizo ese salvaje?

−Bueno, robó uno de los chips y huyó a territorio del Imperio.

−Pues si esos chinos malnacidos tienen el chip, razón de más para que CIMA lo sepa. Tal vez tengamos que denunciarlos públicamente.

«¡Piensa, Astrid, piensa!».

−¡Ehhh! Bueno, eso creen ellos.

El entrenador la miró durante unos segundos, tratando de valorar si le estaba tomando el pelo. Astrid supo que ya no tenía mucho tiempo antes de que se cansara y la echara o llamara a CIMA.

−¿Qué quiere decir eso? −pregunto con desconfianza.

–Verá, entrenador, antes de dar con el chip definitivo, los científicos que llevaban este tema hicieron varios prototipos. Algunos de ellos eran bastante inestables y sus efectos desaparecían en pocos minutos. El que Zoltan robó era uno de esos.

–¿Quieres decir que...?

–Que los del Imperio habrán copiado el chip defectuoso y lo utilizarán en el campeonato, probablemente en la final, si llegan, contra NEC. Creerán que nos tienen atrapados, pero les daremos una gran sorpresa...

Astrid utilizaba instintivamente la idea de pertenecer al grupo, de serle fiel a pesar de los problemas, cosa que al entrenador le encantaba repetir.

–¿Cuánto tiempo funciona el que tienes tú?

–Son programables, entre diez y sesenta minutos, el tiempo de un partido entero. Podemos replicarlos sin problemas.

–¿Y los de esos chinos?

–No más de cinco minutos –se inventó Astrid.

–Pero es posible que se den cuenta y los mejoren, ¿no?

–No lo creo, no tienen motivos para sospechar... y, aun así, siempre se puede parar la final si lo descubrimos, pero, si no es así... –dijo dejando la frase en el aire.

La codicia estaba haciendo su efecto, siempre era igual.

–Si esos tramposos juegan la final con sus chips defectuosos, los machacaremos –intervino el entrenador claramente excitado.

–Sí.

El entrenador se detuvo unos instantes, reflexionando.

La codicia.

–¿Por qué crees que CIMA no debería saberlo? Después de todo somos su equipo y odian a los del Imperio más que nosotros, incluso el Joker, eso te lo aseguro. No creo que pusieran impedimentos para que los arrasemos en los mundiales.

Astrid se levantó y se acercó descaradamente al entrenador, que la miró con prevención, ya que, en el fondo, le tenía algo de miedo.

–Bueno, el corazón me dice que, si CIMA se entera de todo esto, puede decidir hacerlo público y se acabaron los mundiales. Se acabó la posibilidad de machacar a esos bastardos.

–Ya... –respondió con desconfianza.

–Lo que debe saber es que en mi corazón todavía soy de NEC. Readmítame y se lo demostraré.

–Eres una persona muy extraña, Astrid *malaleche*, como todo el mundo te llama todavía. Pero tienes razón, no le diremos nada a CIMA y en la final del mundial les daremos una buena sorpresa a esos malnacidos.

–Sí –dijo ella sonriendo también.

–Hoy ya es un poco tarde, pero mañana a primera hora levantaré las restricciones que te impuse. Empezarás a entrenar de nuevo con nosotros a las siete en punto.

Astrid trató de no mostrar su satisfacción. Aquel imbécil se había tragado que ella pretendía reincorporarse a NEC para poder participar en el mundial.

–Probaremos el chip y, si realmente es tan bueno como dices, serás titular en la final, te lo aseguro.

–Ehhh, yo... gracias, entrenador.

–No me las des. Me gusta la gente fiel al equipo a pesar de todo. Has demostrado que pones a NEC por encima de todos, por encima incluso de ti. Me has hecho feliz, Astrid.

339

–Sí, eso pretendía –dijo ella sin moverse mientras el entrenador se acercaba y le daba un beso en la mejilla.

Intentó no apartarse y tampoco decir nada.

–Más adelante hablaremos de tu nuevo papel en el equipo –le dijo él mientras salía del despacho–. Ahora tengo entrenamiento con esos idiotas.

Cuando estuvo a solas, Astrid no sabía si reír o llorar. Lo primero que hizo fue limpiarse la mejilla con agua en una fuente del pasillo. El ayudante que la había acompañado desde la entrada la miraba con extrañeza.

–Es por la medicación que tomo. Me seca la piel –le dijo ella.

Cuando salió del complejo deportivo, estuvo un buen rato caminando sin rumbo, tratando de pensar qué debía hacer a continuación. Si se iba de allí sin más explicaciones el entrenador sospecharía, pero no pensaba quedarse y volver a jugar con ellos ni que ese cerdo le pusiera las manos encima, cosa que sospechaba podría suceder.

Pensó en Zoltan y eso le dio coraje. Sentía que no podía fallarle, y empezaba a sospechar que era por algo más que por su compromiso con el grupo. Cuando el entrenador le había contado lo que le pasó, sintió lástima, pero de una especie que iba más allá de la pura compasión. Sintió ganas de consolarlo, de abrazarlo, de...

¡Basta!

Supuso que disponía de un día antes de que todo quedara en evidencia, así que entrenaría con los de su antiguo equipo y ayudaría al entrenador a entender cómo funcionaba el chip; con eso se aseguraría de que se lo implantaría a todos en los mundiales. Después, tendría que encontrar la manera de desaparecer sin levantar sospechas.

Esa noche durmió en su antigua cama en su casa, aunque apenas un par de horas. A las tres de la madrugada estaba en la cocina tomando una infusión de hierbas que preparaba su abuela. Sabía que, cuando huyera, jamás volvería a verla.

Tampoco esas estrellas que brillaban a lo lejos. Recordaba cuando era niña y las miraba con su padre. Tal vez tampoco a él volviera a verlo.

—¿Qué estás haciendo aquí, Astrid?

No había oído llegar a su madre, por lo que la pregunta la sobresaltó. Estaba tan tensa como una cuerda de guitarra.

—¡Ehhh! Yo, bueno, no podía dormir y he bajado a tomar una infusión de esas hierbas de la abuela y... eso.

Su madre se acercó y se sentó en el banco de madera donde siempre desayunaban mientras esperaban el autobús que la llevaba al colegio.

La miró con ojos apagados durante unos segundos y volvió a hablarle.

—Quiero decir aquí, estos días. ¿Por qué has venido?

—Una visita para veros antes del mundial —respondió ella tratando de no mirarla a los ojos.

Era su madre y la conocía muy bien.

—No es eso, ¿verdad?

Astrid suspiró. Por un momento consideró explicárselo todo. Su expulsión del equipo NEC, Zoltan, el experimento con el chip y el plan que habían trazado y que ahora parecía absurdo.

Sin embargo, aquello no iba a servir para nada, así que solo le contó una pequeña parte.

—Ya sabes que me echaron de NEC por no obedecer a ese imbécil del entrenador.

Su madre sonrió.

—Siempre fuiste una rebelde, hija.

—Sí, seguramente, pero esta vez tenía razón.

—Siempre la tenías —le respondió su madre sin dejar de sonreír.

Astrid se sentó a su lado y, en lugar de contárselo todo, se limitó a abrazarse a su madre con fuerza, como cuando era una niña y los relámpagos la aterrorizaban.

Estuvieron así un buen rato, hasta que su madre la miró a los ojos y volvió a preguntar.

—¿Qué ocurre? Si me lo cuentas tal vez pueda ayudarte.

Astrid se separó y le dio un beso en la mejilla.

—No puedes, mamá. En realidad, nadie puede.

Aunque había estado tentada de explicárselo todo, al final decidió que no podía hacerlo porque eso implicaba ponerlos a todos en peligro. Su madre lo entendió y no insistió.

—Debes irte de aquí, Astrid, vete y no vuelvas. Busca un lugar donde nadie te conozca y a un buen chico que te ame como lo hizo tu padre conmigo.

No le pasó por alto que su madre había utilizado el tiempo pasado para decirle eso. Pensó en Zoltan y enseguida supo que no respondía al tipo de chico en el que estaba pensando su madre.

—Lo haré, mamá. Seguramente mañana mismo regrese a Barcelona y tal vez nos veamos en los mundiales.

—De acuerdo, ahora vete a dormir, que es muy tarde ya.

—Sí, enseguida vuelvo a la habitación. Estas hierbas mágicas de la abuela empiezan a hacer su efecto, creo.

Se despidieron con otro abrazo, pero ya no fue el mismo; esa magia se había roto en el instante en que se separaron y tal vez jamás volviera.

Astrid todavía estuvo un buen rato dando vueltas por la cocina. Estaba nerviosa por lo que iba a suceder al día siguiente. Sabía que tendría que ir a entrenar con esos salvajes y que el entrenador esperaría ver el resultado de la prueba con el chip. Debía ingeniárselas para que la prueba funcionara y a la vez encontrar la manera de escapar de allí sin que eso significara echar a perder todo el plan.

No tenía ni idea de cómo iba a hacerlo.

Cuando se despertó eran la seis, y un sentimiento de peligro la mantuvo nerviosa mientras desayunaba con su abuela y su madre y hablaban de cosas sin importancia. Todas ellas sabían que, probablemente, no iban a verse en mucho tiempo. La abuela no iba a desplazarse a los mundiales por la edad y su madre intuía que Astrid estaba metida en algún tipo de problema con NEC o, todavía peor, con CIMA, y eso era sinónimo de peligro.

Cuando llegó el coche a recogerla para llevarla al entrenamiento, se despidieron con largos abrazos que no necesitaron de palabras que los acompañaran.

El vehículo automatizado la llevó sin problemas a las instalaciones de NEC. Una vez allí, Astrid se dirigió al vestuario. Todavía no sabía cómo iba a librarse de permanecer en el equipo NEC. Lo había estado pensando y solo sabía que, si desaparecía, las sospechas caerían sobre toda la historia del chip y probablemente el entrenador decidiría ponerlo en conocimiento de CIMA, con lo que su plan quedaría abortado antes de los mundiales. Aunque Zoltan y los demás hubieran logrado entregar los chips a los otros equipos, CIMA conseguiría controlar los daños y nadie sabría nada de ese engaño planificado en las apuestas y en el juego.

Decidió participar en el entrenamiento como una más, y después ya vería cómo se libraba de todo.

Las compañeras la recibieron con frialdad, algo con lo que ya contaba teniendo en cuenta que, con la cercanía del mundial, su reaparición suponía mayor competencia para todas. Además, Astrid nunca había hecho esfuerzo alguno por trabar amistad con sus compañeras.

–¿Por qué has vuelto? –le soltó enseguida el capitán–. ¿No tenías oportunidades en Unders y has decidido agachar las orejas y regresar con nosotros?

Astrid lo miró a los ojos y sonrió. Era un chico joven y estúpido que cumplía ciegamente las órdenes de todos los entrenadores. Por eso era el capitán.

–Sí, es por eso por lo que he vuelto. Además, no podía dejar que un idiota como tú dirigiera el equipo, o sea que ten cuidado porque voy a por tu puesto.

El chico se puso rojo, en parte por ser puesto en ridículo delante de los demás y, sobre todo, por el miedo a perder los privilegios que había ido ganando con mucho esfuerzo, haciendo la pelota a todo el mundo.

–¡Eres una... una...! –titubeó.

–¿Malnacida? –lo cortó una de las pocas chicas con las que Astrid se llevaba bien.

–Sí –aprovechó el capitán para confirmar antes de desaparecer hacia el campo de entrenamiento.

Astrid saludó a su amiga y le explicó la versión que quería que corriera sobre su vuelta.

344   –Créeme –le dijo en cuanto se sentó a su lado en el vestuario–. No teníamos ninguna opción en el mundial con esos patosos de Unders. Son tan malos como su nombre indica, y no quiero hacer el ridículo en el que seguramente sea mi último mundial.

La chica, una caucasiana de ojos verdes y pelo oscuro que se llamaba Cora, sonrió con picardía.

—¿Qué has tenido que hacerle al entrenador para que te readmita?

Astrid la miró muy seria. No iba a permitir que corriera ningún rumor de ese tipo. Lo mejor era inventarse otro motivo.

—Mi familia le ha pagado un buen dinero —mintió.

—Menuda pieza estás hecha —le dijo en voz baja Cora.

—Ya sabes cómo va esto —respondió Astrid.

El entrenamiento de ese día fue especialmente duro, ya que muchos de sus propios compañeros trataron de hacerla quedar mal con pases defectuosos o ignorando sus desmarques. Sin embargo, Astrid era lo suficientemente buena como para que no se notara demasiado. El entrenador principal no asistió ese día, aunque le hizo saber que la esperaba en su casa esa tarde para repasar algunas tácticas. El ayudante lo dijo en voz alta, delante de todo el mundo, de manera que todos supieran que ella pasaba a ser una de sus protegidas.

Era otra forma de humillarla.

Cuando acabó de vestirse, salió y subió al vehículo autónomo que la estaba esperando para llevarla a casa del entrenador. Mientras recorrían el trayecto hasta la pequeña ciudad en las afueras donde tenía la residencia, Astrid trató de pensar en qué iba a hacer. Era difícil no imaginar lo que podía suceder si entraba allí, de manera que solo tenía dos opciones. O escapaba ahora y ponía en peligro a los demás o asumía que probablemente iba a enfrentarse a una situación más que incómoda.

Trataba de pensar en su sacrificio personal como una manera de expiar alguna de sus acciones pasadas. Aunque en teoría las religiones estaban apartadas de la sociedad y además en Noruega tampoco habían tenido gran peso desde que el estado declaró su laicidad a mediados del siglo veinte, la familia de Astrid había seguido vinculada a la pequeña parte católica que subsistió en zonas rurales como su aldea. Especialmente su abuela seguía practicando su fe en pequeños grupos que eran tolerados por las corporaciones siempre y cuando no hicieran ostentación de ello. De alguna manera, a pesar de que su padre no tenía creencia alguna, ella había ido absorbiendo lo que le contaba su abuela y, a menudo, entendía que su manera de vivir, la violencia que empleaba, la degradación del deporte en el que participaba, todo ello junto algún día le pasaría factura.

–Debemos pagar por nuestras acciones –le decía su abuela.

Mientras el vehículo pasaba el control de acceso a la lujosa zona residencial donde vivía el entrenador, Astrid pensó que tal vez había llegado para ella el momento de pagar algunas de sus deudas.

La casa era impresionante, escondida tras una enorme cerca vigilada por ese tipo de matones con los que nadie quisiera encontrarse a solas en una calle oscura. La finca incluía dos casas de invitados y un edificio principal de tres pisos en el que probablemente podrían vivir varias familias enteras sin estorbarse. Una enorme piscina cubierta, un gimnasio y algunas dependencias más demostraban el rango que tenía un entrenador deportivo en aquella sociedad.

En cuanto un ayudante virtual la llevó a la piscina, supo que no había dudas sobre lo que podía suceder.

En uno de los vestuarios la esperaba un bañador de dos piezas de su talla que ella se puso tratando de combatir las náuseas que sentía. Fuera la esperaba el entrenador, también vestido con un bañador ceñido que a duras penas podía contener la barriga que lo desbordaba.

El asco empezó a dar paso a la rabia cuando él se acercó y trató de darle dos besos.

–¡¿Qué haces?! –le dijo empujándolo con cierta brusquedad.

El entrenador estuvo a punto de caer al agua, aunque no pareció demasiado molesto. Astrid empezó a sospechar que a ese malnacido no le importaba mucho ser maltratado.

–Vamos, Astrid, hay que aprender a ser educado, ¿no te lo enseñaron en tu casa? ¿A qué has venido si no?

Ella iba a contestar con un insulto, pero se contuvo. Ya sabía que algo así podía ocurrir si acudía a esa casa, pero decidió aceptar el riesgo.

–A hablar del chip, entrenador –se limitó a responderle.

El entrenador sonrió todavía más.

–Mejor llámame Ragnar, como el líder vikingo que nos llevó a conquistar nuevas tierras europeas. Así me siento yo, un líder que os va a llevar a conquistar el maldito Imperio.

Astrid se quedó sin palabras; realmente aquel imbécil se creía lo que decía. La sociedad estaba enferma si creaba personas así y les otorgaba un poder económico y una capacidad de influencia como la que tenía el entrenador. Sometía a sus caprichos enfermizos a chicos y chicas jóvenes y sin experiencia cuyo éxito o fracaso dependía puramente de sus impulsos. Se preguntaba cuánto podía durar un mundo así.

Mientras el entrenador seguía allí de pie, impasible y mirándola a los ojos, Astrid se sintió sucia con aquel bañador y trató de desviar la conversación.

–¿Habéis probado el chip?

–Sí –se limitó a responder.

–¿Y...? –insistió ella para saber en qué situación se encontraba.

El entrenador se metió en el agua con cierta torpeza, casi dejando que su cuerpo se deslizara por las escaleras. Cuando estuvo cómodo sentado en una especie de taburete submarino, la invitó a hacer lo propio señalando otro a su lado.

–Vamos –le dijo mientras chapoteaba suavemente.

Astrid no se movió, a pesar de que le costaba mantenerse a la vista de ese cerdo.

–El chip –se limitó a decir.

–Funciona, como dijiste. Los machacaremos en los mundiales... y ahora entra en el agua de una vez y hablemos de tu papel en el equipo.

Astrid lo hizo, saltando dentro lo suficientemente cerca como para salpicarlo. En cuanto entró en el agua, supo que ese bañador no iba a aguantar demasiadas maniobras bruscas, por lo que se mantuvo sumergida hasta que pudo recomponerlo un poco.

Cuando emergió, vio que él seguía sonriendo, aunque con ese brillo especial en los ojos que todas las chicas del equipo conocían.

–Siéntate aquí al lado; hice instalar estos asientos submarinos para estar más cómodos –dijo este en cuanto vio que ella dudaba en acercarse.

Astrid trató de serenarse, de asumir que no tenía por qué hacer aquello, que podía salir e irse de inmediato, aunque eso pusiera en riesgo el plan.

Se acercó y vio cómo el entrenador se pasaba la lengua por los labios. Aquello fue demasiado para Astrid y decidió que no iba a seguir el plan. No iba a dejar que ese cerdo se saliera con la suya.

«¿No dicen que tengo mala leche?», pensó. Ese idiota iba a averiguar que tenían toda la razón.

Se sumergió, no sin antes mirarlo a los ojos y sonreírle. El entrenador esperó creyendo que se había salido con la suya. Hacía mucho tiempo que esperaba la oportunidad de pasar un rato a solas con esa chica ruda y antisocial que siempre se había mostrado altiva y orgullosa con él y con todo el mundo.

Vio cómo se acercaba a él, buceando con armonía y fuerza y levantó la mirada hacia las nubes que corrían impulsadas por un viento húmedo que amenazaba tormenta. El primer grito salió de su garganta casi como un rugido apagado. No había nadie más en la instalación, salvo los siempre presentes ayudantes virtuales, que no reaccionaron ante aquella expresión. Solo uno de ellos analizó ese sonido y tuvo dudas sobre su significado, ya que no constaba en su registro de memoria, por lo que optó por no hacer nada.

El dolor que sintió ahogó una segunda expresión mientras Astrid emergía del agua a escasos centímetros de su cara. Estaba algo sonrojada por el rato que había estado aguantando la respiración. No sonreía, y sus ojos brillaban con una furia que solo sus contrincantes en el campo de juego habían visto algunas veces en el período de NONORMAS.

El entrenador trató de hablar, pero solo un quejido salió del fondo de su garganta.

—No hables, no vas a poder mientras mantenga mi mano apretando tus testículos. ¿De acuerdo?

El entrenador parecía confuso, de manera que se limitó a mirarla.

Ella apretó un poco más. Sus manos eran como tenazas y los músculos de sus potentes brazos parecían capaces de seguir manteniendo la presión de forma indefinida.

—¿De acuerdo?

Movió la cabeza un poco hacia arriba y hacia abajo.

Ella soltó un poco la presa.

—Eres un cerdo y a los cerdos hay que tratarlos como tales. Vas a escucharme o te arrancaré con mis propias manos eso tan ridículo que tienes ahí. No te muevas y no apretaré más. Haz cualquier estupidez y verás cómo esta agua tan transparente se tiñe de rojo. ¿Me crees capaz?

El entrenador la miró a los ojos nuevamente y supo que lo haría sin dudarlo. Estaba acostumbrada a la violencia y ahora iba a aplicarla con él. Trató de serenarse y respondió con la cabeza de modo afirmativo.

—Bien, ahora escúchame atentamente porque si tengo que repetirlo será demasiado tarde para que recuperes del todo tus funciones como hombre.

Hizo una pausa y continuó.

—Te he dado el chip y ya debes de haber comprobado que funciona y que sus efectos son increíbles, ¿verdad?

Nuevo asentimiento.

—Los podéis reproducir sin problemas, de eso no hay ninguna duda. Lo que no sabemos todavía es si pueden producir efectos secundarios negativos para los jugadores, pero supongo que eso te importa muy poco, ¿no es cierto?

Él pareció dudar unos instantes, por lo que Astrid apretó de nuevo.

Esta vez algo parecido a una queja salió de su boca, aunque apenas audible.

Astrid sabía que no tenía mucho tiempo, pero debía asegurarse de que aquel desgraciado entendiera la situación o ella y su familia vivirían siempre pendientes de su venganza.

Finalmente, el entrenador negó con la cabeza.

—Claro que no, nunca te ha importado que los que se rompen la cara por ti sufran daño o dolor para que tú puedas meterte en esta piscina. No tiene sentido que intentes negarlo ahora. Bueno, pues esto es lo que vas a hacer. Reproducirás el chip y guardarás el secreto incluso frente a CIMA, porque si no lo haces me encargaré personalmente de que los chinos tengan un chip que funcione correctamente en lugar de esos defectuosos que les ha pasado Zoltan. Si eso ocurre, no podrás ganar el mundial y, aunque CIMA acabe con todos nosotros, antes o después tú acabarás fuera de esta piscina y de esta casa enorme porque también me encargaré de que sepan que por tu culpa se han suspendido los mundiales o NEC ha perdido su oportunidad de humillar al Imperio. ¿He hablado claro?

Afirmó con la cabeza. Empezaba a ponerse casi violeta de tanto aguantar el dolor.

—Ya casi acabo, aguanta un poco. Por lo que respecta a mí, en cuanto salga del agua me iré y no harás nada por impedirlo. Soy mucho más fuerte y rápida que tus empleados, de manera que si alguno se me acerca volveré a sumergirme y, cuando salga, habrás dejado de ser un hombre.

Se acercó un poco más para que él viera que hablaba totalmente en serio.

–Cuando me vaya de aquí, dirás que, simplemente, no me presenté en tu casa. No importa si les cuentas que fui yo quien te trajo el chip. No me denunciaste porque querías ganar el mundial como fuera. Lo demás es cosa mía. Y, por supuesto, no te acercarás a mi familia de ninguna manera. ¿Lo has entendido todo?

El entrenador parecía a punto de desmayarse, pero aun así pudo volver a mover la cabeza.

Astrid lo soltó y salió del agua ágilmente. Cogió una toalla y se la lanzó a la cara.

–Cúbrete, que das asco. Y cuando puedas aplícate hielo o no podrás ni caminar en el próximo entrenamiento.

Se puso la ropa encima, sin quitarse ni el bañador. No sabía si su amenaza impediría al entrenador lanzar a sus empleados contra ella. Si fuera así, tal ver lograra escapar, o tal vez no. No se giró ni una sola vez mientras se dirigía a la puerta de la finca en la que la esperaba el mismo vehículo que la había traído. Caminaba con rapidez, pero sin correr, con cada músculo de su cuerpo en tensión por si tenía que lanzarse a la carrera. Esperaba oír una alarma en cualquier momento, o un grito para que se detuviera, incluso que alguien la golpeara por la espalda.

Subió y pidió que la llevaran a Orkanger. Así, en caso de que la buscaran, empezarían por su antiguo pueblo, y eso los alejaría de su familia. Mientras viajaba hacia allí, trataba de pensar a toda velocidad. No había planeado nada; de hecho, había acudido a casa del entrenador dispuesta a aguantar lo que fuera, pero la rabia por la situación de superioridad y la injusticia de todo aquello hizo aflorar su lado más salvaje, aquel que más temían sus enemigos e incluso sus propios compañeros.

Pensó nuevamente en Zoltan, en las salvajadas que le había visto hacer en la filmación y lo entendió. Si la furia te posee ya no puedes pensar.

Con todos sus sentidos alerta, se dio cuenta de que el vehículo tomaba una ruta diferente de la que cabía esperar para acercarse a Orkanger.

–¡Idiota! –se dijo a sí misma en voz alta.

No debería haberse confiado. Los vehículos sin conductor como aquel eran propiedad de CIMA y podían pedirles que regresaran o que la llevaran a cualquier estación de policía, donde la estarían esperando.

Aprovechó una parada obligatoria en un cruce de carreteras y abrió la puerta. Esperaba que estuviera asegurada, pero no era así. Tal vez se había equivocado y solo se habían desviado para encontrar un recorrido mejor.

Pero no iba a arriesgarse. Bajó y se alejó corriendo hasta que llegó a un núcleo de población cercano en donde pidió que alguien la llevara a Oslo si era posible. Ella conocía la manera de hablar y de actuar de pequeñas poblaciones como aquella, de manera que convenció a una señora de la edad de su madre que transportaba carne de oveja a la antigua capital.

Abandonó el transporte en las afueras e hizo el resto a pie hasta que llegó a un pequeño hotel en el centro de la ciudad, cerca de la antigua estación central, ahora reconvertida en un centro comercial monstruoso, solo dedicado a la ropa deportiva de NEC y de algún otro equipo local.

Allí se identificó como miembro del equipo Unders de vuelta a su territorio y esperó varias horas frente al edificio por si alguien aparecía en su busca. Al caer la noche, decidió que el entrenador había optado por hacerle caso. Ella contaba con que el miedo a perder sus privilegios sería superior a la sed de venganza, y así parecía haber sido. Subió a su habitación y se durmió enseguida, pensando en Zoltan y en sus secretos, en la violencia que rodeaba su vida y en cómo ella parecía haber conseguido su objetivo.

También pensó en Kayla y en lo asustada que estaba por tener que ir hasta la antigua Rusia. Le caía bien aquella chica, alta y flexible y con las ideas muy claras. No habían tenido tiempo de conocerse demasiado, pero cuando conectas con alguien, no necesitas demasiado tiempo para saberlo.

Solo esperaba que se encontrara bien.

少男

KEN

Se le asocia con la montaña, representando estabilidad, firmeza e inmovilidad. Simboliza un límite, una detención, una restricción o un obstáculo y lo que ocurre cuando se produce una parada. Es compatible con la meditación y la quietud.

REINA EN EL NOROESTE

Detenerse es el primer paso del siguiente viaje.

355

Capítulo 14

En ese mismo momento, Kayla también dormía a poco más de dos mil kilómetros de Oslo, en una ciudad cercana al gran Moscú, la capital del territorio eslavo, o, mejor dicho, una de sus capitales, porque los eslavos eran más bien un conjunto de bandas mafiosas que se había repartido el inmenso territorio del oeste de Europa.

Allí habían quedado atrapados cientos de millones de personas, que vivían entre la violencia y los ajustes de cuentas constantes. Multitudinarias bandas de delincuentes controlaban los antiguos países, aunque todos ellos formaban parte de la Gran Hermandad Eslava, donde, al menos en teoría, se llegaba a acuerdos y se repartían botines o territorios. Aquellas agrupaciones mafiosas se dedicaban a negocios de todo tipo: armas, extracción de minerales en Siberia y en la antigua Mongolia, secuestros de ciudadanos para conseguir rescates, tanto de CIMA como del Imperio, tráfico de drogas y de personas..., es decir, a todo aquello que aumentara su poder y su dinero.

Hubo un tiempo en que se intentó poner en marcha un gobierno, o al menos la apariencia de una administración civil que tratara de mantener unos servicios imprescindibles para los ciudadanos, pero la realidad del poder violento se impuso y pronto todo quedó en manos de la ley del más fuerte.

Dimitri Viranov era uno de los más fuertes en su condición de jefe de una de las mayores agrupaciones mafiosas de Rusia, con el centro de operaciones en la gran Moscú, una macrociudad de más de treinta millones de habitantes. Llevaba sus principales negocios desde un enorme rascacielos del centro, aunque vestía todavía como si fuera un delincuente de barrio. Sus tatuajes cirílicos sobresalían de su grueso torso y en su cabeza rapada.

Era cruel y pendenciero, pero a la vez un gran negociante. Había amasado una enorme fortuna robando concesiones mineras en Siberia y traficando con todo tipo de drogas no autorizadas. Gobernaba su territorio con una enorme violencia, aunque también proporcionaba protección a todo aquel que le rendía pleitesía y pagaba sus cuotas. A lo largo de los diez años que llevaba ejerciendo casi como un zar de los viejos tiempos, había sobrevivido a decenas de intentos de asesinato, ya fuera por parte de sus rivales o, más a menudo incluso, por parte de aquellos hombres de sus filas que pretendían su puesto.

Nadie sabía cuántos cadáveres había llegado a enterrar directamente ni cuántos cientos o tal vez miles de personas había ordenado hacer desaparecer. Se decía que en las grandes extensiones de sus fincas la tierra estaba tan bien abonada por los muertos que los árboles crecían como si aquello fuera la selva virgen.

También tenía una gran pasión, el fútbol de contacto, por lo que había comprado diversos equipos en Rusia y los había fusionado en uno solo, los Eslavos, que llevaban la violencia hasta extremos nunca vistos en los terrenos de juego de todo el mundo. Ejercía de dueño y de entrenador, aunque formalmente tuviera a diversas personas en ese cargo, que no acostumbraban a durar mucho tiempo.

Participaban en los mundiales y Dimitri tenía como obsesión ganar uno, y quería que fuese el próximo, el que se celebraría dentro de unas semanas en el Imperio. Por eso, cuando a través de una cadena de sus contactos lo avisaron de que una chica decía tener un arma poderosa que permitiría a los Eslavos ganar sin problemas el mundial, envió un transporte a buscarla para que le explicara a qué venía esa patraña, ya que estaba convencido de que era justo eso.

–¿Dices que es una chica joven y guapa? –preguntó extrañado a uno de sus jefes de información.

–Sí, lo es. Por lo que he averiguado era una de esas animadoras del equipo de Unders. La he visto solo un momento para hacerle saber que, si quería algo de tu tiempo, más le valía que la cosa fuera en serio.

–¿Y?

–No se ha arrugado. Parece que realmente cree que tiene algo en su poder que nos puede ayudar a ganar el mundial.

Dimitri se echó a reír, de esa manera tan estridente que atemorizaba a los que andaban cerca, porque uno nunca sabía si reía porque encontraba algo gracioso o simplemente como paso previo a dispararle a alguien un balazo en la frente.

–Para ganar el mundial necesitamos un milagro. ¿Crees que ella tiene algo así en su bolsillo? –preguntó poniéndose serio súbitamente.

–Ella sabe quién eres. O está loca o realmente cree que tiene algo así en su poder, o tal vez ambas cosas a la vez.

–Vale –dijo finalmente Dimitri–. Tráela y veremos si saca un conejo de la chistera.

–¿Cómo? –preguntó el ayudante sin saber a qué se refería con esa expresión.

Dimitri le lanzó un puñetazo al hombro. No era demasiado fuerte, pero le dolió; aquel hombre parecía hecho de acero templado.

–Eres un ignorante. Deberías leer algo más que esa porquería de boletín de apuestas que miras todo el día.

–Tal vez lo haga algún día –le respondió antes de irse.

Dimitri tomó nota mental de esa respuesta desafiante. Le tendría puesto un ojo encima.

Cuando fueron a recogerla, Kayla se dejó conducir hasta el edificio desde donde Viranov dirigía su imperio. También dejó que algunos de los guardaespaldas la registraran con más celo del que habitualmente empleaban. Era algo que sabía que debía aguantar desde que su desarrollo natural la hizo destacar entre sus compañeras de generación.

–Venga, ya os habéis divertido un rato, ahora llevadme a ver al señor Viranov.

–No se te ocurra darnos órdenes –le advirtió uno de los matones, un tipo repulsivo al que le faltaba un ojo y por lo menos tres dedos de una mano.

–Como quieras –le respondió con toda la altivez de la que fue capaz, pues conocía a ese tipo de gente y sabía que respondían mejor ante el desafío que ante el miedo.

Estaba realmente asustada, pero hizo lo posible por disimularlo.

Cuando parecía que iban a volver a registrarla de nuevo, miró fijamente al que parecía mandar en el grupo y le dijo:

–Tal vez al señor Viranov no le haga tanta gracia que me hagáis perder el tiempo cuando tengo algo muy importante para él.

–¡Ahh!, ¿sí? ¿Y qué es eso tan importante? –le respondió el tuerto.

Sin embargo, el tipo al que había mirado Kayla no quería arriesgarse y les dijo que ya estaba bien de divertirse y que la acompañaran al último piso.

El ascensor era de cristal, por lo que Kayla pudo observar todo el lujo con el que vivían mafiosos como el que iba a ver en unos segundos. Toda la vida los había visto deambular con coches lujosos, joyas increíbles, la última tecnología y gastar a manos llenas el dinero conseguido ilegalmente. Los jóvenes trataban de ser como ellos y, aunque la mayoría no llegaban a viejos, se habían convertido en el referente de aquella sociedad enferma.

Cuando llegó al último piso, se encontró con lo que esperaba. Varios matones, que debían ser de confianza, se desparramaban por una estancia sobrecargada de objetos lujosos y que no componían más que un conjunto de mal gusto cuando los veías todos juntos en un lugar como aquel. En el centro, sentado en un enorme sofá en el que uno podía vivir el resto de su vida, estaba Dimitri Viranov, que contemplaba cómo ella se acercaba con paso exageradamente sinuoso hacia él. Por su sonrisa, Kayla supo que no iba a impresionarlo con esos movimientos de cadera.

–Espero que lo que tengas que decirme sea realmente importante, pequeña. No acostumbro a recibir visitas de cortesía –le dijo en cuanto ella se detuvo frente al sofá.

No la invitó a sentarse, ni le preguntó si quería beber algo. No era una persona cortés ni pretendía que lo tuvieran por tal.

Allí de pie, sintiéndose observada por los matones que reían en voz baja, Kayla supo que no debía mostrar debilidad, ni mucho menos arrogancia. Así pues, se limitó a recitar la historia que tenía preparada. Le contó, sin dejar de mirarlo solo a él, todos los antecedentes de las investigaciones, los fracasos y el hallazgo del chip. Gracias a un proyector minúsculo que llevaba en el bolsillo, pudieron ver las imágenes de las pruebas, entre ellas las de Astrid esquivando objetos a una velocidad simplemente increíble.

Cuando terminó, esperó pacientemente mientras Viranov se levantaba y se servía un estimulante azul que apuró de un solo trago.

Kayla seguía inmóvil, convencida de que se estaba jugando la vida si aquel criminal no la creía.

No la creyó.

Su manera de sobrevivir en un mundo tan duro como aquel se basaba en desconfiar de todos, fueran esclavos o no. La presencia de aquella chica preciosa con el pelo muy corto, que aparecía poco antes de unos mundiales para contarle una extraña historia de un chip que ayudaba a los deportistas a anticiparse a los movimientos de sus rivales, le sonó a cuento de CIMA. Esos presuntuosos liderados por Amrad, un petulante director que se había puesto a sí mismo el apellido de Joker, harían lo posible por hacer quedar en ridículo a los Eslavos. Ese hombre tenía una cuenta pendiente con ellos por culpa de la muerte de su hijo, a quien un seguidor radical de los Eslavos asesinó cuando lo vio con la camiseta de NEC, unos cuantos años atrás.

Nunca les había mostrado que lo sabía, pero ese desgraciado era frío como el hielo, capaz de guardarse su rabia el tiempo que fuera necesario para poder atacar definitivamente a los que le arrebataron a su único hijo.

Y ahora, de repente, como surgida de la nada, aparecía esta chica con un cuento increíble.

—¡Menudo montón de mentiras! —le dijo cuando ella acabó de explicarse.

—Pero, mira las pruebas, mira la grabación —respondió ella al ver que no había conseguido convencerlo.

—¿Crees que no sé que CIMA puede haberla falsificado de un modo que no deje rastro?

Kayla supo que, si no mostraba todas sus cartas en ese mismo momento, tal vez nunca pudiera hacerlo.

—De acuerdo, no tienes por qué creerlo si no quieres, pero puedes comprobarlo tú mismo. Te he traído un chip de muestra, pruébalo con un jugador tuyo y verás los resultados.

Eso hizo dudar un poco a Dimitri, que, sin embargo, seguía sin confiar.

—Dime tus motivos —le propuso después de invitarla a sentarse en una silla.

Kayla respiró profundamente y supo que debía sonar lo suficientemente creíble para tener una oportunidad.

—Odio a los de CIMA —dijo con toda la contundencia que pudo.

—Todo el mundo los odia —le respondió uno de los matones, que parecía tener algo más de confianza con el jefe.

—Es cierto —rio Viranov—. Creo que hasta ellos mismos se odian.

Kayla no dijo nada, era momento de no hablar demasiado.

–No es suficiente –le aclaró Viranov.

–Los odio porque destrozaron mi vida. No pude jugar al ajedrez, que era mi pasión. Además, cuando me obligaron a practicar deporte, escogí los deportes atléticos y los suprimieron sin más, por lo que me he pasado los últimos años haciendo de bailarina estúpida animando al equipo y no lo soporto más. Por eso, cuando averigüé lo del chip, decidí que era mi oportunidad de huir de allí y empezar de nuevo en otro lugar. Volví a mi casa, a mi tierra y pregunté por la persona que tuviera más poder y un equipo que pudiera llegar a vencer a esos chulos de NEC y a todos los demás. Tu nombre salió enseguida.

Viranov dudaba. La historia podía ser cierta y no podía dejar pasar esa posibilidad de humillar a los de CIMA y a los malditos chinos. Por otro lado, no iba a tragarse esa historia solo porque la chica parecía realmente sincera. Los riesgos en su profesión eran siempre enormes.

De repente, se le ocurrió la manera de saber si decía la verdad. Si era así, le convenía no desaprovechar la supuesta ventaja que ese chip podía suponer. Podían llegar a ganar el mundial...

–Haremos un trato –le dijo a Kayla.

–De acuerdo –respondió con miedo en la mirada.

No tendría que haber ido a verlo; su propio padre se lo dijo cuando lo encontró. Vivía medio escondido de todo el mundo en una residencia apartada, estaba viejo y acabado, y mostraba un miedo atroz a la muerte y a los mafiosos. Ella le dijo que si la hubiera dejado estudiar, como ella quería, ahora no estaría allí, dispuesta a entrevistarse con un asesino.

Cuando el transporte de Dimitri había ido a buscarla, estaba en medio de una partida de ajedrez con su padre. Llevaba un buen rato dejándolo jugar porque podía haberlo liquidado en unas pocas jugadas. Antes de salir, le hizo un jaque mate y se fue sin despedirse.

—Seguro que conoces las carreras sin fin... —dijo el mafioso con una sonrisa.

—Están prohibidas —le respondió ella con rapidez.

—Aquí la ley soy yo. Muy pronto celebraremos una carrera de estas, pasado mañana para ser exactos, y quiero que participes en ella.

—¿Yo? ¿Por qué?

—Tú vienes hasta mí y me pides que confíe en ti. De acuerdo, lo haré, pero debes demostrar que puedo confiar y, para ello, harás lo que te pido. Correrás para mí.

En ese entorno violento, las cosas tenían sus propias reglas y la confianza se ganaba con el sacrificio y el dolor, era así de simple.

Y así de duro.

—Yo nunca...

—No mientas, Kayla Petrova. Antes de que llegaras me he informado sobre ti y participaste en al menos dos ocasiones en largas carreras.

—Sí, pero tenían límites, y de eso hace ya mucho.

—Las nuestras son mejores. No hay límites, todo el mundo corre hasta que solo queda uno.

—¿Y el resto? —se atrevió a preguntar, aunque ya sabía la respuesta.

—Los que se van quedando atrás son blanco para nuestros tiradores. Los que continúan y se esfuerzan, sobreviven.

—Pero, al final...

—Te lo he dicho. Solo puede ganar uno.

Ella le entregó la cajita con el chip de prueba, pero él la rechazó.

–No, Kayla, primero corres y después probamos tu historia.

–Y si no llego la primera...

Dimitri la miró con indiferencia; las cosas en su mundo eran así.

–Entonces cogeremos la cajita de tu cadáver.

La llevaron a una planta vigilada del propio edificio donde se habían habilitado algunas habitaciones lujosas para invitados, fueran forzosos o no. Se duchó y comió algo de lo que le trajeron un par de chicas de Viranov. Esa noche no durmió apenas. Estuvo tentada de huir, aunque sabía que, si lo intentaba, Dimitri la mataría. Pensó en llamar a alguno de sus amigos, pero no quería ponerlos en peligro, pues era evidente que controlarían sus comunicaciones.

Pensó mucho en Sochi. Era un tipo de chico muy alejado de los que a ella le gustaban normalmente. Era bajito y más bien indeciso, no tenía mucho carácter y no dudaba en mostrar su absoluta admiración por ella. Y, aun así, pensaba a menudo en la paz que sentía cuando estaba con él. En cómo se sentía protegida y cuidada por alguien que no dudaría en defenderla si era necesario.

Tal vez...

Cuando regresara, ya vería cómo se desarrollaban las cosas. En ese momento su único pensamiento debía ir dirigido a prepararse para esa carrera salvaje en la que la obligaban a participar.

Conocía bien las reglas, pues hasta no hacía tanto tiempo **365** todavía eran legales en muchos territorios. Se corría por un circuito, largo o corto, lo mismo daba. Se trataba de mantener el ritmo de los primeros, ya que a los últimos se les daban descargas eléctricas o eran rociados con agua helada. Cuando alguien caía agotado y un médico certificaba que no podía más, se daba por eliminado. En caso contrario, se le obligaba a seguir corriendo con una penalización que podía consistir en cargar un peso añadido o eliminar el calzado deportivo. La carrera continuaba sin límite de tiempo o de distancia hasta que caían todos menos uno.

Ese ganaba.

La modalidad de esos salvajes era diferente, pues a los rezagados se les disparaba. Los más débiles no acostumbraban a durar mucho.

El día siguiente lo dedicó entero a entrenar en un circuito urbano propiedad de Viranov. No estaba en plena forma, aunque se mantenía bien gracias a los entrenos como *cheerleader*. Sin embargo, allí se trabajaba más la flexibilidad que la resistencia. Sabía que no tenía ninguna oportunidad de acabar la carrera, pero aun así lo intentaría. De pequeña, había conocido a muchos mafiosos como Dimitri. Se pavoneaban por la ciudad en sus enormes coches, intimidando a todo el mundo con sus matones. Nada les daba miedo ni nada los ablandaba. Solo confiaban en ellos mismos y en los que eran capaces de vivir la vida de la misma manera.

Sabía que, si aguantaba lo suficiente, Dimitri confiaría en que lo que le había contado del chip era cierto, así que lo haría por Sochi y por los demás. Tal vez al final la dejaran salir de allí.

Esa noche Dimitri la mandó llamar y le propuso que se marchara con su chip y sin participar en la carrera. Kayla sabía que era una prueba: si decía que sí, la mataría y tiraría el chip a la basura.

–Ya te he dicho que la historia es cierta.

–¿Por qué haces esto? ¿Crees que puedes ganar la carrera?

–Creo que puedo convencerte de que es verdad lo que he venido a contarte.

–Tal vez no tengas ocasión de explicármelo.

–En ese caso, tú decidirás si quieres que tus jugadores hagan el más absoluto ridículo en el mundial o que tengan todas las opciones de ganarlo.

Por la mañana, un vehículo la fue a buscar y dos hombres la acompañaron permanentemente. Vestía con la ropa deportiva que ellos mismos le habían proporcionado. Llegaron al lugar de la carrera y enseguida resonó el ambiente hostil y casi enloquecido de los que iban a ver aquel tipo de pruebas. Había armas, bebidas estimulantes e incluso animales salvajes en sus jaulas.

Se apostaba de todo: dinero, pero también armas, arte, coches o aviones, incluso territorios o antiguas explotaciones petrolíferas.

Dimitri la hizo llamar.

–¿Llevas la cajita azul? –dijo refiriéndose al pequeño contenedor donde llevaba el chip.

Ella la sacó del interior de su pantalón de correr.

–Está aquí. Te la daré en un rato o la cogerás tú mismo.

–Eres valiente –le dijo.

–Y tú cobarde –le respondió ella antes de darse la vuelta y dirigirse a la línea de salida.

Escuchó las risas de Dimitri y de sus matones mientras caminaba hacia su destino. Ese tipo de hombres solo respetaba las bravuconerías.

El circuito era una combinación de tierra y asfalto en una antigua zona industrial del este de la ciudad, ahora abandonada. Los corredores debían dar vueltas a sus poco más de tres kilómetros de extensión sin parar. Solo se permitía repostar agua y alimento cada dos horas, aunque con el frío que hacía en el exterior no existía apenas riesgo de deshidratación.

La salida la dio el propio Dimitri, anfitrión del acontecimiento, lanzando una bengala roja al cielo.

Kayla se dispuso a iniciar la táctica que se había planteado, seguir a los cinco primeros fuera como fuera. Eran un total de veinte competidores, algunos de ellos auténticos atletas y otros no demasiado bien preparados en apariencia. Vio que por lo menos dos de ellos debían ser futbolistas del equipo eslavo caídos en desgracia, ya que los obligaban a correr con la camiseta del equipo y con las botas de competición, preparadas para agarrarse a la hierba artificial pero no para ese tipo de terrenos. Serían de los primeros en caer.

Las dos primeras vueltas no pasó nada. Todo el mundo aguantaba el ritmo y, salvo los gritos de los espectadores, solo se escuchaban las respiraciones de los corredores. Si uno se fijaba, era fácil adivinar los que estaban preparados y los que no.

Kayla empezó a jadear en la tercera vuelta, pero apretó los dientes y siguió al grupo principal, que empezaba a dejar atrás a algunos corredores. De repente, oyó gritos y ladridos, y se giró justo a tiempo para ver cómo alguien había soltado a tres enormes perros negros que perseguían a los últimos.

Kayla se asustó y aumentó el ritmo a pesar de que empezaba a notar la falta de aire. Uno de los futbolistas fue alcanzado por el perro más rápido y lo tiró al suelo. Sus gritos se oyeron un buen rato a pesar de que el grupo de corredores se alejaba a buen ritmo de allí.

–¡Ayudadme! ¡Ayuda!

Se oyó una especie de trueno que Kayla identificó enseguida como un disparo de arma de fuego y los gritos cesaron.

Poco a poco, el grupo se redujo rápidamente. Sonaron más disparos y se oyeron más gritos, muchos de ellos de entusiasmo de los espectadores, que contemplaban el espectáculo desde la parte alta de los edificios abandonados. Kayla creyó ver en dos ocasiones cómo alguno de los disparos salía de esas posiciones. No tenía manera de saber que, con el precio de una entrada preferente, se adquiría el derecho a poder disparar dos veces.

En la quinta vuelta, estuvo a punto de ser cazada, ya que se había despistado un segundo y estaba entre los dos últimos, que eran los que normalmente caían. La carrera no podía durar mucho más, pues los espectadores se aburrirían si era así. Por delante iban cuatro o cinco chicos destacados. Entre ellos estaría el vencedor.

Los demás... solo era cuestión de tiempo que acabaran muertos.

Adelantó a una chica delgada y bajita a la que llevaba rato persiguiendo. Cuando pasó a su lado, ambas se miraron y, justo en ese momento, Kayla vio cómo le reventaba la cabeza de un disparo. La sangre le salpicó la cara y notó su sabor metálico en la boca. Giró la cabeza y la vio allí tirada como una muñeca rota.

No había nadie más por detrás, ella era la última.

369

Por delante, el chico más cercano estaba por lo menos a medio kilómetro de distancia. No iba a poder alcanzarlo.

Kayla se detuvo. Ya era suficiente.

Oyó los gritos, los rugidos como animales de los que esperaban más sangre derramada.

Abrió los brazos y esperó.

Pensó en Sochi y supo que era el hombre que la habría hecho feliz. Con eso se tranquilizó. Se metió la mano en el pantalón y sacó la pequeña caja azul que contenía el chip.

Pero también contenía algunas cosas más, aunque nadie más que ella pudiera verlas.

Su frustración por no haber podido estudiar.

Su rabia por los años perdidos.

Su odio hacia aquellos que hacían del mundo un lugar siniestro.

Su amor por sus nuevos amigos.

Levantó, tan alto como pudo, la caja hacia el cielo.

Gritó:

—¡Dimitri!

No llegó a oír el sonido que tan bien conocía. Un sonido muy familiar en aquellas tierras regadas con sangre a lo largo de todo el siglo anterior y en gran parte de este. Tierra roja de limpiezas étnicas y de grandes purgas, de campos de concentración y de odios políticos, de dictadores y de militares psicópatas.

Tierra de armas.

Tierra de disparos, como el que acababa de salir del arma del tirador Dimitri Viranov.

Tierra de proyectiles como el que acababa de atravesar su cabeza.

Su cuerpo quedó allí tirado hasta que uno de los hombres del mafioso más poderoso de Moscú lo arrastró fuera del circuito y le arrebató la pequeña caja azul.

Una exactamente igual que la que Astrid había entregado a su antiguo entrenador en las tierras nórdicas que antiguamente estuvieron siempre cubiertas por el hielo.

Una gemela a la que Zoltan había dejado sobre la mesa del entrenador del equipo del Imperio, con sus jugadores descendientes de guerreros milenarios.

Una idéntica a la que su querido Sochi debía hacer llegar al entrenador del equipo principal americano, donde jugaban algunos de los jugadores más rápidos de todo el mundo.

Kayla estaba muerta, y por eso no podía saber que las dos primeras cajas ya habían sido entregadas, al igual que la suya.

Tres de cuatro.

En ese mismo momento, la cuarta y última caja azul se encontraba sobre la mesa de un personaje del que muchos solo habían oído hablar y al que muy pocos conocían. Y, de estos últimos, ninguno por voluntad propia.

Amrad Joker abrió la caja y sacó el chip. Sochi se lo había contado todo sin tener que arrancarle la confesión con violencia. La simple amenaza de lo que le podía ocurrir había sido suficiente para que decidiera explicar lo que sabía. Uno de los especialistas en interrogatorios se lo había explicado.

–Es de la clase de personas que no mentirá. Muchas veces es mejor no empezar las sesiones más que explicando lo que va a ocurrir si no se colabora. Sochi es débil y no tiene intención de esconder nada. Creo que, en realidad, es el primer sorprendido de encontrarse en una situación así.

De manera que los especialistas hicieron sus preguntas y Sochi explicó todo lo que sabía. En pocos minutos Amrad supo que los principales competidores del mundial, con excepción del equipo americano, que era al que Sochi debía hacer llegar su chip, estaban en posesión de uno igual que ese. Replicarlos era cuestión de poco tiempo, especialmente en el Imperio, que contaba con tecnología de primer nivel. También los eslavos lo harían sin problemas, ya que, aunque no tenían instalaciones punteras, sí lo eran muchos de los científicos que trabajaban para sus mafias. De hecho, algunas de las mejores y más potentes drogas sintéticas del mercado salían de sus laboratorios.

Entendía incluso que NEC hubiera decidido no decir nada a CIMA. El espíritu de la competitividad que ellos mismos habían inculcado en la sociedad algunas veces se volvía en su contra. Naturalmente, el entrenador iba a pagar por esa traición: no iría al mundial y seguramente lo desterrarían a algún lugar perdido en el olvidado continente africano. Pero el verdadero problema era otro: ¿qué iban a hacer con los mundiales?

La respuesta estaba clara, aunque no quería tener que tomar la decisión. Sin embargo, con tres de los cuatro principales aspirantes a la victoria final utilizando una tecnología que les proporcionaba una ventaja imposible de igualar por el resto de competidores, no tenía sentido llevarlo a cabo. Todo ello, mezclado con el fraude que ese chip iba a generar en el tema de las apuestas, lo llevaba a tener que decretar la suspensión inmediata del campeonato.

«¡Menudo fracaso!», pensó.

La frustración acumulada acabó estallando en su propio despacho. A pesar de que su norma era no alterarse nunca, pues eso lo situaba en posición de debilidad, no pudo contenerse.

–¡Malditos sean! –dejó escapar en un grito de rabia mientras lanzaba con fuerza un adorno macizo que tenía en su mesa.

Era una bola de cristal hipertransparente sacada de una profunda mina en la antigua Sudáfrica. Seguramente, esa bola había costado unas cuantas vidas antes de que alguien la sacara a escondidas del continente y llegara a una casa de subastas. Ya no recordaba quién se la había regalado.

La bola fue a estrellarse contra una pared virtual, que atravesó sin problemas, y acabó estallando contra una columna oculta de hormigón.

Mientras los pedazos caían al suelo produciendo una especie de sonido de campanillas, Amrad hizo llamar al doctor Bormand. Entendía el sabotaje de esos deportistas fracasados como el tal Zoltan, que querían simplemente boicotear la competición. Desde CIMA constantemente se enfrentaban a situaciones parecidas, mucho menos graves y, en general, las controlaban mucho antes de que significaran un riesgo. Sin embargo, esta vez todo había llegado demasiado tarde.

Quería saber la razón antes de tomar decisiones.

Cuando Bormand entró en su despacho, pudo notar cómo se le descomponía la cara al ver la caja azul abierta y el chip en su interior. Si necesitaba alguna confesión, allí la tenía, en esa expresión de pánico que mostró aquel farsante.

–No diga ni una sola estupidez –le dijo Amrad en cuanto entró–. No me ofenda todavía más tratando de engañarme.

Aquel hombre era un cobarde: ni siquiera intentó negar la evidencia o inventarse una historia. Simplemente se derrumbó y lo explicó todo desde el principio.

Le habló de su intención de manipular las apuestas, del dinero que había conseguido del prestamista Rostok, de su plan para ir manipulando algunos partidos sin que se notara demasiado hasta llegar a la gran final.

–Solo puedo decir que he servido a CIMA durante muchos años de manera fiel y pensando siempre en sus intereses. Imploro clemencia, señor Joker.

Amrad lo miró con desprecio mientras veía cómo las lágrimas se deslizaban por sus mejillas regordetas y caían sobre esa especie de uniforme que se empeñaba en llevar, como si tuviera un regimiento propio al que mandar.

–¡Por favor! –imploró de nuevo en un esfuerzo tan patético como inútil.

–Se me ocurre... –dijo finalmente Amrad– ... que su hija también debe formar parte de la conspiración, ¿verdad? Estaba en el equipo de investigación y además ahora se encuentra bajo protección del Imperio, a quien le ha entregado el chip.

Bormand levantó la cabeza como si realmente acabara de ocurrírsele una idea. Si Elsa estaba bajo protección en el Imperio, se encontraba segura. No iban a entregársela a CIMA bajo ningún concepto, de manera que podía intentar salvarse él sin perjudicarla. Al contrario de lo que le sucedía a mucha gente, el miedo le permitía pensar con gran claridad.

–En realidad –balbució– ella es la auténtica responsable de este enorme malentendido. Le pedí que se uniera a nuestro equipo para alejarla de la influencia de esos malditos orientales. Seguramente usted ya sabe que estuvo unos años trabajando allí... Pues esos malnacidos le lavaron el cerebro y por eso nos traicionó.

–¡Mmm! Ya veo. Bueno, Bormand. Es cierto que usted ha estado mucho tiempo sirviendo a CIMA con resultados más o menos satisfactorios y eso le salvará la vida. Podríamos encerrarlo en una de nuestras celdas de metacrilato y tirar la llave, pero no lo haremos.

Bormand sonrió estúpidamente.

–En cambio, lo que haremos será desterrarle. Ya entiende que después de esto no puede seguir viviendo ni trabajando en nuestro territorio, ¿verdad?

–Sí, sí, claro.

–Dentro de unos minutos, un transporte aéreo lo llevará a su destino. Adiós y buena suerte.

Bormand casi le besó los zapatos, pero se contuvo a tiempo. Cuando salió del despacho, Amrad llamó a su ayudante y le pidió que se pusieran en contacto con un mafioso eslavo llamado Rostok para decirle que el doctor había tratado de estafarlo con el dinero de las apuestas vendiendo esa información a CIMA. Rostok también trabajaba como chivato para ellos, denunciando a los nuevos mafiosos que intentaban introducirse en territorio de la corporación, de manera que se lo entregarían en prueba de buena voluntad. En unas pocas horas un transporte lo dejaría en sus manos.

Casi sintió pena por el doctor.

Casi.

Paseó unos minutos por su despacho, tratando de contener la rabia. Intentó relajarse con una inmersión helada, pero no lo consiguió. Lo que estaba a punto de hacer era de gran trascendencia para el orden mundial.

375

Desde su fundación como corporación, era el golpe más duro que habían recibido en cualquier frente. En los negocios a veces se ganaba y otras se ganaba menos, pero no se recibían humillaciones como aquellas.

Ni siquiera el Imperio, con todo su poder, había conseguido doblegarlos como estaban haciendo ahora un grupo de chicos y dos investigadores.

Algunos de los conspiradores ya habían pagado su precio; otros lo harían pronto.

Sin embargo, no podía ignorar las consecuencias de lo que había pasado. Era posible incluso que le afectaran a él personalmente. Después de todo, CIMA era una macroorganización de carácter fractal, con estructuras aparentemente idénticas repetidas una y otra vez que dominaban todos los aspectos de la economía, el poder, la sociedad, las comunicaciones, la red... Eso la hacía inatacable, pues existían miles de organizaciones dentro de la propia organización, muchas de las cuales ni siquiera se conocían entre sí. Sin embargo, todas tenían algo en común: cuando algo fallaba, el organismo se defendía y lo expulsaba.

Ahora el fallo, el virus al que hacía falta expulsar era él mismo, y, antes o después, los anticuerpos organizativos lo atacarían.

Llamó a su ayudante virtual.

–Quiero que reserve cinco minutos en los principales informativos de las cadenas mundiales para este mediodía.

–De acuerdo, señor.

Le encantaba la eficiencia de esos ayudantes: nunca buscaban excusas, nunca perdían el tiempo con preguntas innecesarias. Cada vez se rodeaba más de ellos y menos de personas.

376   –Dígales que se trata de un importante anuncio de la corporación para todo el mundo y que es obligatorio su visionado en los centros de trabajo y en todos los hogares.

–¿A quién hago constar como responsable? –preguntó el ayudante, que esta vez era la reproducción de un chico joven que, de alguna manera, le recordaba a su propio hijo.

Amrad estuvo unos segundos reflexionando. No tenía elección, esta vez iba a saltar al ruedo sin escudos.

–Yo soy el responsable.

–Así se hará –respondió el ayudante antes de desaparecer.

De nuevo solo, pensó en las ingentes pérdidas que la suspensión de los mundiales iba a suponer, y no solo en dinero. Lo peor era la pérdida de credibilidad. Todos los sistemas caían cuando la gente dejaba de creer en ellos.

El poder de las corporaciones era militar y represivo, pero sobre todo era mental. Nada sobrevivía cuando la gente tomaba conciencia de que los gobernantes no eran de fiar. Ni en las peores dictaduras del siglo pasado fue posible controlar las sociedades solo con represión y fuerza. Al contrario, esos elementos servían para asaltar el poder, pero una vez establecido, debía aplicarse con contundencia pero con cierta contención.

En el caso de CIMA, ni siquiera fue necesario aplicar la fuerza, ya que la gente pedía a gritos que alguien tomara las riendas. Les permitían continuar allí porque les proporcionaban los servicios básicos y una cierta sensación de esperanza, de posible progreso social.

Se trataba de un espejismo permanente.

Los deportes y las apuestas se habían convertido en la droga social y ya nadie podía vivir sin ellas, esperando que, en un golpe de suerte, pudieran abandonar sus miserables vidas para vivir como las estrellas deportivas o los grandes empresarios.

Un espejismo.

Precisamente por eso, si se sabía que era posible manipular las apuestas, si se retiraba el velo que cubría el basurero, todo el mundo vería que les estaban tomando el pelo, y eso, aunque fuera evidente, nadie quería verlo.

Mientras pensaba en ello, sintió que alguien entraba en su despacho sin llamar. Solo ese gesto podía ser castigado con dureza...

–Señor Joker... –lo interrumpió el responsable principal de la investigación.

Se trataba de un chico joven que CIMA había reclutado en el centro de formación que tenían en la antigua Alemania. Sus avances eran impecables y su espíritu emprendedor lo hizo destacar enseguida, por lo que CIMA le asignó un puesto en la sede central. Allí, gracias a su ambición y constancia, que lo llevaban a trabajar no menos de cien horas semanales, incluidos los festivos, consiguió escalar hasta estar cerca del Joker, algo de lo que no estaba seguro fuera una gran elección.

La mirada de cólera que le lanzó debería haber hecho que se fuera sin decir nada. Sin embargo, ahí seguía, y Amrad entendió que algo muy importante o muy urgente requería su atención inmediata; si no fuera así, el ayudante no se hubiera atrevido a seguir mirándolo fijamente.

–¿Qué ocurre? –le dijo con el tono más suave que pudo.

Mostrar ira era mostrar debilidad.

–Hemos estado revisando la documentación que requisamos en la Escuela.

–¿Y bien? –insistió Amrad al ver que se detenía.

–Creo que debería ver lo que hemos encontrado.

–¿Es importante?

–Claro, señor, puede que los mundiales dejen de ser el principal problema.

Antes de seguirlo, Amrad ordenó a su ayudante que anulara la reserva que había hecho en la televisión.

Antes de actuar, debía saber a qué se enfrentaba.

Capítulo 15

–Hola... te he echado de menos –dijo tímidamente Zoltan al ver a Astrid.

–Sí, yo también a ti.

Ambos sonrieron, pero no se atrevieron a más. Astrid acababa de llegar de un largo viaje desde la zona nórdica hasta el Imperio, pasando por la zona eslava para que les costara más seguir su rastro. No tenía ni idea de si el entrenador la había denunciado o de si alguien la buscaba, pero decidió actuar como si eso fuera así. Por lo que pudo saber, nadie la había denunciado... todavía.

Nada más llegar, Zoltan la puso al día antes de que apareciera Elsa.

–Luis murió. Lo hemos sabido a través de un colega que Shaoran tiene en CIMA.

–¿Quién es Shaoran?

–Ya te lo explicaré con calma. Es nuestro contacto aquí.

—¿Cómo murió? —preguntó ella con el rostro compungido.

No había conocido mucho a Luis, y ahora tenía remordimientos por aquel bofetón que le soltó. Parecía un buen hombre, como muchos de los que sufrían y morían por culpa de esas malditas corporaciones todopoderosas.

—No lo sabemos, pero qué importa eso...

—¿Y Elsa?

—Está deshecha, pero es fuerte y podrá con ello. El problema es que su padre también ha desaparecido.

—¿Bormand?

—Sí, creemos que CIMA descubrió lo del chip. Eso explicaría la muerte de Luis y lo de Bormand.

—¿Sochi? —preguntó ella, esperando no oír la respuesta.

—Ni idea. El colega de Shaoran cree que está en la sede de CIMA todavía, retenido o algo así, pero no sabemos más.

Zoltan la miró a los ojos sin decir nada; no hacía falta, ambos se entendieron sin necesidad de palabras. Ella le cogió la cara y lo besó.

Al principio él hizo ademán de apartarse, más por un acto reflejo defensivo que por cualquier otra cosa. Sin embargo, Astrid lo retuvo con firmeza y lo atrajo sin que, esta vez, él ofreciera resistencia alguna hasta darle un beso suave. Solo era un anuncio, un reencuentro.

Una declaración y una rendición.

Del uno en el otro.

Ambos deberían curar sus heridas, pero lo harían juntos.

Mientras estaban así, oyeron que Elsa se acercaba y se separaron inmediatamente.

–Vamos, chicos, no os avergoncéis, solo es un beso. Yo he tenido la suerte de disfrutar de muchos de ellos, aunque ahora...

La voz se le rompió. Astrid dudaba en acudir a su lado y abrazarla, pero no sabía cómo hacer ese tipo de cosas.

Las corazas no se desmontan de golpe.

Cuando la científica se recuperó, le preguntó por su viaje y ella se lo contó a los dos de manera rápida y saltándose los detalles innecesarios. Cuando acabó, Zoltan le cogió la mano.

–Has sido muy valiente.

–Sí –dijo Elsa–. Como Kayla.

Ambos callaron y Astrid se dio cuenta de que algo andaba mal. Elsa la miró y después a Zoltan, a quien le preguntó:

–¿No se lo has dicho?

Él negó con la cabeza y entonces Elsa se lo explicó, o al menos la parte que sabía.

–Murió en una especie de carrera salvaje de esas que antes eran legales también aquí. Los mafiosos que controlan los equipos allí son unos malditos criminales, pero nadie impone ley alguna. Ella lo hizo para asegurarse de entregar el chip.

Astrid sintió que las lágrimas acudían a sus ojos, pero trató de controlarse, como había hecho toda su vida.

–¿Co... cómo fue?

–Tampoco sabemos mucho más. Esos locos la obligaron a participar en esa salvajada y...

–¡Malditos asesinos!

Zoltan le apretó la mano. Ella no se daba cuenta, pero las lágrimas le caían abundantemente por las mejillas. Se acercó a Elsa.

–Yo... siento lo de Luis. Era un buen hombre.

–Sí, lo era. Era cariñoso y además un gran físico.

–Siento haberlo abofeteado.

–Eso se lo merecía.

Se abrazaron y estuvieron así un buen rato, tratando de compartir un dolor que las quemaba por dentro.

Cuando se calmaron, Zoltan le explicó lo que sabían. CIMA había descubierto el chip, pero no lo había dado a conocer.

–Es imposible que quieran celebrar el mundial en estas condiciones –dijo Astrid–. Todo el mundo vería que es un fraude.

–Creo que solo intentan ganar tiempo –dijo Zoltan.

–No me gusta –respondió Elsa.

–¿Aquí estamos a salvo? –quiso saber Astrid.

–Bueno, el Imperio y CIMA no son precisamente amigos, de manera que supongo que estamos tan a salvo como podemos estarlo. Si algo pasa, Shaoran nos avisará –le explicó Elsa.

–Y si eso ocurre, ¿qué haremos?

Elsa trató de sonreír.

–Si ocurre algo, tengo una salida preparada. No os preocupéis.

–¿Qué haremos con Sochi? No podemos ir allí a sacarlo –preguntó Astrid, que no dejaba de pensar en las muertes que sus acciones habían provocado.

–Si es necesario lo haremos –intervino Zoltan.

Elsa le puso una mano en la mejilla en un gesto que trataba de tranquilizarlo.

383

–No debéis preocuparos por él. Controla su destino, de manera que hará las cosas cuando tenga que hacerlas.

–No te entiendo –le respondió Astrid.

–No importa. De todos nosotros, él es el único realmente dueño de su futuro.

–Y... ¿tu padre?

Elsa abrió los brazos en un gesto de impotencia.

–Creo que perdí a mi padre el mismo día que mi madre desapareció. Aun así, siempre ha sabido salir adelante, o sea que espero que también lo consiga esta vez.

No añadió nada más, de manera que cogieron el vehículo autónomo que los esperaba y fueron a descansar al alojamiento que Shaoran les había conseguido. Era un pequeño apartamento en las afueras de la capital. No tenían mucho espacio, pero sí un minúsculo jardín en el que los anteriores inquilinos habían intentado cultivar patatas sin mucho éxito. Shaoran se disculpó mil veces por no haber podido conseguirles algo mejor.

–No te preocupes en absoluto. Has hecho mucho por nosotros y te estaré eternamente agradecida –le dijo Elsa.

Quedaron en dejarlos descansar un par de días y después reemprender con Elsa la investigación sobre sincronicidad que habían decidido llevar a cabo bajo la protección del Imperio. Los dirigentes científicos estaban muy interesados en ese aspecto teórico de la física y, aunque no tenían ni idea de que la teoría había pasado ya al terreno práctico, sabían de su potencial y aceptaron a Elsa en ese equipo a cambio de protección para todos. El hecho de que ella ya hubiera estado antes un tiempo trabajando con ellos ayudó mucho a tomar la decisión.

Elsa sabía que sus revelaciones, después de lo que había encontrado gracias a Sochi, podían significar un seguro de vida para todos ellos. Solo esperaba la ocasión de hacerlo saber.

Ninguno de ellos podía sospechar que otro equipo científico, situado a miles de kilómetros de allí, concretamente en la península de Delmarva, estaba trabajando de forma intensa en ese tema a partir de la documentación obtenida precisamente por los experimentos de Elsa con Sochi que iban incluidos en la documentación que Luis y el doctor Bormand habían llevado hasta allí. Cuando entendieron la magnitud de lo que hallaron y sus implicaciones futuras, decidieron ir a contárselo directamente al Joker.

Cuando Amrad lo averiguó por su ayudante, visualizó directamente la experiencia virtual de Sochi y supo que tenía algo muy grande entre las manos. Tanto que la posible anulación de los mundiales dejó de tener tanta importancia.

Hacía mucho tiempo que él mismo había puesto en marcha una especie de consejo secreto con algunos de los mejores pensadores del territorio CIMA y también del Imperio para elaborar estrategias a largo plazo que les permitieran mantener esa situación de poder durante tanto tiempo como fuera posible. Para siempre, si ello era imaginable, ya que Amrad creía que las actuaciones en el presente no debían ser un objetivo en sí mismo, sino parte de un plan que les permitiera perpetuarse en el poder. Así pues, a pesar de una manifiesta enemistad con el Imperio, que se declaraba en muchos frentes, eso no impedía que existieran canales abiertos de comunicación, porque, en el fondo, los poderosos tienen un objetivo común y único: la permanencia en el poder.

Ese comité mantenía abiertos diferentes escenarios, algunos más factibles que otros, en los que se contemplaban diferentes opciones futuras, desde nuevas crisis económicas mundiales, levantamientos populares, una guerra global o incluso una epidemia por virus incontrolados. Era, por así decirlo, la anticipación de diversos universos posibles, algo muy propio en esa situación.

–Se actúa en el presente, se piensa en el futuro –era una de las frases preferidas de Amrad, que, muy a menudo, presidía esas reuniones.

Cuando los americanos supieron de la existencia del comité fueron invitados a unirse, no así los eslavos, que, a pesar de contar con grandes pensadores, vivían un proceso de corrupción masiva tan grande que nadie de allí era lo suficientemente fiable.

Después de sopesarlo mucho, Amrad decidió presentar su descubrimiento sobre la experimentación de la sincronicidad a escala real a ese mismo comité. Sus palabras de presentación se recordarían durante mucho tiempo.

–Vengo a traerles el futuro, uno infinito.

La reunión tuvo lugar en uno de los complejos secretos de la sede de CIMA, junto al océano y vigilado por drones armados y todo tipo de medidas de seguridad. A esa convocatoria fueron invitados los representantes de más alto nivel de CIMA, del Imperio y de los Estados Globales. Una vez expuestos los datos, el Joker pudo observar cómo aquellos hombres sabios se mostraban totalmente desconcertados.

Muchos de ellos habían elaborado hipótesis teóricas sobre los cambios en la relación entre tiempo y espacio, pero jamás pensaron que eso fuera posible y, menos todavía, que pudieran comprobarlo con sus propios ojos en esta misma generación.

De hecho, la primera reacción de muchos de ellos fue de escepticismo, cosa que alegró a Amrad, ya que eso pondría a prueba su propio convencimiento de que acababan de encontrar la puerta de entrada a una nueva era en la historia de la humanidad. Y con esas mismas palabras lo expresó ese mismo día:

—Esa puerta es la del control del futuro, y, lo crean o no, todo confluye en este momento para que sea así. Los recursos del planeta, nuestros recursos naturales están al borde del agotamiento, la carrera espacial que empezamos de nuevo hace dos décadas no ha conseguido todavía sobrepasar nuestro sistema solar, limitando mucho las opciones de encontrar nuevos espacios para colonizar. La Tierra se muere, eso lo sabemos. La contaminación avanza y descompone cada brizna de hierba, mata cada árbol y animal, envenena el agua de nuestros ríos y mares. Todo indica que el colapso se acerca.

Nadie dijo nada, pues, aunque no querían reconocerlo públicamente, todos ellos sabían que eso era cierto. A pesar de los avisos, habían sobreexplotado tanto las posibilidades de ese planeta que ya hacía mucho que el reloj iniciara la cuenta atrás.

—Así pues, si no podemos abandonar este planeta moribundo y no somos capaces de regenerarlo, hasta ahora solo teníamos una opción, la extinción. Pero en este momento, la pregunta es diferente y lo cambia todo. La pregunta es: ¿qué ocurriría si descubriéramos la manera de cambiar de mundo sin movernos de aquí? Llevamos tanto tiempo buscando una salida hacia el exterior que no nos pusimos a buscar una salida que nos permitiera deshacer los errores y escoger otro camino.

Si realmente existe esa infinita realidad paralela de la que muchos de ustedes han estado hablando en sus estudios y artículos teóricos, solo tenemos que encontrar la manera de trasladarnos de uno a otro sistema. Incluso si eso no es posible, las opciones que la idea de sincronicidad nos abre para poder condicionar nuestro propio futuro hacen que sea necesario centrarnos en abrir esta puerta que hoy les presento. Nuestra obligación es mantenernos en el poder para evitar que se repitan los errores del pasado, así que, si controlamos el futuro... ¿quién va a poder sustituirnos?

Se hizo un silencio expectante, porque, aunque todos los presentes sabían la respuesta, querían oírla en voz alta.

—Yo se lo diré —dijo el Joker, cumpliendo las expectativas—. Nadie va a hacerlo.

Las muestras de alegría duraron poco, ya que todos los presentes eran personas racionales y poco dadas al entusiasmo colectivo. Las discusiones se iniciaron enseguida y eso alegró a Amrad. Si discutían es porque lo veían posible.

Hallarían la manera.

Pero lo primero era controlar los daños y reconstruir el escenario que había reventado con la aparición de esos primeros indicios. Tenía que hablar con sus enemigos del Imperio y pedirles que le entregaran a Elsa. Cuando intentaron reproducir el mismo experimento que llevó a Sochi a demostrar su capacidad de sincronía, no había funcionado. Tenían el mismo tipo de tecnología utilizada en la Escuela, las mismas condiciones, y, sin embargo, faltaba algo.

Y fuera lo que fuera lo que faltara solo Elsa lo sabía, ya que ella era la responsable de la investigación. Amrad trató de localizar a Bormand para ofrecerle a su hija la vida de su padre a cambio de colaboración, pero los eslavos ni siquiera sabían dónde andaba.

Se puso en comunicación con su contacto político del Imperio, la directora de operaciones mundiales.

–Tenemos un intercambio que ofreceros –le dijo en cuanto vio su reproducción virtual en su despacho.

Esas comunicaciones funcionaban por un canal controlado al que nadie más tenía acceso.

–Supongo que la oferta será buena si lo que quieres es a tu científica y a esos dos muchachos –respondió su interlocutora.

La que hablaba era Mo Li, una mujer extraordinariamente obesa e inteligente con quien resultaba fácil tratar. Era dura, mucho, pero sabía muy bien que incluso los enemigos necesitaban negociar a menudo si querían mantener ambos su situación de privilegio.

–Los muchachos no me interesan para nada, pero me gustaría que los matarais para no tener más problemas con ellos. Además, se han comportado como perros traidores y eso no se puede perdonar.

–No, claro que no. Los que nos atacan deben ser eliminados.

–La que me interesa es la física, Elsa.

–Y a cambio... –empezó la frase Mo Li.

–A cambio os cedo compartir el futuro.

–Eso suena muy bien, Amrad, pero tal vez necesitaríamos algo más de concreción.

–Claro. Nuestra querida Elsa seguro que está colaborando con alguno de vuestros científicos. Algún físico, seguramente, alguien especializado en teoría cuántica avanzada.

El silencio que se produjo le confirmó que había acertado de lleno.

–El doctor Shaoran es uno de nuestros mejores especialistas en física cuántica, concretamente en un campo vinculado a las teorías sobre... ¿cómo se dice esa palabra en inglés? –intervino Mo Li sonriendo.

–*Synchronicity*. Creo que esa es justo la palabra que buscas.

–Puede ser.

–Preguntadle al doctor si vale la pena que me mandéis a nuestra querida Elsa con un gran lazo. Preguntadle si ellos tienen todas las piezas que hacen falta para avanzar. Además, hoy he presentado algunas cuestiones interesantes al comité estratégico conjunto. Hablad con vuestro representante.

–Lo haremos.

–Hacedlo deprisa.

–Aquí nada va deprisa, deberías saberlo.

–De acuerdo, sin prisas, pero hacedlo.

–Acabo de dar la orden.

En realidad, Amrad sabía que el Imperio detendría a Elsa y a ese doctor Shaoran en unos minutos si quisiera. Seguro que los tenían controlados desde hacía tiempo. Nadie trabajaba en física cuántica para esos paranoicos orientales sin que supieran con quién se veían o con quién hablaban. En territorio CIMA pasaba lo mismo, y probablemente también los americanos lo hacían. En cambio, nadie estudiaba o investigaba en física cuántica en territorio eslavo, al menos no de forma legal u oficial.

Si todo iba como esperaba, pronto tendrían allí el eslabón que les faltaba para empezar a trabajar en la sincronicidad, en el futuro de CIMA y en ese *statu quo* del que él se consideraba el guardián.

Mientras tanto, debían abordar el presente y solucionar el enorme problema de los mundiales. Tenía un equipo de personas a su cargo pensando en ello desde que habían sabido lo de los chips. Dormían solo lo justo, debatían todo el día, elaboraban propuestas y luego las destrozaban. Disponían de todos los medios humanos, tecnológicos y de comunicación que fueran necesarios. Eran buenos en lo suyo y fieles a CIMA, entre otras cosas porque ganaban bastante dinero y tenían una buena posición social, cosas ambas que podían evaporarse si no ofrecían al Joker alguna alternativa efectiva.

–¿Y bien? –les preguntó en cuanto se sentó en la cabecera de la enorme mesa de reuniones donde se analizaban los resultados.

El que le respondió fue uno de los jefes de comunicación de CIMA.

–Hemos debatido y analizado muchas buenas propuestas y...

Amrad lo cortó con un gesto.

–No me interesa lo que habéis descartado, solo la solución.

Conrad Justin tragó saliva y decidió explicar directamente lo que habían decidido. Llevaba dos años trabajando en la sede central y su ascenso en el departamento de comunicación, que empleaba a cerca de cuatrocientas personas solo allí, se debía en buena parte a su audacia. A pesar de eso, cuando se trataba de plantearle cosas a ese hombre, perdía buena parte de su valentía.

–Digamos la verdad –dijo finalmente.

Se produjo un pesado y largo silencio. Los veinte hombres y mujeres que estaban sentados alrededor de la mesa ni siquiera respiraron mientras Amrad Joker calculaba los costes y beneficios.

Finalmente, para alivio de todos, dijo:

–De acuerdo, explicadme cómo lo haremos.

–Diremos que se ha producido una traición...

–No, nada de utilizar esa palabra. El solo hecho de citarla, aunque sea para explicar que la hemos contenido, implica que es posible planteársela.

–Sí, claro –respondió Conrad, maldiciéndose por no haberlo previsto él mismo.

No podía cometer más fallos como aquel o el Joker lo haría callar y su carrera estaría acabada.

–¿Un robo? –preguntó tímidamente.

Amrad no dijo nada, lo que se interpretó como una autorización a seguir por ese camino.

–El doctor Bormand, un científico reputado...

–No sabemos su situación actual –volvió a cortarlo el Joker.

Esta vez tomó la palabra una mujer bajita responsable de tareas de seguridad activa, a quien todo el mundo conocía por el nombre de Ángela.

–Está muerto, me lo acaban de decir. Encontraron su cuerpo... o lo que quedaba de él en una zanja en las afueras de la antigua Belgrado. Lo repatriaremos y mantendremos en conservación por si es necesario hacerlo aparecer en algún sitio conveniente.

–Bien, sigamos –respondió suavemente Amrad.

Conocía a Ángela personalmente, pues era él quien la había reclamado para la sede central. Era una expolicía experta, cruel y muy eficaz que se encargaba de que cualquiera que estorbara a CIMA simplemente dejara de hacerlo.

–Bien, como decía... –continuó Conrad cautelosamente– ... tenemos al doctor Bormand, un científico que trabajaba para nosotros en un proyecto para la mejora del rendimiento de los deportistas de élite. Este proyecto, iniciativa de CIMA, era una prueba piloto para comprobar si los resultados eran de aplicación inmediata y si así se mejoraría la competitividad en el próximo mundial, ya que optimizaba la rapidez de reflejos y otros parámetros. Evidentemente, esa información sería compartida en su momento con el resto de competidores.

–La palabra *parámetros* es confusa. Rapidez es suficiente –intervino Amrad.

Eso quería decir que estaba satisfecho con lo que oía. Conrad se animó.

–Naturalmente, solo la rapidez de reflejos. En cualquier caso, el doctor Bormand contactó con un conocido mafioso eslavo llamado Rostok; tenemos conversaciones suyas que podemos manipular para eliminar o cambiar lo que no nos cuadre. Su intención era vender esos chips, propiedad de CIMA, a algunos de nuestros competidores, especialmente a esos salvajes; caen mal a todo el mundo.

Esperó por si esa mención suscitaba algún comentario y continuó.

–Nuestros servicios de información detectaron ese delito de forma inmediata y hemos detenido al doctor Bormand esta mañana. Igualmente, en una redada de las fuerzas de seguridad eslavas, el traficante Rostok ha resultado muerto...

–Hace dos horas nuestros hombres de fuerzas especiales lo han matado y han acabado con todo su equipo. También tenemos el cuerpo de Rostok acribillado por munición eslava –lo interrumpió Ángela.

Conrad la miró un instante, algo molesto por la interrupción, pero no iba a decirle nada a aquella mujer menuda y pelirroja. Era muy, muy peligroso tenerla como enemiga.

Incluso tenerla como amiga lo era.

–Después de esta trai... ehhh, quiero decir, esta venta ilegal, y para asegurar que nada ni nadie tratará de jugar con ventaja en los próximos mundiales, todos los equipos que se encuentran clasificados para la disputa del campeonato se someterán, al inicio de cada partido, a una revisión telemétrica para comprobar que no hay ningún indicio de mecanismo en los cuerpos de sus componentes que generen alguna ventaja. También se pondrán en marcha controles aleatorios durante los campeonatos o como nosotros prefiramos.

–¿Hemos hablado ya con el entrenador de NEC? –preguntó el Joker.

–Sí, hace unas horas –respondió el propio Conrad–. Ha confesado la visita de esa chica nórdica y que poseía un modelo de chip que, naturalmente, según él, pensaba notificarnos cualquiera de estos días.

–¿Podemos echarlo hoy mismo?

–Bueno... –intervino el coordinador deportivo central–. Podríamos hacerlo, pero naturalmente eso resultaría perjudicial para el equipo.

–Aun así, lo quiero fuera mañana mismo. Que el segundo se haga cargo.

–De acuerdo, yo me encargo –dijo antes de salir de la sala.

Conrad dudó.

–¿Sigo?

Amrad se limitó a mirarlo.

—Finalmente, emitiremos un comunicado en el que CIMA, una vez más, se compromete con el juego limpio y todo lo demás.

—¿Cómo afectará eso a las apuestas? —quiso saber.

Esta vez el que habló fue un hombre mayor, calvo y con sobrepeso, pero un genio para todo lo relacionado con la estadística aplicada a los juegos de competición. Era catedrático en uno de los centros de estudio más importantes de CIMA.

—Seguramente, sin tener todos los datos claros, podemos calcular un descenso cercano al treinta por ciento en el total de capital que se mueva por los circuitos habituales de apuestas.

—¿Tanto?

—Me temo que sí. Las apuestas tienen un importante componente psicológico vinculado a la confianza. Cualquier noticia que, aunque sea de paso, mencione la posibilidad de que no sea la suerte quien mueva la rueda de la fortuna, elimina de golpe a un buen número de apostantes. La gente es así de idiota, me temo.

¡Un treinta por ciento! Eso era muchísimo dinero que dejaría de circular por una de las principales arterias económicas del planeta. Pero no podía hacer otra cosa. Contener los daños y seguir adelante. Mucho peor hubiera sido suspender los mundiales. Con esas medidas, explicadas en noticiarios de todo el mundo, tanto los eslavos como los dirigentes del Imperio entenderían que no podían utilizar el chip.

Si a alguno se le ocurría hacerlo, todo el mundo se daría cuenta y quedaría eliminado y ridiculizado delante de todo el planeta.

Esperaba que con eso fuera suficiente, aunque ya nada podría evitar que, a medio plazo, todo el sistema se hundiera. Antes o después, por muchos controles que se pusieran, alguno o todos los equipos dispondrían del chip o de alguna herramienta semejante basada en él. Lo utilizarían, y eso significaría el fin.

Si algún equipo era tan superior a los demás que ganaba seguro, los espectadores se aburrirían y nadie apostaría en su contra. Si todos los equipos lo utilizaban, el campeonato perdería interés porque el chip igualaba tanto las fuerzas que la competición dejaba de tener gracia.

Fuera como fuera, esos malditos estúpidos habían firmado el final del sistema deportivo y económico tal como lo conocían ahora: el final del deporte como cúspide de control social y de las apuestas como medio de obtención de beneficios casi ilimitados.

Iban a pagar por ello.

La caza había empezado. Era cuestión de horas que le llegaran buenas noticias del Imperio.

Seguramente, pensó, mientras mantenían esa reunión tratando de contener los efectos del desastre, las fuerzas de seguridad imperiales estaban ya asaltando la casa de ese científico Shazan o como se llamara. Iban a apresarlos a todos y pronto tendría con él la única pieza que realmente importaba, porque, de alguna manera, Elsa tenía que ser esa pieza. Si no era así, todo se perdería y tantos esfuerzos quedarían en nada.

En realidad, toda su vida quedaría en nada, porque si no ofrecía a CIMA algo realmente importante a cambio de la pérdida de los mundiales, su propio futuro dejaría de ser una incógnita: simplemente desaparecería.

Sin embargo, aunque el Joker acertó en su previsión en cuanto a lo que harían las fuerzas de seguridad, se equivocaba respecto a Shaoran y a los demás. En ese momento se encontraban camino de un pequeño aeropuerto científico situado a unos cien kilómetros de la capital imperial.

A pesar de que le habían asegurado que Elsa y sus compañeros estaban bajo protección oficial, Shaoran no estaba tranquilo. Tenía el presentimiento de que algo malo iba a sucederles. Llevaba todo el día intranquilo, inquieto, como si la sensación de un desastre próximo se le estuviera revelando de una forma que nunca había experimentado antes, casi física. Lo había soñado durante dos noches seguidas y, al final, se lo confesó a Elsa. Ella sonrió y les dijo a Zoltan y a Astrid que cogieran lo imprescindible para huir y que se reunieran con ellos dos en un céntrico edificio muy conocido por su extravagante forma de flor. En cuanto quedaron avisados, le dijo a Shaoran:

—No es un presentimiento, es Sochi. Trata de advertirnos.

—No puede ser —respondió Shaoran—. No sabe nada de lo que está sucediendo. No olvides que, según mis fuentes, sigue retenido en la otra punta del mundo.

—Todavía no has entendido el extraordinario poder que confiere conocer los mecanismos de influir en la realidad. No necesitas desplazarte ni hacer nada especial. Solo debes *saber* que puedes hacerlo. Sochi debe haber conocido que iban a por nosotros y está llamando tu atención para que lo evites. Eso es influir, eso es condicionar la realidad.

—*Synchronicity*, ¿no?

—Exacto.

—Así que ese es su funcionamiento.

–No estoy segura, pero supongo que esa debe ser una de sus infinitas posibilidades, porque si la realidad ofrece infinitas opciones, otros tantos caminos deben ser posibles.

–Universos paralelos –concluyó Shaoran.

Salieron a tiempo, cuando nadie los buscaba todavía, y llegaron al pequeño aeropuerto en unos minutos. Shaoran tenía permiso para utilizar sus instalaciones como científico de alto nivel. Si no habían dado una alerta general, cosa que dudaba, pues al Imperio no le convenía que nada de aquello se supiera, nadie le pondría dificultades para volar allí donde quisiera.

El plan de escape era simple, porque, según Elsa, el destino estaba ya escrito.

Lo lograrían.

Cuando le preguntaban cómo podía saberlo, simplemente sonreía y decía:

–Dadle las gracias a Sochi.

Un pequeño avión los esperaba con el motor en marcha. Era un ejemplar de recogida de muestras marinas, con un radio de acción de poco más de quinientas millas. La idea era que los llevara hasta el enorme puerto de Qinhuangdao, en la antigua provincia china de Hebei, a unos trescientos kilómetros al este de la capital. Allí se encontraba un monstruoso puerto bañado por el mar de Bohai.

–¿Qué haremos una vez allí? –quiso saber Astrid, que parecía algo asustada, una faceta nueva para todos, incluida ella misma.

Elsa iba a decírselo, pues hacía tiempo que tenía previsto un plan de fuga por si llegaba ese momento. Era la única que nunca había confiado en el Imperio.

–Desde allí iremos a...

–¡No! –la cortó con vehemencia Shaoran–. Prefiero no saberlo.

–Pero tú... vienes con nosotros, ¿no? –le preguntó Elsa a pesar de saber la respuesta.

–Me temo que no, querida amiga. Mi familia y mi vida están aquí y, después de todo, no he hecho nada malo hasta ahora. Siempre he trabajado por el bien del Imperio y fui yo quien los informó de vuestra presencia y de los motivos de la misma.

–Pero ahora, este avión... –intervino Zoltan.

–Diré que me engañasteis. Se lo creerán o no, pero no me harán daño.

–Yo no confiaría en esas malditas corporaciones, no son humanas –dijo Astrid.

Elsa estuvo de acuerdo.

–Tal vez sea así, pero me arriesgaré –dijo Shaoran–. Además, si me mantengo aquí podré seguir trabajando con esa pequeña joya que nos has proporcionado, Elsa, querida. Toda mi vida he creído en la posibilidad de crear un futuro distinto, quizás no de esta manera, pero si tiene que ser así, no seré yo quien le ponga trabas. Marchaos lo antes posible y espero que lleguéis a algún lugar donde podamos vernos algún día. Si no es así, que la paz y la armonía sean vuestras compañeras en el viaje y en la vida.

Zoltan abrazó a Shaoran y subió al avión. Astrid le dio la mano y siguió a Zoltan.

Elsa se resistía a perderlo de vista.

–No puedo irme sin ti –le dijo–. Juntos podemos llegar mucho más lejos de lo que nadie haya conseguido jamás en este campo y en otros que todavía están por descubrir. Ven y entraremos juntos en un nuevo mundo, en un millón de nuevos mundos, de realidades paralelas que están aquí mismo.

Extendió la mano como si quisiera alcanzar algo cercano.

Shaoran se la cogió y le explicó algo que jamás había contado a nadie. Iba a ser su legado a la mejor amiga que había tenido.

—Cuando yo tenía la edad de Astrid o de Zoltan creía que mi mundo estaba vacío. Me sentía inadaptado y no encontraba mi sitio; simplemente no encajaba. Eran los años duros de la gran crisis. Mi familia no era de las que peor lo tenían, porque la familia de mi padre era respetada y aquí la tradición y el respeto son muy importantes. Recuerdo que, aunque no teníamos ingresos, igual que muchas otras familias, siempre venía alguien a ofrecernos algo de arroz o de ropa. Yo me rebelaba porque pensaba que no nos merecíamos ser más que los otros, creía que era injusto, de manera que me plantaba en la puerta de casa y rechazaba lo que los vecinos o amigos nos traían. Cuando mi padre se enteró, no se enfadó conmigo. Me obligó a acompañarlo a todas esas casas para pedirles perdón por mi osadía. Según me explicó, despreciar esos regalos implicaba una gran ofensa porque no les permitía a los demás ayudarnos, que era lo único que les quedaba como personas.

Hizo una breve pausa.

—Al final, me dediqué a la ciencia y allí encontré mi espacio, mi lugar en el mundo, y me juré que trabajaría para que el futuro fuera un lugar mejor que el pasado. Un lugar en el que prestar ayuda no fuera necesario, en el que la gente no sintiera que valía menos que los demás. Y ese futuro ahora es posible, tú lo puedes hacer posible, y mi regalo para ti será esperar aquí y daros tiempo para escapar. Con suerte, no me pasará nada. No desprecies mi regalo porque es lo que me hace feliz.

Elsa trató de que no le cayeran las lágrimas. Sabía que allí esa manera de mostrar los sentimientos propios no era bien acogida.

–De acuerdo, Shaoran, acepto tu regalo y lucharé para devolvértelo en forma de un futuro en el que los jóvenes no tengan que luchar entre ellos para sobrevivir. Un lugar sin violencia y sin humillaciones gratuitas.

–Hazlo y aceptaré tu regalo con gran placer.

–Si aguantas un poco, te enviaré una señal –le dijo Elsa mientras le daba un abrazo que Shaoran aceptó con algo de incomodidad.

–¿*Synchronicity*? –preguntó él en cuanto se separaron.

–*Synchronicity* –le respondió Elsa con una gran sonrisa.

Cuando el avión partió, Zoltan se acercó a Astrid, que todavía se veía afectada. Algo le ocurría.

–¿Qué te pasa?

Ella lo miró con dureza, pero no pudo aguantar la rabia que normalmente transmitía su mirada feroz. La guardaba para el campo de juego, para la vida en general. Para ella, siempre había sido pelear o perder, luchar o sufrir el dolor.

–Vamos... –le dijo Zoltan suavemente.

–Para ti es más fácil dejarte ir. Hace tiempo que no vives con el odio en los zapatos.

–¿Eso crees?

Astrid hizo una pausa y miró por la ventana; no se atrevía a mirarlo a los ojos con lo que iba a decirle.

–Vi cómo golpeabas a ese chico hasta dejarlo inconsciente. El entrenador NEC guarda las imágenes y a veces se las enseña a sus muchachos para que aprendan a luchar, para que aprendan a odiar.

Zoltan se retiró al asiento de la fila de al lado. Iban en un transporte aéreo muy pequeño, con apenas cuatro filas de asientos a cada lado. Elsa se había sentado en la primera fila y no hablaba con nadie.

–Ese que viste no era yo, en realidad. Era el monstruo que crearon desde que era pequeño. Me alimentaron con sangre, me dieron odio para desayunar y para cenar. Crecí pensando que los demás, todos los demás, eran mis enemigos y que yo debía defenderme o acabarían conmigo.

–Sí –intervino Astrid–. Conozco bien esa sensación.

–Todavía hoy me miro en el espejo y me pregunto quién soy. Esas imágenes que viste aparecen en mi vida en el momento más inesperado, nítidamente, como si fuera una grabación de alta definición. Recuerdo la cara del chico, aunque no su nombre, recuerdo el sonido de mi pie cuando impactaba en su cara, recuerdo su nariz partiéndose...

–No hace falta que sigas –le dijo Astrid poniéndole una mano en el brazo.

–No me importa. Hace ya bastante que asumí que hubo un tiempo en que fui un animal. Un animal salvaje al que sacaban de la jaula de vez en cuando para que atacara a otros animales.

–Así me siento yo.

–Lo sé, pero tú no eres un animal.

–Pero... no es tan sencillo, Zoltan. Algunas de las cosas que he hecho... bueno, no sentí que estaban mal entonces, pero ahora... es diferente. Todo es diferente cuando consigues apartarte un poco.

Zoltan sonrió con tristeza.

–¿Sabes una cosa? Cuando me volví loco ese día, fue una bendición. Me arrepentiré toda la vida de haberle hecho tanto daño a ese chico. Espero que se recuperara con el tiempo y que siguiera con su vida, aunque lejos del maldito juego.

«¡No lo sabe!», pensó Astrid. Esos malnacidos no llegaron a decirle que el chico murió en el hospital por culpa de una hemorragia interna provocada por los golpes recibidos.

–Algunas veces he pensado en buscarlo y darle las gracias, ¿sabes?

–Ehhh, no, no. No creo que sea buena idea. Esas cosas hay que dejarlas en el pasado cuanto antes.

–Sí, tal vez tengas razón.

«¿Qué hago? ¿Se lo digo?», pensó ella.

–Justo después de esa salvajada, desperté. Fue como si de golpe alguien me hubiera arrancado una máscara y viera el mundo tal y como era realmente. Sucio, cruel, sangriento... Y también me vi a mí mismo, vi en qué me había convertido y vomité. Estuve varios días enfermo, tratando de sacar de mi interior toda la rabia, la suciedad, el odio que me carcomía el corazón.

–¿Lo lograste?

–Bueno, solo en parte. Sigo sintiendo odio, pero solo hacia esos desgraciados que nos convierten en alimañas. Y también hacia los hipócritas que miran y aplauden, a todos los que esperan que llegue el día del partido para ver cómo nos matamos entre nosotros y gritan su ira y su rabia porque no se atreven a hacerlo contra los que los maltratan de verdad. Odio su cobardía.

—Yo también.

—Pues mantén ese odio, solo ese, y deja salir el resto.

Astrid se volvió de nuevo hacia la ventana, mirando cómo se acercaba la costa a gran velocidad. El puerto de Qinhuangdao era tan grande que se iba comiendo a la ciudad de la que nació, como un cáncer que se extiende imparable, devorando todo lo que encuentra a su paso. A lo lejos, el mar se veía sucio y oscuro, una muestra más de a dónde los había llevado esa sociedad enferma.

—También lucharemos por recuperar eso —le dijo Zoltan, que se había acercado hasta ocupar el asiento contiguo.

—No sé si tenemos futuro. Elsa dice que lo podemos construir, que podemos cambiarlo, pero yo no lo creo. Somos como ese mar oscuro que se va muriendo poco a poco.

Zoltan le acarició la mejilla.

—Tal vez el futuro no exista. Es posible que sea así y que Elsa y Sochi solo estén viviendo una alucinación contagiosa.

—Sí, eso creo.

—Bueno, pero si fuera así, entonces CIMA no nos perseguiría como lo está haciendo, ¿no crees?

Astrid se apartó con suavidad.

—No lo sé. No entiendo nada de todo eso, pero cuando veo ese mar oscuro pienso en los corazones también oscuros de los que nos rodean y entonces creo que, realmente, no hay un futuro que nos espere.

Zoltan volvió a poner su mano en la mejilla caliente y algo áspera de Astrid. Sus cabellos eran rojizos y no llevaba lentillas de colores, por lo que relucían sus ojos color esmeralda.

—Pues si no tenemos futuro, disfrutemos del presente. Es todo lo que nos queda.

Se acercó con suavidad y besó sus labios agrietados. Al principio ella no hizo nada, no se retiró ni tampoco participó. Zoltan se apartó y la miró directamente a los ojos, todavía más allá, a su interior. Y fue en ese momento en el que ambos sellaron un compromiso.

Elsa trató de interrumpirlos haciendo ruidos con los asientos. Como vio que estaban tan concentrados que no la oían, fingió un ataque de tos, sin mucho éxito.

Estaba pensando en cómo volver a intentarlo cuando oyó la voz de Astrid, que surgía de en medio de los dos cuerpos abrazados.

–Te hemos oído.

–Ehhh, yo... lo siento.

Se separaron y la miraron. Ambos estaban rojos, pero sonreían.

–¿Ya llegamos? –preguntó Zoltan.

–Sí.

–Bien, ¿y ahora cuál es el plan? –preguntó Zoltan.

–Vamos a coger un barco –les respondió.

–¿Hacia dónde? –preguntó Astrid incorporándose del todo.

–Rumbo al futuro.

–Ah, ¿sí? –intervino Zoltan sin dejar de sonreír–. ¿Y qué tiempo hace en el futuro? No sé si llevamos ropa adecuada para eso.

–Calor –respondió Elsa sonriendo igualmente–. Mucho calor.

少女

TUI

Se le asocia con la paz serena que representa un lago. Es la tranquilidad, la sensualidad, el placer y el bienestar. Simbólicamente traduce situaciones de estímulo sensual, goce, alegría, júbilo y optimismo. Representa la facultad de comunicación, la mente abierta, receptiva y con voluntad de cooperación.

REINA EN EL SUDESTE

En la quietud reina el alma inquieta.

Capítulo 16

—¡Qué calor! ¡Es insoportable! –se quejó Astrid.

Acostumbrada desde pequeña a un clima frío, ya le había costado bastante soportar el calor de la zona mediterránea, que, en el pasado, había sido considerada una zona templada, aunque ahora estaba semidesértica por culpa del radical cambio de condiciones ambientales de las últimas décadas.

Pero eso no era nada comparado con la elevadísima temperatura que sufrían desde su llegada al continente africano. Allí fácilmente se alcanzaban los treinta y cinco grados desde primera hora de la mañana y, al mediodía, uno corría el riesgo real de morir de un golpe de calor casi en cualquiera de sus treinta millones de kilómetros cuadrados. Solo el centro continental, que conservaba todavía una frondosa vegetación, poseía un microclima más soportable, legado de cuando esa zona mantenía un clima tropical propio, con una temperatura alta pero constante y lluvias abundantes que mantenían un grado de humedad superior al ochenta por ciento. Sin embargo, ese territorio era cada vez más pequeño, y el norte y todo el sur eran pura zona desértica, árida y prácticamente despoblada.

La mayoría de los habitantes *flotantes* que tenía el continente se agrupaban en la zona media, y llegaban a ser unos pocos millones, según quien los contara. En realidad, nadie sabía con seguridad cuánta gente vivía allí. Cuando las grandes corporaciones se repartieron los territorios, África era la joya de la corona que todos querían, especialmente por sus grandes reservas minerales, que permitían un desarrollo ingente de la tecnología. Los yacimientos de tungsteno primero, de grafito después y, sobre todo, del codiciado coltán habían arrasado el continente con guerras constantes financiadas desde fuera de ese territorio olvidado. Para su desgracia, el coltán descubierto recientemente en los desiertos africanos tenía un porcentaje mayor de tantalita, muy superior al 30 % que se había encontrado hasta entonces, lo cual hizo que nadie tuviera interés en que el continente se desarrollara. Al contrario, cuanto más descontroladas estuvieran sus enormes extensiones, más fácilmente podían las corporaciones extraer lo que necesitaban sin obedecer a prevención medioambiental alguna. Por eso mismo, a pesar de su escasísima población, era con diferencia la zona más contaminada del planeta.

Hubo tratos para repartirse el amplio territorio, pero resultó que todo el mundo quería los enormes desiertos que cubrían buena parte del territorio y, en cambio, había muy poco interés en la zona central. La solución fue declarar todo el continente *territorio compartido*, lo cual, en realidad, fue un eufemismo para expresar que aquello era *tierra de nadie*.

Para cumplir los pactos, por lo menos formalmente, las corporaciones, que durante décadas habían explotado los yacimientos y contaminado el suelo, hicieron ver que abandonaban África, aunque en realidad pasaron a subcontratar expediciones de sondeo y también las explotaciones, cuando estas daban algún resultado. En la mayoría de las ocasiones, los yacimientos que quedaban se localizaban en medio de la nada, en pleno desierto, con temperaturas que no permitían la vida.

Para poder realizar las explotaciones, se desarrollaron métodos de supervivencia en enormes burbujas con climas controlados que daban cobertura a pequeños poblados de apenas trescientos habitantes dedicados a extraerle la sangre a la madre Tierra. Los trabajadores vivían allí un tiempo no superior a seis meses, ya que no podían salir de los límites de la burbuja climática y tenían que reciclar cualquier tipo de líquido o humedad para poder subsistir. Eso incluía el reciclaje de la orina, el sudor, la saliva... no era un lugar cómodo para vivir. Los que iban allí eran personas desesperadas que trataban de volver a comenzar, pues los salarios no estaban del todo mal. También los que tenían problemas con la ley o con la mafia o con quien fuera. Una vez entraban y la burbuja se sellaba, nadie salía, aunque tampoco lo intentaban, pues con el calor exterior, superior a los sesenta grados, las personas morían en apenas unos minutos.

En la zona centro había diversas ciudades de tamaño medio pobladas por todo tipo de personas de diferentes procedencias, condición social y raza. Solo tenían dos cosas en común: estaban allí porque tenían algún problema de tipo legal y harían lo que fuera para salir del continente lo antes posible.

Elsa, Zoltan y Astrid se encontraban en una de esas ciudades, bautizada como Bamingui por su cercanía a lo que antiguamente fue un parque nacional en la frontera entre las desaparecidas República Centroafricana y República del Chad. En su momento álgido, esa zona estaba repleta de vegetación, ya que la bañaba el caudaloso río Chari y tenía un buen nivel de lluvia, lo que hizo que se formara un parque natural protegido conocido como Bamingui-Bangoran. Una buena parte de su antiguo esplendor natural todavía ahora se mantenía intacto, aunque muchas especies se habían extinguido, algunas tan emblemáticas como los elefantes. Solo se podían contemplar ya en las recreaciones virtuales.

Habían llegado allí después de un viaje de más de diez mil kilómetros que había durado cerca de dos semanas desde que alcanzaran el puerto de Qinhuangdao. Allí, Elsa había conseguido que un barco ya contratado previamente los llevara hasta la antigua República de Vietnam. Astrid recordaba perfectamente las vacaciones que pasó allí de pequeña con su familia. Pudo, por fin, volver a sumergirse en el mismo mar que le había servido de refugio mental en los peores momentos de su carrera deportiva.

—Es como volver a casa —les había dicho el primer día que llegaron.

Elsa le sonrió y le dijo:

—Los círculos siempre se cierran. Es la sincronía.

—No lo sé, Elsa, yo no creo mucho en lo que no toco o en lo que no veo.

—No importa, las cosas suceden independientemente de que creas en ellas.

—¿Como qué?

–Como el amor, o la esperanza, o la amistad.

–Pero eso es real –le respondió.

–¿El amor es real? Lo es el deseo y lo es la pasión que nos provoca, pero el amor no es real, o, si lo prefieres, es tan real como el futuro.

–Realmente a veces hablar contigo es como hablar con alguien que no pertenece al mismo mundo en el que yo he vivido.

–Vale, aceptado. Te lo propondré de otra manera. ¿Existe el odio?

A Astrid le brillaron los ojos porque eso era algo en lo que sí tenía casi más experiencia que nadie allí.

–¡Oh, sí! El odio existe, es real, se puede masticar incluso.

–¿Puedes verlo?

–Puedo sentirlo –respondió enseguida Astrid.

–Pues yo puedo sentir la sincronía en muchas de las cosas que nos rodean.

–¿Como cuáles?

–¡Mmmm! No sé. ¿Sabes qué son los fractales?

–Ya empezamos con las palabras raras –sonrió Astrid.

–No es tan raro como parece. Son patrones geométricos repetidos hasta el infinito de manera que cada uno de ellos compone una figura completa y es a la vez parte de otra figura exactamente igual, pero a mayor escala.

–¡Uffff! –suspiró Astrid.

–Vale, no me enrollo. El caso es que hay ejemplos de fractales por toda la naturaleza: en el hielo, en muchas plantas, en las plumas de algunas aves... Son pura casualidad, según dicen. Pero ¿eso crees? Si lo piensas un poco, crees realmente que la naturaleza pudo plantearse crear esas formas solo por capricho.

—De verdad, Elsa, eres una tía rara de narices.

Elsa soltó una carcajada.

—¿Y me lo dices tú que te has pasado media vida repartiendo golpes por culpa de un objeto esférico?

—¿Te refieres al balón?

—Sí, claro.

De golpe esa idea les hizo mucha gracia y ambas rieron a gusto unos minutos.

Finalmente, fue Astrid la que dijo:

—Menuda pareja de locas.

Ese viaje había servido, en buena parte, para cimentar una buena amistad entre ellas, algo que no sabían si duraría a lo largo del tiempo, pero que tampoco les preocupaba. Estaban en una tierra peligrosa e impredecible y nada parecía mejor allí que vivir solo el presente.

Zoltan se pasó el viaje preocupado por cómo Elsa iba a conseguir que alcanzaran su destino en la *tierra de nadie* africana. No parecía mala idea ir a perderse allí, por lo menos hasta que hubieran pasado los mundiales y todo se hubiera calmado.

El día que vieron en la televisión del barco cómo CIMA explicaba el intento de robo de un chip experimental y que declaraban que el culpable, el doctor Bormand, había resultado muerto en el intento de captura, supo que habían perdido. CIMA había conseguido tapar el escándalo del chip y los mundiales iban a celebrarse igualmente. A pesar de que, seguramente, todo aquello les había causado daños importantes, con el tiempo todo se olvidaría. Los cambios que intentaban provocar, empezando por eliminar ese absurdo y cruel deporte al que todo el mundo se había aficionado, no parecía que fueran a producirse finalmente.

Todas esas muertes... para nada.

Además, Shaoran los advirtió en la última comunicación que tuvieron con él cuando todavía navegaban por el mar del Imperio de que CIMA y el Imperio se habían aliado para encontrarlos.

–Creo que buscan lo que Sochi descubrió. Han probado mil cosas para reproducirlo, pero no saben cómo lo hicisteis –les dijo por su comunicador.

–No lo saben porque Sochi no lo sabe tampoco, y además Luis destruyó... –le respondió Elsa.

–No me lo cuentes, por favor –le respondió Shaoran.

–Han venido a por ti, ¿verdad?

–Nada que yo no pueda controlar.

Fue la última vez que hablaron. O su amigo no conseguía ya comunicarse con ellos o no quería... o ya no podía.

Fuere como fuere, estaban solos.

Cuando desembarcaron en Vietnam, Zoltan quiso saber el plan y Elsa simplemente le sonrió y le dijo:

–Lo del barco sí que lo tenía previsto por si acaso. El resto del viaje dependerá de la suerte o de la casualidad.

–Pues menudo plan –le respondió Zoltan.

–No te preocupes tanto. Las cosas fluirán y confluirán.

–Es posible, ya no sé nada.

–Dedícate a disfrutar de ella –le dijo Elsa señalando a Astrid, que apenas salía del mar, allí transparente todavía.

Y así lo hizo, fortaleciendo la confianza mutua hasta que todo se desbordó y ya ninguno de los dos se imaginaba la vida sin el otro.

413

En unos días, un transporte de estimulantes ilegales partía hacia Sri Lanka y accedió a llevarlos a cambio de una buena suma de dinero que Elsa había tenido la precaución de coger antes de salir del Imperio. Llegaron allí en apenas cinco horas, pero seguían en territorio imperial y eso les preocupaba. Además, se habían quedado prácticamente sin fondos y todavía les quedaban unos miles de kilómetros por cubrir hasta territorio africano.

Sin embargo, muy pronto averiguaron que, una vez más, el *destino* les despejaba el camino. Se alojaron en un pequeño hotel que no hacía preguntas a los visitantes y por la mañana salieron a recorrer la ciudad antigua de Polonnaruwa, famosa por sus templos budistas conocidos como estupas. En uno de esos templos Zoltan evitó que le robaran la cartera de mano a un confiado asiático que pasaba unos días allí mientras esperaba su destino definitivo en una de las burbujas del desierto africano, cerca de Massaguet, en pleno desierto. Era ingeniero de minas y debía pasar sus próximos seis meses explorando un nuevo yacimiento de tungsteno en un emplazamiento cercano.

Si le hubieran robado el material tecnológico que llevaba en la cartera, hubiera estado perdido y habría tenido que volver a su corporación en la antigua Corea para pedir más, con un retraso de varias semanas y mucho dinero perdido. Zoltan había recuperado la cartera con una simple carrera para atrapar al ladrón, un chico de apenas doce años que se dedicaba a vigilar a los turistas confiados. El hombre, agradecido, los invitó a cenar y, cuando les explicó su destino, Elsa miró a Zoltan y ambos sonrieron. Massaguet quedaba a apenas unos cientos de kilómetros de Bamingui, su destino final.

–¿Por qué elegiste ese lugar precisamente? –quiso saber Astrid.

Elsa se limitó a encogerse de hombros y le contestó.

–Lo vi en un documental antiguo, y parecía tan bueno como cualquier otro.

Convencieron al ingeniero para que los dejara acompañarlo y, aunque el hombre dudó un poco, la sola presencia de dos mujeres hizo que se decidiera. Iba a pasar seis meses en el infierno, de manera que no le iba a ir mal algo de compañía en ese viaje. El piloto del avión de la empresa minera no puso ninguna objeción para llevarlos a todos. Cruzaron el antiguo mar de Arabia, totalmente ennegrecido por los escapes de petróleo que se produjeron en la época de la gran crisis, cuando nadie controlaba ese territorio mientras los países cercanos se arruinaban y luchaban unos contra otros.

La noche los salvó de contemplar ese dantesco espectáculo de muerte y devastación, de ver cómo se convirtió el que fue conocido como planeta azul en un basurero casi sin vida.

Llegaron a África por la mañana del día siguiente, donde descansaron unas horas cerca de la antigua frontera sudanesa y emprendieron un largo viaje de casi mil kilómetros por carreteras devastadas, sin mantenimiento alguno y, a menudo, cortadas por vehículos abandonados o enormes socavones provocados por alguna guerra de las mil que había habido allí constantemente en las décadas precedentes.

Elsa estaba permanentemente animada y contemplaba el paisaje monótono y asfixiante como si se tratara de la costa azul francesa.

–¿Qué demonios le pasa? Parece que estemos de excursión con el colegio –preguntaba Astrid, que estaba agotada de tanto viajar.

—Seguramente es su manera de defenderse de todo lo que le bulle por dentro —le respondió Zoltan, a quien también se le notaba cansado.

—Pues será eso, pero como se ponga a cantar la tiro por la ventana.

—Me encanta cuando eres así de bestia —rio Zoltan y le dio un suave beso en los labios.

Desde que habían dejado que las cosas fluyeran con naturalidad, apenas se separaban el uno del otro. Si alguien los hubiera visto no los reconocería.

—Es eso lo que hace el amor —les dijo Elsa en el avión cuando volvió a pillarlos besándose.

Tras dos días de viaje tortuoso y agotador, llegaron a su destino final en Bamingui. Una vez allí, descansaron unos días en un complejo occidental donde cobraban poco y no les importaba nada la identidad de los huéspedes. El aire acondicionado funcionaba solo a ratos, pero decidieron quedarse allí porque tampoco había mucho donde elegir. En su momento aquello había estado abarrotado de hoteles para turistas que venían de todo el mundo a ver la fauna del parque natural cercano, pero ahora la mayoría eran edificios abandonados en los que solo prosperaba la imparable vegetación de la zona, que, a pesar de los bruscos cambios en el clima, desarrollaba una capacidad de adaptación envidiable.

Astrid propuso que se acercaran a ver la fauna salvaje, aunque a Zoltan aquello no le hacía mucha gracia.

—He encontrado un guía local que dice que no es peligroso, siempre que le paguemos bien... —les dijo una tarde que estaban reunidos en la habitación de Elsa.

–No tenemos dinero –le respondió Zoltan, a quien ponerse en manos de un desconocido en una zona sin ley como aquella no acababa de convencerlo.

–Lo sé –le respondió Astrid sonriendo–. Aceptará esto como pago.

Astrid les mostró un anillo de platino que siempre llevaba en su mano izquierda. Se lo habían dado al ingresar en el equipo NEC, al igual que a Zoltan, quien en su momento lo lanzó por la ventana.

–Pero eso es valioso para ti –intervino Elsa.

–No, ya nada de ese mundo lo es –le respondió ella sin perder la sonrisa.

De los tres, Astrid era la que había experimentado un cambio más radical desde que habían decidido huir. Era como si se hubiera liberado de años de tensiones internas, de luchas constantes, de reprimir su libertad y su alegría.

–De acuerdo –le respondió Zoltan–. Iremos.

–Yo prefiero quedarme por aquí –dijo Elsa–. Los bichos no me gustan demasiado.

En realidad, le hubiera encantado acompañarlos, pero entendía que ese era su momento como pareja. Ella ya había gozado de muchos así con Luis.

Salieron a primera hora de la mañana en una especie de vehículo de gasolina que debía tener por lo menos cincuenta años, seguramente más. Era un antiguo todoterreno de la zona de cuando los coches todavía circulaban con motor de explosión y carburantes fósiles derivados del petróleo. Tenía óxido por todas partes y los desvencijados **417** asientos interiores olían a cientos de visitantes y a orín de búfalo.

Nada de ello molestó a Zoltan o a Astrid, que sentían la libertad de aquel viaje como algo a lo que aferrarse. Aquella era sin duda una tierra peligrosa, pero el dominio de las corporaciones apenas llegaba a notarse, de manera que uno podía sentir que era dueño de su destino.

Se internaron en el antiguo parque nacional de Bamingui-Bangoran guiados por un chico de piel tan negra que apenas se le distinguían los ojos. Su rostro era delgado y parecía esculpido por el hambre y la violencia. Apenas hablaba, solo para señalarles los animales camuflados que ellos no eran capaces de ver. Lucía orgulloso en su dedo el anillo de platino de los NEC que Astrid le había dado.

Poco a poco la selva se hizo más densa, más oscura, aunque no por la vegetación. Era más una sensación, una opresión que uno sentía en el pecho al experimentar la vida desnuda, sin tecnología, sin refugios.

–Estoy encogida –resumió Astrid–. ¿Lo notas tú también?

–Sí –respondió Zoltan, que sentía sus sentidos alerta, como cuando competía a pleno rendimiento.

–Es como si estuviéramos solos en el mundo.

–Ahora mismo lo parece. Este lugar parece perdido en el tiempo.

El silencio era continuamente roto por sonidos y gritos que jamás habían escuchado y que mostraban que aquello estaba repleto de vida, un tipo de existencia a la que no importaban los deseos o ambiciones de esa especie que amenazaba la vida en todas partes.

418

–Vassako Bolo –dijo el chico señalando hacia delante, a una extensión abierta de sabana donde se reunían enormes cantidades de animales.

Por lo que habían averiguado antes de salir, esa parte era el centro del antiguo parque nacional, el lugar donde toda la vida de la zona convivía en una especie de tregua continua, solo rota cuando el hambre apretaba.

–¡Es increíble! –dijo Astrid cuando el chico paró el coche y los invitó a subirse en el techo del vehículo, que amenazaba con ceder ante su peso.

–Jamás hubiera imaginado algo así –respondió Zoltan totalmente admirado por el paisaje que veían desde allí.

Cebras, antílopes grandes y pequeños, jabalíes y algunos búfalos que se veían a lo lejos componían un cuadro digno de recordar toda la vida. Todos pastaban en una calma tensa que, de tanto en tanto, era rota por alguna falsa alarma que provocaba pequeñas estampidas que duraban unos segundos.

Al fondo, el sol surgía con la fuerza de quien conoce su inmenso poder.

–Allí... *lion* –les dijo el chico, que señalaba una franja de pequeños árboles que trataban de sobrevivir en el clima infernal que llegaría en unas horas.

Astrid se concentró en esa zona y los vio.

–Mira, son leones, hay muchos –le dijo a Zoltan.

–Sí, los veo. Por lo menos hay una docena.

Dos enormes machos dormían a la sombra mientras algunas leonas paseaban nerviosas por los alrededores. Pronto iniciarían su salida diaria de caza. Algunos cachorros se perseguían o dormitaban junto a los adultos.

Estuvieron allí parados durante mucho rato. El chico se metió en el coche y se quedó medio dormido mientras ellos dos seguían observando lo que parecía un sueño lejano en un mundo olvidado.

—Creo que estoy un poco mareada —dijo Astrid pasado un buen rato.

Zoltan la miró y vio que estaba algo pálida. El calor empezaba a apretar, de manera que decidieron continuar viaje, aunque el interior del todoterreno parecía una caldera a toda máquina.

Pasaron cerca de una charca enorme y de nuevo el chico paró el vehículo para que pudieran contemplar a miles de pájaros de muchas especies que se habían instalado en los alrededores. Algunos paseaban con sus larguísimas patas por la orilla, tratando de pescar algún pececillo despistado. Otros se acicalaban las alas o emprendían un vuelo que implicaría la supervivencia o no de las crías que dejaban solas en los enormes nidos cercanos.

Zoltan vio que Astrid parecía inquieta y seguía algo pálida, por lo que, a pesar de que se hubiera quedado todo el día allí, le pidió al chico que los devolviera al complejo.

Mientras regresaban Astrid apoyo su cabeza en el pecho de Zoltan y ambos supieron que jamás se separarían. Hicieron el resto del trayecto en silencio y, a pesar del traqueteo constante, de los baches inmensos que surgían en las carretas de tierra, del calor asfixiante o de las moscas que los acompañaban, se sintieron más felices de lo que nunca lo habían sido.

Viajaron en silencio, pues no hacía falta utilizar palabras. Todo estaba claro.

Cuando llegaron, fueron a buscar a Elsa para explicarle lo que habían vivido. Enseguida, Elsa se dio cuenta de que Astrid estaba pálida y no parecía sentirse bien.

—¿Qué te ocurre? ¿Estás enferma?

–No, solo es este maldito calor. Los que descendemos de vikingos no estamos acostumbrados a vivir por encima de los treinta grados todo el maldito día.

Elsa sonrió. Era evidente que aquella chica lo pasaba mal con esas temperaturas, ya que incluso ella se sentía permanentemente agobiada, como si le faltara algo de aire en los pulmones.

–¿Quieres que busquemos un médico? –le preguntó.

–¿Aquí? –intervino Zoltan–. No me atrevería ni a que me pusieran una inyección en un sitio como este.

–Podemos preguntar –le respondió Elsa.

–No, no, solo estoy cansada. Me echaré un rato y se me pasará.

–Te acompaño –dijo Zoltan poniéndole una mano en los hombros, en un gesto protector.

Elsa y Astrid se miraron y sonrieron.

Pasaron la tarde en las habitaciones, aunque Elsa aprovechó para intentar volver a comunicarse con Shaoran. La cobertura de satélites en la zona era muy difícil y la red hacía mucho tiempo que había dejado de funcionar porque nadie se ocupó del mantenimiento de los miles de kilómetros de cables tendidos en el subsuelo africano.

No tuvo éxito y eso la tenía muy preocupada. Empezaba a tener claro que su amigo había pasado a engrosar las filas de las víctimas de ese proceso que iniciaron casi por casualidad en un tiempo que ahora parecía muy lejano.

Cenó sola en la cafetería del complejo, ya que Zoltan se había disculpado diciendo que Astrid no tenía hambre y que prefería quedarse con ella en la habitación. En realidad, Elsa sospechaba que Astrid estaba peor de lo que decía, pero era joven y su resistencia la ayudaría si el problema no era demasiado importante. Por otro lado, descubrir a Zoltan era una fuente de energía para ambos. Eran jóvenes, se sentían libres y el mundo parecía allí algo totalmente diferente a lo que estaban acostumbrados.

¿Qué podía esperarse?

Mientras comía algo parecido a un guiso sin carne, el encargado consiguió sintonizar alguna señal audiovisual perdida en la enorme pantalla que cubría una de las paredes. Lo primero que vio, cómo no, fue una retransmisión de un partido de fútbol de contacto. Odiaba ese deporte, y más desde que había podido conocer la crueldad que escondía a través de sus nuevos amigos.

No prestó atención hasta que escuchó una voz en la pantalla y entonces se dio cuenta de que no era un partido entero, sino parte de una noticia. Una voz en *off* explicaba, mientras se seguían viendo imágenes del partido, que todos los equipos habían iniciado su preparación para los cercanos mundiales.

Enseguida el partido dejó paso a entrevistas a jugadores y a entrenadores que mostraban su entusiasmo por defender los colores de sus equipos y manifestaban estar dispuestos a dejarse en el campo *hasta la última gota de su sangre* por conseguir la victoria. Siguieron un rato con esas estupideces, con chicos de apenas dieciocho años explicando que iban a dar el doscientos por ciento de sí mismos para ganar.

Elsa recordaba que esa expresión siempre conseguía que Luis, estuvieran donde estuvieran, la mirara y le dijera:

–Otro idiota que no sabe que, matemáticamente, eso es imposible.

Eso hizo que Elsa lo echara de nuevo de menos, tanto que tuvo que reprimirse para no dejar que las lágrimas afloraran en esa cafetería desconchada, perdida en el corazón del continente perdido.

Acabó de comer lo que pudo y regresó a su habitación. Un poco más tarde, aparecieron Astrid y Zoltan. Le preguntó cómo se encontraba y Astrid dijo que mejor, lo cual parecía evidente viendo su sonrisa.

La había ocultado tanto tiempo que ahora afloraba a la menor oportunidad, cambiando por completo ese rostro duro que conocían sus antiguos compañeros y adversarios.

Después de explicarles sus inútiles gestiones para localizar a Shaoran y lo que había visto en la pantalla de la cafetería, Elsa decidió que era el momento para decirles lo que llevaba días pensando.

–Es hora de separarnos –les dijo mientras ellos se sentaban en la cama a escucharla.

–¿Cómo? –respondió Astrid incorporándose de golpe, pues había apoyado su cabeza en el hombro de Zoltan.

–Nuestros caminos coincidentes acababan aquí.

–No –dijo Astrid, que con su proceso de reconexión con las personas había ido aumentando su cariño por la científica.

–¿Estás segura? –quiso saber Zoltan–. Hemos llegado juntos hasta aquí y creo que deberíamos seguir así.

–Sí, no soporto este calor, pero si estamos los tres juntos podré adaptarme –insistió Astrid.

Elsa sonrió. Le gustaba ver cómo aquella chica, dura como el acero, se reblandecía día a día cuando Zoltan estaba cerca. Era eso lo que conseguía el amor, porque en realidad ella quería decir que aguantaría lo que hiciera falta mientras tuviera a su lado al hombre al que amaba.

Elsa conocía bien esa sensación.

–Creo, querida Astrid, que soportarás el calor o lo que haga falta mientras tengas a este chico guapo a tu lado.

Ella sonrió, pero con expresión compungida. La miró a los ojos y le dijo lo que pensaba:

–Yo... no te he dicho nada estos días porque no quería aumentar tu pena, pero he pensado en ti y en Luis. Se os veía felices cuando estabais juntos.

–Sí, como tú y Zoltan ahora. Eso lo hace la confianza que depositas en el otro, la sensación de que nunca te fallará, de que ya no tienes que luchar sola contra todo. Es eso lo que estás sintiendo ahora, ¿no?

Astrid miró a Zoltan y se sonrojó.

–Sí –dijo finalmente–. Por eso siento todavía más lo de Luis. Yo... jamás había pensado que podría sentirme así. Siempre he tenido que luchar, y siempre sola, y tal vez podría volver a hacerlo si fuera necesario...

–Seguro que sí –la cortó Zoltan sonriendo y cogiéndole cariñosamente la mano.

–Sí, porque sé cómo hacerlo. Lo que ocurre es que ya no quiero, no quiero luchar más y ya no quiero hacerle daño a nadie.

–Espero que no cambies de opinión –volvió a bromear.

–No seas idiota –le dijo–. Ella sabe a qué me refiero.

Elsa la miró con dulzura.

–Sí, lo sé –le dijo, e hizo una pausa antes de continuar.

–No puedo prometerte que no tendrás que volver a luchar. Vivimos en un mundo que se ha ido volviendo loco progresivamente y que se encamina hacia su autodestrucción de forma evidente. No será hoy, ni tal vez mañana, pero si las cosas no cambian pronto ya no valdrá la pena pelear por nada, y entonces desapareceremos como especie. Seremos eliminados.

Zoltan se interesó por esa idea, que en alguna ocasión también había pasado por su cabeza.

–¿Cómo es eso?

–Llevo mucho tiempo observando los mecanismos de funcionamiento del tiempo y del espacio. He encaminado mi profesión hacia ese campo porque creo que es allí donde están las respuestas que buscamos. Desde que descubrimos la relatividad, se nos han ido revelando sus secretos de forma lenta pero inexorable. Hemos aprendido a no despreciar las teorías que nos hablan de multiversos como expresión de muchas realidades que suceden en paralelo, cada una evolucionando de forma distinta. Hemos dejado de creer que somos únicos y que nuestra vida es como un reloj de arena, que se derrama sin remedio y sin posible vuelta atrás.

–En cambio, yo siempre había pensado que era así. Lo que ya ha ocurrido es irremediable y lo que está por venir totalmente inaccesible –intervino Astrid.

–Tal vez antes lo era, no lo sabemos. Lo que sí puedo deciros es que las cosas pasan por algo y que a menudo se nos ofrece una esperanza, un camino que podemos o no tomar. Fijaos en todo lo que nos ha sucedido a nosotros. La revelación de los misterios vinculados a la idea de la sincronicidad se ha ido produciendo conforme los hemos ido necesitando.

–Pero eso se debe a los avances en la investigación de la física, ¿no? Tu trabajo es precisamente descubrir esos secretos –le dijo Zoltan, que seguía sus explicaciones con mucho interés.

–No exactamente, aunque eso creía yo hasta hace poco. Si repasas la historia de la física vinculada a este tipo de investigación, verás que solo damos saltos de tanto en tanto. Podemos pasarnos años, décadas, observando cómo se comportan las partículas y elaborando teorías más o menos absurdas sobre lo que sucedería en un escenario real. Nadie lo sabe, nadie es capaz de encontrar la llave que nos dé entrada a ese nuevo universo. Y, sin embargo, a veces, aparece algo o alguien que lo cambia todo.

–Sochi –dijo Zoltan.

–¿Qué pasa con él? –preguntó Astrid extrañada.

–Sochi es el próximo salto –respondió Zoltan.

–Sí –dijo Elsa sonriendo–. Él ha aparecido cuando nuestro mundo se ahoga por la falta de un horizonte hacia el cual dirigirse. La sincronía se manifiesta de muchas maneras, la mayoría de las veces fuera del laboratorio, ya sea porque al señor Newton le cae una manzana en la cabeza o porque Sochi decide mover una pieza del tablero de ajedrez en concreto.

–Yo vi ese movimiento, estaba allí y puedo asegurarte que no tenía sentido para alguien como él –insistió Zoltan.

–Lo sé, porque ese era su objetivo. Que tú vieras esa contradicción y te preguntaras los motivos, que llevaras a Sochi a la Escuela y que se equivocara de fila hasta acabar ingiriendo un chip que no iba destinado a él. Y todo para que yo me lo encontrara y él me abriera la puerta a una nueva visión del conocimiento del tiempo y del espacio. No para abrirla del todo, sino solo para mostrarme lo que había más allá.

–¿Lo viste? –quiso saber Astrid.

–Sí. Vi cosas que marcan una manera de entender el mundo, personas que pertenecen a mi pasado y a la vez a mi futuro. Por eso estamos aquí y por eso llega el momento de que cada uno encuentre su propio destino. No sé cuál es el vuestro, pero no tiene que ver conmigo.

–¿Estás segura? –dijo Astrid con los ojos medio cerrados, pues volvía a sentir el dolor de cabeza que la había dejado fuera de juego casi todo el día.

–Nunca en mi vida he estado más segura de algo –respondió Elsa con rotundidad.

Por unos instantes se hizo el silencio, solo roto por el zumbido de un aparato de aire acondicionado más antiguo casi que el todoterreno con el que habían recorrido la selva esa mañana. Finalmente, fue Zoltan el que habló.

–¿Dónde vas a ir?

–A buscar respuestas, a entender las relaciones que pueden aparecer entre acontecimientos y entre tiempos. A volver a mi pasado y a engancharlo con mi futuro para que todo tenga sentido. Y, si lo logro, volveré a por Sochi.

–Pero no sabemos dónde está. Ni siquiera sabemos si está...

–Está vivo, Zoltan, amigo. Yo lo sé y también sé que me esperará para volver a mostrarme el camino que debemos andar todos.

–Lo siento –intervino Astrid, encogiéndose de hombros–. Creo que a partir de aquí me pierdo.

–No te preocupes, no intento mostrarme misteriosa ni nada por el estilo. Sé que debo ir a buscarlo porque así es como deben pasar las cosas, por lo menos en esta realidad que estamos viviendo.

–Pero CIMA te busca a ti.

–Lo sé. Me busca porque me tiene miedo.

–¿Por qué? –quiso saber Zoltan.

–Porque sé la verdad y puedo...

En ese momento sonó un silbato en el exterior del complejo. Era un sonido largo y agudo que generó el caos en unos segundos. La gente salió de sus habitaciones corriendo y dejando atrás equipajes y todo lo que les impidiera desaparecer en unos instantes. Todos sabían que aquello era la señal de que la policía africana llegaba en busca de alguien; incluso ellos tres lo sabían, ya que se lo habían advertido nada más llegar el primer día.

A pesar de que allí no había un gobierno como tal, las corporaciones mantenían algunas fuerzas locales sobre el terreno, especialmente en las zonas mineras, para evitar robos o intentos de ocupación de tierra. Eso estaba totalmente prohibido, ya que nadie podía poseer propiedades en África. Normalmente, los policías solo aparecían cuando había problemas con esos dos temas, aunque en ocasiones, a petición de cualquiera de las corporaciones, hacían redadas en busca de alguien en concreto que resultara de interés para ellas.

Esa era una de esas ocasiones.

–¿Crees que nos buscan? –dijo Zoltan.

–Claro –repuso Elsa–. Es hora de irse.

–Ven con nosotros –le rogó Astrid.

–No, las cosas deben ser así y ahora... es el momento.

Se pusieron en pie mientras fuera las carreras iban haciéndose cada vez más espaciadas. No quedaba mucho tiempo.

Se dieron un abrazo intenso, los tres juntos y luego individualmente. Elsa aprovechó para susurrar algo en el oído de cada uno de ellos por separado.

Cuando los silbatos se acercaron demasiado, Zoltan cogió a Astrid de la mano y corrieron. Se cruzaron con otras personas que tampoco tenían ningún interés en ser encontradas por ninguna corporación ni por nadie.

Astrid se dio la vuelta, pero ya no vio a Elsa.

Cuando la policía, dirigida por la sargento Makena, registró el hotel, nadie recordaba a Elsa ni a una chica nórdica o a un chico alto y moreno. Allí había muchas razas y tipos de personas que se escabullían de la ley. Cada uno miraba para sí y se olvidaba del resto.

De hecho, la sargento, que había nacido en una ciudad arrasada por el desierto en el norte del antiguo Chad, ya imaginaba que eso pasaría. Había tratado de explicárselo al comandante que le había transmitido las órdenes de buscar a una física de territorio CIMA y a sus acompañantes que podrían estar en algún lugar del continente.

–¿Sabe lo grande que es África?

Pero no le hicieron caso, de manera que hizo una de sus veinte inspecciones de la semana y continuó su camino. Antes de marcharse, registró una grabación que sería enviada por la red en cuanto se acercaran a un lugar más civilizado. Allí no llegaba ni siquiera la conexión especial que utilizaban las fuerzas de seguridad locales.

De esa manera, más tarde, en la sede central de CIMA en la península de Delmarva, ese informe negativo se unió a centenares, miles de informes similares que habían ido llegando de diferentes partes del mundo. La alarma de búsqueda era global, aunque después se enfocó muy específicamente en el territorio africano. Allí había situado a los tres fugitivos un ingeniero asiático que estaba en una de las burbujas del desierto. Lo hizo en uno de los contactos que debía hacer regularmente con su empresa madre.

Sin embargo, con el paso de los días y la nulidad de resultados, el radio de búsqueda volvió a ampliarse y ahora ya volvía a ser de nivel mundial, ya que el Imperio también se había mostrado interesado en su localización.

Pasados unos minutos desde que se fuera la policía, la mayoría de los habitantes del complejo fueron regresando a sus habitaciones para recuperar la normalidad de unas vidas ya de por sí poco normales.

Tres de esos habitantes ya no volvieron.

Zoltan y Astrid siguieron corriendo un buen rato. La posibilidad de ser atrapados por CIMA les otorgaba una gran determinación. Además, todavía estaban en buena forma, de manera que en apenas media hora se habían alejado bastante del complejo.

A partir de allí caminaron por vías de tierra por donde encontraban rastros de coches, aunque ignoraban si eran recientes o ya había transcurrido una semana desde que pasaran por allí. Astrid se quejaba de dolor de cabeza, aunque trataba de que Zoltan no se preocupara demasiado por ella.

Después de un par de horas, llegaron a una aldea que parecía habitada. Allí les dieron cobijo y algo de comida, aunque Astrid no quiso ingerir alimento alguno y se retiró a dormir en una especie de almacén abandonado que les cedieron.

Por la mañana, un transporte de grano que iba en dirección a una especie de mercado central en Bangui se prestó a llevarlos hasta allí. Por el camino, Astrid vomitó de repente, sin previo aviso. Seguía quejándose de dolor de cabeza, y este no parecía disminuir.

Zoltan se preocupó, de manera que decidieron buscar un centro sanitario en la antigua capital centroafricana, a la que llegaron en unas horas. Allí les guiaron hasta un antiguo hospital que todavía se mantenía activo porque recibía los casos graves de los trabajadores de las minas que sufrían accidentes o quemaduras por el sol. Una doctora que parecía saber hacer su trabajo dijo que debía hacerle algunas pruebas diagnósticas. Por fortuna, contaban con un equipo bastante puesto al día: a las corporaciones no les interesaba que sus trabajadores enfermaran o murieran porque eso implicaba costes, de manera que mantenían más o menos al día la equipación, aunque toda provenía de centros continentales que habían reemplazado los aparatos por otros más modernos.

Cuando se la llevaban a hacer una prueba, Zoltan la besó y le dijo:

–No será nada, piensa en algo bonito mientras estás ahí dentro.

Astrid, que mantenía los ojos cerrados tratando de controlar el dolor, sonrió y le respondió:

–Pensaré en mi playa, en ese lugar que te enseñé en Vietnam. Cuando me sumerjo en esa agua cristalina, siento que es mi lugar en el mundo.

Cuando regresaron, apenas había pasado media hora. Astrid estaba mucho mejor gracias a una dosis intravenosa de un calmante que le aplicó la doctora.

Habló con ellos en una sala reservada. No parecía tener mucho tiempo para ser delicada, de manera que lo dijo directamente.

–Es un tumor, en el cerebro. Se puede operar, pero se ha extendido muy rápidamente. Aquí no podemos hacer ese tipo de intervenciones, así que deberían volver a territorio CIMA cuanto antes.

–¿Un tumor? –dijo Astrid, aunque lo había entendido a la primera.

Zoltan simplemente no sabía qué decir, estaba en estado de *shock*.

–Sí, de un tipo muy agresivo –insistió la doctora.

Astrid se quedó pensativa un segundo antes de volver a hablar.

–Yo era deportista profesional, de manera que me sometían a exámenes de todo tipo por lo menos una vez al mes.

–¿Cuándo te hiciste el último?

–Creo que...

–Espera un momento –la cortó Zoltan–. Cuando te dimos el chip, Elsa me dijo que te había hecho una revisión para asegurarse de que no había problemas.

–Pero, entonces... –dijo Astrid, entendiendo lo que acababa de decir Zoltan.

–¿Cuánto hace de esa prueba? –insistió la doctora.

–No mucho, tres semanas o así –respondió Astrid.

Antes de que la doctora pudiera decir nada, Zoltan volvió a intervenir.

–¿Sería posible que no lo vieran en una prueba diagnóstica avanzada? –le preguntó.

La doctora no dudó.

–No, un tumor de ese tipo se ve enseguida. Sin embargo, no se desarrollan tanto en tan poco tiempo, no de forma natural, que sepamos.

–El chip... –dijo Astrid.

Zoltan la miró a los ojos y ambos lo supieron.

–¿Cuánto tiempo me queda si no me opero? –preguntó Astrid.

La doctora la miró con incredulidad.

–Esa no es una opción. En CIMA pueden operarla y conseguirle una calidad de vida más que aceptable por lo menos durante dos años.

–¿Cuánto tiempo me queda si no me opero? –repitió Astrid.

–Es un tumor agresivo, mucho... Teniendo en cuenta la velocidad a la que se desarrolla, una semana, dos como mucho.

Cuando la doctora los dejó solos, Zoltan trató de convencerla de volver y operarse.

–No voy a hacer eso –dijo ella con determinación absoluta–. En cuanto pisáramos su territorio, nos detendrían, no te volvería a ver más y, en el hipotético caso de que no me dejaran morir, pasaría los últimos dos años de mi vida encerrada en algún lugar perdido.

–Pero, pero... no puedo dejar que no hagas nada.

Astrid se acercó y lo besó profundamente, dejando ir en ese beso toda su vida de rencor y violencia. Lo miró a los ojos.

–Con esta medicación, no siento dolor alguno. Vámonos cuanto antes, debemos aprovechar hasta el último segundo.

–¿Dónde quieres ir?

–A Santo Tomé, una isla de la costa africana con unas playas que se parecen mucho a las de mi playa de Vietnam. La doctora me ha dicho que es el paraíso africano y que salen aviones semanalmente hacia allí. Hoy mismo sale uno, dentro de dos horas.

Esa misma tarde, estaban en el paraíso.

433

La luz se filtraba hasta el fondo del mar porque el agua era tan transparente que no oponía resistencia alguna a su avance. Los peces, de colores vivos y brillantes, no tenían miedo de las personas, ni siquiera de dos jóvenes que se habían pasado la vida rodeados de violencia y de odio.

Allí, sumergidos, Zoltan aguantaba la respiración mirando cómo Astrid nadaba como si fuera un pez. Desde que habían llegado, apenas había salido del agua. Cuando no aguantó más, salió y respiró una profunda bocanada del aire más puro que jamás había encontrado. Allí, en el paraíso africano, todo parecía diferente, más limpio, más verdadero, más cercano.

Volvió a sumergirse y buscó a su amor entre los arrecifes, tratando de retener una imagen que sabía que pronto formaría parte solo de sus recuerdos.

Astrid se alejaba nadando lentamente hacia el fondo.

Capítulo 17

Amrad Joker estaba profundamente decepcionado; más que eso, frustrado, y no recordaba la última vez que se había sentido así. Tal vez de joven cuando intentaba que el mundo se fijara en sus cualidades especiales y nadie parecía notarlo. Ahora, sin embargo, era él quien no conseguía enseñárselas al mundo.

Por mucho que habían intentado sonsacar a ese estúpido llamado Sochi, seguían sin avanzar en el tema de la sincronicidad. Era evidente que el chico no sabía nada, no había manera de resistirse a las drogas que se utilizaban para hacer hablar a la gente. Sin embargo, a pesar de que habían visto señales inequívocas de ese extraño fenómeno en las filmaciones y pruebas que se le habían hecho en la Escuela, no encontraban la manera de aislarlo.

–No sabemos lo que sucedió, simplemente no lo entendemos –le dijo el doctor Garona, director del equipo que habían formado a petición de Amrad para investigar el tema.

–¿Eso es todo lo que pueden decirme? Se supone que está dirigiendo a un grupo de personas que trabajan en el campo avanzado de la física cuántica y... ¿solo son capaces de decirme que no saben nada?

El doctor era un científico reputado en todo el mundo. Trabajaba para CIMA, pero podía ir a trabajar donde quisiera si hacía falta, de manera que el Joker no lo impresionaba.

O no demasiado, para ser exactos.

–Ya se lo dije el primer día que nos hizo venir aquí. La idea de la sincronicidad tiene más de teoría que de realidad. Para muchos falsos adivinos, eso ha supuesto una gran fuente de ingresos a lo largo de la historia, pero la ciencia necesita pruebas, datos, experimentos empíricos que demuestren su existencia. Y de eso, se lo puedo asegurar, no hay nada.

–Pero esas partículas que se comprobó hace ya tiempo que se comportaban de forma disparatada, como estando en dos sitios al mismo tiempo, abrieron un camino, ¿no es cierto?

–Sí, lo hicieron, y también el gato de Schrödinger.

–¿Disculpe?

–¿No conoce la paradoja del gato en la caja? –preguntó Garona con una sonrisa de superioridad.

Amrad, que no soportaba ser puesto en ridículo, pero que todavía soportaba menos no conocer algo que parecía evidente, le respondió con brusquedad.

–¿Tengo cara de conocerla?

–Bueno, le haré un resumen. La idea está ya anticuada, pero sirvió para explicar la visión cuántica de la física en comparación con la visión tradicional. De hecho, es bueno conocerla porque la realidad tangible no ha avanzado mucho desde entonces.

—De acuerdo, le escucho.

—Se trata de un experimento imaginario concebido en 1935 por el físico austríaco Erwin Schrödinger para exponer una de las interpretaciones más contraintuitivas de la mecánica cuántica. Como verá, de eso ya hace más de un siglo.

—Bien —respondió Amrad sentándose en su silla preferida.

—Imaginemos un gato dentro de una caja completamente opaca. En su interior se instala un mecanismo que une un detector de electrones a un martillo. Y, justo debajo del martillo, un frasco de cristal con una dosis de veneno letal para el gato. Si el detector capta un electrón activará el mecanismo, haciendo que el martillo caiga y rompa el frasco.

El científico, acostumbrado a explicar esa misma historia a cientos de personas a lo largo de sus años como profesor, hizo una pausa para asegurarse de que su oyente no se perdía.

—Siga —se limitó a contestar el Joker, algo impaciente.

—Bien, pues se dispara un electrón y, por lógica, pueden suceder dos cosas. Puede que el detector capte el electrón y active el mecanismo. En ese caso, el martillo cae, rompe el frasco y el veneno se expande por el interior de la caja. El gato lo inhala y muere. Al abrir la caja, encontraremos al gato muerto... O puede que el electrón tome otro camino y el detector no lo capte, con lo que el mecanismo nunca se activará, el frasco no se romperá y el gato seguirá vivo. En este caso, al abrir la caja el gato aparecerá sano y salvo.

—Así pues, dependerá de que sea un gato con suerte.

—No tanto como cree... —sonrió—. Bueno, hasta aquí todo parece de lo más lógico. Al finalizar el experimento veremos al gato vivo o muerto, y hay un cincuenta por ciento de probabilidades de que suceda una cosa o la otra. Pero la cuántica desafía el sentido común, ya que el electrón es al mismo tiempo onda y partícula.

—A eso me refería antes, algo que se comporta de forma diferente a la vez.

—Sí, exactamente. Para entenderlo, imagine que el electrón sale disparado como una bala, pero también, y al mismo tiempo, como una ola o como las ondas que se forman en un charco cuando tiramos una piedra. Es decir, toma distintos caminos a la vez. Y además no se excluyen, sino que se superponen. De modo que toma el camino del detector y, al mismo tiempo, el contrario. El electrón será detectado y el gato morirá. Y, al mismo tiempo, no será detectado y el gato seguirá vivo. A escala atómica teórica, ambas probabilidades se cumplen de forma simultánea. En el mundo cuántico, el gato acaba vivo y muerto a la vez, y ambos estados son igual de reales.

Volvió a detenerse un par de segundos antes de continuar. Amrad se revolvió en su asiento. No se sentía cómodo recibiendo clases como si fuera un niño.

—Lo que ocurre es que, al abrir la caja, nosotros solo lo podemos ver vivo o muerto, ¿verdad? —intervino para demostrar que seguía perfectamente el razonamiento.

El físico afirmó con la cabeza. Le encantaba cuando sus alumnos se enfrentaban a ese dilema imposible.

—¿Por qué? —quiso saber el Joker.

—Porque, al igual que hoy, la aplicación práctica de las teorías cuánticas no es real —respondió—. O, mejor dicho, lo es, pero solo a niveles subatómicos, no en nuestro mundo.

–Entiendo. Eso es lo que trataba de decirme con la idea de lo que se supone que Sochi no puede provocar según usted.

–Sí, así es. En el mundo real muchas partículas juntas interactúan entre sí y a la vez, por eso la visión cuántica no vale en el mundo de lo más grande, como en el caso de nuestro gato con suerte.

–Ya.

–Pero lo más sorprendente... –dijo el profesor, que no había terminado– ... lo más sorprendente es que incluso nosotros, al abrir la caja y observar el resultado del experimento, interactuamos y lo contaminamos.

–¿Nosotros formamos parte de la realidad y a la vez la condicionamos? –preguntó Amrad.

–Así es. Una curiosa característica del plano cuántico es que el mero hecho de observar determina el resultado del experimento y define una realidad frente a todas las demás, que, antes de que nosotros observemos una en concreto, existen de forma tan probable como la que finalmente escogemos. Einstein expresaba así su desconcierto: ¿quiere eso decir que la Luna no está ahí cuando nadie la mira?

–¿Lo está? –no pudo evitar preguntar Amrad.

–Quién sabe... lo único que podemos decir es que, cuando la miramos, está ahí y no hay manera de saber qué pasa cuando no miramos porque nosotros no formamos parte de esa realidad posible.

–No parece más que una pura teoría.

–Eso depende de lo que quiera creer. Lo que sí puedo darle es una conclusión: cuando el sistema cuántico subatómico se rompe y hablamos del mundo a nuestra escala, la realidad se define solo por una de las dos opciones: solo veremos al gato vivo o muerto, nunca ambas; nosotros no podemos observar más que una única realidad.

–Y, sin embargo, la sincronicidad expone una idea contraria a eso.

–Sí, la sincronicidad pretende traspasar las barreras de esas partículas y defiende que, por alguna razón que no conocemos y que no podemos medir, la realidad *puede ser modificada* por el observador. Dicho de otra manera, podemos interactuar con esas otras realidades.

–Eso es lo que Sochi hace.

–No lo hace, créame.

–¿Y lo que vimos en esa recreación virtual? ¿El I Ching? ¿La madre de esa científica que se supone que está desaparecida y a la que ese chico ni siquiera conoce?

–Tal vez nos engañe.

Amrad sonrió.

–Créame, no es así. Ese chico nos lo ha contado todo.

–Pues no sé qué decirle.

–Yo sí, aunque... –dijo el Joker poniéndose en pie bruscamente.

El doctor Garona sintió un escalofrío. Por alguna razón, la cara de ese hombre poderoso y con fama de despiadado parecía haber cambiado, como si una sombra oscura le ensombreciera parte del rostro. Lo miró mientras el Joker se dirigía precipitadamente hasta una de las paredes, de la que surgió un cajón virtual en cuanto se acercó. Extrajo una cápsula que se puso en la boca suavemente, casi con delicadeza, aunque no comentó nada al respecto.

Ese movimiento, lejos de tranquilizarlo, dejó más inquieto al científico.

Pocos segundos después, esa sombra en su cara había desaparecido. Volvía a ser la persona que lo había llamado al despacho para escuchar la historia del gato.

–Verá, doctor Garona. Seguramente usted cree que está todo dicho en este tema, pero no es así...

–Pero...

Amrad le lanzó una mirada que fue suficiente para conseguir que no siguiera hablando.

–Y no es así porque yo sé que la sincronicidad existe. No en una teoría, ni en una mente que fabula cuentos chinos, ni en una imagen en una experiencia virtual. Lo sé, y eso debería ser suficiente razón para que vuelva con sus amigos científicos y me busquen una explicación y, todavía mejor, una manera de interactuar con ese fenómeno o como quiera llamarlo.

–No sé si eso será posible –le dijo con sinceridad Garona.

–Bueno, yo creo que sí. En caso contrario, considere que está usted en una caja similar a la de ese gato y que no hay dos opciones a considerar sobre su estado.

Hizo una pausa lo suficientemente larga para que todo quedara claro.

–¿Lo ha entendido? –insistió.

–Sí, claro, buscaremos más a fondo –le respondió el doctor mientras se retiraba con el corazón encogido.

–Estoy seguro de ello.

Cuando se quedó solo, Amrad trató de serenarse, lo que, con todo lo que estaba sucediendo al mismo tiempo, le resultó imposible. Sabía que, si no conseguía enfocarse en lo más importante, estaba perdido. Ahora no importaban sus problemas de salud, solo lo que estaba sucediendo a su alrededor.

Se sentó en el suelo y la sala se oscureció.

Intentó concentrarse en sí mismo, en su pánico, en su sensación de vacío, de caída, tratando de controlarlo todo. Las cosas ya hacía tiempo que estaban entrando en un caos peligroso y él no conseguía frenarlo. Mientras abordaba uno de los frentes, otro se abría o se aceleraba.

Tenía que pararlo.

Una voz lo desconcentró, como le estaba sucediendo en los últimos días, desde que todo se descontroló.

–Resumen diario.

Su ayudante virtual, cumpliendo sus propias órdenes, lo mantenía al día de los acontecimientos que se precipitaban en su contra desde diversos lugares del mundo.

–De acuerdo, adelante –le dijo.

Necesitaba dejar de momento su búsqueda de la sincronicidad para centrarse en una realidad que amenazaba su subsistencia. De eso estaba convencido: la última carta, la más importante, la que lo salvaría, estaba en la sala de abajo.

–¿Desde dónde? –le preguntó con suavidad el ayudante, que seguía con su rostro de chico joven atemporal e imperturbable a toda crisis mundial.

–Desde el principio.

Como era una representación virtual, a pesar de que cada vez se parecía más a una persona real, no necesitó tomar aire ni consultar sus notas. Su memoria era prácticamente infinita.

–Hace aproximadamente una semana llegaron las primeras noticias de enfermedades en el equipo NEC. Después de los primeros exámenes se confirmó que diez de los quince miembros del equipo que debía participar en los mundiales habían desarrollado un tumor agresivo conocido como glioblastoma multiforme. Cuando fueron diagnosticados ya estaban en la fase cuatro, por lo que el tratamiento quirúrgico resulta poco adecuado y solo pueden tratarse los síntomas con fármacos. La esperanza de vida en hombres jóvenes se fija en cuatro semanas si no se operan, como sucede en estos casos, ya que se pueden aplicar productos farmacológicos retardantes y tal vez microcirugía regresiva, aunque solo para ganar algo de tiempo. Casi al mismo tiempo, se detectaron otros quince casos en el equipo eslavo y diez en el equipo del Imperio. Mismo diagnóstico, mismo tipo de tumor, mismo pronóstico.

Hizo una breve parada en el flujo de datos, pues su programación aprendía del comportamiento humano y sabía que debía hacer breves pausas en el lenguaje porque así las personas podían procesar la información correctamente.

Amrad sentía cómo le bullía la sangre. A pesar de que se había prohibido expresamente a todos los equipos utilizar el chip y se habían hecho anuncios públicos de que se pasarían controles previos, nadie había hecho ni caso. Ni siquiera los de NEC renunciaron a reproducir sus prototipos y dárselos a los jugadores. Lo mismo hicieron en el Imperio, y también los malditos eslavos. La hipercompetitividad, que se había exacerbado con el tiempo, los llevó a hacer caso omiso de las advertencias. Cuando le preguntaron al nuevo entrenador de NEC el motivo de esa desobediencia, lo único que dijo fue: «Lo único que vale es ganar, solo eso».

Entre todos habían creado un monstruo que se había vuelto incontrolable y ahora todos iban a pagar las consecuencias.

Siguió escuchando el relato de su asistente a pesar de que ya conocía los hechos, pero eso le ayudaba a pensar mejor.

–Ante la gravedad de la situación, se han suspendido preventivamente los mundiales hasta haber evaluado las causas, riesgos y consecuencias que se pueden derivar. La opinión pública recibió un comunicado conjunto de CIMA y del resto de corporaciones mundiales informando de graves intoxicaciones alimentarias que se están investigando y que obligan a aplazar el campeonato. Sin embargo, hace dos días surgieron rumores que parece ser partían de territorio eslavo sobre una posible responsabilidad corporativa por la experimentación con chips no autorizados que podían haber provocado tumores en los jugadores. Se han llevado a cabo las campañas de hiperdesinformación de emergencia previstas para estos casos, aunque no parecen estar funcionando. Simplemente, la gente no nos cree.

–¿Las apuestas? –le interrumpió Amrad.

–Siguen en caída libre, por debajo del sesenta por ciento de la recaudación habitual. Calculamos que se recuperarán algo en cuanto se avise de que se disputarán los mundiales más adelante, pero que volverán a caer cuando la gente sepa que solo jugarán los suplentes o jugadores no afectados. El cálculo total prevé una pérdida superior al ochenta por ciento.

Se hizo el silencio; todo estaba claro.

Amrad sabía que su cargo y, tal vez incluso su propia existencia, pendían de un hilo. Un hilo muy fino que él trataba de mantener vivo con la idea de encontrar un mecanismo que les permitiera manipular el futuro.

Sincronicidad, solo eso podía salvarlo.

El ayudante virtual cambió el tono de su voz a la de aviso.

–Tiene una comunicación del CEO.

Amrad tragó saliva: volvía el pánico. Había estado temiendo esa comunicación desde que estalló la crisis. Ahora iba a tener que jugarse el todo por el todo. Se levantó y fue a colocarse en su mesa; si algo tenía que pasar, que no lo cogieran en esa posición poco digna.

–De acuerdo.

En la pared del fondo apareció el CEO, que representaba el poder de las corporaciones de CIMA. Nadie sabía cómo se llamaba; de hecho, muchos sospechaban que ese hombre no existía. Las corporaciones eran demasiado líquidas para tener un solo representante, pero a menudo utilizaban esa figura para que todo el mundo pudiera ponerles un rostro humano real.

Amrad sabía que la realidad era mucho más compleja. No se trataba de un poder absoluto a modo de monarquía representada por una persona; no era eso.

CIMA era una red, algo imposible de representar en el cerebro humano. Se trataba de miles de decisiones que se iban engarzando como si fuera una obra de orfebrería fina, solo que nadie en concreto la fabricaba.

CIMA era un flujo, una confluencia de poderes, algunos concretos y otros no. Era inteligencia aplicada y reflexión comunitaria.

CIMA era una idea, un plan estratégico sin escribir, una suma sin factores fijos.

Por eso, en las contadas ocasiones en que debía representarse como algo concreto, aparecía una persona a la que denominaban CEO, en honor a los directores ejecutivos del siglo anterior que manejaban grandes corporaciones.

Ese CEO estaba ahora en la pantalla del despacho privado del Joker.

—Todo esto ha sido un auténtico desastre, Amrad, una ruina casi total y definitiva —le dijo con tono neutro.

Amrad lo miró y casi sonrió. Habían buscado a una persona algo entrada en años para esta ocasión. La imagen, seguramente virtual, representaba un hombre maduro vestido con traje y corbata como los antiguos y verdaderos CEO. Tenía el pelo canoso, peinado hacia atrás, los ojos azules y unas cejas pobladas que le conferían personalidad.

Los departamentos de comunicación de CIMA habían estudiado hasta el último detalle para diseñarlo. Incluso la voz había sido ecualizada y modulada según los parámetros que se decidieron en alguna larga reunión.

—Hemos perdido mucho dinero, muchísimo y, lo que es peor, hemos perdido prestigio y credibilidad. Tú sabes que eso es lo que nos sostiene realmente, que la gente crea que sabemos cómo gestionar el caos que nuestros antecesores nos dejaron. No importa si eso es cierto o no: deben creerlo, porque si dejan de hacerlo dejarán de temer el futuro, y eso, tú lo sabes bien, es enormemente peligroso para todos.

—Lo sé —intervino Amrad, que esperaba su ocasión para hablar.

—La comisión de crisis cree que puede controlar la situación a medio plazo, siempre que no se produzcan nuevos acontecimientos que socaven nuestra credibilidad. Estos campeonatos se celebrarán, aunque sea con los jugadores reservas, y será el Imperio quien gane el título; eso se ha decidido ya. Será a cambio de que nos ayuden a controlar los daños. Los eslavos, a su vez, tratarán de controlar los flujos de apuestas y doblarán los premios a algunos ciudadanos escogidos para que parezca que todo lo ocurrido ha mejorado las posibilidades de ganar mucho dinero. Parece simple, pero la gente es estúpida y pronto se olvidarán del chip y de todo lo demás.

–¿Y los jugadores afectados?

–Se les apartará de la luz pública y se les cuidará hasta que mueran. Luego se olvidarán de ellos porque no habrá entierros ni placas, ni nada que los recuerde. En menos de una temporada, nadie recordará ni sus nombres.

–Todo parece controlado.

–Casi todo. Y por eso me pongo en comunicación contigo. Es evidente que fue bajo tu supervisión que todo esto sucedió, de manera que serás inmediatamente relevado, pero antes debes dejar de buscar nada relacionado con esa idea absurda de la sincronicidad que nos has tratado de vender. Eso solo supone alargar innecesariamente este lamentable episodio.

–¡No es una idea absurda! ¡Es nuestro futuro! –dijo Amrad con vehemencia–. Ya he explicado las pruebas y cómo, si somos capaces de manejar ese concepto, puede significar nuestra perpetuación en el control del planeta, incluso revirtiendo los efectos negativos que hemos tenido que sufrir en contaminación y otros parecidos. Solo es cuestión de creer y...

–¡¿Creer?! –gritó la imagen, a la que no le faltaba ni un detalle en cuanto a parecer realmente indignada.

Amrad palideció y guardó silencio. Si pudiera convencerlos...

–¿Creer en qué? ¿En que es posible manipular el futuro a través de un ayudante de segunda categoría sin formación y sin personalidad? ¿Que podemos asegurar que las cosas sucederán como planifiquemos? ¿Acaso no es exactamente eso lo que estaba sucediendo hasta que alguien metió la pata bajo tu control?

–No han visto lo que yo...

–¡Claro que lo hemos visto! Hemos comprobado esas estúpidas grabaciones una y mil veces y solo sabemos lo que tú nos cuentas, que existe un multiverso paralelo donde todo es posible y... ¿sabes qué? Eso ya existía en los primeros años de este milenio, lo llamaban Disneylandia, aunque dudo que sepas lo que era eso.

–Lo sé –se quejó el Joker.

–Era una fantasía para niños, una mentira que, repetida una y mil veces, conseguía hacer creer a chiquillos de ocho años que la magia existía. Y pretendes ahora que enfoquemos nuestros recursos y nuestra planificación en descubrir una nueva ciudad dorada.

–Existe –dijo Amrad en un murmullo.

–¡Basta! Esto se ha terminado.

El CEO lo miró con auténtica furia virtual en los ojos y, de repente, desapareció. La imagen quedó en negro.

Amrad esperó en silencio.

Poco a poco, su despacho empezó a transformarse. Las paredes virtuales desaparecieron, dejando al descubierto un hormigón basto y gris que habían estado ocultando hasta ese momento. Las luces se apagaron y los muebles dejaron de parecer nuevos. Los que eran reales se mantuvieron allí, en ese espacio vacío donde Amrad Joker permanecía sentado en su silla especial mirando cómo todo su universo parecía ser absorbido por un agujero negro.

En apenas un minuto, el mundo, su mundo, se esfumó, y Amrad supo que todo estaba acabado. En un par de horas, o tal vez en unos minutos solamente, lo echarían del edificio y, si tenía suerte, tendría la oportunidad de salir vivo de la península donde había instaurado su poder.

Respiró profundamente y sintió cómo la espalda comenzaba a dolerle y cómo su mano izquierda temblaba levemente. Estaban retirándole la medicación que recibía a través de sus implantes médicos.

Hacía dos años le habían diagnosticado una enfermedad potencialmente mortal, aunque de lento y progresivo deterioro. Era una variante nueva del antiguo ELA que llevaba a perder, poco a poco, el control de los músculos, hasta que uno no podía ni respirar sin ayuda y, finalmente, moría.

CIMA le había implantado una serie de mejoras neurológicas que frenaban casi totalmente los síntomas y retardaban el progreso de la enfermedad.

Pero esos beneficios iban ligados al cargo.

Y ahora...

Llevaba semanas sintiendo cómo una nube oscura se acercaba, y ya estaba bajo la tormenta. Poco a poco, había observado cómo esa idea se iba materializando en determinados sucesos sin aparente conexión pero que dibujaban un camino. ¿Qué otra cosa podía ser sino esa sincronicidad?

Sin embargo, no había conseguido detener los acontecimientos, ni anticiparse a ninguno de ellos. Eran como arena que se escapaba de sus dedos y, cuanto más trataba de apretar y retenerla, más rápidamente desaparecía. Finalmente, las piezas se habían ido moviendo sin que nadie pareciera controlarlas, como en una partida fantasma de ese ajedrez ancestral que todavía se practicaba en muchos sitios.

Con la captura de Sochi creía que había sido la primera vez que se había anticipado a lo que estaba por venir. Pero ¿y si no fuera así?, ¿y si la llegada de ese chico era parte de todo lo previsto?

Allí inmóvil, casi a oscuras de nuevo, aunque esta vez no por propia voluntad, podía sentir cómo los engranajes iban acoplándose sin que pudiera hacer nada.

La rabia lo consumía.

—¡No es justo! —gritó, y las luces se abrieron de golpe.

Si pudiera llegar a controlar ese mecanismo, sabía que su sistema de gestión del mundo podría perpetuarse en el tiempo, incluso ahora que todo estaba perdido, porque ¿qué le impediría entonces saltar de una realidad a otra, como en un juego gigantesco de camas elásticas? Si conocía el camino, simplemente dejaría atrás este lugar y este tiempo y buscaría una realidad donde las cosas fueran diferentes.

Rio, en voz alta.

Una carcajada histérica que pocos habían llegado a escuchar.

Se rio de cómo el universo jugaba con él, mostrándole fotogramas de una película cuyo final conocía, pero no la manera de llegar a él.

Conseguiría ese poder, había nacido para ello.

Conseguiría ser el guía de una humanidad que luchaba por su supervivencia.

Sin embargo, sentía cómo el reloj se iba quedando sin tiempo y ya apenas le quedaban unos instantes. Por eso, ganar el futuro, uno diferente que le permitiera vivir sin esa tara, lo era todo para él. Su propia vida dependía de ello, así que tenía que encontrar esa puerta de entrada.

—¡Te encontraré! –gritó de nuevo antes de salir de la sala casi desnuda que había sido su despacho.

Bajó a la planta donde Sochi seguía sometido a diferentes pruebas sin que aparentemente fuera muy consciente de su situación. No estaba confinado en una sala en concreto, sino que deambulaba por los sótanos de la sede sin intentar en ningún momento escapar. Tampoco lo habría conseguido, pues aquella zona estaba muy vigilada por drones ultrasensibles y por todo tipo de detectores.

Desde que lo atraparon, se había mostrado sumiso y dispuesto a colaborar en cualquier cosa que le pedían. Su versión de lo sucedido no variaba, aunque le aplicaran las más modernas técnicas de interrogatorio a través de drogas sintéticas. Nada ni nadie podía resistirse a la manera en que sus efectos desmontaban, una tras otra, cualquier barrera mental que uno pudiera haber construido para esconder la verdad. Su eficacia había sido probada con soldados entrenados para resistir sus efectos y, aún así, en pocas sesiones acababan explicándolo todo.

Cualquier secreto, por oculto que estuviera, salía a relucir para los interrogadores, que lo grababan y diseccionaban todo para ir todavía más al fondo. Al final, no quedaba nada por descubrir.

—Nos dice la verdad –le había dicho repetidamente el doctor Garona.

—No toda –insistía Amrad.

Sin embargo, tras varias sesiones de acoso psicotrópico e incluso un par de agresiones físicas que el Joker ordenó, no había nada nuevo que apuntar en las fichas.

Nadie sabía que Sochi había ingerido el chip y que sus efectos desencadenaron las visiones que Elsa había grabado.

Nadie lo sabía porque Sochi no lo sabía y, por tanto, no podía confesarlo. Tampoco había quedado rastro documental alguno, ya que Luis lo borró concienzudamente. Aun así, se planteó esa cuestión en alguna de las sesiones, pero la hipótesis de implantar el chip quedó descartada totalmente cuando se empezó a saber que provocaba tumores mortales en todos los que lo habían ingerido. Eso indicaba que Sochi no había probado el chip en ningún momento, pues estaba sano del todo.

Cuando Amrad lo vio de nuevo, Sochi parecía algo ausente, aunque eso era perfectamente atribuible al efecto de las drogas, de las que los médicos habían aconsejado un corto período de descanso para no perjudicar de forma irreversible su mente.

El Joker lo observaba a través de una pared virtual que permitía la visión desde una sala contigua. En cambio, desde donde estaba Sochi, solo era una pared más, totalmente opaca.

No podía saber que él estaba allí.

Mientras lo observaba, el doctor Garona hizo entrada en el habitáculo de control y saludó a Amrad con cierto desprecio. Este enseguida imaginó que las noticias sobre su caída en desgracia habían empezado a correr.

Aunque sabía que el tiempo se acababa y que podían ejecutar su salida del centro y de la península en cualquier momento, le pidió al científico que repasaran las actuaciones de los últimos días. Así lo hicieron, hasta que llegaron al final. Entonces, el doctor Garona le dijo:

452

—Se lo he dicho mil veces, lo de la sincronicidad solo es una teoría. Mantener a este pobre diablo aquí y someterlo a más pruebas no solo es indigno, sino además inútil. Yo no voy a seguir haciendo esto.

Amrad ni siquiera lo miró. Por dentro bullía de rabia al darse cuenta de cómo lo iba a tratar la gente a partir de ese momento. Todos aquellos que lo habían temido y envidiado durante esos años iban a humillarlo en cuanto pudieran. No hay nada más frágil que el respeto solo por miedo, eso lo sabía bien.

Sin embargo, no iba a darle el gusto a ese idiota de ver cómo lo afectaba esa actitud, de manera que se limitó a observar los datos de la última sesión mientras le decía:

—Si no va a seguir haciendo su trabajo, será mejor que salga de aquí.

El científico dudó; le habían dicho que la salida del Joker era cuestión de horas, pero su comportamiento no parecía mostrar debilidad alguna. Decidió no mostrarse demasiado agresivo por si acaso. Ese hombre era de los que no olvidaban a un enemigo.

—Créame, no existe la posibilidad de influir en el tiempo. Lo que es, es, y lo que será todavía no ha llegado. Eso no quiere decir que las acciones presentes no tengan influencia o determinen el futuro, eso es algo evidente —le dijo con calma.

—No me hable como si fuera estúpido —le respondió Amrad sin ni siquiera mirarlo.

Había captado sus dudas e iba a aprovecharlas.

—No lo hago. Lo que quiero decir es que nuestro límite es dejar que las bolas rueden, pero, una vez lanzadas, no podemos cambiar su trayectoria.

—Los datos que hemos visto no dicen eso.

–Los datos no dicen nada. Solo se trata de una representación virtual que podría tener mil explicaciones, cualquiera de ellas más lógica que eso de la sincronicidad.

–Tal vez –replicó–. Pero ninguna sería correcta.

El científico se pasó una mano por la frente, algo desesperado por no conseguir hacerlo entrar en razón.

–No entiendo cómo puede ser que alguien como usted crea en esas patrañas pseudocientíficas o pseudofilosóficas.

Amrad sonrió y lo miró a los ojos por primera vez. Era una sonrisa fría.

–En cambio, lo que me cuesta entender es que alguien que ha desarrollado estudios vinculados a los elementos cuánticos que han desafiado las creencias que habíamos mantenido durante siglos no sea capaz de entender un cambio de paradigma.

–Es que no hay cambio alguno –le respondió, tratando de mantener la calma–. Las irregularidades que muestra la física cuántica son eso, puras irregularidades sobre el patrón general que se producen a nivel muy inferior al átomo. Usted, en cambio, pretende dar el salto a la realidad a nivel macro, a nivel nada más y nada menos que de desdoblamiento de realidades. Eso, hoy por hoy, es pura fantasía.

–Yo no lo creo.

–Pues no lo crea –se hartó el científico–. En realidad me importa poco, ¿sabe? Y no solo a mí: también a CIMA le parece una majadería todo esto.

Amrad lo miró con furia, pero esta vez no lo intimidó.

454 –Me da lo mismo que me fulmine con la mirada. Todo el mundo sabe aquí que el que va a estar fulminado muy pronto es usted.

—No se atreva...

El doctor ya no iba a reprimirse más.

—¡No me amenace! He aguantado su soberbia durante mucho tiempo, pero ahora ya es suficiente. Mi tiempo, al contrario que el suyo, todavía va a ser largo y provechoso, y no voy a desperdiciarlo haciendo exámenes y pruebas a un pobre diablo como ese solo para cubrir su...

—¡Fuera! —le gritó Amrad con el rostro congestionado—. ¡Largo de aquí!

El doctor Garona iba a contestar algo, pero por un instante temió que el Joker saltara sobre él y lo golpeara, de manera que salió. El ayudante, que había presenciado el enfrentamiento tratando de encogerse lo suficiente como para que nadie reparara en él, aprovechó su salida para escabullirse también.

Cuando se quedó solo, Amrad Joker miró hacia donde Sochi parecía absorto en sus zapatos y una sombra de duda le pasó por la cabeza: ¿Se había equivocado? ¿Lo traicionaba su intuición?

Se negaba a admitirlo, pero su parte racional hacía tiempo que le advertía que tal vez todo aquello del control del futuro había sido como un clavo ardiente al que se había agarrado al ver cómo todo lo demás se desmoronaba a su alrededor. No podía ignorar esos avisos.

Lo cierto era que nadie había encontrado ningún indicio de que Sochi tuviera clave alguna en ese concepto abstracto de la sincronicidad.

Lo cierto era que Sochi no parecía contener nada que no hubiera sido ya expuesto, repasado, analizado y descartado.

Lo cierto era que la búsqueda de los tres fugitivos que podían haber arrojado algo de luz en ese laberinto había sido un fracaso: simplemente se habían esfumado.

Lo cierto era que todo el resto de implicados estaban muertos.

Lo único cierto era que él estaba fuera y podía darse por muerto, en el mejor de los casos.

Entró en la habitación.

–Hola –dijo Sochi en cuanto lo vio entrar.

Siempre se alegraba de ver a otro ser humano y, aunque ese hombre le daba miedo, era alguien con quien hablar. La soledad era lo peor, los tiempos muertos en los que paseaba por esas estancias y nadie le dirigía la palabra, o cuando lo encerraban en esa sala habilitada como pequeña vivienda durante largas horas.

El Joker paseó a su alrededor como un perro olfateando a su presa. No le dijo nada, solo lo miraba y trataba de adivinar dónde estaba la cerradura para entrar en su cabeza y en su alma.

–¿Cuándo podré irme? –le dijo Sochi tratando de obtener información.

Amrad se detuvo frente a él, a apenas medio metro de distancia. Lo miró a los ojos, tratando de traspasar esa especie de barrera de ingenuidad y estupidez con la que creía que el chico se protegía.

–¿Podré irme hoy? –insistió Sochi, intimidado.

El Joker no se movió. Tenía que encontrar alguna pista, algo que le dijera que no había tirado su poder y su vida por la cloaca para nada.

Esa idea lo volvía loco.

Sochi se quedó allí quieto, sin hacer nada y, de pronto... todo cambió.

Amrad lo vio en sus ojos, pudo comprobar cómo la niebla que había cubierto hasta entonces su mirada desaparecía de golpe e intuyó que, finalmente, el chico se mostraba frente a él.

Entonces supo que tenía razón.

–Siempre he estado en lo cierto, ¿verdad? –preguntó tras apartarse un paso atrás.

Sochi sonrió, y cualquiera que estuviera mirando o grabando aquella conversación hubiera podido darse cuenta de que era otra persona.

–Lo cierto es lo que tú crees que es cierto –le dijo el chico, que ya no parecía ese joven apocado y algo tímido que todos conocían.

En sus gestos, en su voz, en su mirada, algo nuevo refulgía.

Amrad se apoyó en la pared, dándose cuenta de que había estado retrocediendo.

–Tú... ¿Qué has hecho?

–Nada –le respondió–. Todo está por hacer todavía.

–¿Cómo es posible que...? –dejó la pregunta en el aire.

–Tus ayudantes han estado buscando algo que estaba frente a sus ojos, siempre lo ha estado.

–¿Quién eres en realidad? –le preguntó.

Sochi no le respondió; se limitó a darse la vuelta y dejar de mirarlo. Eso hizo que Amrad sintiera la rabia aflorar de algún sitio muy en su interior.

–¡Tú! ¡Tú! ¡Maldito seas! ¡Vas a pudrirte en este agujero el resto de tu vida! Nadie sabe que estás aquí, tus amigos han desaparecido y te han abandonado...

Sochi seguía mirando la pared, impasible, lo que provocaba que Amrad se enfureciera cada vez más. Sus gritos subían de intensidad, pero aquello era una zona aislada e insonorizada, de manera que nadie podía oírlos. Además, las grabaciones de voz e imagen se destruían a diario de forma automática si no se ordenaba lo contrario. Nadie quería pruebas de los abusos que a menudo tenían lugar en aquel lóbrego lugar.

–¡Maldito inútil! ¡¿Acaso te crees que has conseguido algo?! ¡¿No ves que somos invencibles?! ¡Tú y tus filosofías no han hecho más que enfermar a unos cuantos chicos a los que pronto todo el mundo olvidará!

De pronto, Amrad se detuvo y pareció abatirse por completo. Cuando volvió a hablar, su tono era mucho más bajo, aunque no su determinación.

–No podéis acabar con nosotros porque no sabéis quiénes somos, ni dónde estamos. O, mejor dicho, no somos nadie en concreto ni estamos en parte alguna, aunque sí por todas partes.

Soltó una carcajada nerviosa fruto de esa especie de trabalenguas.

–La gente quiere que se la gobierne con firmeza, incluso con dureza. Quieren... queréis que se os diga lo que es bueno y lo que no, siempre ha sido así. Lo único que pedís a cambio es que no os enseñen la realidad y que os ofrezcan diversión, algo que os permita evadiros de todo. Cuando nosotros tomamos el mando, todo estaba a punto de explotar. Llegamos y lo arreglamos, y ahora, si cumples y no levantas la cabeza del suelo, puedes llegar a vivir una vida más o menos decente. Aburrida y sin alma, pero decente.

Tomó aire y continuó. Sochi se dio la vuelta y lo miró con indiferencia, como si no estuviera allí en realidad.

–Vivís la violencia a distancia porque necesitáis esa dosis de agresividad y de sangre, pero no tenéis el valor de hacerlo por vosotros mismos, de manera que utilizáis el deporte como excusa, como una manera de vencer vuestros miedos y a unos adversarios imaginarios. Esa idea simple ha servido siempre, a lo largo de la historia, para dominaros. Esos *otros* que son vuestros enemigos os hacen esclavos, porque siempre habrá un *los otros* contra los que lanzar vuestro odio y agresividad. No tenéis valor para luchar, así que tenemos a esos chicos que se dejan la vida en los campos creyendo que llegarán a ser héroes cuando, en el mejor de los casos, pasarán al olvido en cuanto no puedan luchar y sangrar.

Sochi volvió a sonreír, lo que hizo que Amrad volviera a odiarlo.

–¡Sois unos cobardes! ¡Todos vosotros! ¡Merecéis que os subyuguen y os esclavicen!

Se acercó a Sochi, que no se movió. Estaba rojo de ira.

–¡Cobardes! ¡Cobardes!

Le gritaba a apenas un palmo de la cara.

–¡Y tú, maldito idiota! ¡¿Qué crees que has conseguido?!

Lo agarró por el cuello con las dos manos y apretó. Sochi seguía inmóvil, mirándolo a los ojos.

–¡Vendrá otro cuando yo no esté! ¡Y después otro, y otro! ¡Siempre habrá alguien como yo para manteneros a raya!

Sochi empezaba a ponerse rojo y trató de zafarse del ahogamiento, pero Amrad, impulsado por el odio y la rabia, apretaba cada vez más fuerte.

El aire no llegaba a sus pulmones y Sochi lo golpeó para intentar que lo soltara.

–¡Y ahora vas a morir! ¡Mírame a los ojos!

Sentía cómo, a pesar de golpearlo con todas sus fuerzas, no aflojaba la presa. Sus pulmones, y también su cerebro, reclamaban un oxígeno que no llegaba. Las imágenes empezaban a volverse confusas y una neblina parecía velar sus ojos.

A través de esa niebla siguió oyendo gritos, aunque no entendía las palabras. Sochi era consciente de que, si no conseguía respirar muy pronto, iba a desmayarse.

Creyó oír otras voces y ruidos y, de repente, el aire penetró por su garganta e infló sus pulmones. También sintió que la opresión en la garganta había desaparecido, aunque el dolor permanecía.

Poco a poco la niebla desapareció y pudo enfocar su mirada.

Amrad Joker era sujetado por dos de los ayudantes del doctor Garona, ese científico que le había estado interrogando a pesar de que se le notaba mucho que creía que todo aquello era una estupidez.

Sintió la mirada de odio que no dejaba de lanzarle el Joker mientras trataban de sacarlo de la sala. Escuchó algunas palabras, aunque no todas las entendió: todavía estaba aturdido.

– ... totalmente descontrolado... órdenes del CEO... abandonar la península... expulsión inmediata.

Fuera lo que fuera, se lo estaban llevando.

Sochi se dio cuenta de que estaba medio arrodillado, de manera que se levantó y se situó a la altura de su agresor, que se dejaba llevar sin desviar la mirada.

–No volverás a ver la luz –le dijo el Joker con todo el odio acumulado que cargaba.

Sochi sonrió.

Fue una de esas sonrisas que tanto le gustaban a Kayla... la pobre Kayla.

Una sonrisa inocente, algo ingenua.

Una sonrisa tímida, incluso.

Cuando los ayudantes estaban a punto de salir con el Joker casi a cuestas, Sochi, sin dejar esa sonrisa en ningún momento, lo miró y le dijo:

–Has perdido, Joker. Al final, habéis perdido.

八卦

PA KUA

Nada es lo que vemos, porque en el mismo instante en que lo vemos, ya es otra cosa. La luz se vuelve oscuridad al mismo tiempo que la oscuridad se vuelve luz, el yin corre hacia el yang y el yang corre hacia el yin.

Todo es movimiento, todo es cambio.

REINA EN EL GRAN UNIVERSO

Todo desaparece y regresa eternamente.

Epílogo

Elsa llevaba tres días de marcha por uno de los desiertos más ardientes del planeta y sus fuerzas estaban al límite. La llegada a Windhoek, antigua capital de Namibia, ya había sido bastante descorazonadora. En esa ciudad, de origen colonizador alemán y posteriormente del Imperio británico, habían llegado a vivir cerca de trescientas mil personas, aunque desde que todo el continente quedó relegado al olvido, ya apenas contaba con cincuenta mil habitantes que malvivían en barrios empobrecidos y edificios casi derruidos.

Desde allí, trató de encontrar transporte hacia la antigua Botsuana, un territorio de más de medio millón de kilómetros cuadrados, donde estaba convencida, porque así lo sentía, que localizaría su destino final. Pero, para ello, primero debía encontrar la manera de cruzar buena parte del desierto del Kalahari, que se extendía por el territorio de los antiguos países de Namibia, Botsuana y Sudáfrica.

Tardó varios días en encontrar una caravana de vehículos que se dirigieran a esa zona, pero eso no la desanimó. Llevaba más de tres meses de viaje, cruzando el continente africano desde que dejara a Zoltan y a Astrid camino de su propio lugar en ese mundo que les había tocado vivir. Fueran donde fueran, encontrarían su propio paraíso y también la paz que les había sido negada toda la vida por esos malvados sin escrúpulos que los convirtieron en máquinas de pelea.

De verdad que les deseaba que encontraran donde amarrarse a la vida que juntos tenían por delante.

En cuanto a ella, partió con solo dos ideas en la cabeza: encontrar a su madre, ahora que sabía que estaba viva, y buscar después la manera de liberar a Sochi, prisionero en la sede de CIMA. No sabía cuánto tiempo iba a tardar en cumplir su primer objetivo. En cuanto al segundo, seguramente mucho.

Solo esperaba que Sochi aguantara.

Para conseguir su primera meta, tuvo que dejarse llevar por una especie de intuición que había desarrollado sin darse cuenta. Eso, y los signos que iban apareciendo en el camino y que ella debía interpretar correctamente.

El I Ching apareció el primer día que partió en forma de tres líneas rectas paralelas dibujadas en un tren desvencijado que encontró en la ciudad de Bangui, adonde se había dirigido en primer lugar. El sur la llamaba y ese tren llevaba destino a la antigua Angola, de manera que se subió y recorrió con él varios cientos de kilómetros en un trayecto que la fue llevando por las cercanías del río Congo. Todavía tenía algo de dinero, de manera que, con algunos cambios de ferrocarril, llegó finalmente a la antigua capital, Kinsasa, una ciudad oscura y violenta, la auténtica imagen de un territorio sin ley. Se marchó de allí en cuanto pudo gracias a la aparición de nuevos símbolos del I Ching que ella reconocía en diferentes sitios a lo largo de su trayectoria hacia el sur. En esa ocasión, el símbolo estaba pintado en la parte posterior de un camión que llevaba productos químicos. Al parecer, esas tres líneas paralelas, dos enteras y una quebrada, formaban parte del logotipo de la empresa de transporte.

Con más o menos fortuna, consiguió llegar finalmente a Windhoek, unas cuantas semanas después de su huida en solitario. No sabría decir cuántas, porque había perdido la noción del tiempo.

Ahora debía afrontar la última parte de su viaje en busca de su madre, y lo hizo uniéndose a una caravana de vehículos que cruzaban el desierto en busca de nuevas localizaciones para hacer prospecciones minerales. Ella les explicó una historia inventada sobre un familiar perdido al que quería encontrar. Sabía que la tomarían por loca, pero también sabía que la aceptarían.

El jefe de la expedición lucía un extraño tatuaje en la muñeca. Cuando le preguntó su significado, Elsa supo que su viaje estaba cerca del final.

–Es una representación de las fuerzas naturales que nos gobiernan aunque no nos demos cuenta. He recorrido todo este maldito y perdido continente buscando minerales para esas corporaciones hambrientas de materiales. He visto muchas cosas, algunas buenas y muchas malas. Este símbolo representa la lucha de esas fuerzas: el yin, oscuro, y el yang, la fuerza de la luz. El tatuador me dijo que esa combinación me protegería; creo que es oriental o algo así.

Partieron al día siguiente, y pronto el paisaje dejó de ser un referente para convertirse en una pesadilla. Arena y piedras era todo lo que uno alcanzaba a ver por la ventanilla de esos vehículos que gozaban de un potentísimo aire acondicionado. Como debían buscar localizaciones precisas, no siguieron las antiguas carreteras que, aunque mal conservadas, por lo menos permitían recorrer grandes distancias sobre asfalto.

Circularon siguiendo el enorme cauce seco de un río durante cuatro días enteros. Cuando llegaron a unas gigantescas dunas, montaron un campamento e hicieron prospecciones con rastreadores avanzados que permitían ver la composición del suelo hasta una profundidad enorme. Elsa decidió pasear y un hombre del grupo que conocía la zona la acompañó hasta alcanzar las dunas. La arena quemaba, pero el sol ya caía y eso permitió que pudiera deambular un rato.

Enseguida vio el rastro ondulante.

En aquella parte del desierto, según le habían informado, era fácil toparse con las conocidas serpientes cornudas, que llevaban ese nombre por dos protuberancias que asomaban en la parte anterior de su cabeza. El rastro que dejaban era extraño, como si se deslizaran de lado y no de frente.

–A eso se le llama *sidewinding* –le explicó el hombre que iba con ella–. Aquí las serpientes no avanzan de frente, sino que levantan la cabeza y el cuello y los mueven lateralmente, mientras el resto del cuerpo se queda en el suelo. Cuando vuelven a apoyar la cabeza, el cuerpo se levanta haciendo que las serpientes se desplacen lateralmente. Van más rápidas y, sobre todo, están el menor tiempo posible en contacto con la arena ardiente.

Elsa se quedó mirando aquel rastro y sonrió. La primera vez que había visto esos dibujos que quedaban en la arena fue en la representación virtual de Sochi. En aquella ocasión, Sochi era la serpiente y dejaba ese mismo rastro ondulante en las dunas virtuales que él mismo había construido con su mente.

–Hay que ir con cuidado: esas serpientes se entierran en la arena y detectan las vibraciones de cualquier ser vivo.

Al cabo de un rato, Elsa y su acompañante volvieron al campamento y ella enseguida fue a hablar con el jefe del convoy.

–No muy lejos de aquí tiene que haber un sitio verde y frondoso, con un gran río –le dijo en cuanto quedaron a solas.

Él, sorprendido al principio, pareció pensárselo un momento y, finalmente, respondió:

–Debe referirse al delta del río Okavango.

–No lo sé. ¿Qué sitio es ese?

El hombre, que se llamaba Roy, pero al que todo el mundo llamaba *jefe*, la miró un rato fijamente. Hacía un par de días que estaba convencido de que aquella chica estaba mal de la cabeza. Sin embargo, por alguna razón, le caía bien. Seguramente porque, le recordaba a la hija que dejó atrás cuando decidió no volver a su hogar. Aquel continente ejercía sobre él una extraña ambivalencia. Por un lado, lo odiaba, pero a la vez era el último lugar de la Tierra donde uno podía sentir algo parecido a la libertad.

–Es un río que se volvió loco porque no encontraba el mar.

–¿Cómo? –le preguntó ella, sorprendida por la respuesta. **467**

–Bueno, eso dicen los nativos de la zona. Por lo visto, una vez al año, desemboca en plena llanura africana, convirtiendo el infierno en un paraíso. Por eso dicen que, harto de buscar una salida al mar, el río decidió dejar su agua allí mismo. Eso ha cambiado la fisonomía del desierto en gran medida.

–Es sorprendente.

–Y no es poca cosa: cuando llega el agua, cubre una superficie cercana a los veinte mil kilómetros cuadrados; los convierte literalmente en una laguna.

–De verdad que cuesta creerlo.

–Eso dígaselo a los animales que viven allí. Incluso se ha desarrollado una especie específica de leones nadadores, ¡ja! ¡Ja! ¡Ja!

–Es increíble, pero ese es el lugar a donde debo ir.

Roy la miró con una sonrisa franca.

–Oiga, mire, nunca me he llegado a creer eso de que está buscando a un familiar. Por aquí no hay nadie y, si realmente perdió a alguien, delo por muerto, créame.

–Se trata de mi madre... y está viva.

–Bueno, tal vez sí o tal vez no. Lo que es seguro es que nosotros no vamos en esa dirección –dijo el jefe señalando hacia el este.

–Yo sí.

–No veo cómo.

Elsa se acercó y le cogió la muñeca. Señalando el tatuaje del yin y el yang, le dijo:

–Sé que debo encontrarla. Ella es mi única esperanza de luchar contra la oscuridad. Créame, voy a ir hasta allí, aunque sea caminando.

–Si lo hace, morirá en poco tiempo.

–Me arriesgaré.

–¡Venga! –dijo Roy–. ¡No puedo darle un coche!

–Lo sé, no se preocupe.

Roy se quedó pensando un rato mientras Elsa lo contemplaba con aparente tranquilidad. Sabía que una solución u otra acabaría emergiendo.

–Bueno, tal vez podría dejarle el vehículo de emergencia. Sus baterías tienen una autonomía limitada a unos cientos de kilómetros, o sea que será muy justo, porque ese delta está a más de trescientos...

–Será perfecto.

–Pero está loca si lo intenta.

Elsa se acercó y le dio un suave beso en la mejilla seguido de un fuerte abrazo.

–Mañana saldré temprano. Le debo la vida, Roy.

–Mejor salga de noche. De día debe buscar refugio o se asará.

–De acuerdo –le respondió.

Cuando ya se alejaba, Elsa oyó la voz de Roy, que le decía:

–Va a morir allí.

–O eso, o voy a vivir para siempre.

Cuando se fue, era plena noche y el frío contrastaba enormemente con el asfixiante calor de las temperaturas diurnas. El vehículo iba perfecto para viajar por las dunas y el desierto, pues no llegaba a tocar el ardiente suelo gracias a un colchón de aire autopropulsado.

Siguiendo las estrellas y su intuición, cada vez más potente, fue en dirección este a velocidad moderada para no sobrecalentar las baterías. Al mediodía, cuando el calor era imposible de soportar pese a la refrigeración, buscaba refugio en algún saliente montañoso o en un grupo de arbustos. En cuanto el cielo se tornaba naranja, partía de nuevo.

Roy le había proporcionado alimentos deshidratados para cuatro días, pero Elsa no había consumido casi nada más que agua que el propio vehículo reciclaba o recogía del rocío matinal.

Sin embargo, las fuerzas la abandonaron cuando ya se encontraba cerca de su objetivo. Hacía una jornada que había encontrado el caudaloso río Okavango y lo seguía hacia su extraña desembocadura. Estaba convencida de que era allí donde Sochi señaló la existencia de una barcaza en la cual esperaba reunirse con su madre.

Pero se estaba quedando sin energía.

Los arbustos crecían en el borde del río con fuerza y las dunas ya solo eran un recuerdo de terrible belleza y monotonía salvaje. El terreno era pedregoso y duro.

El río se ensanchaba: no debía estar lejos.

Las horas iban pasando y el calor volvía a apretar con fuerza. A pesar de ello, Elsa decidió no detenerse al mediodía porque no estaba segura de poder volver a arrancar. Además, el vehículo daba muestras de agotamiento y unos tirones que no auguraban nada bueno.

Sobre las cuatro de la tarde, según marcaba el imperante sol, el vehículo se detuvo y ya no volvió a funcionar.

Elsa cargó algunos víveres, pocos, pues no tenía fuerza para arrastrar nada más, y siguió caminando junto al río. Este se había ensanchado tanto que apenas se veía la otra orilla. Algunos animales huían a su paso, otros permanecían totalmente indiferentes, ya que se daban cuenta de que ella no suponía peligro alguno.

Una leona se acercó, pero pasó de largo, tal vez ya había comido ese día.

La muerte se adivinaba cercana.

También la vida.

Siguió adelante sin pensar, solo trataba de que un paso siguiera al otro... y entonces la vio.

Una vieja barcaza estaba amarrada junto al río, como a un kilómetro más abajo. Elsa trató de contenerse y no echar a correr, no estaba segura de no caer desmayada si lo intentaba, pero aumentó el ritmo de sus pasos.

Conforme se acercaba vio que se trataba de la misma barcaza de la visión de Sochi, vieja y grande, de ocho o diez metros de largo y bastante ancha. En uno de sus costados tenía grabado otro símbolo del I Ching y Elsa adivinó que se trataba del nombre del barco.

Había llegado.

Sin embargo, no parecía haber nadie en su interior.

Cuando ya estaba muy cerca, se detuvo. Dudaba si acercarse o esperar, y, mientras se decidía, oyó un rugido a sus espaldas.

La leona volvía a por ella.

Tal vez pensó que sería un buen postre o una reserva de carne para sus crías. La había estado siguiendo sin que Elsa se diera cuenta y ahora atacaba con fuerza.

Elsa la miraba acercarse a toda velocidad, pero no podía hacer nada. No tenía fuerzas para correr ni para llegar a la barcaza, aunque esta estaba apenas a un centenar de metros.

Cerró los ojos y esperó su destino.

La luz brillante penetraba en sus párpados a pesar de tenerlos cerrados. Miles de lucecitas se concentraron formando una imagen. Vio el Pa Kua frente a ella, un símbolo formado por el yin y el yang unidos formando una perfecta esfera a cuyo alrededor se agrupaban ordenados los ocho símbolos del I Ching. Reconoció sus nombres como si siempre los hubiera sabido y los pronunció en voz alta, uno por uno, en el idioma chino original, a pesar de que jamás llegó a aprenderlo.

–Ch'ien... K'un... Chen... K'an... Ken... Sun... Li... Tui.

Cuando un ruido llamó su atención, volvió a abrir los ojos y la vio. Una mujer como la de la visión de Sochi salía corriendo de la barcaza con algo que parecía un rifle antiguo en la mano. La miró y vio que ella la reconocía también.

Sin embargo, la mujer no se desconcentró y realizó rápidamente varios disparos al aire.

Elsa recordó a la leona y se volvió.

La tenía casi encima; veía sus largos dientes y casi pudo adivinar el dolor que podían llegar a causarle si penetraban en su carne. La leona se asustó por los disparos y, sin disminuir la velocidad de su carrera, se desvió a la derecha, en dirección a unos árboles, tras los que desapareció.

El silencio volvió al delta, solo roto por el curso del agua que se desparramaba lentamente por el suelo sediento y los gritos de alegría de unos animales que hacía meses que la esperaban.

El agua era su vida.

–Mamá... –llegó a decir Elsa antes de que aquella mujer la abrazara.

–Elsa.

Estuvieron así un buen rato, hasta que su madre se deshizo del abrazo, la miró a la cara y le dijo:

–No sabía cuánto tardarías en llegar.

Elsa la miró extrañada y le preguntó.

–¡¿Cómo sabías que venía?!

La madre se volvió y señaló hacia una figura que acababa de surgir de la vieja barcaza.

–Él me lo dijo.

Elsa corrió y se abrazó al chico rubio, que la esperaba con una sonrisa.

–Tú... ¿Cómo...?

Sochi señaló el cielo y la tierra con la mano abierta y le dijo suavemente:

–Tú lo sabes, siempre lo supiste.

–*Synchronicity*, ¿no?

–Así es.

–Entonces... –dijo Elsa mientras su madre se unía a ellos dos– ... esto es... un universo diferente, ¿no es eso?

–Uno de entre muchos. Uno en el que soy libre y tú también –le respondió Sochi.

–¿Y el otro? –quiso saber Elsa.

–Para nosotros no hay otro, solo este en el que estamos aquí y ahora.

La luz se oscureció por el paso de una nube que presagiaba una de las habituales tormentas repentinas de esa época en la zona.

–Sí que los hay, solo que todavía no sabemos cómo comunicarnos con ellos –respondió con calma Elsa.

–Tal vez.

Elsa sintió en el rostro las primeras gotas de una lluvia que competía con el inmenso río por llevar la vida hasta ese lugar.

Levantó la cara y dejó que el agua la empapara.

Índice

Víctor Panicello

Víctor Panicello es licenciado en derecho y, desde hace más de quince años, compagina su carrera profesional en este campo con una dilatada trayectoria como autor de literatura juvenil, a lo largo de la cual ha obtenido algunos premios importantes, como el Ciudad de Badalona de Narrativa Juvenil 2003 o el Columna Jove 2012. Ha combinado con acierto el estilo más intimista de algunas de sus obras iniciales, su trabajo literario con colectivos de jóvenes con riesgo de exclusión social y sus incursiones en el mundo de la ficción, donde destaca por su capacidad de construir potentes entramados narrativos que sostienen una acción trepidante y un trasfondo que siempre invita a la reflexión.

Bambú Exit